AF282276

FSC

www.fsc.org

MIX

Papier aus ver-
antwortungsvollen
Quellen
Paper from
responsible sources

FSC® C105338

T. Lobsang Rampa

Ein Arzt aus Lhasa

Englische Ausgabe unter dem Titel:
«DOCTOR FROM LHASA» by T. Lobsang Rampa · Corgi Books · Great Britain
Corgi Books are published by Transworld Publishers, Ltd. · Great Britain
© 1959 C. Kuon Suo

Deutsche Erstausgabe unter dem Titel:
«Ein Arzt aus Lhasa» © 1999 Betzel Verlag · Nienburg

Autor: Tuesday Lobsang Rampa
Titel: Ein Arzt aus Lhasa
Titelbild: Alle Rechte vorbehalten
Taschenbuchausgabe: 2024

Bibliografische Information der Deutschen Nationalbibliothek: Die Deutsche Nationalbibliothek verzeichnet diese Publikation in der Deutschen Nationalbibliografie; detaillierte bibliografische Daten sind im Internet über dnb.dnb.de abrufbar.

© 2024 T. Lobsang Rampa
Verlag: BoD · Books on Demand GmbH, In de Tarpen 42, 22848 Norderstedt
Druck: Libri Plureos GmbH, Friedensallee 273, 22763 Hamburg
ISBN: 978-3-7597-9264-8

Inhaltsverzeichnis

Anmerkung des englischen Herausgebers

Als das erste Buch von Lobsang Rampa, «Das dritte Auge», publiziert wurde, brach eine äußerst hitzige Kontroverse aus, die immer noch andauert. Der Autor behauptet, «durch ihn» würde ein tibetischer Lama sein Leben niederschreiben. Er hätte sogar nach einem Unfall mit einer leichten Gehirnerschütterung von seinem Körper völlig Besitz ergriffen. Diese Aussage erweist sich nicht gerade als förderlich, die vielen Leser im abendländischen Kulturkreis einfach so davon zu überzeugen. Einige, die sich an ähnliche Fälle in der Vergangenheit erinnerten, wenn auch nicht in Tibet, zogen es vor, unvoreingenommen zu bleiben. Andere dagegen, und diese bilden gewiss die Mehrheit, machten aus ihren Zweifeln keinen Hehl und blieben sehr skeptisch.

Trotz der Kontroverse fanden viele Leser, ob Kenner des Ostens oder nicht, Gefallen an diesem ungewöhnlichen Buch. Sie waren erstaunt, mit welchem offensichtlichen Können der Autor sein Thema beherrscht und einen tiefen Einblick in einen faszinierenden, kaum bekannten Teil der Welt gewährt. Verblüffend war auch das völlige Fehlen früherer schriftstellerischer Erfahrungen des Autors. Ungeachtet aller Zweifel konnte bis heute niemand seine Behauptungen widerlegen.

Die jetzigen Herausgeber sind der Meinung, dass es richtig ist, «Das dritte Auge», «Ein Arzt aus Lhasa» und die Fortsetzung «Die Rampa Story» der Öffentlichkeit zugänglich zu machen – unabhängig davon, wie die Wahrheit tatsächlich aussehen mag und ob darüber jemals Gewissheit erlangt werden kann, und sei es nur deshalb, weil die Lektüre dieser Bücher einen hohen Lesegenuss bieten. Über die grundlegenden und tieferen Fragen, die sie aufwerfen, muss sich jeder Leser selbst eine Meinung bilden. «Ein Arzt aus Lhasa» erscheint so, wie Lobsang Rampa es geschrieben hat. Es muss für sich selbst sprechen.

Vorwort des Autors

Als ich in England lebte, schrieb ich «Das dritte Auge», ein Buch, das wahr ist, aber viele Kommentare hervorrief. Von überall her auf der ganzen Welt erreichten mich Briefe. Als Antwort auf die zahlreichen Anfragen habe ich dieses Buch geschrieben: «Ein Arzt aus Lhasa».

Meine Erfahrungen, über die ich in einem dritten Buch noch berichten werde, übersteigen bei weitem alles, was die meisten Menschen jemals erdulden müssen. Erfahrungen, für die es in der Geschichte nur in ganz, ganz wenigen Fällen Parallelen gibt. Doch das ist nicht das Thema dieses Buches, sondern es ist die Fortsetzung meiner Autobiografie.

Ich bin ein tibetischer Lama, einer, der in die westliche Welt kam, um seiner Bestimmung zu folgen – genauso, wie es mir vorausgesagt wurde. Ich erduldete all die Mühsale, wie prophezeit. Leider betrachteten mich die Menschen im Westen als Kuriosität, als ein Exemplar, das man in einen Käfig sperren und als Sonderling aus dem Unbekannten ausstellen sollte. Das gab mir Anlass, mich zu fragen, was wohl mit meinen alten Freunden, den Yetis, geschehen würde, wenn sie in die Hände westlicher Menschen fielen – was diese ja auch versuchen.

Zweifellos würden sie die Yetis abschießen, ausstopfen und in einem Museum in einer Vitrine ausstellen. Doch selbst dann würden die Leute noch argumentieren und behaupten, dass es so etwas wie die Yetis gar nicht gibt. Es ist für mich kaum zu glauben, dass man im Westen an das Fernsehen und an Weltraumraketen glaubt, die vielleicht den Mond umkreisen und zur Erde zurückkehren, aber dann wiederum Yetis oder «unbekannte Flugobjekte» leugnet. Die Menschen wollen immer alles in den Händen halten und in Stücke reißen, um zu sehen, wie es funktioniert.

Doch nun stehe ich vor der großen Herausforderung, auf nur wenigen Seiten das zusammenzufassen, wofür ich zuvor ein ganzes Buch gebraucht habe: die Einzelheiten meiner frühen Kindheit.

Ich stamme aus einer sehr hochrangigen Familie, eine der führenden Familien in Lhasa, der Hauptstadt von Tibet. Meine Eltern hatten einen großen Einfluss auf die Regierung des Landes, und weil ich von hohem Rang war, wurde mir eine sehr strenge Erziehung zuteil, damit ich, so wie es vorgesehen war, bereit sei, meinen Platz im Leben einzunehmen. Noch bevor ich sieben Jahre alt war, wurden gemäß unserer Tradition die Astrologenpriester zurate gezogen, um festzustellen, welche Art von Laufbahn mir offenstand. Tage zuvor begannen die Vorbereitungen für ein großes Fest, zu dem alle führenden Bürger und wichtigen Persönlichkeiten von Lhasa eingeladen waren, um mein Schicksal zu erfahren.

Schließlich brach der Tag der Prophezeiung an, und unser Anwesen war von Menschenmengen überfüllt. Die Astrologen erschienen, ausgerüstet mit Papierbögen, Sternenkarten und allem Notwendigen, was sie für ihren Beruf brauchten. Als der passende Augenblick gekommen war und alle Anwesenden aufs äußerste gespannt waren, gaben die Astrologen ihre Ergebnisse bekannt. Feierlich wurde verkündet, dass ich mit sieben Jahren einem Lamakloster beitreten und zum Priester und priesterlichen Arzt und Chirurgen ausgebildet werden sollte.

Es wurden über mein Leben sehr viele Prophezeiungen gemacht. Eigentlich wurde mir mein ganzer Lebensweg aufgezeichnet. Zu meinem großen Bedauern ist alles, was sie gesagt hatten, wahr geworden. Ich sage «Bedauern», weil der größte Teil der Prophezeiungen nur Unglück, Mühsale und Leid beinhaltete. Das machte es einem nicht leichter, wenn man das ganze Leid kennt, das einem bevorsteht.

Im Alter von sieben Jahren trat ich dem Chakpori-Lamakloster bei. Ich machte mich ganz allein auf den Weg. Am Eingang wurde ich zurückgehalten und musste mich einer sehr harten Aufnahmeprüfung unterziehen, um zu sehen, ob ich stark genug und widerstandsfähig war, um dieser Ausbildung gerecht zu werden. Diese Prüfung bestand ich, und ich wurde aufgenommen und mir wurde gestattet einzutreten. Ich durchlief alle Stufen. Angefangen hatte ich als völlig unwissender Anfänger. Am Ende wurde ich

Lama und Abt. Meine besonderen Schwerpunkte aber lagen auf dem Gebiet der Medizin und Chirurgie. Ich studierte mit Eifer, und man gab mir jede Gelegenheit, Leichname zu untersuchen. Im Westen herrscht die Meinung vor, dass tibetische Lamas ihre Patienten nur medizinisch versorgen und keine Operationen durchführen. Man glaubt offenbar auch, dass die tibetische medizinische Wissenschaft wenig entwickelt sei, weil die Medizinlamas nur äußere Behandlungen vornahmen und das Innere des Körpers nicht behandelten. Das ist jedoch nicht zutreffend. Ich gebe zwar zu, dass gewöhnliche Lamas nie Operationen durchführen, da dies gegen ihre Glaubensüberzeugungen verstößt. Doch es gab einen besonderen Kreis von Lamas, dem auch ich angehörte, der dafür ausgebildet wurde, Operationen durchzuführen. Operationen, die möglicherweise sogar über den Rahmen der westlichen Wissenschaft hinausgingen.

In diesem Zusammenhang sei erwähnt, dass im Westen fälschlicherweise geglaubt wird, die tibetische Medizin lehre, das Herz des Mannes befinde sich auf der einen und das der Frau auf der anderen Seite. Nichts könnte lächerlicher sein als das. Solche Informationen stammen von westlichen Autoren, die keinerlei Wissen über das haben, worüber sie schreiben. Sie haben dabei Bezug auf einige unserer grafischen Darstellungen genommen, die sich mit den Astralkörpern auseinandersetzen. Das aber ist etwas ganz und gar anderes. Wie auch immer, das ist nicht das Thema dieses Buches.

Meine Ausbildung war wirklich sehr intensiv. Ich musste nicht nur über meine Spezialgebiete Medizin und Chirurgie Bescheid wissen, sondern auch über alle unsere Heiligen Schriften. Ich musste Prüfungen sowohl in Medizin als auch in Religion ablegen. Nach bestandenen Prüfungen war ich ein voll ausgebildeter Medizinlama und Priester. Da ich beide Gebiete gleichzeitig studierte, bedeutete es, doppelt so hart zu lernen wie der Durchschnitt.

Das gefiel mir nicht immer! Aber natürlich war nicht alles nur Mühsal. Ich unternahm auch viele Reisen in die höher gelegenen Landesteile, um Kräuter zu sammeln. Unsere medizinische Ausbildung beruhte auf der Behandlung mit Heilpflanzen aus der Natur. Im Chakpori lagerten ständig mindestens sechstausend verschiedene Arzneipflanzen. Wir Tibeter sind der Ansicht, dass wir mehr von Naturheilkräuterbehandlungen verstehen als die meisten Menschen in anderen Teilen der Welt. Diese Ansicht hat sich bei mir noch verstärkt, nachdem ich mehrfach um die Welt gereist bin.

Auf mehreren meiner Reisen in die höher gelegenen Gebiete Tibets flog ich mit manntragenden Flugdrachen. Ich segelte über den schroffen Gipfeln der Bergketten und konnte dabei kilometerweit über das Land blicken. Ich nahm auch an einer unvergesslichen Expedition in eines der unzugänglichsten Gebiete Tibets teil. Wir stiegen in die höchste Region des Chang-Tang-Hochgebirges hinauf. Hier fanden wir, die Expeditionsteilnehmer, zwischen Felsklüften verborgen, ein tief nach unten führendes, abgelegenes Tal, das vom ewig brennenden Erdfeuer erwärmt wurde. Heißes Wasser sprudelte aus dem Boden und floss in einen Fluss. Wir entdeckten auch eine riesige Stadt. Die eine Hälfte der Stadt war der warmen Luft des abgeschiedenen Tals ausgesetzt, während die andere Hälfte unter klarem Gletschereis begraben lag. Eis, das so klar war, dass der andere Teil der Stadt durch das gefrorene Wasser deutlich sichtbar war. Der aufgetaute Teil der Stadt war fast unversehrt. Die Jahre waren wirklich sanft mit den Gebäuden umgegangen. Die ruhige Luft und das Fehlen von Wind hatten die Gebäude vor der Verwitterung bewahrt. Wir gingen durch die Straßen, die ersten Menschen, die nach Tausenden von Jahren diese Straßen betreten haben. Wir schlenderten ziellos durch die Häuser, die so aussahen, als würden sie jeden Moment ihre Bewohner erwarten. Erst bei näherem Hinsehen entdeckten wir seltsame versteinerte Skelette. Dann realisierten wir, dass wir hier auf eine ausgestorbene Stadt gestoßen waren. Wir entdeckten viele fantastische Geräte, die darauf schließen ließen, dass dieses verborgene Tal einst die Heimat einer hochentwickelten Zivilisation war – weit fortschrittlicher als jede, die heute auf der Erde existiert. Es bewies uns eindeutig, dass die Menschen dieses vergangenen Zeitalters uns heute als unterentwickelt betrachten würden. Doch in diesem zweiten Buch werde ich noch mehr über diese Stadt berichten.

Als ich noch ziemlich jung war, wurde eine spezielle Operation an mir durchgeführt. Sie wurde «Das Öffnen des dritten Auges» bezeichnet. Dabei wurde mir ein Hartholzspan, den man in einer besonderen Kräuterlösung getränkt hatte, in der Mitte der Stirne eingeführt, um so eine Drüse anzuregen, die meine hellsichtigen Kräfte noch weiter verstärken sollte. Ich war bereits mit einer beträchtlichen Hellsichtigkeit geboren worden, doch nach der Operation nahm diese in außergewöhnlichem Maße zu. Ich konnte die Menschen mit ihrer sie umgebenden Aura sehen, so als wären sie von züngelnden, farbigen Flammen umgeben. In diesen Auren konnte ich ihre Gedanken lesen und ersehen, was ihnen fehlte, sowie ihre Hoffnungen und Ängste erkennen.

Seit ich Tibet verlassen habe, versuche ich, westliche Ärzte und Chirurgen davon zu überzeugen und sie für ein Gerät zu gewinnen, das es ihnen ermöglichen würde, die menschliche Aura so zu sehen, wie sie wirklich ist. Ich weiß, dass sie, wenn sie dazu in der Lage wären, die genaue Ursache von Krankheiten klar erkennen könnten. Ein Aura-Spezialist könnte dann durch die Beobachtung der Farben und Bewegungen der Bänder genau feststellen, unter welcher Krankheit eine Person leidet. Darüber hinaus ließe sich in der Aura eine Krankheit erkennen, noch bevor der physische Körper irgendwelche sichtbaren Symptome zeigt. Die Aura zeigt Krankheiten wie Krebs, Tuberkulose und andere Leiden bereits mehrere Monate an, bevor sie den physischen Körper befallen. Durch diese frühe Warnung könnte der Arzt die Krankheit rechtzeitig erkennen und erfolgreich behandeln. Doch zu meinem Entsetzen und tiefsten Bedauern zeigen westliche Ärzte überhaupt kein Interesse daran. Sie scheinen zu glauben, dass es sich hierbei um Magie handelt. Dabei geht es um ganz einfachen, gesunden Menschenverstand. Jeder Ingenieur weiß, dass eine Hochspannungsleitung von einer Korona umgeben ist. Dasselbe trifft auch auf den menschlichen Körper zu. Es ist nichts anderes als eine ganz gewöhnliche physikalische Angelegenheit, die ich den Spezialisten aufzeigen möchte. Aber sie lehnen es ab, und das ist eine

Tragödie. Doch es wird mit der Zeit kommen. Die Tragik ist nur, dass bis dahin so viele Menschen unnötig leiden und sterben müssen.

Der Dalai Lama, der dreizehnte Dalai Lama, war mein Schirmherr. Er ordnete an, dass mir jede erdenkliche Unterstützung bei der Ausbildung und in der Sammlung von Erfahrungen geboten werden sollte. Er verfügte, dass mir alles gelehrt werden sollte, was ich in mich aufnehmen konnte. Ich sollte nebst den gewöhnlichen Methoden auch mittels Hypnose und durch verschiedene andere Arten unterrichtet werden, die an dieser Stelle nicht erwähnt werden. Einige von ihnen werden in diesem Buch behandelt oder im «Das dritte Auge». Wieder andere Methoden sind so neuartig und so unglaublich, dass die Zeit noch nicht reif ist, um auf sie einzugehen.

Dank meiner hellsichtigen Begabung konnte ich Seiner Heiligkeit, dem Dalai Lama, bei vielen Gelegenheiten eine große Hilfe sein. Oft hielt ich mich in seinem Audienzzimmer verborgen, um aus der Aura der Besucher deren wahre Gedanken und Absichten zu lesen. Dies wurde veranlasst, um festzustellen, ob die Worte mit den tatsächlichen Gedanken der Besucher übereinstimmten, besonders wenn es sich um ausländische Staatsmänner handelte, die den Dalai Lama besuchten. Ich war auch als unsichtbarer Beobachter anwesend, als eine chinesische Delegation vom «Großen Dreizehnten» empfangen wurde und auch, als ein Engländer den Dalai Lama besuchte. Doch im letzteren Fall hätte ich beinahe in meiner Pflicht versagt, aufgrund meines Erstaunens über die bemerkenswerte Kleidung, die der Mann trug. Ich sah zum ersten Mal eine europäische Kleidung!

Meine Ausbildung war langwierig und anstrengend. Sowohl tagsüber als auch nachts fanden Tempelandachten statt. Weiche Betten gab es für uns nicht. Wir wickelten uns in unsere einzige Wolldecke und schliefen auf dem Fußboden. Die Lehrer waren äußerst streng. Wir mussten ständig studieren und lernen und uns alles merken. Notizbücher hatten wir nicht – alles musste auswendig gelernt werden.

Ich studierte auch die Fächer der Metaphysik. Ich befasste mich eingehend und intensiv mit dem Hellsehen, dem Astralreisen und der Telepathie.

Ich durchlief alle Bereiche. Bei einer meiner Einweihungszeremonien besuchte ich die geheimen Grotten, Tunnel und Höhlen unter dem Potala – Orte, von denen die meisten Menschen nichts wissen. Sie sind Relikte aus einer uralten Zivilisation, die sich beinahe schon jenseits der Erinnerungen und beinahe schon jenseits der Rassenerinnerung befinden. An den Wänden befanden sich Zeichnungen und bildliche Darstellungen von Vehikeln, die sich durch die Luft bewegten, und andere, die in die Erde eintauchten. Bei einer weiteren Einweihungszeremonie sah ich die sorgfältig konservierten und einbalsamierten Körper von Riesen, drei Meter bis fünf Meter groß. Auch wurde ich auf die andere Seite des Todes geschickt, um zu erfahren, dass es keinen Tod gibt. Nach meiner Rückkehr galt ich als anerkannte Inkarnation im Range eines Abtes.

Doch ein Abt, der an ein Lamakloster gebunden ist, wollte ich nicht sein. Ich wollte ein freier Lama bleiben, damit ich kommen und gehen konnte, wie es mir beliebte. Ich wollte die Freiheit haben, anderen zu helfen, wie es die Prophezeiung vorhersagte. So wurde mir vom Dalai Lama persönlich der Rang «Lama» verliehen. Durch ihn war ich mit dem Potala in Lhasa verbunden. Selbst danach setzte sich meine Ausbildung fort. Ich erhielt Unterricht in verschiedenen westlichen Wissenschaften, darunter Optik und andere verwandte Fachgebiete. Schließlich rückte der Zeitpunkt heran, an dem ich erneut zum Dalai Lama gerufen wurde, um von ihm neue Weisungen zu erhalten.

Er eröffnete mir, dass ich alles gelernt hätte, was ich in Tibet lernen konnte, und dass die Zeit für mich nun gekommen sei, weiterzuziehen. Ich müsse alles hinter mir lassen, was ich liebte und woran mein Herz hing. Er sagte mir, dass Sondergesandte nach Chungking gereist seien, um mich dort in dieser chinesischen Stadt als Student der Medizin und Chirurgie einzuschreiben.

Mit überaus schwerem Herzen verließ ich den Erhabenen. Niedergeschlagen suchte ich meinen Mentor auf und berichtete ihm, was beschlossen worden war. Anschließend besuchte ich meine Eltern, um ihnen mitzuteilen, dass ich Lhasa verlassen würde und welche Pläne für mich gemacht worden waren. Die Tage vergingen wie im Flug, und schließlich kam der letzte Tag. Ich verließ das Chakpori. Zum letzten Mal sah ich den Lama Mingyar Dondup in Fleisch und Blut. Ich machte mich auf den Weg, ließ Lhasa, die Heilige Stadt, hinter mir und stieg die hohen Bergpässe hinauf. Als ich zurückschaute, war das Letzte, was ich sah, ein tibetisches Symbol: Über den goldenen Dächern des Potala flog einsam ein Drachen.

Kapitel 1
Hinaus ins Unbekannte

Nie zuvor war mir so kalt gewesen. Nie zuvor hatte ich mich so hoffnungslos und so elend gefühlt. Selbst in der kargen Einöde des Chang-Tang-Hochgebirges, sechstausend Meter über dem Meeresspiegel, wo eisige Winde scharfkantigen Sand mit sich führten und bei Temperaturen weit unter dem Gefrierpunkt jede ungeschützte Hautstelle blutig schlugen, war mir wärmer gewesen als jetzt. Dort war die Kälte nicht so bissig gewesen wie jetzt, diese angsteinflößende Eiseskälte, die ich in meinem Herzen spürte. Ich verließ mein geliebtes Lhasa. Als ich mich umdrehte und noch einmal zurückblickte, sah ich winzige Gestalten auf den goldenen Dächern des Potala, über denen ein einsamer Drachen im sanften Wind hüpfte und tanzte. Es war, als würde er mir zurufen: «Lebe wohl, deine Tage des Drachenfliegens sind nun vorbei. Auf zu weit ernsteren Dingen.»

Für mich hatte dieser Drachen eine symbolische Bedeutung: Ein Drachen, hoch oben in der unendlichen Weite des blauen Himmels, der nur durch eine dünne Schnur an sein Haus gebunden war. Auch ich begab mich hinaus in die unendliche Weite der Welt jenseits von Tibet, nur gehalten durch die dünne Schnur meiner Liebe zu Lhasa. Ich zog hinaus in die fremde, furchteinflößende Welt jenseits meines friedlichen Heimatlandes. Mir war schwer ums Herz, als ich meinem Zuhause den Rücken kehrte und zusammen mit meinen Begleitern in das mir große Unbekannte ritt. Auch sie waren unglücklich, doch ihr Trost lag in der Gewissheit, dass sie den Heimweg antreten konnten, sobald sie mich im tausendsechshundert Kilometer entfernten Chungking (alter Name für Chongqing, Anm. d.Ü.) zurückgelassen hatten. Sie kehrten zurück mit dem tröstlichen Wissen, dass jeder Schritt sie der Heimat wieder ein Stück näherbrachte. Ich hingegen musste immer weiterziehen, in mir unbekannte Länder, zu fremden Menschen und noch fremdartigeren Erfahrungen.

Die Prophezeiung, die in meinem siebten Lebensjahr über meine Zukunft gemacht worden war, besagte, dass ich in ein Lamakloster eintreten und zunächst als Chela, dann im Rang eines Trappas und schließlich weiter ausgebildet werden sollte, bis ich die Prüfung zum Lama bestehen konnte. Danach, so hatten die Astrologen errechnet, würde ich Tibet, mein Zuhause und alles, was ich liebte, verlassen und, wie wir es bezeichneten, in das «barbarische China» ziehen. Mein Weg würde mich nach Chungking führen, wo ich studieren sollte, um Arzt und Chirurg zu werden. Laut den Astrologenpriestern würde ich in Kriege verwickelt und in die Gefangenschaft fremder Völker geraten. Ich müsste mich gegen alle Versuchungen und alles Leid behaupten, um denjenigen zu helfen, die in Not waren. Sie hatten mir geweissagt, dass mein Leben hart sein würde, dass Leid, Schmerzen und Undankbarkeit meine ständigen Begleiter sein würden. Wie recht sie doch hatten!

Mit diesen keineswegs frohen Gedanken gab ich das Zeichen, weiterzureiten. Kurz nachdem Lhasa aus unserem Blickfeld entschwunden war, stiegen wir vorsichtshalber von unseren Pferden ab und vergewisserten uns nochmals, ob mit den Pferden alles in Ordnung war. Wir achteten darauf, dass die Sättel richtig saßen und die Gurte weder zu fest noch zu locker waren. Wir wollten unsere Pferde während der Reise stets als unsere Freunde behandeln, daher war es uns wichtig, mindestens genauso gut für sie zu sorgen wie für uns selbst. Als wir sicher waren, dass es ihnen gutging, bestiegen wir sie wieder, richteten den Blick entschlossen nach vorn und setzten unseren Ritt fort.

Es war Anfang 1927, als wir Lhasa verließen. Wir machten uns gemächlich auf den Weg nach Chotang, einer Ortschaft am Ufer des Brahmaputra-Flusses. Zuvor hatten wir uns lange und ausführlich über die beste Route beraten, und die Strecke entlang des Flusses über Kanting wurde uns als die günstigste empfohlen. Der Brahmaputra ist ein Fluss, den ich gut kenne. Ich habe eine seiner Quellen in einem Gebiet des Himalaya überflogen, als ich das Glück gehabt hatte, in einem manntragenden Flugdrachen zu fliegen.

Wir in Tibet betrachteten den Fluss mit Verehrung, aber nicht mit der Ehrfurcht, die ihm anderswo entgegengebracht wurde. Hunderte von Kilometern entfernt, wo er in den Golf von Bengalen strömte, hielt man ihn für heilig, fast so heilig wie Benares. Es sei der Brahmaputra gewesen, so hatte man uns erklärt, der die Bucht von Bengalen erschaffen hätte. In den frühen Tagen der Geschichte floss der Fluss sehr schnell und er war auch sehr tief. Er strömte in einer nahezu geraden Linie von den Bergen herunter, riss die lockere Erde mit sich fort und ließ die wundervolle herrliche Bucht entstehen. Wir folgten dem Fluss durch die Pässe nach Sikang. In den alten Zeiten, den glücklichen Zeiten, als ich noch sehr jung war, war Sikang noch ein Teil von Tibet, eine Provinz von Tibet. Dann fielen die Briten in Lhasa ein, und danach fühlten sich auch die Chinesen dazu ermutigt und fielen in Sikang ein und eroberten es. Mit mörderischer Absicht drangen sie in diesen Teil unseres Landes ein, töteten, vergewaltigten, plünderten und brachten Sikang unter ihre Gewalt. Sie setzten chinesische Beamte ein, Beamte, die anderswo in Ungnade gefallen waren und dadurch bestraft wurden, dass man sie nach Sikang versetzte. Zu ihrem Unglück gewährte ihnen die chinesische Regierung keine Unterstützung. Sie mussten allein zurechtkommen, so gut sie eben konnten. Wir fanden, dass diese Chinesen bloß Marionetten waren, hilflose, untaugliche Männer, über die die Tibeter lachten. Natürlich taten wir von Zeit zu Zeit so, als würden wir den chinesischen Beamten gehorchen, aber es geschah nur aus Höflichkeit. Sobald sie uns den Rücken zudrehten, gingen wir wieder unsere eigenen Wege.

Tag für Tag zog sich unsere Reise hin. Wir rasteten immer dann, wenn wir ein Lamakloster erreichten, in dem wir die Nacht verbringen konnten. Da ich ein Lama war, sogar ein Abt und eine anerkannte Inkarnation, bereiteten uns die Mönche stets den allerbesten Empfang, den sie uns bieten konnten. Darüber hinaus reiste ich unter dem persönlichen Schutz des Dalai Lama, was sehr viel bedeutete.

Wir machten uns wieder auf den Weg und erreichten Kanting. Das ist eine berühmte Marktstadt, die für ihren Yakhandel bekannt war. In erster

Linie aber berühmt als Exportzentrum für den Ziegeltee, den wir in Tibet so bekömmlich finden. Dieser Tee wurde aus China importiert und bestand nicht nur aus gewöhnlichen Teeblättern, sondern war mehr oder weniger ein chemisches Gemisch, das Tee, Zweigstücke, Soda, Salpeter und einige andere Zutaten enthielt. In Tibet gibt es kein so reichhaltiges Nahrungsangebot wie in anderen Teilen der Welt. Unser Tee musste sowohl als eine Art Suppe wie auch als Getränk dienen. In Kanting wurde der Tee gemischt und zu Blöcken oder Ziegeln gepresst, wie sie üblicherweise genannt werden. Diese Ziegel besaßen eine bestimmte Größe und ein bestimmtes Gewicht, sodass sie auf die Pferde und später auf die Yaks geladen werden konnten, die sie dann über das hohe Gebirge nach Lhasa transportierten. Dort wurden sie auf dem Markt verkauft und in ganz Tibet verteilt.

Teeziegel mussten eine bestimmte Größe und Form haben. Sie mussten aber auch speziell verpackt werden, damit sie keinen Schaden nahmen, falls ein Pferd einmal in einer seichten Gebirgsfurt straucheln und der Tee in den Fluss fallen sollte. Diese Ziegel wurden fest in Rohhäute, oder in Rohleder, wie es manchmal genannt wird, eingepackt und dann sofort ins Wasser getaucht. Danach wurden sie zum Trocknen auf die Felsen in die Sonne gelegt. Während sie trockneten, schrumpften die Häute. Sie schrumpften erstaunlich stark und pressten den ganzen Inhalt enorm fest zusammen. Die Häute nahmen ein bräunliches Aussehen an und wurden so hart wie Bakelit oder noch härter. Jedes dieser Lederbündel könnte man, wenn sie trocken waren, den Berghang hinunterrollen lassen, und sie würden unten sicher und unbeschädigt landen. Sie konnten auch in den Fluss fallen und dort vielleicht einige Tage liegen bleiben, und wenn man sie wieder herausfischte und trocknete, blieb alles noch intakt. Sie waren wasserdicht, und von daher konnte nichts verderben. Unsere Teeziegel in ihren getrockneten Häuten gehörten zu den hygienischsten Verpackungen der Welt. Der Tee wurde außerdem oft als Zahlungsmittel benutzt. Ein Händler, der kein Geld auf sich trug, konnte ein Stück Tee abbrechen und es eintauschen. Niemand musste sich Sorgen um Bargeld machen, solange er Teeziegel dabeihatte.

Kanting beeindruckte uns mit ihrem geschäftigen Treiben. Wir waren nur an unser heimatliches Lhasa gewöhnt. Hier in Kanting aber begegneten wir Menschen aus fernen Ländern wie Japan, Indien und Burma sowie Nomaden aus den Gebieten jenseits des Takla-Gebirges. Wir schlenderten über den Marktplatz, mischten uns unter die Händler und lauschten deren fremden Stimmen und unterschiedlichen Sprachen. Wir trafen auf Mönche verschiedener Glaubensrichtungen, darunter Zen-Buddhisten und andere. Danach machten wir uns, wundernd über die neuen Eindrücke, auf den Weg zu einem kleinen Lamakloster außerhalb von Kanting, wo man uns bereits erwartete. Unsere Gastgeber waren bereits besorgt, weil wir noch nicht angekommen waren. Wir erklärten ihnen umgehend, dass wir uns noch auf dem Markt umgesehen und uns den Markttratsch angehört hatten. Der zuständige Abt hieß uns herzlich willkommen und lauschte mit großem Interesse unseren Erzählungen aus Tibet. Er hörte sich die Neuigkeiten an, von denen wir ihm berichteten, denn wir kamen vom Potala, dem Sitz der Gelehrsamkeit. Wir waren auch die Männer, die das Chang-Tang-Hochgebirge besucht und große Wunder gesehen hatten. Unser Ruhm war uns tatsächlich vorausgeeilt.

Früh am Morgen, nachdem wir an der Andacht im Tempel teilgenommen hatten, machten wir uns wieder auf unseren Pferden auf den Weg, bepackt mit ein wenig Proviant: Tsampa. Die Straße war nur ein Saumpfad, der sich hoch oben am Rande einer Felsschlucht entlangzog. Weit unten wuchsen Bäume, mehr Bäume, als wir alle jemals gesehen hatten. Einige waren teilweise unter dem aufsteigenden Dunst eines Wasserfalls verborgen. Riesige Rhododendren gediehen in der Schlucht, und der Boden selbst war mit vielen bunten Blumen übersät, kleinen Bergblumen, die die Luft mit ihrem Duft erfüllten und der Landschaft etwas Farbe verliehen. Doch trotz der Schönheit der Umgebung fühlten wir uns bedrückt und elend – einerseits durch den Gedanken, unsere Heimat verlassen zu müssen, andererseits durch die immer dichtere Luft.

Unablässig führte uns der Weg immer tiefer und tiefer hinab. Uns fiel das Atmen immer schwerer. Es gab noch ein weiteres Problem, mit dem wir zu kämpfen hatten. In Tibet, wo die Luft dünn ist, kocht das Wasser schon bei niedrigen Temperaturen. In den noch höher gelegenen Gebieten konnten wir den Tee tatsächlich trinken, wenn er kochte. Wasser oder Tee ließen wir gewöhnlich so lange auf dem Feuer stehen, bis die aufsteigenden Blasen anzeigten, dass der Tee trinkfertig war. In diesen tieferen Lagen litten wir anfangs sehr unter verbrühten Lippen, als wir die Wassertemperatur zu überprüfen versuchten. Wir waren es gewohnt, den Tee sofort zu trinken, nachdem wir ihn vom Feuer genommen hatten, denn in Tibet mussten wir das tun, sonst hätte die bittere Kälte unserem Tee sofort die ganze Wärme entzogen. Zu diesem Zeitpunkt wussten wir noch nicht, dass der Luftdruck den Siedepunkt beeinflusst. Der Gedanke, dass wir das kochende Wasser abkühlen lassen könnten, ohne dass es gefriert, kam uns nicht in den Sinn.

Besonders große Schwierigkeiten bereitete uns das Atmen. Der hohe Luftdruck setzte unserer Brust und unseren Lungen schwer zu. Zuerst dachten wir, es habe einen emotionalen Grund, weil wir unser geliebtes Tibet verließen. Doch später fanden wir heraus, dass wir beinahe an der Luft ertranken. Keiner von uns war je auf einer Höhe von nur dreihundert Metern über dem Meeresspiegel gewesen. Lhasa selbst liegt auf dreitausendsechshundertfünfzig Metern über dem Meeresspiegel. Oft waren wir in noch höheren Regionen unterwegs, etwa im Chang-Tang-Hochgebirge, das sich über sechstausend Meter erhebt. Wir hatten früher viele Geschichten von Tibetern gehört, die Lhasa verlassen hatten, um im Tiefland ihr Glück zu suchen. Gerüchten zufolge starben viele nach Monaten des Leidens an schweren Lungenerkrankungen. In Lhasa kursierten aufsehenerregende Geschichten, laut denen jene, die in tiefere Lagen zogen, einem schmerzvollen Tod entgegentreten würden.

Ich wusste, dass das nicht stimmte, weil meine Eltern in Shanghai gewesen waren, wo sie etliche Besitztümer besaßen. Sie waren dorthin gereist und kehrten gesund wieder zurück. Mit meinen Eltern hatte ich wenig zu tun.

Sie waren überaus beschäftigt und hatten eine derart hohe Stellung inne, dass sie kaum Zeit für uns Kinder hatten. Die Auskunft über ihre Reise nach Shanghai hatte ich von den Bediensteten erfahren.

Doch jetzt war ich sehr beunruhigt über den schweren Druck, den wir alle auf der Brust verspürten. Unsere Lungen fühlten sich an, als würden sie brennen, und wir hatten das Gefühl, ein Eisenband schnüre uns die Brust zu und hindere uns am Atmen. Jeder Atemzug erforderte enorme Anstrengung. Wenn wir uns zu schnell bewegten, schossen die Schmerzen wie ein Feuer durch uns hindurch. Je weiter wir reisten und je tiefer wir kamen, desto dichter wurde die Luft und desto wärmer die Temperaturen. Ein schreckliches Klima für uns. In Tibet, in Lhasa, wo wir herkamen, herrschte zwar eisige Kälte, aber es war eine trockene, eine gesunde Kälte. Bei solchen Bedingungen spielte die Temperatur keine große Rolle. Doch jetzt brachten uns dieser Druck der Luft und diese hohe Luftfeuchtigkeit beinahe um den Verstand. Wir waren extrem erschöpft.

Einmal versuchten die anderen, mich zu überreden, eine Umkehr nach Lhasa zu erlassen. Sie sagten, wir würden alle sterben, wenn wir unser waghalsiges Unterfangen fortsetzen würden. Doch da ich die Prophezeiungen kannte, wollte ich nichts davon wissen, und so ritten wir weiter. Als es immer wärmer wurde, wurde es uns auch noch schwindelig. Wir fühlten uns fast berauscht und hatten Probleme mit den Augen; wir konnten nicht mehr so weit und so klar sehen wie üblich, und wir schätzten die Entfernungen völlig falsch ein. Erst viel später fand ich die Erklärung dafür. Tibet besitzt die sauberste und klarste Luft auf der Welt, man kann achtzig Kilometer und noch weiter sehen, und man erkennt die Dinge so deutlich, als lägen sie nur gerade zwanzig Kilometer weit entfernt. Hier im Tiefland jedoch konnten wir nicht mehr so weit sehen, unsere Sicht wurde durch die dichte, verunreinigte Luft stark beeinträchtigt.

Viele Tage lang reisten wir weiter und kamen immer tiefer und tiefer und ritten durch Wälder, in denen mehr Bäume wuchsen, als jeder von uns je im Traum für möglich gehalten hätte, denn in Tibet gibt es nicht sehr viele

Wälder oder Bäume. Nach einiger Zeit konnten wir der Versuchung nicht widerstehen, von den Pferden zu steigen und zu den verschiedenen Bäumen zu laufen, sie zu berühren und an ihnen zu riechen. Sie alle waren uns unbekannt und die Vielfalt beeindruckte uns. Die Rhododendren kannten wir natürlich; in Tibet wuchsen viele davon. Rhododendronblüten sind sogar eine besondere Delikatesse, wenn sie richtig zubereitet werden. Wir ritten weiter und staunten über alles. Staunten über den starken Kontrast zwischen dem Gesehenen und unserer Heimat. Ich kann nicht mehr sagen, wie lange wir unterwegs waren – wie viele Tage oder Stunden, denn das interessierte keinen von uns. Wir hatten reichlich Zeit. Die Hast und Hektik der Zivilisation waren uns fremd, und selbst wenn wir davon gewusst hätten, hätte es uns nicht interessiert.

Wir ritten täglich etwa acht bis zehn Stunden. Die Nächte verbrachten wir in Lamaklöstern entlang unserer Route. Es waren nicht immer Klöster, die genau unsere Form des Buddhismus praktizierten, doch das spielte keine Rolle, wir wurden stets herzlich willkommen geheißen. Unter uns, den wahren Buddhisten des Ostens, gab es keine Rivalität, keine Spannungen oder Abneigungen. Ein Reisender war immer willkommen. Und immer, solange wir uns dort aufhielten, nahmen wir, wie es bei uns Sitte ist, an allen Andachten teil. Wir ließen auch keine Gelegenheit aus, uns mit den Mönchen zu unterhalten, die uns so bereitwillig aufnahmen. Sie erzählten uns viele merkwürdige Geschichten über die sich wandelnden Zustände in China. Davon, wie sich die alte Ordnung des Friedens änderte. Sie berichteten, wie die Russen, die «Bären-Menschen», versuchten, die Chinesen mit ihren politischen Idealen zu indoktrinieren, die uns völlig falsch erschienen. Es schien uns, dass das, was die Russen predigten, darauf hinauslief: «Was dein ist, ist mein, und was mein ist, bleibt mein!» Wir hörten auch, dass die Japaner in verschiedenen Teilen Chinas Probleme verursachten. Offenbar drehte es sich um die Frage der Überbevölkerung. Japan hatte zu viele Menschen und zu wenig Nahrung, daher schienen sie zu versuchen, friedliche Völker zu überfallen und auszurauben, als seien nur die Japaner wichtig.

Schließlich verließen wir Sikang und überquerten die Grenzen nach Szechuan. Einige Tage später erreichten wir das Ufer des Yangtse. Hier machten wir an einem späten Nachmittag bei einem kleinen Dorf Halt, nicht weil wir unser Tagesziel erreicht hatten, sondern weil sich vor uns eine Menschenmenge versammelt hatte, offenbar für eine Versammlung. Wir drängten uns durch die Menge, und da wir alle eher kräftig gebaut waren, fiel es uns nicht schwer, uns bis ganz nach vorne zu schieben. Ein großgewachsener weißer Mann stand gestikulierend auf einem Ochsenkarren und pries das Wunder des Kommunismus. Er versuchte, die Bauern zu ermuntern, gegen die Landbesitzer zu rebellieren und diese zu töten. Er schwenkte eine Zeitung mit Bildern in die Luft, die einen scharfgesichtigen, bärtigen Mann zeigten, den er als den «Retter der Welt» bezeichnete. Doch weder die Bilder Lenins noch die Reden des Mannes beeindruckten uns. Angewidert wandten wir uns ab und zogen noch einige Kilometer weiter bis zu einem Lamakloster, in dem wir die Nacht verbringen wollten.

In verschiedenen Teilen Chinas, insbesondere in Sikang, Szechuan und Chinghai, gab es sowohl lamaistische als auch chinesische Klöster und Tempel. Viele Menschen dort zogen den tibetischen Buddhismus vor, deshalb wurden unsere Lamaklöster dort gebaut, um diejenigen zu lehren, die unsere Unterstützung brauchten. Wir strebten nie danach, Andersgläubige zu unserer Religion zu bekehren. Wir drängten niemanden, sich uns anzuschließen, da wir davon überzeugt sind, dass jeder seinen Glauben frei wählen sollte. Wir hatten auch nichts übrig für Missionare, die herumzogen und verkündeten, dass man sich dieser oder jener Religion anschließen müsse, um errettet zu werden. Wir waren überzeugt, dass diejenigen, die Lamaisten werden wollten, diesen Weg auch ohne unsere Überredung finden würden. Schließlich wussten wir selbst, wie wir über die Missionare gelacht haben, die nach Tibet und nach China kamen. Es war unter den Leuten ein verbreiteter Scherz, vorzugeben, bekehrt zu sein, nur um Geschenke und andere sogenannte Vorteile zu erhalten, die die Missionare verteilten. Zudem waren die Tibeter und die Chinesen, die noch der alten Ordnung folgten, sehr höfliche Menschen. Sie bemühten sich, den Missionaren Freude zu bereiten und sie in dem Glauben zu lassen, sie seien erfolgreich. Doch wir haben nie, auch nicht für einen Augenblick, an das geglaubt, was sie uns erzählten. Wir wussten, dass sie ihren eigenen Glauben hatten, aber wir bevorzugten es, unseren eigenen zu bewahren.

Wir zogen weiter und folgten dem Lauf des Yangtse, dem Fluss, den ich später noch so gut kennenlernen sollte. Dieser Weg war sehr angenehm. Fasziniert beobachteten wir die Boote auf dem Fluss. Wir hatten vorher noch nie Boote dieser Art gesehen, außer auf Bildern, und ich hatte einmal während einer besonderen hellsichtigen Sitzung mit meinem Mentor ein Dampfschiff gesehen. Doch dazu später mehr in diesem Buch.

In Tibet setzten unsere Bootsführer Koraks ein, Boote mit einem leichten Holzrahmengerüst, das mit Yakhaut überzogen war. Diese Boote konnten neben dem Bootsführer vier oder fünf Passagiere transportieren. Häufig führte der Bootsmann auch sein nichtzahlender Passagier, sein Haustier, eine Ziege, mit, die an Land zum Transport seiner Habseligkeiten diente. Während der Bootsführer das Boot über die Schulter hievte und über die Felsen kletterte, um Stromschnellen zu umgehen, die das Boot sonst zerstört hätten, trug die Ziege sein Gepäck und andere Lasten. Manchmal benutzte ein Bauer, der einen Fluss überqueren wollte, eine Ziegen- oder Yakhaut, deren Beine und andere Öffnungen abgedichtet wurden. Er benutzte dieses Hilfsmittel ähnlich wie die Menschen im Westen Schwimmflügel nutzen. Doch jetzt galt unser Interesse den eigentlichen Booten mit Segeln, Lateinersegeln, die im Wind flatterten.

An einem Tag blieben wir an einer seichten Stelle des Flusses mit unseren Pferden verblüfft stehen. Wir sahen zwei Männer, die ein langes Netz zwischen sich durch das flache Wasser zogen. Vor ihnen gingen zwei weitere Männer, die mit Stöcken auf das Wasser schlugen und dabei schrecklich laut schrien. Zuerst dachten wir, die beiden seien verrückt und die anderen mit dem Netz versuchten, sie einzufangen. Wir beobachteten sie weiter. Auf ein Zeichen eines Mannes verstummte der Lärm. Die Männer mit dem Netz liefen aufeinander zu, sodass ihr Weg sich kreuzte. Sie zogen die beiden Enden des Netzes zwischen sich zusammen und schleppten es ans Ufer. Dort angekommen, entleerten sie das Netz auf einer Sandbank, und mehrere Kilogramm schimmernde, zappelnde Fische fielen heraus. Das erschütterte uns zutiefst. Wir töten niemals, denn wir glauben, dass es nicht richtig ist, irgendein Lebewesen zu töten. In den Flüssen Tibets näherten sich Fische oft so nah einer ausgestreckten Hand, dass man sie berühren konnte. Sie fraßen einem aus der Hand und zeigten nicht die geringste Furcht vor den Menschen. Oft wurden sie auch als Haustiere gehalten. Hier in China jedoch dienten sie lediglich als Nahrung. Wir fragten uns, wie diese Chinesen sich Buddhisten nennen konnten, während sie so selbstverständlich für ihren eigenen Vorteil töteten.

Wir hatten viel zu viel Zeit vertrödelt. Wir waren vielleicht eine oder zwei Stunden am Flussufer gesessen. Es reichte uns also nicht mehr, für diese Nacht noch ein Lamakloster zu erreichen. Ergeben zuckten wir mit den Schultern und beabsichtigten, etwas abseits des Weges unser Nachtlager aufzuschlagen. Weiter vorne zur Linken entdeckten wir ein kleines, abgelegenes Wäldchen, durch das der Fluss floss. Wir ritten dorthin, stiegen ab und banden unsere Pferde so an, dass sie weiden und das für uns sehr üppige Gras fressen konnten.

Hier war es sehr leicht, Äste zu sammeln und ein Feuer zu machen. Wir kochten unseren Tee und aßen unser Tsampa. Eine Zeitlang saßen wir noch um das Feuer herum und unterhielten uns über Tibet, über das, was wir während der Reise gesehen und erlebt hatten, und darüber, wie wir uns die Zukunft vorstellten. Einer nach dem anderen meiner Begleiter gähnte, wandte sich ab, hüllte sich in seine Decke ein und schlief. Als schließlich die Glut versiegte und es dunkel wurde, wickelte auch ich mich in meine Decke ein und legte mich hin, aber nicht, um zu schlafen. Ich dachte an die vielen Entbehrungen, die ich ertragen hatte. Ich dachte an mein Elternhaus, das ich im Alter von sieben Jahren verlassen hatte, um in ein Lamakloster einzutreten. Ich dachte an die harten Umstände und die strenge Ausbildung.

Ich dachte an meine Expeditionen ins Hochland und weiter nach Norden in das mächtige Chang-Tang-Hochgebirge. Ich dachte auch an den Erhabenen, wie wir den Dalai Lama nennen, und dann auch unvermeidlich an meinen geliebten Mentor, den Lama Mingyar Dondup. Ich war krank vor Sorge und tief betrübt. Auf einmal schien es, als würde die Landschaft wie von der Mittagssonne erhellt. Erstaunt blickte ich auf und sah vor mir meinen Mentor stehen.

«Lobsang! Lobsang!», rief er aus. «Warum bist du so niedergeschlagen? Hast du es schon vergessen? Auch das Eisenerz mag denken, es werde sinnlos im Schmelzofen gequält, doch wenn die gehärtete Klinge aus feinstem Stahl zurückschaut, weiß sie es besser. Du hast wirklich eine schwere Zeit durchgemacht, Lobsang, doch all das diente einem guten Zweck. Diese Welt ist, so wie wir oft darüber gesprochen haben, nur eine Illusion, eine Welt der Träume. Dir stehen noch viele Herausforderungen und viele harte Prüfungen bevor. Doch du wirst sie meistern und über sie triumphieren. Am Ende wirst du die Aufgabe erfüllen, die du dir vorgenommen hast.»

Ich rieb mir die Augen. Erst jetzt wurde es mir bewusst, ja natürlich, der Lama Mingyar Dondup war astralreisend zu mir gekommen. Ich selbst hatte das schon oft getan, doch er kam so unerwartet. Es zeigte mir deutlich auf, dass er immer an mich dachte und mir in Gedanken beistand.

Eine Zeitlang unterhielten wir uns über die Vergangenheit, sprachen über meine Schwächen und empfanden in einem flüchtigen, warmen Moment des Glücks die vielen schönen Zeiten nach, die wir wie Vater und Sohn miteinander verbracht hatten. Er zeigte mir mittels geistiger Bilder einige der Mühen auf, denen ich begegnen werde, und – was erfreulicher war – auch den möglichen Erfolg, den ich trotz aller fremden Versuche, diesen zu verhindern, erreichen könnte. Nach einer unbestimmten Zeit verblasste der goldene Schein, während mein Mentor seine letzten Worte der Hoffnung und Ermutigung immer wieder wiederholte. Mit diesen prägenden Gedanken legte ich mich unter dem frostigen Sternenhimmel nieder und schlief ein.

Am nächsten Morgen wachten wir früh auf und bereiteten unser Frühstück vor. Gemäß unserer Tradition begannen wir den Tag mit einer Morgenandacht, die ich als oberstes geistliches Mitglied unserer Gruppe leitete. Anschließend setzten wir unsere Reise auf dem Trampelpfad entlang des Flusses fort.

Gegen Mittag bog der Fluss nach rechts ab, doch wir folgten weiterhin dem geraden Weg. Dieser führte uns zu einer Straße, die uns ungewöhnlich breit erschien. Rückblickend war es tatsächlich nur eine kleine Straße, aber wir hatten zuvor noch nie eine solche von Menschenhand geschaffene Straße gesehen. Während wir weiterritten, waren wir von ihrer Beschaffenheit beeindruckt, besonders von dem Komfort, nicht ständig Wurzeln oder Schlaglöchern ausweichen zu müssen. Unsere Pferde trotteten gemächlich die Straße entlang, und wir rechneten damit, Chungking in zwei oder drei Tagen zu erreichen. Plötzlich trug der Wind etwas Unerklärliches zu uns herüber, das uns veranlasste, einander beunruhigt anzublicken. Einer meiner Kameraden schaute zufällig zum fernen Horizont, richtete sich erschrocken in den Steigbügeln auf, machte große Augen und gestikulierte heftig mit den Händen.

«Schaut!», rief er. «Da kommt ein Sandsturm!»

Er zeigte nach vorn, von wo sich uns zweifellos eine grauschwarze Wolke mit beträchtlicher Geschwindigkeit näherte. Auch in Tibet kennen wir Sandstürme, die feine Sandkörner mit sich führen und mit über hundertdreißig Stundenkilometern über das Land fegen. Alle mussten sich dann vor ihnen in Sicherheit bringen, außer den Yaks. Die dicke Wolle der Yaks schützte sie vor Verletzungen, doch alle anderen Lebewesen, vor allem die Menschen, werden durch diese scharfkantigen Sandkörner verletzt, die ihnen Hände und Gesichter so zerkratzten, dass es blutete. Wir waren beunruhigt, da dies der erste Sandsturm war, den wir erlebten, seit wir Tibet verlassen hatten. Wir schauten uns suchend nach Schutz um, konnten jedoch nichts Geeignetes finden. Zu unserem Entsetzen war die herannahende Wolke von einem merkwürdigen Geräusch begleitet, das seltsamer klang als alles, was wir je gehört hatten. Es erinnerte an eine Tempeltrompete, die von einem völlig unmusikalischen Anfänger gespielt wurde, oder – wie wir leidvoll dachten – an eine Teufelsheerschar, die auf uns zu marschierte. «Thrum-Thrum-Thrum» dröhnte es immer lauter und unheimlicher, begleitet von einem Rasseln und Klappern. Wir waren derart verängstigt, dass wir uns kaum noch rühren und klar denken konnten. Die Staubwolke raste immer schneller auf uns zu. Wir waren vor Angst beinahe wie erstarrt. Wieder dachten wir an die Staubwolken in Tibet, aber die hatten sich uns nicht mit einem solchen Lärm genähert. In großer Panik schauten wir uns erneut nach einem Unterschlupf um, nach einem Ort, an dem wir uns vor diesem fürchterlichen Sturm, der auf uns zukam, schützen konnten. Unsere Pferde brauchten nicht annähernd so lange wie wir, um zu entscheiden, in welche Richtung sie sich wenden sollten. Sie stoben auseinander, stellten sich auf die Hinterbeine und bäumten sich auf. Ich hatte den Eindruck, als würden die Hufe meines Pferdes in die Luft schnellen, während es sein kräftigstes Wiehern von sich gab. Es schien sich in der Mitte durchzubiegen, gefolgt von einem eigenartigen Ruck und dem Gefühl, als sei irgendetwas gebrochen.

«Oh, mein Bein ist abgerissen worden!», dachte ich erschrocken. Darauf trennte sich mein Pferd von meiner Gesellschaft. Ich segelte in hohem Bogen durch die Luft und landete flach auf dem Rücken neben der Straße, wo ich wie gelähmt liegenblieb. Schnell kam die Staubwolke näher. In ihrem Innern erblickte ich den Teufel persönlich. Ein röhrendes schwarzes Ungeheuer, das ratterte und brüllte. Es kam und fuhr an mir vorbei. Flach auf dem Rücken liegend und völlig verwirrt, hatte ich mein erstes Auto gesehen – einen alten, verbeulten amerikanischen Lastwagen, der lärmend mit Höchstgeschwindigkeit fuhr und von einem grinsenden Chinesen gesteuert wurde. Und erst der Gestank! «Teufelsatem» nannten wir es später. Eine Mischung aus Benzin, Öl und Kuhmist. Der Mist, den er geladen hatte, schüttelte es nach und nach über den Rand, und ein Teil davon landete mit einem lauten Platschen neben mir. Der Lastwagen donnerte vorbei, zog eine Staubwolke und schwarze Rauchfahnen hinter sich her. Bald war er nur noch ein kleiner, tanzender Punkt in der Ferne, der unsicher von einer Seite der Straße zur anderen schwankte, während der Lärm langsam nachließ und schließlich verstummte.

Als wieder Ruhe eingekehrt war, blickte ich mich um. Meine Begleiter waren nirgends zu sehen, und schlimmer noch: Mein Pferd war verschwunden! Ich kämpfte noch immer damit, den zerrissenen Sattelgurt zu lösen, der sich um mein Bein gewickelt hatte, als meine beiden Begleiter einer nach dem anderen vorsichtig wieder auftauchten. Sie schauten sich schüchtern und nervös um, halb erwartend, dass ein weiterer dieser brüllenden Dämonen erscheinen könnte. Wir wussten immer noch nicht genau, was wir da gesehen hatten. Alles ging viel zu schnell, und die Staubwolke verdeckte das meiste. Die anderen stiegen schuldbewusst von ihren Pferden und halfen mir, den Straßenschmutz aus meinem Gewand zu wischen. Endlich sah ich wieder einigermaßen passabel aus – doch was war mit meinem Pferd geschehen? Meine Kameraden, die aus verschiedenen Richtungen gekommen waren, hatten es nicht gesehen. Wir schauten uns um, riefen nach ihm und suchten den staubigen Boden nach Hufspuren ab, aber es blieb spurlos verschwunden. Es schien, als wäre das arme Tier auf den Lastwagen gesprungen und von ihm davongetragen worden. Nein, wir konnten nicht die geringste Spur von ihm entdecken. Wir setzten uns neben die Straße und beratschlagten, was wir jetzt tun sollten. Einer meiner Kameraden bot an, in einer Hütte in der Nähe zu warten, damit ich sein Pferd nehmen könnte. Nach der Rückkehr seines Kameraden würde er es dann wieder zurückbekommen, sobald dieser mich in Chungking abgesetzt hätte. Doch ich lehnte ab. Ich wusste, dass er nur eine Pause machen wollte, und das würde uns auch nicht helfen, das Geheimnis des verschwundenen Pferdes zu lösen.

Als die Pferde meiner Begleiter wieherten, kam aus einer nahegelegenen chinesischen Bauernhütte ein gedämpftes Wiehern zurück, als ob jemand eine Hand über die Nüstern gehalten hätte. Uns ging ein Licht auf. Wir blickten einander an und machten uns bereit, unmittelbar zur Tat zu schreiten. Warum sollte sich ausgerechnet in dieser ärmlichen Hütte ein Pferd befinden? Diese heruntergekommene Behausung schien nicht das Zuhause eines Mannes zu sein, der ein Pferd besaß. Offensichtlich wurde das Pferd dort vor uns versteckt.

Wir sprangen auf und suchten nach einer geeigneten Bewaffnung. Da wir nichts Passendes fanden, brachen wir von den nahen Bäumen ein paar Äste ab und näherten uns entschlossen der Hütte. Die Tür war eine wackelige Angelegenheit, die mit Lederriemen statt Scharnieren befestigt war. Auf unser höfliches Klopfen erfolgte keine Antwort. Es herrschte Totenstille. Nicht ein Laut war zu hören. Auf unsere nachdrückliche Aufforderung, die Tür zu öffnen, erfolgte keine Reaktion. Doch wir wussten, dass ein Pferd dort drinnen gewiehert hatte und dieses Wiehern abrupt verstummt war. So machten wir uns daran, die Tür gewaltsam zu öffnen. Für kurze Zeit hielt sie unseren Bemühungen stand, doch als die Lederscharniere schon langsam zu reißen drohten und die Tür in Schräglage geriet und kurz vor dem Zusammenbrechen war, wurde sie hastig geöffnet. Drinnen stand ein verhutzelter Chinese, dessen Gesicht vor Schreck erbleicht war. Die Hütte selbst war ein schäbiger, schmutziger Schuppen, und der Besitzer ein Mann, der einen zerrissenen Lumpensack trug. Doch das interessierte uns nicht. In der Hütte stand mein Pferd, das mit einem Sack über den Nüstern in einer Ecke stand, offensichtlich um es ruhig zu halten. Wir waren über das Verhalten dieses chinesischen Bauern alles andere als erfreut und machten ihm unser Missfallen unmissverständlich klar. Unter dem Druck unserer Fragen gab er schließlich zu, dass er das Pferd von uns hatte stehlen wollen. Wir, so sagte er, seien reiche Mönche, die den Verlust eines oder zweier Pferde leicht verkraften könnten. Er dagegen sei bloß ein armer Bauer. Seinem Gesichtsausdruck nach zu urteilen, dachte er wahrscheinlich, wir wollten ihn töten. Wir müssen einen wirklich grimmigen Anblick geboten haben, denn wir waren über tausenddreihundert Kilometer weit geritten, waren müde und sahen ungepflegt aus. Doch wir hatten nichts Böses mit ihm im Sinn. Unsere vereinten Chinesischkenntnisse reichten aber allemal aus, um ihm unsere Meinung über sein Verhalten, sein unvermeidliches Ende und die

vorbestimmten Konsequenzen seines Handelns im nächsten Leben klarzu-
machen. Nachdem wir uns das von der Seele geredet hatten und uns gewiss
waren, dass es auch seine Seele erreichte, sattelten wir das Pferd wieder.
Sorgsam achteten wir darauf, dass die Steigbügelbänder festsaßen und setzten unsere Reise nach Chungking fort.

Diese Nacht verbrachten wir in einem kleinen, sehr kleinen Lamakloster.
Es beherbergte nur sechs Mönche, die uns mit großer Gastfreundschaft aufnahmen. Die darauffolgende Nacht war die letzte unserer langen Reise. Wir
erreichten ein weiteres Lamakloster, in dem wir als Gesandte Seiner Heiligkeit mit der Höflichkeit begrüßt wurden, die wir mittlerweile als angemessen
empfanden. Auch hier wurden wir mit Essen und Unterkunft versorgt. Wir
nahmen an ihren Tempelandachten teil und unterhielten uns bis spät in die
Nacht mit ihnen über die Ereignisse in Tibet, unsere Reisen in das nördliche
Hochgebirge und berichteten über den Dalai Lama. Es erfüllte mich mit
großer Freude, als ich erfuhr, dass selbst hier mein Mentor, der Lama Mingyar Dondup, gut bekannt war. Besonders interessant fand ich es, einen japanischen Mönch zu treffen, der in Lhasa gewesen war und dort unsere Form
des Buddhismus studiert hatte, die sich so stark vom Zen-Buddhismus unterscheidet.

Sehr viel zu reden, gab es über die bevorstehenden Veränderungen in
China, über die Revolution und über die neue Gesellschaftsordnung. Eine
Gesellschaftsordnung, die vorsah, dass alle Landbesitzer vertrieben und un-
gebildete Bauern an ihre Stelle treten sollten. Überall waren russische Agita-
toren unterwegs, die Wunder versprachen, aber nichts, überhaupt nichts
Konstruktives vollbrachten. In unseren Augen waren diese russischen Agi-
tatoren Werkzeuge des Teufels, die das Volk spalteten und zugrunde richteten, vergleichbar mit einer Seuche, die den Körper befällt.

Die Räucherstäbchen brannten nieder und wurden immer wieder durch
neue ersetzt. Wir sprachen weiter und drückten unsere Abscheu über die
schrecklichen Veränderungen aus. Die menschlichen Werte wurden ver-
dreht. Seelenangelegenheiten wurden nicht mehr als wichtig erachtet,

sondern nur noch die vergängliche Macht. Die Welt war ein kranker Ort. Hoch oben am Himmel zogen die Sterne ihre Bahnen. Wir redeten weiter und legten uns schließlich dort, wo wir uns gerade aufhielten, nacheinander zum Schlafen hin. Wir wussten, dass am nächsten Tag unsere Reise ihrem Ende entgegenging. Meine Reise würde vorerst enden, doch meine Kameraden kehrten heim nach Tibet und ließen mich in einer fremden, unfreundlichen Welt zurück, in der die Macht das Sagen hatte. In dieser letzten Nacht fand ich nicht sofort in den Schlaf.

Am nächsten Morgen, nach der üblichen Tempelandacht und einer sehr guten Mahlzeit, setzten wir unsere Reise auf unseren ausgeruhten Pferden in Richtung Chungking fort. Der Verkehr war nun deutlich dichter. Es wimmelte nur so von Lastwagen und anderen Räderfahrzeugen. Unsere Pferde waren störrisch und verängstigt, denn sie waren weder den Lärm noch die vielen Fahrzeuge gewohnt, und der ständige Benzingeruch irritierte sie. Es war wirklich anstrengend, im Sattel zu bleiben.

Mit Interesse beobachteten wir die Menschen, die auf den terrassenförmig angelegten Feldern arbeiteten, die mit menschlichen Exkrementen gedüngt wurden. Die Arbeiter waren blau gekleidet, dem China-Blau. Sie alle wirkten alt und müde. Sie bewegten sich teilnahmslos, als wäre das Leben eine zu schwere Last für sie, oder als seien ihre Seelen gebrochen und es gäbe nichts mehr, wofür es sich zu leben oder anzustrengen lohnte. Männer, Frauen und Kinder arbeiteten gemeinsam.

Wir ritten weiter. Wir folgten immer noch dem Lauf des Flusses, an den wir uns vor wenigen Kilometern wieder angeschlossen hatten. Schließlich kamen die hohen Klippen in Sicht, auf denen die Altstadt von Chungking erbaut worden war. Für uns war dies der allererste Anblick einer bekannten Stadt außerhalb von Tibet. Fasziniert blieben wir stehen. Doch in meinem Blick lag auch ein wenig Angst vor dem neuen Leben, das vor mir lag.

In Tibet war ich aufgrund meines Rangs, meiner Fähigkeiten und meiner engen Verbindung zum Dalai Lama im ganzen Land angesehen. Nun jedoch war ich als Student in eine fremde Stadt gekommen. Das erinnerte mich allzu lebhaft an die Beschwernisse meiner Anfangsjahre. Daher sah ich der Szenerie vor mir nicht gerade mit Freude entgegen. Dies, wie ich nur zu gut wusste, war bloß ein weiterer Schritt auf meinem langen, beschwerlichen Weg, einem Weg, der mir Leiden bringen und mich in unbekannte Länder führen würde. In noch fremdartigere Länder als China, in den Westen, wo die Menschen nur das Gold verehrten.

Vor uns erstreckte sich eine Anhöhe mit Terrassenfeldern, die sich halsbrecherisch an den Steilhang klammerten. Ganz oben wuchsen Bäume, die uns wie ein Wald erschienen, denn bis vor kurzem hatten wir noch nie so viele Bäume auf einmal gesehen. Auch hier auf den entfernten Feldern arbeiteten die blau gekleideten Gestalten und mühten sich ab, so wie es schon ihre Vorfahren getan hatten. Einrädrige Karren, die von kleinen Ponys gezogen wurden, holperten vorbei, beladen mit landwirtschaftlichen Erzeugnissen für die Märkte von Chungking. Es waren ungewöhnliche Fahrzeuge: Das Rad befand sich in der Mitte der Ladefläche, sodass auf beiden Seiten Platz für das Transportgut blieb. Auf einem der Karren, den wir sahen, saßen ausbalanciert, auf der einen Seite des Rades eine alte Frau und auf der anderen, zwei kleine Kinder.

Chungking! Das Ende der Reise für meine Begleiter und der Anfang der Reise für mich. Der Beginn eines anderen Lebens. Ich sah ihm nicht gerade mit Freude entgegen, als ich in die tiefe Schlucht hinunterschaute, wo der sprudelnde Fluss entlanglief. Die Stadt war auf hohen Felsklippen erbaut, deren Häuser sich dicht an dicht aneinanderdrängten. Von unserem Standpunkt aus sah sie wie eine Insel aus, doch wir wussten, dass sie es nicht war, sondern auf drei Seiten vom Wasser der Flüsse Jangtse und Chialing umgeben. Am Fuße der Klippen erstreckte sich eine Flussinsel mit einem breiten Sandstrand, die bis zu der Stelle reichte, wo sich die Flüsse trafen. Diese Stelle sollte ich in den folgenden Monaten noch gut kennenlernen. Langsam stiegen wir wieder auf unsere Pferde und ritten weiter. Als wir näher kamen, sahen wir überall Treppen. Ein scharfer Stich von Heimweh durchfuhr uns, als wir die siebenhundertachtzig Stufen der Treppenstraße hinaufstiegen, die uns an den Potala erinnerten. Und so erreichten wir schließlich Chungking.

Kapitel 2
Chungking

Wir ritten an den Geschäften mit den hell erleuchteten Schaufenstern vorbei. Hinter den Scheiben lagen allerlei Produkte und Waren, die wir noch nie gesehen hatten. Einige davon hatten wir allerdings schon in Magazinen abgebildet gesehen, Magazine, die von Indien über den Himalaya nach Lhasa gebracht worden waren und ursprünglich aus dem sagenumwobenen Land, den USA, stammten. Auf einem der sonderbarsten Vehikel, das ich jemals zu Gesicht bekommen hatte – ein Eisengestell mit zwei Rädern, eines vorne und eines hinten – kam uns ein junger Chinese entgegengebraust. Er starrte uns an und konnte einfach die Augen nicht von uns lassen. Dadurch verlor er die Kontrolle über sein Gefährt. Das Vorderrad prallte gegen einen Stein, und das Vehikel kippte zur Seite. Der Fahrer flog in hohem Bogen über das Vorderrad und landete auf dem Rücken, wobei er beinahe eine ältere chinesische Dame von den Beinen fegte. Sie drehte sich um und beschimpfte den armen Kerl, der durch den Sturz bereits genug gestraft war, wie wir fanden. Völlig verdutzt stand er auf, hob das Eisengestell auf, dessen Vorderrad verbogen war, und schulterte es. Betrübt stieg er die Treppenstraße hinunter. Wir hatten das Gefühl, an einem verrückten Ort gelandet zu sein, denn alle benahmen sich äußerst eigenartig. Langsam ritten wir die Straße entlang, staunten über die Waren in den Schaufenstern und fragten uns, wie teuer sie wohl sein mochten und wozu sie dienten. Obwohl wir einige Dinge aus amerikanischen Magazinen kannten, hatte keiner von uns je ein einziges Wort darin verstanden. Wir hatten uns immer nur die Bilder angesehen.

Etwas später erreichten wir die Hochschule, die ich besuchen sollte. Wir stiegen von unseren Pferden ab, und ich ging in das Gebäude, um meine Ankunft zu melden. Da einige meiner Freunde in der Gewalt der Kommunisten sind, möchte ich hier keine Details preisgeben, die ihre Identität verraten könnten. Damals hatte ich mich der jungen tibetischen Widerstandsbewegung angeschlossen, die überaus aktiv gegen die Kommunisten in Tibet vorging.

Ich trat ein und sah vor mir drei Stufen, die ich hinaufstieg, bevor ich in einen Raum gelangte. Hinter einem Schreibtisch saß ein junger Chinese auf einer dieser merkwürdigen kleinen Holzplattformen, die von vier Stangen getragen wurden und deren Rückenlehne von zwei weiteren Stangen gestützt wurde. «Was ist das nur für eine faule Art zu sitzen», dachte ich, «das würde ich nie fertigbringen!» Der junge Mann sah sehr freundlich aus und trug, wie die meisten Chinesen, blaue Leinenkleidung. An seiner Jacke war ein Aufnäher angebracht, der ihn als Angestellten der Hochschule auswies. Als er mich bemerkte, weiteten sich seine Augen, und auch sein Mund öffnete sich leicht. Dann stand er auf, faltete die Hände und verbeugte sich tief.

«Ich bin einer der neuen Studenten», sagte ich. «Ich komme aus Lhasa, Tibet. Ich habe hier ein Schreiben vom Abt des Potala-Lamaklosters.»

Ich zog den großen Umschlag hervor, den ich während unserer ganzen Reise sorgfältig gehütet und vor allen Widrigkeiten bewahrt hatte. Er nahm ihn entgegen, verbeugte sich dreimal und sagte dann: «Ehrwürdiger Herr Abt, würden Sie sich bitte solange setzen, bis ich zurückkomme?»

«Ja», antwortete ich. «Ich habe Zeit.» Dann setzte ich mich in die Lotusposition auf den Fußboden.

Er sah etwas verlegen aus, knetete nervös die Finger und trat von einem Fuß auf den anderen. Schließlich schluckte er und sagte: «Ehrwürdiger Herr Abt, dürfte ich Sie in aller Demut und mit dem allergrößten Respekt bitten, sich an diese Stühle hier zu gewöhnen? Wir benutzen sie an dieser Hochschule.»

Vorsichtig erhob ich mich und setzte mich auf eine dieser unbequemen Vorrichtungen. Ich dachte – und denke das noch heute – dass man alles einmal ausprobieren sollte. Doch dieses Ding kam mir wie ein Folterinstrument vor. Der junge Mann ging weg und ließ mich allein auf dem Stuhl zurück. Unbehaglich rutschte ich hin und her. Bald begann mein Rücken zu schmerzen, und mein Nacken wurde steif. Ich fühlte mich äußerst unwohl. «Warum», fragte ich mich, «kann man hier in diesem unseligen Land nicht einfach auf dem Boden sitzen, so wie wir es in Tibet tun? Warum muss man erhöht sitzen?» Ich versuchte, mein Gewicht zur Seite zu verlagern, aber der Stuhl ächzte, knarrte und wackelte. Danach wagte ich mich kaum noch zu bewegen, aus Angst, das ganze Ding könnte unter mir zusammenbrechen.

Der junge Mann kehrte zurück, verbeugte sich wieder vor mir und sagte: «Der Rektor möchte Sie sprechen, ehrwürdiger Herr Abt. Würden Sie mir bitte folgen?»

Er deutete mir mit einer Handbewegung, vorauszugehen.

«Nein. Gehen Sie voraus», bat ich ihn. «Ich kenne den Weg nicht.»

Er verbeugte sich erneut und übernahm die Führung. Es kam mir immer etwas albern vor, wenn einige dieser Fremden sagten, sie würden einem den Weg zeigen, aber dann erwarteten, dass man sie führte. Wie kann man jemanden führen, wenn man selbst nicht weiß, wohin man gehen soll? Das war damals mein Standpunkt, und das ist er bis heute. Der junge Mann in blauer Kleidung führte mich durch einen Korridor. Fast am Ende des Ganges klopfte er an eine Tür. Mit einer weiteren Verbeugung öffnete er sie mir und sagte: «Der ehrwürdige Herr Abt, Lobsang Rampa.»

Mit diesen Worten ließ er mich im Raum stehen und schloss die Tür hinter mir. Vor dem Fenster stand ein alter Mann, der sehr liebenswürdig aussah. Er war glatzköpfig und hatte einen kurzen Kinnbart. Es war ein Chinese. Merkwürdigerweise trug er diese schreckliche Kleidung, die ich schon einmal gesehen hatte und die als «westlicher Kleidungsstil» bezeichnet wurde. Er trug ein blaues Jackett und eine blaue Hose mit einem dünnen weißen Streifen. Unter seinem Kragen steckte eine bunte Krawatte. Ich dachte, wie bedauerlich es war, dass ein so beeindruckender alter Herr sich derart herausgeputzt kleiden musste.

«So, Sie sind also Lobsang Rampa», begrüßte er mich. «Ich habe schon viel von Ihnen gehört. Ich fühle mich sehr geehrt, Sie hier als einen unserer Studenten begrüßen zu dürfen. Ich habe neben dem Schreiben, das Sie mir mitgebracht haben, noch ein weiteres Schreiben erhalten. Ich kann Ihnen versichern, dass die Ausbildung, die Sie bis anhin erhalten haben, Ihnen hier sehr zugutekommen wird. Ihren Mentor, den Lama Mingyar Dondup, mit dem ich in Briefkontakt stehe, habe ich vor einigen Jahren in Shanghai kennengelernt, bevor ich nach Amerika reiste. Mein Name ist Lee. Ich bin der Rektor hier.»

Ich musste mich setzen und alle möglichen Fragen beantworten, damit er meine Kenntnisse in meinen Studienfächern und der Anatomie testen konnte. Doch das, was mir wichtig schien, wie etwa meine Kenntnisse der Heiligen Schriften, darüber befragte er mich überhaupt nicht.

«Ich bin sehr zufrieden über Ihren Wissensstand», sagte er, «aber Sie werden trotzdem noch intensiv studieren müssen. Hier an dieser medizinischen Hochschule lehren wir nicht nur die chinesische Medizin, sondern auch die Methoden der amerikanischen Medizin und Chirurgie. Außerdem werden Sie eine Reihe von Fächern studieren müssen, die bisher nicht auf Ihrem Lehrplan standen. Ich habe in den Vereinigten Staaten von Amerika promoviert und bin vom Kuratorium damit beauftragt worden, eine Anzahl junger Männer nach den neuesten amerikanischen Methoden auszubilden und diese Methoden so anzupassen, dass sie auf die Bedingungen in China anwendbar sind.»

Er sprach noch eine Weile weiter und erzählte mir von den Fortschritten der amerikanischen Medizin und Chirurgie sowie von den diagnostischen Methoden, die dort verwendet werden. Außerdem erklärte er: «Zusätzlich zu der fundierten Ausbildung, die Ihr Mentor Ihnen vermittelt hat, müssen Sie auch in den Fächern Elektrizität und Magnetismus unterrichtet werden und die Fächer Wärme, Licht und Schall studieren.»

Erschrocken sah ich ihn an. Die ersten beiden Begriffe, Elektrizität und Magnetismus, sagten mir überhaupt nichts. Ich hatte nicht die geringste Ahnung, wovon er sprach. Aber Wärme, Licht und Schall? Nun ja, dachte ich, darüber weiß doch jeder Trottel Bescheid. Man braucht Wärme, um Tee zu kochen, Licht, um sehen zu können, und Schall, um zu sprechen. Was könnte es da noch zu lernen geben?

Er fügte weiter hinzu: «Da Sie es gewohnt sind, hart zu arbeiten, schlage ich vor, dass Sie doppelt so viel studieren wie die anderen und zwei Kurse gleichzeitig belegen. Sie sollten sowohl unseren Einführungskurs in Medizin, wie wir ihn nennen, als auch die medizinische Ausbildung parallel absolvieren. Mit Ihrer langjährigen Lernerfahrung sollten Sie das schaffen. Das neue Semester beginnt in zwei Tagen.»

Er drehte sich um und blätterte in seinen Unterlagen. Dann nahm er einen Füllfederhalter in die Hand, den ich aus einem Bild kannte – den ersten, den ich je gesehen hatte – und murmelte: «Lobsang Rampa, Spezialausbildung: Elektrizität und Magnetismus. Herrn Wu aufsuchen. Vermerken, dass ihm besondere Aufmerksamkeit geschenkt werden sollte.»

Er legte den Füllfederhalter beiseite, trocknete das Geschriebene sorgfältig ab und stand auf. Ich bemerkte mit großem Interesse, dass er zum Trocknen der Schrift Papier verwendete. Wir benutzten besonders gut getrockneten Sand dazu.

Er stand vor mir und sah mich an.

«Sie sind in einigen ihren Lehrfächern weit fortgeschritten», sagte er. «Unserem Gespräch nach zu schließen, würde ich sagen, Sie sind sogar weiter fortgeschritten als manche unserer Ärzte. Doch diese beiden Fächer, über die Sie noch nichts wissen, die müssen Sie noch lernen.»

Er läutete eine Glocke und fuhr fort: «Ich werde veranlassen, dass man Sie herumführt und Ihnen die verschiedenen Abteilungen zeigt, damit Sie ein paar Eindrücke von diesem Tag mitnehmen können. Sollten Sie im Zweifel sein, oder sich unsicher fühlen, dann kommen Sie zu mir. Ich habe Ihrem Mentor versprochen, Ihnen nach besten Kräften beizustehen.»

Er verbeugte sich vor mir und ich erwiderte die Verbeugung und berührte dabei die Brust. Der junge Mann in Blau betrat das Zimmer. Der Rektor unterhielt sich mit ihm in Mandarin. Dann wandte er sich wieder an mich und sagte: «Bitte begleiten Sie Ah Fu. Er wird Sie durch unsere Hochschule führen und Ihnen jede Frage beantworten.»

Diesmal wandte sich der junge Mann gleich um und ging vor mir hinaus. Behutsam schloss er die Zimmertür des Rektors hinter uns. Im Korridor sagte er: «Wir müssen zuerst zur Anmeldung gehen, wo Sie Ihren Namen eintragen müssen.»

Wir gingen den Korridor entlang und durchquerten eine große Halle mit einem glänzenden Boden. Am anderen Ende lag ein weiterer Korridor. Wir folgten ihm ein paar Schritte und betraten dann einen Raum, in dem große Betriebsamkeit herrschte. Büroangestellte waren offenbar mit der Erstellung von Namenslisten beschäftigt, während andere junge Männer vor kleinen Tischen standen und ihre Namen in große Bücher eintrugen. Der Angestellte, der mich begleitete, sagte irgendetwas zu einem anderen Mann, worauf dieser in einem angrenzenden Büro verschwand. Kurz darauf erschien ein kleiner, untersetzter Chinese und strahlte. Er trug eine Brille mit extrem dicken Gläsern. Auch er war westlich gekleidet.

«Ah, Lobsang Rampa», sagte er. «Ich habe schon viel von Ihnen gehört.»

Er streckte mir seine Hand entgegen.

Ich schaute sie an. Ich wusste nicht, was er von mir wollte. Ich dachte, er wolle vielleicht Geld von mir.

Mein Begleiter flüsterte: «Sie müssen ihm nach westlicher Art die Hand reichen.»

«Ja, Sie müssen mir nach westlicher Art die Hand reichen», bestätigte der kleine, dicke Mann. «Wir benutzen hier diese Art von Begrüßung.»

Also ergriff ich seine Hand und drückte sie.

«Autsch!», stieß er aus. «Sie brechen mir ja die Knochen!»

«Entschuldigung» sagte ich, «ich weiß nicht, wie man das macht. In Tibet berühren wir unsere Brust, so», und ich führte es ihm vor.

«Ja, das weiß ich», sagte er, «aber die Zeiten ändern sich. Hier wenden wir diese Begrüßungsmethode an. Ich zeige Ihnen, wie es geht. Geben Sie mir noch einmal die Hand.»

Er demonstrierte es mir. Also gab ich ihm die Hand und dachte, wie dämlich das doch war.

«Sie müssen jetzt Ihren Namen eintragen», sagte er, «damit Sie ordnungsgemäß als Student bei uns eingetragen sind.»

Grob stieß er ein paar der jungen Männer beiseite, die vor den Büchern standen. Er benetzte den Zeigefinger und blätterte die Seiten eines großen Buches um.

«Da», sagte er. «Würden Sie bitte hier Ihren vollen Namen und Rang eintragen?»

Ich nahm einen chinesischen Stift und schrieb oben meinen Namen auf die Seite: Tuesday Lobsang Rampa. Lama von Tibet. Priester, Arzt und Chirurg. Ausbildung im Chakpori-Lamakloster. Anerkannte Inkarnation. Designierter Abt. Schüler des Lama Mingyar Dondup.

«Gut!», sagte der kleingewachsene, dicke Chinese, während er auf mein Geschriebenes spähte. «Gut! Wir sollten weitermachen. Ich möchte, dass Sie sich jetzt unsere Einrichtung ansehen. Ich möchte, dass Sie von den Wundern der westlichen Wissenschaft, die es hier gibt, einen Eindruck bekommen. Wir werden uns wiedersehen.»

Nach diesen Worten sprach er mit meinem Begleiter, und der junge Mann sagte: «Würden Sie mir bitte folgen. Wir werden zuerst mit dem Naturwissenschaftsraum beginnen.»

Wir verließen das Gebäude, überquerten eilig den Hof und betraten ein anderes langes Gebäude. Hier in einem Raum standen überall Glaswaren herum: Flaschen, Röhren, Glaskolben – die komplette Ausrüstung, die wir zuvor immer nur auf Bildern gesehen hatten. Der junge Mann ging in eine Ecke.

«Hier!», rief er, «das ist etwas für Sie.»

Er fummelte an einer Messingröhre herum und legte unter dessen Fuß ein Glasstück. Dann drehte er an einem Knopf und spähte in die Messingröhre hinein.

«Sehen Sie sich das an!», rief er aus.

Ich schaute hinein und sah eine Bakterienkultur.

Der junge Mann beobachtete mich gespannt.

«Und, sind Sie nicht erstaunt darüber?», fragte er.

«Überhaupt nicht», gab ich zurück. «Wir hatten im Potala-Lamakloster ein sehr gutes Mikroskop. Der Dalai Lama hat eines von der indischen Regierung geschenkt bekommen. Mein Mentor, der Lama Mingyar Dondup, durfte immer darauf zugreifen, und ich habe es auch oft benutzt.»

«Oh!», erwiderte der junge Mann sichtlich enttäuscht. «Dann werde ich Ihnen etwas anderes zeigen.»

Er führte mich aus dem Gebäude hinaus und in ein anderes hinein.

«Sie sind im Hügel-Lamakloster untergebracht», sagte er, «aber ich dachte, Sie würden vielleicht gerne die neuesten Errungenschaften sehen, die bei den hier wohnenden Studenten sehr beliebt sind.»

Er öffnete eine Zimmertür. Zuerst sah ich nur weißgetünchte Wände. Dann fiel mein erstaunter Blick auf ein schwarzes Eisengestell. Von einer Seite auf die andere war es mit vielen sich schlängelnden Eisendrähten gespannt.

«Was ist das?», rief ich erstaunt. «So etwas habe ich noch nie gesehen.»

«Das», sagte er voller stolz, «ist ein Bett. Wir haben sechs davon in diesem Gebäude. Es ist das Modernste, was es derzeit gibt.»

Ich schaute es mir an. Ich hatte noch nie so etwas Ähnliches gesehen.

«Ein Bett», wiederholte ich. «Was macht man denn damit?»

«Man schläft darauf», antwortete er. «Es ist wirklich sehr bequem. Legen Sie sich darauf und probieren Sie es selbst aus.»

Ich sah ihn an, dann das Bett, und darauf wieder ihn. Nun, dachte ich, ich sollte mich vor meinem chinesischen Begleiter nicht wie ein Feigling benehmen. Also setzte ich mich auf das Bett. Es knarrte und ächzte unter mir. Es gab nach und ich hatte das Gefühl, auf den Boden zu fallen. Hastig sprang ich auf.

«Oh, dafür bin ich zu schwer!», stieß ich hervor.

Der junge Mann versuchte, ein Lachen zu unterdrücken.

«Aber das sollte es doch genau tun», antwortete er. «Es ist ein gefedertes Eisendrahtbett.» Er warf sich der vollen Länge nach darauf und schnellte hoch.

Nein, dachte ich, das würde ich nie tun. Das Ding sah schrecklich aus. Ich hatte immer auf dem Boden geschlafen, und der Fußboden war gut genug für mich. Der junge Mann sprang erneut auf das Bett, federte hoch und landete mit einem Krachen am Boden. Geschieht ihm recht, dachte ich, als ich ihm auf die Füße half.

«Das ist aber noch nicht alles, was ich Ihnen zeigen kann», sagte er. «Sehen Sie sich mal das da drüben an.»

Er führte mich hinüber zu einer Wand, an der ein kleines Becken angebracht war. Man hätte es vielleicht benutzen können, um darin für ein halbes Dutzend Mönche Tsampa zuzubereiten.

«Sehen Sie es sich an», sagte er. «Ist es nicht wunderbar?»

Ich betrachtete es. Es sagte mir nichts. Es ergab schlicht keinen Sinn für mich. Im Boden hatte es ein Loch.

«Das taugt nichts», sagte ich. «Es hat ein Loch. Man könnte darin nicht einmal Tee kochen.»

Er lachte und fand es echt lustig.

«Das», sagte er, «ist sogar noch neuer als das Bett. Schauen Sie!»

Er streckte seine Hand aus und griff nach einem Metallstück, das auf einer Seite der weißen Schüssel herausragte. Zu meiner völligen Verblüffung floss Wasser aus dem Metall. Wasser!

«Es ist kalt», sagte er, «ziemlich kalt. Schauen Sie», und er hielt seine Hand darunter. «Fühlen Sie mal.»

Ich kam seiner Aufforderung nach. Es war tatsächlich Wasser, genau wie Flusswasser. Vielleicht etwas schaler. Es roch etwas abgestandener als Flusswasser, aber – Wasser, das aus Metall kam! Wer hatte denn schon von so etwas gehört?

Der junge Mann hob ein schwarzes Ding auf und steckte es in das Loch im Boden des Beckens. Das Wasser plätscherte weiter. Bald war das Becken gefüllt. Es lief jedoch nicht über, sondern floss irgendwo anders hin, durch ein Loch irgendwo. Es rann nicht zu Boden. Der junge Mann fasste das Metallstück erneut an, und der Wasserfluss stoppte. Er streckte beide Hände in das Becken voller Wasser und wirbelte es herum.

«Sehen Sie», sagte er, «herrliches Wasser. Man muss nicht mehr aus dem Haus gehen und es aus dem Brunnen schöpfen.»

Ich steckte meine Hände ins Wasser und wirbelte es ebenfalls herum. Es war ein sehr angenehmes Gefühl, sich nicht auf Hände und Knie niederlassen zu müssen und in den Fluss zu greifen. Dann zog der junge Mann an einer Kette, und das Wasser rauschte gurgelnd weg. Es klang so als läge ein alter Mann im Sterben. Er drehte sich um und ergriff ein Tuch, von dem ich annahm, es wäre ein kurzes Kleidungsstück.

«Hier, benutzen Sie es», forderte er mich auf.

Ich sah ihn an und dann das Tuch, das er mir reichte.

«Wozu ist das?», fragte ich ihn. «Ich bin schon vollständig angezogen.»

Wieder lachte er. «Oh, nein, damit trocknet man sich die Hände ab, so.» Er führte es mir vor und hielt mir das Tuch wieder hin.

«Trocknen Sie Ihre Hände ab damit.»

Ich tat es, doch ich war sehr erstaunt darüber, denn als ich das letzte Mal in Tibet mit Frauen gesprochen hatte, wären sie über ein solches Stück Stoff sehr froh gewesen. Sie hätten daraus etwas Nützlicheres gemacht, und hier verschwendete man es, um sich die Hände damit abzutrocknen. Was wohl meine Mutter dazu gesagt hätte, wenn sie mich jetzt hätte so sehen können!

Mittlerweile war ich wirklich beeindruckt: Wasser, das aus Metall kam. Becken mit Löchern, die man benutzen konnte. Frohlockend führte mich der junge Mann weiter. Wir stiegen ein paar Stufen in einen Raum hinunter, der unter der Erde lag.

«Hier ist die Leichenhalle», erklärte er. «Hier werden die Leichen hingebracht, Männer und Frauen.»

Er stieß eine Tür auf. Auf Steintischen lagen Leichen, die zur Sektion bereit waren. Es roch stark und eigenartig nach chemischen Mitteln, die man benutzte, um die Leichen vor der Verwesung zu bewahren. Zu der Zeit hatte ich noch keine Ahnung, was man dafür verwendete, da in Tibet, wo die Atmosphäre sehr trocken und kalt ist, die toten Körper sehr lange hielten, ohne zu verwesen. Hier im heißen Chungking musste man den Körpern praktisch direkt nach dem Tod ein Mittel spritzen, damit sie die wenigen Monate überstanden, die wir als Studenten brauchten, um sie zu sezieren. Mein Begleiter ging auf einen Schrank zu und öffnete ihn.

«Schauen Sie», sagte er, «das sind die neuesten chirurgischen Instrumente aus Amerika. Man benutzt sie, um Leichen zu öffnen und Arme und Beine abzutrennen. Sehen Sie!»

Ich sah mir die glänzenden Metallstücke und die verchromten Instrumente und die Glaswaren alle an. Ich dachte, nun, ich bezweifle, ob sie es damit besser machen konnten als wir in Tibet.

Nachdem ich mich etwa drei Stunden lang in den Gebäuden der medizinischen Hochschule aufgehalten hatte, kehrte ich zu meinen Kameraden zurück, die etwas besorgt in Innenhof saßen. Ich erzählte ihnen, was man mir gezeigt und was ich gesehen hatte.

«Kommt, wir gehen in die Stadt», sagte ich. «Mal sehen, was das für ein Ort ist. Auf mich wirkt er ziemlich barbarisch. Dieser Gestank und der Lärm sind wirklich grauenhaft.»

Also stiegen wir wieder auf unsere Pferde und machten uns auf den Weg, um die Treppenstraße mit all ihren Geschäften zu erkunden. Dort stiegen wir ab, um zu Fuß entlangzugehen und uns in Ruhe die Geschäfte anzusehen, die überall höchst bemerkenswerte Dinge zum Verkauf anboten. Wir blickten die Seitenstraßen hinunter und entdeckten eine, die anscheinend an einer Klippe abrupt endete. Neugierig schlenderten wir diese Straße hinunter und stießen auf einen steil abfallenden Klippenabhang. Dort führten weitere Stufen hinunter zu den Kais. Als wir hinunterschauten, sahen wir große Frachtschiffe mit hohen Masten und Dschunken, deren Lateinersegel in der schwachen Brise am Fuße der Klippen träge gegen die Masten schlugen. Kulis (Lastenträger, Anm. d.Ü.). waren damit beschäftigt, einige der Schiffe zu beladen. Sie balancierten lange Bambusstangen auf ihren Schultern, an deren Enden Körbe voller Waren hingen, und gingen in einem langsamen Trott an Bord. Die Hitze war drückend, und wir schwitzten. Chungking ist für sein schwüles Klima bekannt. Während wir weitergingen und unsere Pferde an den Zügeln führten, umhüllte uns plötzlich dichter Nebel von oben. Auch vom Fluss stieg er auf, sodass wir uns im Dunkeln vorantasten mussten.

Chungking ist eine Großstadt, erhaben und irgendwie beängstigend. Sie wurde auf steilen Felsklippen erbaut und beherbergte fast zwei Millionen Einwohner. Die Straßen waren abschüssig, derart abschüssig, dass einige Häuser wie Höhlen im Berghang wirkten, während andere über den Abgrund hinauszuhängen schienen. Hier wurde jeder Quadratzentimeter fruchtbaren Boden bewirtschaftet, sorgfältig gepflegt und eifrig bewacht. Es gab Streifen und Feldstücke, auf denen Reis, ein paar Reihen Bohnen oder Mais angebaut wurden. Nirgendwo blieb der Boden naturbelassen oder ungenutzt. Überall konnte man blau gekleidete Gestalten sehen, die in gebeugter Haltung Unkraut jäteten, als ob sie in dieser Haltung geboren worden wären. Die höhergestellten und wohlhabendsten Bewohner wohnten im Kialing-Tal, in einem Vorort von Chungking, wo die Luft — nach chinesischen Maßstäben, nicht nach unseren — als gesund galt, die Geschäfte besser liefen und der Boden fruchtbarer war. Dort gab es Bäume und schöne Bäche. Dieser Ort war nicht für Kulis. Dort wohnten nur wohlhabende Geschäftsleute, Selbständige und Personen von hohem Status, wie zum Beispiel der Mandarin und Angehörige der oberen Kasten. Chungking war eine riesige Stadt, die größte, die wir je gesehen hatten. Davon ließen wir uns jedoch nicht beeindrucken.

Plötzlich bemerkten wir, wie hungrig wir waren. Da wir keine Verpflegung mehr hatten, blieb uns nichts anderes übrig, als in eine der Gaststätten zu gehen und das Gleiche zu essen wie die Chinesen. Bald entdeckten wir ein Lokal. Ein auffälliges Schild versprach das beste Essen in ganz

Chungking, und das ohne Wartezeit. Wir traten ein und setzten uns an einen Tisch. Ein blau gekleideter Kellner kam auf uns zu und fragte, was wir wünschen.

«Haben Sie Tsampa?», fragte ich.

«Tsampa!», erwiderte er. «Oh, nein, das muss eines dieser westlichen Gerichte sein. Nein, so etwas führen wir hier nicht.»

«Na gut, was haben Sie sonst?», fragte ich.

«Reis, Nudeln, Haifischflossen, Eier.»

«In Ordnung», sagte ich, «wir nehmen Reiskugeln, Nudeln und Haifischflossen und Bambussprossen.»

Er eilte davon und kam kurz darauf mit dem Gewünschten zurück. Neben uns aßen noch andere Gäste im Gasthaus, und wir waren entsetzt über die lauten Gespräche und den heillosen Lärm, den sie verursachten. In Tibet, in den Lamaklöstern, galt die Regel, dass beim Essen nicht gesprochen wurde, da es als respektlos gegenüber der Nahrung angesehen wurde. Man glaubte, dass sich die Nahrung möglicherweise mit merkwürdigen Bauchschmerzen rächen könnte. Während der Mahlzeiten las uns immer ein Mönch laut aus den Heiligen Schriften vor, und wir mussten ihm zuhören, während wir aßen. Hier jedoch wurden überall um uns herum völlig belanglose Gespräche geführt. Wir waren schockiert und angewidert. Wir aßen mit gesenktem Blick auf unsere Teller, wie es die Vorschrift verlangte. Doch nicht alle Gespräche um uns herum waren belanglos. Es gab viele verstohlene Diskussionen über die Japaner und die Unruhen, die sie in verschiedenen Teilen Chinas verursachten. Damals wusste ich kaum etwas darüber. Uns beeindruckten aber weder die Gaststätte noch Chungking. Erwähnenswert an dieser Mahlzeit war nur eines: Es war das erste Mal, dass ich für ein Essen bezahlen musste.

Nachdem wir gegessen hatten, gingen wir wieder hinaus und fanden einen Platz im Hof eines öffentlichen Gebäudes, wo wir uns niederlassen und unterhalten konnten. Unsere Pferde hatten wir in einem Stall untergebracht, wo sie gefüttert, getränkt und ausruhen konnten. Am nächsten Morgen würden meine Kameraden ihre Heimreise nach Tibet antreten. Wie alle Reisenden überlegten sie nun, was sie ihren Freunden in Lhasa mitbringen könnten. Auch ich dachte darüber nach, was ich meinem Mentor, dem Lama Mingyar Dondup, mitgeben könnte. Wir diskutierten darüber und standen schließlich wie auf ein gemeinsames Zeichen hin gleichzeitig auf. Wir kehrten zu den Geschäften zurück und kauften einige Dinge ein. Anschließend schlenderten wir in einen kleinen Garten, wo wir uns hinsetzten und die letzten Stunden mit angeregten Gesprächen verbrachten. Inzwischen war es dunkel geworden, und die Nacht senkte sich über uns. Die Sterne begannen bereits schwach durch den leichten Dunst zu schimmern, der nach dem Verschwinden des Nebels zurückgeblieben war.

Einmal mehr erhoben wir uns und machten uns erneut auf die Suche nach etwas Essbarem. Diesmal entschieden wir uns für Meeresfrüchte, eine Speise, die wir noch nie gegessen hatten. Der Geschmack war für uns ungewohnt, und wir fanden ihn nicht besonders gut. Hauptsache jedoch, wir bekamen etwas zu essen, denn wir hatten Hunger. Nach dem Abendessen verließen wir die Gaststätte und kehrten zu dem Stall zurück, in dem wir unsere Pferde untergebracht hatten. Die Pferde schienen auf uns gewartet zu haben, denn sie wieherten freudig, als wir uns näherten. Sie wirkten ausgeruht, und als wir aufstiegen, machten sie einen frischen Eindruck. Ich war nie ein guter Reiter gewesen und zog immer ein müdes Pferd einem ausgeruhten vor. Wir ritten auf die Straße hinaus und schlugen den Weg nach Kialing ein.

Wir ließen die Stadt Chungking hinter uns und ritten auf der Straße an den Vororten vorbei, dorthin, wo wir die Nacht verbringen wollten: in einem Lamakloster, das nun nachts mein Zuhause werden würde. Wir bogen rechts ab und ritten einen bewaldeten Hügel hinauf. Das Lamakloster gehörte demselben Orden an wie ich. Als ich eintrat, kam es fast einer Heimkehr nach Tibet gleich, wo ich mich gerade rechtzeitig zur Tempelandacht einfand. Der Weihrauch schwebte in dichten Wolken, und die tiefen Stimmen der älteren Mönche sowie die helleren der jungen Akoluthen versetzten mir scharfe Stiche von Heimweh. Meine Kameraden schienen zu wissen, wie mir zumute war, denn sie verhielten sich still und ließen mich in Ruhe. Nach der Andacht blieb ich noch eine Weile auf meinem Platz sitzen. Ich grübelte und grübelte. Ich dachte an das erste Mal, als ich nach einer harten, schweren Aufnahmeprüfung ein Lamakloster betreten hatte, hungrig und mit schwerem Herzen. Auch jetzt war mir schwer ums Herz, vielleicht noch schwerer als damals, denn damals war ich noch zu jung gewesen, um viel über das Leben zu wissen. Doch jetzt hatte ich das Gefühl, zu viel über das Leben und zu viel über den Tod zu wissen. Irgendwann setzte sich der schon etwas betagte Abt, der das Lamakloster führte, leise neben mich.

«Mein Bruder», sagte er sanft, «es ist nicht gut, sich zu lange in der Vergangenheit zu verlieren, wenn doch noch so viel Zukunft vor dir liegt. Die Andacht ist vorbei, mein Bruder, und bald wird es Zeit für die nächste. Ruh dich aus und geh schlafen, denn morgen wird es viel zu tun geben.»

Ich erhob mich und ging schweigend mit ihm mit, bis zu dem Zimmer, wo ich einquartiert war. Meine Kameraden hatten sich bereits hingelegt. Ich ging an ihnen vorbei, zwei reglose in Decken eingehüllte Gestalten. Schliefen sie? Vielleicht. Wer konnte das wissen? Vielleicht träumten sie von der Rückreise und von dem freudigen Wiedersehen, das sie am Ende ihrer Reise in Lhasa erwartete. Auch ich wickelte mich in meine Decke ein und legte mich hin. Die Schatten, die der Mond warf, wurden immer länger und länger, bis auch ich endlich einschlief.

Die Klänge der Tempeltrompeten und Gongs weckten mich. Es war Zeit aufzustehen und erneut zur Andacht zu gehen. Ich war hungrig, doch die Andacht kam vor dem Essen. Aber als das Essen dann vor mir stand, hatte ich keinen Appetit mehr. Ich aß nur wenig, mein Herz war schwer. Meine Kameraden hingegen schlugen herzhaft zu, abstoßend herzhaft, dachte ich, aber sie versuchten nur, sich für die Rückreise zu stärken, die sie heute antreten würden. Nach dem Frühstück schlenderten wir ein wenig umher. Keiner von uns sprach viel. Es schien, als gäbe es kaum noch etwas zu sagen.

Schließlich sagte ich: «Bitte gebt diesen Brief und dieses Geschenk meinem Mentor. Teilt ihm mit, dass ihr sehen konntet, wie sehr ich seine

Gesellschaft und Begleitung vermisse.» Ich kramte in meiner Robe. «Und das hier», fuhr ich fort, während ich ein Päckchen hervorholte, «ist für Seine Heiligkeit. Übergebt es ebenfalls meinem Mentor. Er wird dafür sorgen, dass es dem Dalai Lama überbracht wird.»

Sie nahmen das Päckchen entgegen, und von meinen Gefühlen überwältigt, wandte ich mich ab. Ich wollte nicht, dass sie mich, einen so ranghohen Lama, so ergriffen sahen. Zum Glück waren auch sie sehr betrübt, denn ungeachtet der Unterschiede, die nach tibetischen Maßstäben zwischen den Rängen herrschte, hatte sich zwischen uns eine tiefe Freundschaft entwickelt. Auch sie waren traurig über unsere Trennung und darüber, dass ich in dieser fremden Welt zurückblieb, die sie verabscheuten, während sie selbst in ihr geliebtes Lhasa zurückkehrten.

Eine Weile spazierten wir zwischen den Bäumen, betrachteten die kleinen Blumen, die den Boden bedeckten, lauschten den Vögeln in den Zweigen und beobachteten die langsam vorbeiziehenden Wolken. Doch dann war es an der Zeit. Gemeinsam schlenderten wir zurück zu dem alten chinesischen Lamakloster, das sich an den Hügel schmiegte und von dem aus man Chungking und die Flüsse überblicken konnte. Es gab nicht mehr viel zu sagen und auch nicht mehr viel zu tun. Wir waren ein wenig nervös und fühlten uns sehr niedergeschlagen. Wir begaben uns zu den Ställen, und meine Kameraden sattelten langsam ihre Pferde. Sie nahmen meines am Zügel, das treue Pferd, das mich so zuverlässig von Lhasa bis hierhergebracht hatte und nun – oh, glückliches Geschöpf – wieder nach Tibet zurückkehren durfte. Wir wechselten noch ein paar Worte, aber nicht mehr viele. Dann stiegen sie auf ihre Pferde und ritten Tibet entgegen, und mich ließen sie stehen, während ich ihnen die Straße hinunter nachstarrte. Sie wurden immer kleiner und kleiner, bis sie schließlich aus meinem Blickfeld verschwanden, als sie abbogen. Die kleinen Staubwolken, die sie aufgewirbelt hatten, legten sich, und das Klappern der Hufe verklang in der Ferne. Ich stand dort, dachte an die Vergangenheit und fürchtete mich vor der Zukunft.

Ich weiß nicht mehr, wie lange ich so in meinem stummen Elend dage-
standen hatte, bis mich eine freundliche Stimme aus meiner mutlosen Träu-
merei riss: «Ehrwürdiger Lama, bitte denken Sie daran, auch in China werden Sie Freunde finden. Ich stehe Ihnen zu Diensten, ehrwürdiger Lama aus
Tibet und Studienkollege von Chungking.»

Ich drehte mich langsam um. Direkt hinter mir stand ein freundlicher
junger chinesischer Mönch. Wahrscheinlich fragte er sich, wie ich wohl auf
sein Erscheinen reagieren würde, denn ich war ein Abt, ein hoher Lama, und
er war ein einfacher chinesischer Mönch. Doch ich war sehr erfreut, ihn zu
sehen. Er hieß Huang, ein Mann, auf den ich später stolz war, ihn meinen
Freund nennen zu dürfen. Wir stellten uns einander vor, und ich war besonders froh zu erfahren, dass auch er Medizinstudent war und, wie ich, am
nächsten Tag beginnen würde. Auch er würde diese bemerkenswerten Fächer Elektrizität und Magnetismus studieren. Er nahm sogar an den gleichen
Kursen teil wie ich, und so lernten wir uns gut kennen. Gemeinsam machten
wir uns auf den Weg zurück zum Eingang des Lamaklosters. Als wir eintraten, kam uns ein weiterer chinesischer Mönch entgegen und sagte: «Wir müssen uns in der Hochschule melden und uns registrieren.»

«Oh, das habe ich bereits gestern erledigt», sagte ich.

«Ja, ehrwürdiger Lama», entgegnete der andere. «Aber hier geht es nicht
um das Studium, für das Sie sich wie wir eingeschrieben haben, sondern
darum, sich in das Bruderschaftsregister einzutragen. In der medizinischen
Hochschule werden wir alle Brüder sein, so wie an den amerikanischen
Hochschulen.»

Also machten wir kehrt und gingen gemeinsam den Pfad des Lamaklosters hinunter. Wir schlenderten durch die Bäume, entlang des mit Blumen
gesäumten Weges, und bogen auf die Hauptstraße ein, die von Kialing nach
Chungking führte. In Gesellschaft dieser jungen Männer, die etwa in meinem Alter waren, wirkte der Weg nicht mehr so lang und bedrückend. Bald
erreichten wir die Gebäude, die bei Tag unser Zuhause sein würden. Wir

traten ein, und der junge Angestellte in der blauen Leinenkleidung freute sich sichtlich, uns zu sehen.

«Ah, ich hatte gehofft, dass Sie noch einmal vorbeikommen», sagte er. «Ein amerikanischer Journalist ist hier, der chinesisch spricht. Er würde zu gerne einen hohen Lama aus Tibet treffen.»

Er führte uns erneut den Korridor entlang in einen weiteren Raum, den ich bisher noch nicht betreten hatte. Es schien eine Art Empfangsraum zu sein. Viele junge Männer saßen dort und unterhielten sich mit jungen Frauen. Das war mir schrecklich peinlich, weil ich mich in jenen Tagen kaum mit Frauen auskannte. Ein großgewachsener, etwa dreissig Jahre alter Mann, saß auf einem sehr niedrigen Sessel. Als wir eintraten, stand er auf und berührte auf östliche Art seine Brust. Natürlich erwiderte ich diese Geste auf dieselbe Weise. Wir wurden ihm vorgestellt, und dann reichte er mir doch die Hand. Dieses Mal war ich vorbereitet. Ich ergriff sie und schüttelte sie, wie es hier Sitte war.

Er lachte. «Oh, ich sehe, dass Sie die westlichen Umgangsformen schon beherrschen, die man hier in Chungking eingeführt hat.»

«Ja», erwiderte ich, «ich bin schon so weit, auf diesen absolut entsetzlichen Stühlen zu sitzen und Hände zu schütteln.»

Er war ein durchaus netter junger Mann, und ich erinnere mich sogar heute noch an seinen Namen. Vor einiger Zeit verstarb er in Chungking. Wir gingen hinaus auf den Campus und setzten uns auf eine niedrige Steinmauer, wo wir uns lange unterhielten. Ich erzählte ihm von meiner Heimat Tibet, von unseren Bräuchen und von meinem Leben dort. Er erzählte mir von Amerika. Ich fragte ihn, was ein Mann mit seiner Intelligenz in Chungking zu suchen habe und warum er an einem so feuchtheißen Ort lebte, wenn es doch keinen offensichtlichen Grund dafür gab. Er erklärte, dass er eine Artikelserie für ein bekanntes amerikanisches Magazin vorbereitete und fragte mich, ob er mich darin erwähnen dürfe. Ich antwortete: «Nun, es wäre mir lieber, wenn Sie das nicht tun würden. Ich bin aus einem besonderen Grund hier: um zu studieren und mich weiterzubilden. Mein Studium möchte ich als Sprungbrett für weitere Reisen in den Westen nutzen. Es wäre mir lieber zu warten, bis ich etwas Beachtenswertes erreicht habe, über das es sich zu berichten lohnt.» Dann fügte ich hinzu: «Wenn es so weit ist, werde ich Sie kontaktieren und Ihnen das Interview geben, das Sie gerne hätten.»

Er war ein anständiger junger Mann und verstand meinen Standpunkt. Wir waren bald befreundet und da er passabel chinesisch sprach, hatten wir keine besonderen Verständigungsschwierigkeiten. Er begleitete uns noch ein Stück auf dem Rückweg zum Lamakloster hinauf. Beim Abschied sagte er: «Ich würde gerne einmal, wenn es sich einrichten ließe, Ihren Tempel besuchen und an einer Andacht teilnehmen. Zwar gehöre ich nicht Ihrer Religion an, aber ich respektiere sie und möchte Ihrem Lamakloster meine Ehre erweisen.»

«In Ordnung», antwortete ich. «Sie sind herzlich willkommen in unserem Tempel und können gerne an einer Andacht teilnehmen. Das verspreche ich Ihnen.»

Mit diesen Worten trennten wir uns. Es gab noch einiges für den nächsten Tag vorzubereiten. Morgen würde meine neue Laufbahn als Student beginnen – so als ob ich nicht schon mein ganzes Leben lang mit Studieren zugebracht hätte!

Zurück im Lamakloster musste ich meine Sachen ordnen und mich um meine Roben kümmern, die von der langen Reise schmutzig geworden waren. Ich musste sie waschen. Nach unseren Gepflogenheiten war jeder von uns selbst für seine Kleidung, seine Roben und seine persönlichen Angelegenheiten verantwortlich. Wir hatten keine Bediensteten, die für uns die schmutzige Arbeit erledigten. Später würde auch ich die blaue Kleidung der chinesischen Studenten tragen, da meine lamaistische Robe zu viel Aufmerksamkeit erregt hätte, und ich wollte in der Öffentlichkeit nicht als Einzelgänger auffallen. Ich wollte in Ruhe studieren. Neben den üblichen Aufgaben wie dem Wäschewaschen mussten wir auch an den Andachten teilnehmen, und ich, als führender Lama, hatte meinen Anteil an der Leitung dieser

Andachten zu übernehmen. Obwohl ich tagsüber Student war, blieb ich im Lamakloster ein ranghoher Priester mit allen Verpflichtungen, die dieses Amt mit sich brachte. So ging der Tag zu Ende, ein Tag, von dem ich geglaubt hatte, er würde nie vergehen. Es war der Tag, an dem ich zum ersten Mal in meinem Leben so vollständig und endgültig von meinem Volk abgeschnitten war.

Am nächsten Morgen – es war sonnig und warm – machten sich Huang und ich wieder auf den Weg die Straße hinunter, die uns in ein neues Leben führen würde, diesmal als Medizinstudenten. Schon bald hatten wir den kurzen Weg zurückgelegt und betraten das Hochschulgelände, wo sich Hunderte anderer Studenten um eine Informationstafel drängten. Wir lasen aufmerksam alle Mitteilungen und stellten fest, dass unsere Namen jeweils zusammen aufgeführt waren. Wir würden also immer gemeinsam studieren. Wir zwängten uns durch die anderen Studenten hindurch, die immer noch die Tafel studierten, und gingen in den uns zugewiesenen Vorlesungssaal. Dort setzten wir uns und bestaunten – oder besser gesagt, ich bestaunte – die fremdartige Einrichtung: die Pulte und alles andere. Nach einer Weile, die mir wie eine Ewigkeit vorkam, kamen die anderen in kleinen Gruppen herein und nahmen ihre Plätze ein. Schließlich ertönte irgendwo ein Gong, und ein Chinese betrat den Vorlesungssaal und sagte: «Guten Morgen, meine Herren.»

Wir erhoben uns alle. Die Vorschrift besagt, dass dies eine angemessene Begrüßung sei, um Respekt zu bezeugen, und wir antworteten: «Guten Morgen.»

Der Chinese informierte uns, dass er bedruckte Seiten austeilen lasse, die wir ausfüllen sollten, und dass wir uns nicht durch unser mögliches Versagen entmutigen lassen sollten. Seine Aufgabe sei nicht, herauszufinden, wie viel wir wüssten, sondern, was wir noch nicht wüssten. Er erklärte, dass er uns nur dann helfen könne, wenn er den genauen Wissensstand jedes Einzelnen kenne. Die Fragebögen enthielten ein breites Spektrum von Themen. Verschiedene Fragen seien bunt gemischt – ein wahres chinesisches

Wissenskonglomerat aus Arithmetik, Physik, Anatomie und allem, was mit Medizin, Chirurgie und Wissenschaft zu tun habe. Diese Themen seien erforderlich, um die genannten Disziplinen auf fortgeschrittenem Niveau zu studieren. Er machte deutlich, dass wir, falls wir eine Frage nicht beantworten könnten, vermerken sollten, dass wir in unseren Studien noch nicht so weit gekommen seien. Wenn möglich, sollten wir jedoch alles niederschreiben, was wir zu dem Thema wüssten, damit er unseren Wissensstand genau einschätzen könne. Dann läutete er eine Glocke. Die Saaltüre öffnete sich, und zwei Gehilfen traten ein, die mit etwas, das wie ein Stapel Hefte aussah, erschienen. Sie gingen durch die Reihen und verteilten die Hefte, die sich jedoch als Fragebögen mit vielen leeren Blättern entpuppten, auf die wir unsere Antworten schreiben sollten. Anschließend verteilte der andere Gehilfe Bleistifte. Bei diesem Anlass benutzten wir Bleistifte statt Pinsel. Also machten wir uns an die Arbeit. Wir lasen eine Frage nach der anderen durch und beantworteten sie nach bestem Wissen und Gewissen. Ich konnte – und das betraf nur mich – anhand der Aura des Dozenten erkennen, dass er ein aufrichtiger Mann war und es ihm wirklich nur darum ging, uns zu helfen. Mein Mentor und Lehrer, der Lama Mingyar Dondup, hatte mir in dieser Hinsicht eine hochspezialisierte Ausbildung zuteilwerden lassen.

Die Ergebnisse der Fragebögen, die wir nach zwei Tagen erhielten, zeigten, dass ich in vielen Fächern meinen Studienkameraden um einiges voraus war. Sie offenbarten aber auch, dass ich von Elektrizität und Magnetismus nicht die geringste Ahnung hatte.

Etwa eine Woche später nach diesem Test saßen wir im Physikraum, wo wir unsere erste Demonstration erleben sollten. Darunter befanden sich auch Studenten, die wie ich, von den beiden bedrohlich klingenden Bezeichnungen keine Ahnung hatten. Der Dozent hielt einen Vortrag über Elektrizität und sagte anschließend: «Nun, werde ich Ihnen eine praktische und harmlose Demonstration von der Wirkung der Elektrizität vorführen.» Er reichte mir zwei Drähte und forderte mich auf: «Bitte halten Sie diese fest, bis ich ‹loslassen› sage.»

Ich dachte, er bat mich einfach, ihm bei seiner Demonstration zu helfen (was ja auch der Fall war!), also hielt ich die Drähte fest, obwohl ich ziemlich beunruhigt war, denn seine Aura verriet mir, dass er etwas im Schilde führte. Vielleicht hatte ich ihn falsch eingeschätzt und er war doch nicht so ein netter Zeitgenosse. Er drehte sich um und ging schnell zu seinem Vorführtisch, wo er einen Schalter umlegte. Ich sah, wie Licht aus den Drähten strömte. Ich sah auch die Aura des Dozenten, die eine Verblüffung verriet. Er schien völlig überrascht zu sein.

«Halten Sie die Drähte fester», sagte er.

Ich tat es. Ich schloss meine Hände noch fester um sie. Der Dozent starrte mich an und rieb sich tatsächlich die Augen. Er schien wirklich erstaunt zu sein, das war für alle offensichtlich, selbst für die, die nicht die Fähigkeit besaßen, die Aura zu sehen. Es war klar, dass dieser Dozent noch nie zuvor eine solche Überraschung erlebt hatte. Verwundert und mit offenen Mündern schauten die anderen Studenten weiter zu. Sie verstanden nicht, was das alles zu bedeuten hatte oder was er damit bezwecken wollte. Nachdem der Dozent den Strom abgeschaltet hatte, kam er schnell zu mir und nahm mir die Drähte aus der Hand.

«Irgendetwas scheint da nicht zu stimmen», sagte er. «Da muss irgendeine Unterbrechung sein.» Er ging mit den beiden Drähten in der Hand zurück zu seinem Tisch. Einen Draht hielt er in der linken Hand, den anderen in der rechten. Während er sie festhielt, streckte er einen Finger aus und schaltete den Strom wieder ein. Umgehend schrie er laut: «Ahhh! Ausschalten! Das bringt mich um!»

Gleichzeitig verkrampfte sich sein Körper, als ob alle seine Muskeln blockierten und außer Kontrolle gerieten. Er schrie und kreischte weiter und seine Aura sah aus wie die untergehende Sonne. Wie interessant, dachte ich. So etwas Schönes hatte ich noch nie in der Aura eines Menschen gesehen!

Das anhaltende Gekreische des Dozenten führte dazu, dass bald ein paar Mitarbeiter in den Saal stürmten. Einer von ihnen warf einen kurzen Blick auf ihn, eilte zum Tisch und legte den Schalter um, um den Strom auszuschalten. Der bedauernswerte Dozent brach zu Boden. Er schwitzte und zitterte zugleich und bot ein Bild des Elends. Sein Gesicht hatte einen blass-grünen Ton angenommen. Schließlich kam er wieder auf die Beine, hielt sich am Tischrand fest, zeigte auf mich und sagte: «Sie haben mir das angetan.»

«Ich?», entgegnete ich. «Ich habe überhaupt nichts getan. Sie haben mir gesagt, ich solle die Drähte festhalten, und das habe ich getan. Darauf haben Sie sie mir wieder weggenommen, und dann sahen Sie aus, als würden Sie sterben.»

Er sagte: «Das verstehe ich nicht. Ich verstehe das einfach nicht.»

«Was können Sie nicht verstehen?», wollte ich wissen. «Ich habe die Dinger so gehalten, wie Sie es gesagt haben. Wovon reden Sie?»

Er sah mich an.

«Haben Sie wirklich nichts gespürt? Haben Sie nicht ein Kribbeln oder etwas Ähnliches gespürt?»

«Nun», antwortete ich, «ich habe nur eine schwache, angenehme Wärme gespürt, nicht mehr. Warum, was hätte ich denn spüren sollen?»

Der andere Dozent, der den Strom ausgeschaltet hatte, fragte: «Würden Sie es noch einmal versuchen?»

«Natürlich», erwiderte ich. «So oft Sie wollen.»

Also reichte er mir die Drähte nochmals und sagte: «Ich werde jetzt einschalten. Sagen Sie mir, was geschieht.»

Er drückte den Schalter, und ich sagte: «Oh, es ist nur eine schwache, angenehme Wärme. Überhaupt nichts, worüber man sich Sorgen machen müsste. Es fühlt sich genauso an, als hielte ich meine Hände in die Nähe eines Feuers.»

«Drücken Sie fester zu», forderte er mich auf.

Ich tat ihm den Gefallen. Ich drückte sogar so fest zu, dass auf meinen Handrücken die Muskeln hervortraten.

Er und der andere Dozent blickten einander an und schalteten den Strom ab. Dann nahm mir einer die beiden Drähte ab, umwickelte sie mit Stoff und hielt sie locker in den Händen.

«Schalt ein», forderte er seinen Kollegen auf. Der andere Dozent schaltete ein, und kurz darauf ließ der Mann die mit Stoff umwickelten Drähte in seinen Händen fallen.

«Oh, sie funktionieren immer noch», sagte er, und während des Fallens löste sich der Stoff von den Drähten und beide berührten sich. Es gab einen heftigen blauen Blitz, und von den Drahtenden flog ein Stückchen geschmolzenes Metall auf.

«Jetzt ist die Sicherung durchgebrannt», sagte einer und verschwand, um irgendwo im Gebäude eine Reparatur vorzunehmen.

Als der elektrische Strom wiederhergestellt war, setzten sie die Vorlesung über Elektrizität fort. Sie erklärten uns, dass sie mir einen Elektroschock von zweihundertfünfzig Volt geben wollten, um zu demonstrieren, was Elektrizität bewirken kann. Doch ich habe eine außergewöhnlich trockene Haut, und zweihundertfünfzig Volt machen mir nichts aus. Ich kann eine stromführende Leitung anfassen und spüre kaum etwas. Der arme Dozent war da von ganz anderer Natur. Er reagierte äußerst empfindlich auf elektrischen Strom. Im Laufe der Vorlesung erzählte einer: «Wenn in Amerika ein Mann einen Mord begeht oder die Richter ihn des Mordes für schuldig erklären, dann wird der Mann mittels Elektrizität getötet. Er wird auf einen Stuhl geschnallt, und durch seinen Körper wird Strom gejagt, der ihn tötet.»

Wie überaus interessant, dachte ich. Ich fragte mich, was sie wohl bei mir machen würden, obwohl ich nicht wirklich das Bedürfnis verspürte, es darauf ankommen zu lassen.

Kapitel 3
Das Medizinstudium

Von den Hügeln über Chungking senkte sich ein feuchter, grauer Nebel herab, verschluckte die Häuser, den Fluss und die Masten der Schiffe, und verwandelte die Lichter der Geschäfte in gelborangefarbene, verschwommene Flecken. Er dämpfte die Geräusche und verschönerte vielleicht sogar einige Stadtviertel von Chungking. Schlurfende Schritte waren zu hören. Ein alter, gebeugter Mann tauchte aus dem Nebel auf und verschwand ebenso schnell wieder. Es war merkwürdig still. Die wenigen Geräusche klangen gedämpft, fast erstickt, als würde der Nebel wie ein dickes Tuch über allem liegen und alles verschlucken. Huang und ich hatten unseren Unterricht für heute beendet. Es war schon spät abends. Wir hatten beschlossen, den Seziersaal der medizinischen Hochschule zu verlassen und etwas an die frische Luft zu gehen. Stattdessen trafen wir auf diesen dichten Nebel. Ich war hungrig, und Huang ging es offenbar genauso. Die Feuchtigkeit war uns bis in die Knochen gefahren und ließ uns frösteln.

«Komm, Lobsang, wir gehen etwas essen. Ich kenne ein gutes Lokal.»

«In Ordnung», stimmte ich zu, «ich bin immer für etwas Interessantes zu haben. Was kannst du mir empfehlen?»

«Oh, ich möchte dir zeigen, dass wir hier in Chungking ganz gut leben, auch wenn du anderer Meinung bist.»

Er drehte sich um, und wir machten uns auf den Weg – oder besser gesagt, wir tasteten uns vorsichtig vorwärts, bis wir von der Seitenstraße auf die Hauptstraße kamen und die Geschäfte erkennen konnten. Wir gingen ein Stück hügelabwärts. Dann betraten wir einen Eingang, der wie der Zugang zu einer Höhle im Berghang wirkte. Drinnen war die Luft noch dicker als draußen. Die Leute rauchten und stießen große, übelriechende Rauchwolken aus. Es war das erste Mal, dass ich so viele Menschen rauchen sah – ein Novum, ein Übelkeitserregendes noch dazu. Menschen mit brennenden

Zigaretten im Mund, die den Rauch durch die Nase ausstießen. Ein Mann erregte dabei besonders meine Aufmerksamkeit: Fasziniert beobachtete ich, wie er den Rauch nicht nur durch die Nase, sondern auch durch die Ohren ausstieß. Ich machte Huang auf ihn aufmerksam.

«Ach, der», sagte er, «weißt du, der ist stocktaub. Seine Trommelfelle sind geplatzt. Für ihn ist das direkt ein sozialer Vorteil, weil er ohne Trommelfelle den Rauch nicht nur durch die Nase, sondern auch durch die Ohren ausstoßen kann. Er geht zu Fremden und sagt: ‹Gib mir eine Zigarette, und ich zeige dir etwas, was du nicht kannst.› So hat er immer etwas zu rauchen. Aber das ist nicht der Rede wert. Wir wollen jetzt essen. Ich werde das Essen bestellen», sagte Huang. «Hier kennt man mich gut. Wir werden das Beste für wenig Geld bekommen.»

Das war mir nur recht, da ich in den letzten Tagen nicht viel gegessen hatte. Alles war so fremd, und das Essen schmeckte ungewohnt. Huang sprach mit einem der Kellner, der sich Notizen auf einem kleinen Block machte. Wir setzten uns hin und unterhielten uns. Eines meiner größten Probleme war das Essen. Es war mir hier nicht möglich, die Nahrung zu bekommen, die ich gewohnt war. Daher musste ich auch Fleisch und Fisch essen, was für mich als tibetischer Lama besonders abstoßend war. Doch meine älteren Glaubensbrüder im Potala in Lhasa hatten mir gesagt, ich müsse mich an die fremde Nahrung gewöhnen, und sie hatten mir die Absolution erteilt, jegliche Art von Lebensmitteln zu essen. In Tibet aßen wir Priester kein Fleisch, aber hier war ich nicht in Tibet. Ich musste weiterleben, um meine Aufgabe zu erfüllen. Da es hier unmöglich war, die Nahrung zu bekommen, die ich gerne gehabt hätte, musste ich das eklige Zeug essen, das man mir vorsetzte, und dabei so tun, als ob es mir schmeckte.

Das Essen wurde uns gebracht: eine halbe Schildkröte, garniert mit Meeresschnecken, gefolgt von einem Curry-Gericht mit in Weißkohlblätter eingewickelten Fröschen. Es schmeckte nicht allzu schlecht, aber ich hätte viel lieber mein gewohntes Tsampa gehabt. Also machte ich das Beste daraus und aß reichlich Reis und Nudeln zu den Curry-Fröschen. Dazu tranken wir

Tee. Eines jedoch habe ich außerhalb von Tibet trotz vieler Aufforderungen nie probiert: alkoholische Getränke. Nie, nie, niemals. In unserem Glauben gibt es nichts Schlimmeres als alkoholische Getränke, nichts Schlimmeres als die Trunkenheit. Wir sind der Ansicht, dass die Trunkenheit eine der heimtückischsten aller Sünden ist. Wenn der Körper unter dem Einfluss von Alkohol steht, wird der Astralkörper – der geistigere Teil des Menschen – aus seiner materiellen Hülle hinausgetrieben und kann zur Beute aller umherstreifender Wesenheiten werden.

Dieses Leben ist nicht das einzige Leben. Der physische Körper ist nur eine bestimmte Erscheinungsform – die niedrigste Erscheinungsform. Je mehr man trinkt, desto mehr schadet man seinem Körper auf anderen Existenzebenen. Es ist bekannt, dass Betrunkene «rosarote Elefanten» und andere merkwürdige Dinge sehen, die in der materiellen Welt keine Entsprechung haben. Diese, so glauben wir, sind Erscheinungsformen einiger bösgesinnter Wesen. Wesen, die versuchen, dem physischen Körper zu schaden. Betrunkene gelten als «nicht im Vollbesitz ihrer Sinne», und deshalb habe ich niemals, zu keiner Zeit, alkoholische Getränke angerührt – weder Maisschnaps noch Reiswein.

Gebackene Ente ist ein ausgezeichnetes Gericht – zumindest für diejenigen, die dieses Fleisch mögen. Ich hingegen bevorzuge Bambussprossen, die jedoch in westlichen Ländern selten erhältlich sind. Am ähnlichsten kommt ihnen eine bestimmte Selleriesorte, die in einem europäischen Land wächst. Der englische Sellerie hingegen unterscheidet sich deutlich von dieser Sorte und ist weniger geeignet. Da wir gerade über chinesisches Essen sprechen, könnte es interessant sein zu erwähnen, dass es kein Gericht namens «Chop Suey» gibt. Vielmehr handelt es sich um einen allgemeinen Begriff für chinesische Gerichte, für jegliche chinesische Gerichte. Wer wirklich gut chinesisch essen möchte, sollte in ein erstklassiges Chinarestaurant gehen und ein Pilz-Ragout mit Bambussprossen bestellen, gefolgt von einer Fischsuppe und abschließend gebackener Ente. In einem authentischen Chinarestaurant bekommt man kein Messer, stattdessen kommt der Kellner mit einem kleinen Hackmesser und zerteilt die Ente in mundgerechte Stücke. Auf Wunsch können daraus auch kleine Sandwiches zubereitet werden. Die Ente wird zwischen ein Stück ungesäuertes Brot gelegt, zusammen mit Frühlingszwiebeln. Diese Sandwiches isst man dann in kleinen Happen. Das Essen sollte mit Lotusblättern oder, wenn man es vorzieht, mit Lotuswurzeln abgeschlossen werden. Einige bevorzugen auch Lotussamen. Doch wofür man sich auch immer entscheidet, man sollte immer genügend chinesischen Tee dazu trinken.

Derlei aßen wir in der Gaststätte, in der sich Huang so gut auskannte. Der Preis war überraschend günstig. Als wir uns schließlich erhoben, um unseren Weg fortzusetzen, fühlten wir uns zufrieden und wunschlos glücklich. Wohlgenährt und durch das gute Essen gestärkt, konnten wir uns nun dem Nebel wieder stellen. Gemächlich schlenderten wir die Straße hinauf, die nach Kialing führte. Nachdem wir ein gutes Stück zurückgelegt hatten, bogen wir nach rechts ab auf den Weg, der zu unserem Tempel führte. Es war gerade Andachtszeit, als wir zurückkamen. Die Gedenkbanner im Vortempel hingen träge an ihren Stangen. Es war windstill. Die Gedenkbanner waren rot und mit goldenen chinesischen Schriftzeichen versehen. Sie dienten als Ahnenbanner, ähnlich wie Grabsteine in den westlichen Ländern dem Gedenken der Toten. Wir verbeugten uns vor Ho Tai, dem Gott des guten Lebens, und Kuan Yin, der Göttin des Mitgefühls. Danach begaben wir uns zur Andacht in das schwach beleuchtete Innere des Tempels. Vom Abendessen dort rührten wir nichts mehr an, stattdessen wickelten wir uns in unsere Decken und sanken in den Schlaf.

In Chungking herrschte nie Mangel an Sezierleichen. Sie konnten jederzeit problemlos beschafft werden. Später, als der Krieg begann, bekamen wir sogar mehr Leichen, als wir verarbeiten konnten. Die Körper, die wir für das Sezieren erhielten, bewahrten wir in einem gut gekühlten, unterirdischen Raum auf. Sobald wir einen frisch verstorbenen Körper von der Straße oder aus einem Krankenhaus erhielten, injizierten wir ihm ein starkes Desinfektionsmittel in die Leiste, um den Körper für einige Monate zu konservieren.

Es war oft sehr interessant, in den Keller hinunterzugehen und sich die Leichen auf den Tischen anzusehen. Sie waren alle unterschiedlich gebaut. Manchmal hatten wir heftige Auseinandersetzungen darüber, wer von uns den dünnsten Körper bekommen sollte, da die dickeren Leichen beim Sezieren große Schwierigkeiten bereiteten. Sie erforderten viel Arbeit und lieferten nur magere Ergebnisse. Bei ihnen musste man endlos schneiden, um einen Nerv oder eine Arterie freizulegen, weil man sich zuerst durch mehrere Fettschichten hindurcharbeiten musste.

Der Vorrat an Leichen ging uns nie aus. Oft hatten wir so viele, dass wir sie in Wannen aufbewahren mussten, «eingepökelt», wie wir es nannten. Natürlich war es nicht immer leicht, einen toten Körper von der Straße ins Krankenhaus zu bringen, da einige Verwandte strikt dagegen waren. In jenen Tagen legte man verstorbene Säuglinge und auch erwachsene Personen häufig im Schutz der Dunkelheit auf die Straße, weil ihre Familien zu arm waren, um eine angemessene Beerdigung zu bezahlen. Wir Medizinstudenten zogen dann regelmäßig in aller Frühe los, um die am besten erhaltenen, und natürlich die dünnsten Körper einzusammeln. Jeder von uns hätte einen Körper alleine tragen können, doch oft arbeiteten wir zu zweit – einer nahm den Kopf, der andere die Füße. Das war geselliger. Häufig nahmen wir unser Mittagessen mit in den Sezierraum, wenn wir für Prüfungen lernen mussten. Es war keine Seltenheit, dass ein Student seine Mahlzeit auf dem Bauch eines Leichnams ablegte, während er in einem Fachbuch las, das er gegen die Oberschenkel stützte. Es kam uns damals nicht in den Sinn, dass die Leichen Krankheitserreger auf uns übertragen könnten.

Unser Rektor, Dr. Lee, bediente sich der neusten amerikanischen Ideen. In gewisser Weise ahmte er die Amerikaner mit beinahe fanatischem Eifer nach. Trotzdem war er ein herausragender Mann und einer der brillantesten Chinesen, die ich je kennengelernt habe. Es war eine Freude, unter ihm zu studieren. Ich lernte viel und legte viele Prüfungen ab. Aber ich bleibe dabei, dass ich in Tibet bei den Leichenzerlegern viel mehr gelernt habe, was die pathologische Anatomie betrifft, als hier.

Unsere medizinische Hochschule und das an sie angeschlossene Krankenhaus lagen am entgegengesetzten Ende der Straße, die entlang und über die Treppenstraße hinunter zu den Kais führte. Bei gutem Wetter hatten wir eine herrliche Aussicht auf den Fluss und die Terrassenfelder. Das Krankenhaus lag an einer sehr guten Stelle und war in der Tat ein markantes Wahrzeichen. In Richtung Hafen, in einem Geschäftsviertel der Straße, gab es einen sehr, sehr alten Laden, der aussah, als läge er in den letzten Zügen seines Zerfalls. Das Holz schien wurmzerfressen, und die Farbe blätterte von den Brettern ab. Die Tür war wackelig und baufällig. Über ihr hing ein Schild mit einem geschnitzten und grell bemalten Tiger, dessen Rücken sich über den gesamten Eingang wölbte. Sein weit aufgerissener Rachen, die furchterregenden Zähne und Klauen wirkten so realistisch, dass sie jedem einen Schrecken einjagen konnten. Dieser Tiger symbolisierte Potenz und war ein altes chinesisches Zeichen für Männlichkeit. Dieser Laden war ein Hoffnungsschimmer für erschöpfte Männer und für diejenigen, die sich mehr Energie für ihre Vergnügungen wünschten. Auch Frauen kamen hierher, um bestimmte Mittel zu kaufen, wie Tigerextrakt oder Ginsengwurzelextrakt, insbesondere wenn sie sich Kinder wünschten, aber bisher keine bekommen konnten. Beide Extrakte – sowohl das Tigerextrakt als auch das Ginsengwurzelextrakt – enthielten große Mengen an Wirkstoffen, die in schwierigen Fällen sowohl Männern als auch Frauen halfen. Diese Wirkstoffe wurden erst kürzlich von der westlichen Wissenschaft entdeckt und als großer Triumph der Forschung und des Handels gefeiert. Die Chinesen und die Tibeter aber besaßen diese Mittel schon seit drei- oder viertausend Jahren, aber so ungebührlich haben sie nie damit herumgeprahlt. Es ist eine Tatsache, dass der Westen vom Osten noch sehr viel lernen könnte, wenn der Westen etwas kooperativer wäre. Aber zurück zu diesem alten Geschäft mit dem grimmig geschnitzten und bemalten Tiger über dem Eingang und den merkwürdigen Pulverdosen, mumifizierten Tieren und Flaschen mit farbiger Flüssigkeit im Schaufenster. Dies war der Laden eines Arztes, der noch im traditionellen Stil praktizierte. Hier konnte man pulverisierte Kröten, zu

Pulver gemahlene Antilopenhörner, die als potenzfördernd galten, und andere seltsame Mixturen kaufen.

Aus den ärmeren Stadtvierteln fanden nur selten Patienten den Weg in die modernen Behandlungszimmer des Krankenhauses. Stattdessen suchte der Hilfesuchende dieses schmutzige alte Geschäft auf, genau wie zuvor sein Vater und vielleicht auch dessen Vater davor. Er trug seine Beschwerden dem Arzt vor, der mit seinen dicken Brillengläsern wie eine Eule aussah und hinter einem braunen Holzverschlag saß. Der Patient schilderte ihm seinen Fall und die Krankheitssymptome, und der alte Arzt nickte gewichtig, legte bedeutungsvoll die Fingerspitzen aufeinander und verordnete daraufhin die benötigte Medizin. Es war Brauch, dass die Medikamente nach einer bestimmten Farbregel hergestellt wurden. Ein ungeschriebenes Gesetz, das noch aus vorgeschichtlicher Zeit stammte, besagte: Bei Magenleiden musste das Medikament gelb sein, während Patienten mit Blut- oder Herzerkrankungen ein rotes Mittel erhielten. Menschen mit Gallen- oder Leberproblemen oder schlechter Laune bekamen grüne Medikamente, und bei Augenkrankheiten wurde eine blaue Salbe verabreicht. Besonders schwierig war es jedoch, bei inneren Erkrankungen die passende Farbe zu bestimmen. Litt jemand unter Schmerzen im Bauchraum und vermutete der Arzt die Ursache im Darm, musste das Medikament braun sein. Einer werdenden Mutter wurde gesagt, sie brauche nur pulverisiertes Schildkrötenfleisch zu essen, und das Kind würde schmerzfrei und mühelos geboren werden. Sie solle kaum etwas davon mitbekommen, und ihr Tagesablauf würde nahezu unbeeinträchtigt bleiben. Die Anweisung lautete: «Geh nach Hause, zieh eine Schürze an, die du zwischen die Beine bindest, damit das Kind nicht auf den Boden fallen kann, und schlucke dieses pulverisierte Schildkrötenfleisch!»

Die alten, nicht registrierten chinesischen Ärzte durften Werbung machen, und das taten sie meist auf möglichst spektakuläre Weise. Üblicherweise waren auf ihren Hausdächern große, farbenfrohe Schilder angebracht, die darauf hinwiesen, was für wunderbare Heiler sie seien. Doch das war nicht alles: In ihren Warte- und Behandlungszimmern hingen häufig beeindruckende Medaillen und eingerahmte Schreiben an den Wänden, die sie von wohlhabenden und einflussreichen Patienten erhalten hatten. Diese sollten bezeugen, auf welch wundersame Weise die Ärzte sie mit ihren farbigen Medikamenten, Pülverchen und Heiltränken von unbekannten und nicht näher beschriebenen Krankheiten kuriert hatten.

Die armen Zahnärzte hatten weniger Glück, zumindest die der alten Schule. Meistens besaßen sie keine eigene Praxis, um ihre Patienten zu empfangen. Stattdessen suchten sie ihre «Opfer» auf der Straße auf. Der Patient setzte sich auf eine Kiste, und der Zahnarzt begann mit seiner Untersuchung. Vor einem versammelten und dankbaren Publikum stocherte und sondierte er dann in ihren Mündern herum. Danach machte er sich mit merkwürdigen Gesten und Bewegungen an die Arbeit, den faulen Zahn zu ziehen.

«Sich an die Arbeit machen» ist der richtige Ausdruck, denn wenn der Patient ängstlich war oder laut jammerte, war es oft nicht leicht, einen Zahn zu ziehen. In solchen Fällen bat der Zahnarzt manchmal kurzerhand einen der Umstehenden, das zappelnde Opfer festzuhalten. Betäubungsmittel wurden keine verwendet. Anders als die Ärzte mit ihren Hinweisschildern, Medaillen und Auszeichnungen machten die Zahnärzte keine Werbung. Stattdessen trugen sie Zahnketten um den Hals, an denen die von ihnen gezogenen Zähne hingen. Sobald ein Zahn gezogen war, hob der Zahnarzt ihn auf, reinigte ihn sorgfältig und bohrte ein Loch hinein. Anschließend fädelte er den Zahn auf die Kette, um so ein weiteres Zeugnis seiner Geschicklichkeit als Zahnarzt abzulegen – ein sichtbarer Beweis dafür, wie viele Zähne er bereits gezogen hatte.

Es ärgerte uns immer, wenn Patienten, die wir mit großem Zeitaufwand behandelt und mit teuren Medikamenten versorgt hatten, sich dann heimlich durch den Hintereingang in das Haus eines alten chinesischen Arztes schlichen, um sich zusätzlich von ihm behandeln zu lassen. Wir behaupteten, wir hätten den Patienten geheilt, während der Quacksalber von sich behauptete, er sei es gewesen. Der Patient sagte meist nichts dazu – er war einfach froh, geheilt zu sein.

Als wir immer weitere Fortschritte in unserem Studium machten und auf den Abteilungen unseres Krankenhauses im Einsatz waren, mussten wir häufig mit einem qualifizierten Arzt zu Hausbesuchen aufbrechen. Wir behandelten die Patienten zu Hause und assistierten bei Operationen. Manchmal mussten wir auch zu Notfällen ausrücken und an fast unzugänglichen Stellen die steilen Klippen hinuntersteigen, dorthin, wo ein Unglücksrabe gestürzt war. Oft waren die Knochen gebrochen oder das Gewebe so zerfetzt, dass es beinahe irreparabel war. Wir machten auch Hausbesuche bei Menschen, die in schwimmenden Häusern auf dem Fluss wohnten. Auf dem Kialing-Fluss lebten die Leute in Hausbooten oder sogar auf Bambusflößen, auf denen sie kleine Hütten errichtet und mit Matten ausgelegt hatten. Diese lagen dann schwankend und dümpelnd am Flussufer. Wenn man nicht vorsichtig war, besonders nachts, konnte es leicht passieren, dass man einen Fehltritt machte oder auf ein loses Bambusstück trat, das dann einfach unter einem versank. Bei einem solchen Anlass war man dann nicht gerade erfreut über das Gelächter der unvermeidlichen Schar kleiner Jungen, die sich immer bei solchen unglücklichen Ereignissen einfanden.

Die alten chinesischen Bauern konnten erstaunliche Schmerzen ertragen. Sie klagten nie und waren stets dankbar für das, was wir für sie tun konnten. Wir bemühten uns auch sonst, den alten Menschen zu helfen, sei es beim Reinigen ihrer kleinen Hütten oder beim Kochen. Der Umgang mit der jungen Generation jedoch war weniger angenehm. Sie wurden aufsässig und entwickelten merkwürdige Ideen. Die Abgesandten aus Moskau mischten sich unter sie und bereiteten sie auf den Beginn des Kommunismus vor. Wir wussten es, konnten jedoch nichts dagegen tun, außer abzuwarten und hilflos zuzusehen.

Bevor wir qualifizierte Ärzte waren, verlangte das Studium ein enormes Arbeitspensum. Wir studierten täglich bis zu vierzehn Stunden und deckten dabei eine Vielzahl von Themen ab, darunter auch Magnetismus und

Elektrizität. Ich erinnere mich noch gut an meine erste Vorlesung über Magnetismus – ein Thema, das mir damals völlig fremd war. Die Vorlesung war auf ihre Art vielleicht genauso interessant wie die über Elektrizität. Der Dozent jedoch war nicht gerade ein angenehmer Zeitgenosse. Doch was geschah, war Folgendes:

Huang hatte sich durch die große Menschenmenge geschoben, um auf dem Anschlagbrett nachzusehen, wo und wann unser nächster Kurs stattfinden würde. Er begann zu lesen und rief mir zu: «He, Lobsang, wir haben heute Nachmittag eine Vorlesung über Magnetismus!»

Wir waren froh, dass wir für die gleiche Vorlesung eingeschrieben waren, denn inzwischen hatte sich zwischen uns eine enge Freundschaft entwickelt. Gemeinsam begaben wir uns in den Innenhof, überquerten ihn und betraten den Vorlesungssaal, der direkt neben dem der Elektrotechnik lag. Als wir eintraten, fiel uns sofort auf, dass viele der Geräte stark denen ähnelten, die wir bereits im Elektrotechnik-Saal gesehen hatten: Drahtspulen, merkwürdig zu Hufeisen gebogene Metallstücke, schwarze Stäbe und Glasstäbe sowie verschiedene Glasbehälter, die anscheinend mit Wasser gefüllt waren. Es lagen auch Holzstücke und Blei herum. Wir nahmen unsere Plätze ein.

Der Dozent betrat den Raum und stolzierte langsam zu seinem Tisch. Er war ein Schwergewicht, nicht nur körperlich, sondern auch geistig. Er hatte eine sehr hohe Meinung von seinen eigenen Fähigkeiten und war überzeugt, mehr über dieses Fachgebiet zu wissen als all seine Kollegen. Auch er war in Amerika gewesen. Doch während einige seiner Kollegen mit der Erkenntnis zurückkehrten, wie wenig sie tatsächlich wussten, war dieser Mann fest davon überzeugt, alles zu wissen und unfehlbar zu sein. Er nahm seinen Platz ein und ergriff aus einem unerfindlichem Grund einen Holzhammer, mit dem er heftig auf den Tisch schlug.

«Ruhe!», röhrte er, obwohl überhaupt kein Laut zu hören war.

«Wir werden uns jetzt mit dem Magnetismus auseinandersetzen», sagte er. «Für einige unter euch wird das die erste Vorlesung über dieses fesselnde Thema sein.»

Er griff nach einem zu einem Hufeisen gebogenen Stab.

«Dieser hier», erklärte er, «wird von einem Feld umgeben.»

Unweigerlich dachte ich an weidende Pferde.

Er sagte: «Ich werde Ihnen nun zeigen, wie man das Magnetfeld um diesen Magneten mit Eisenfeilspänen sichtbar machen kann. Der Magnetismus», fuhr er fort, «wird jedes einzelne dieser Eisenfeilspäne magnetisieren, sodass sie sich entlang der Feldlinien ausrichten.»

Unvorsichtigerweise bemerkte ich zu Huang, der hinter mir saß: «Das kann doch jeder Trottel sehen, wozu also dieser ganze Aufwand?»

Der Dozent sprang wütend auf.

«Oh», sagte er, «der große Herr Lama aus Tibet, der überhaupt keine Ahnung von Magnetismus oder Elektrizität hat, kann also ein Magnetfeld sehen?»

Er deutete wild mit dem Finger auf mich.

«So, so, großer Lama, Sie können also dieses wunderbare Feld sehen? Wahrscheinlich sind Sie der einzige Mensch auf der ganzen Welt, der das kann», fügte er höhnisch hinzu.

Ich erhob mich. «Ja, ehrenwerter Herr Professor, ich kann es sehr deutlich sehen», sagte ich. «Ich kann auch die Lichter um diese Kabel sehen.»

Er ergriff erneut seinen Hammer und ließ ihn mit einem wiederhallenden Krachen mehrmals auf den Tisch niedersausen.

«Sie lügen», sagte er bestimmt. «Das kann niemand sehen. Wenn Sie schon so klug sind, dann kommen Sie hierher und zeichnen Sie für uns das Feld an die Tafel. Dann werden wir ja sehen, was für ein Chaos Sie anrichten.»

Ich seufzte resigniert, als ich zu ihm ging, den Magneten von ihm entgegennahm und mit einem Stück Kreide an die Wandtafel trat. Ich hielt den Magneten an die Tafel und zeichnete dann die exakte Form des bläulichen Lichts nach, das ich aus dem Magneten strömen sah. Ich zeichnete auch die schwächeren Linien nach, die sich innerhalb des Feldes selbst befanden. Für mich war das ganz einfach, denn ich war mit dieser Fähigkeit geboren worden, und sie war durch eine Operation, die man an mir vorgenommen hatte, noch verstärkt worden. Als ich fertig war und mich umdrehte, herrschte absolute Stille. Der Dozent starrte mich an, seine Augen quollen buchstäblich über.

«Das ist ein Trick!», sagte er. «Sie haben das früher schon gelernt.»

«Ehrenwerter Herr Professor», entgegnete ich, «bis zum heutigen Tag habe ich noch nie einen Magneten gesehen.»

«Also, ich weiß nicht, wie Sie das anstellen», sagte er, «aber das gezeichnete Feld ist korrekt. Ich behaupte dennoch, dass es ein Trick ist, und dass Sie in Tibet nur Betrügereien gelernt haben. Ich verstehe das nicht.»

Er nahm mir den Magneten aus den Händen, legte ein dünnes Blatt Papier darüber, streute feine Eisenfeilspäne auf das Papier und klopfte leicht mit dem Finger gegen das Blatt. Die Eisenfeilspäne richteten sich exakt entlang der Feldlinien des Magneten aus, genau so, wie ich sie an die Wandtafel gezeichnet hatte. Der Dozent betrachtete das Ergebnis, dann meine Zeichnung und schließlich erneut die Linien der Eisenfeilspäne.

«Ich glaube Ihnen immer noch nicht, Mann aus Tibet», sagte er. «Ich glaube immer noch, dass es ein Trick ist.»

Er setzte sich ratlos auf seinen Stuhl und stützte den Kopf in die Hände. Urplötzlich sprang er mit einem Satz auf und zeigte mit dem Finger in meine Richtung.

«Sie!», sagte er, «Sie behaupten, Sie können das Magnetfeld um diesen Magneten herum sehen, und Sie sagen auch, Sie können das Licht um diese Drähte herum sehen.»

«Ja, das ist richtig», bestätigte ich. «Das kann ich. Ich kann es ohne Schwierigkeiten sehen.»

«Na gut!», rief er, «jetzt können wir beweisen, dass das nicht stimmt. Wir können beweisen, dass Sie ein Schwindler sind!»

Er drehte sich abrupt um und stieß dabei mit seiner ungestümen Art seinen Stuhl um. Hastig eilte er in eine Ecke, bückte sich und hob stöhnend einen Kasten auf, aus dem Drähte und eine Spule ragten. Dann brachte er ihn herüber und stellte ihn vor mir auf den Tisch.

«Also», sagte er, «hier haben wir etwas sehr Interessantes, einen sogenannten Hochfrequenztransformator. Zeichnen Sie jetzt das Magnetfeld, das ihn umgibt. Wenn Sie das können, werde ich Ihnen glauben. Los, zeichnen Sie das Feld.»

Er blickte mich an, als wollte er sagen: «Wage es ja nicht!»

«In Ordnung», sagte ich. «Das ist ganz einfach. Bringen wir ihn etwas näher an die Wandtafel, sonst müsste ich das Feld aus dem Gedächtnis zeichnen.»

Er hob den Tisch auf der einen Seite hoch und ich auf der anderen Seite. Genau vor der Wandtafel stellten wir ihn ab. Ich wandte mich der Tafel zu, nahm die Kreide und begann zu zeichnen. Als ich mich abdrehte, um mir das Magnetfeld erneut anzusehen, sagte ich: «Oh, es ist verschwunden.» Verblüfft schaute ich darauf, es waren jetzt nur lauter Drähte zu sehen, sonst nichts, kein Feld.

Ich drehte mich um. Die Hand des Dozenten lag auf einem Schalter. Er hatte den Strom ausgeschaltet, und ein Ausdruck völliger Überraschung war ihm ins Gesicht geschrieben.

«So!», entfuhr es ihm. «Sie können es wirklich sehen! So, so, wie bemerkenswert!»

Er schaltete den Strom wieder ein und sagte: «Drehen Sie sich um und sagen Sie mir, wann das Gerät unter Spannung steht und wann nicht.»

Ich drehte mich um und konnte ihm jedes Mal sagen: «Aus. An. Aus.»

Dann gab er es endgültig auf und ließ sich in seinen Stuhl sinken wie ein Mann, dessen Glaube einen vernichtenden Schlag erlitten hatte.

Plötzlich sagte er: «Der Unterricht ist beendet. Aber nicht für Sie», fügte er an mich gerichtet hinzu. «Ich möchte mit Ihnen unter vier Augen sprechen.»

Die anderen murrten unwillig. Sie waren zur Vorlesung gekommen, um etwas Interessantes zu erfahren, und nun sollten sie schon wieder gehen?

Doch der Dozent scheuchte sie einfach fort, indem er den einen oder anderen bei den Schultern packte und hinausdrängte. Sein Wort war Gesetz. Nachdem sich der Vorlesungssaal geleert hatte, sagte er: «Erzählen Sie mir jetzt etwas mehr über diese Sache. Was ist das für ein Trick?»

«Es ist kein Trick», erwiderte ich. «Es ist eine Gabe, mit der ich geboren wurde und die durch eine spezielle Operation noch verstärkt wurde. Ich kann Auren sehen. Ich kann auch Ihre Aura sehen. Ihre Aura zeigt mir, dass Sie mir nicht glauben wollen. Sie wollen nicht akzeptieren, dass jemand eine Fähigkeit besitzt, die Sie selbst nicht haben. Sie sind fest entschlossen, mir zu beweisen, dass ich falsch liege.»

«Nein», widersprach er, «ich möchte nicht beweisen, dass Sie falsch liegen. Ich möchte beweisen, dass meine Ausbildung und mein Wissen richtig sind. Wenn Sie tatsächlich diese Aura sehen können, dann ist mit Sicherheit alles, was man mich gelehrt hat, falsch.»

«Überhaupt nicht», erwiderte ich. «Ihre ganze Ausbildung beweist doch gerade die Existenz einer Aura. Das Wenige, das ich bereits über die Elektrizität an dieser Hochschule gelernt habe, zeigt mir deutlich auf, dass die treibende Kraft des menschlichen Lebens die Elektrizität ist.»

«Was für ein Unsinn!», sagte er. «Was für eine absolute Ketzerei!»

Er sprang auf. «Kommen Sie mit zum Rektor. Wir werden diese Sache umgehend klären.»

Dr. Lee saß hinter seinem Schreibtisch und war in verschiedene Unterlagen des Instituts vertieft. Als wir eintraten, blickte er freundlich auf und spähte über den Rand seiner Brille hinweg. Dann nahm er die Brille ab, um uns besser sehen zu können.

«Herr Rektor», begann der Dozent lautstark, «dieser Mann hier, dieser Bursche aus Tibet, behauptet, Auren sehen zu können, und dass wir alle über eine Aura verfügen. Er wollte mir weismachen, dass er mehr weiß als ich, der Professor für Elektrotechnik und Magnetismus ist.»

Dr. Lee bat uns liebenswürdig, uns zu setzen.

«Nun, worum geht es genau?», fragte er. «Lobsang Rampa kann Auren sehen. Das ist mir bekannt. Worüber wollen Sie sich beschweren?»

Der Dozent starrte ihn fassungslos an.

«Aber Herr Rektor!», rief er aus, «Sie glauben doch nicht wirklich an einen solchen Unfug, an eine solche Ketzerei und Gaunerei?»

«Selbstverständlich glaube ich daran», antwortete Dr. Lee ruhig. «Er kommt von den Allerhöchsten in Tibet, und durch sie habe ich von ihm erfahren.»

Dozent Po Chu sah regelrecht erschüttert aus.

Dr. Lee wandte sich an mich und sagte: «Lobsang Rampa, ich möchte Sie bitten, uns diese Aura in Ihren eigenen Worten zu schildern. Erzählen Sie es uns so, als wüssten wir überhaupt nichts über dieses Thema. Erklären Sie es uns so, dass wir es verstehen und wir vielleicht von Ihren besonderen Erfahrungen profitieren können.»

Nun, das hörte sich schon ganz anders an. Ich mochte Dr. Lee. Es gefiel mir, wie er sich den Dingen stellte.

«Dr. Lee», begann ich, «ich wurde mit der Fähigkeit geboren, die Menschen so zu sehen, wie sie wirklich sind. Jeder Mensch ist von einer Aura umgeben, die jeden Gedanken, jede gesundheitliche Veränderung und jeden mentalen oder spirituellen Zustand widerspiegelt. Diese Aura ist das Licht, das von der im physischen Körper innewohnenden Seele erzeugt wird. In den ersten Jahren meines Lebens glaubte ich, jeder sähe die Welt so wie ich. Doch ich musste bald feststellen, dass dem nicht so war. Wie Sie wissen, trat ich im Alter von sieben Jahren einem Lamakloster bei, wo ich eine spezielle Ausbildung erhielt. In diesem Kloster wurde an mir eine besondere Operation durchgeführt, die mir half, die Aura noch klarer zu sehen als zuvor. Außerdem verlieh sie mir zusätzliche übersinnliche Fähigkeiten. In den Tagen vor der dokumentierten Geschichte besaßen die Menschen ein drittes Auge. Doch durch ihre eigene Dummheit verlor die Menschheit die Fähigkeit dieser Seherkraft. In meiner Ausbildung im Lamakloster in Lhasa ging es um diese Fähigkeit.»

Ich blickte die beiden Männer an und sah, dass sie das, was ich erklärte, verstanden.

«Dr. Lee», fuhr ich fort, «der menschliche Körper ist zuerst von einem bläulichen Licht umgeben, einem Licht, das etwa zweieinhalb bis fünf Zentimeter breit ist. Es umgibt und umhüllt den gesamten physischen Körper. Wir nennen dieses Licht den Ätherkörper. Er ist der niedrigste der verschiedenen Körper und die Verbindung zwischen der Astralwelt und dem physischen Körper. Die Intensität des Blaus variiert je nach Gesundheitszustand der jeweiligen Person. Nach dem physischen Körper und dem Ätherkörper folgt die Aura. Die Ausdehnung der Aura variiert beträchtlich, je nach dem Entwicklungsstand, dem Bildungsgrad und den Gedanken der betreffenden Person. Ihre Aura», sagte ich zum Rektor, «erstreckt sich eine ganze Körperlänge von Ihnen aus. Es ist die Aura eines voll entwickelten Mannes. Die menschliche Aura, unabhängig von ihrer Größe, setzt sich aus wirbelnden Farbbändern zusammen, ähnlich den farbigen Wolken, die den Abendhimmel überziehen. Diese Bänder verändern sich je nach den Gedanken einer Person. Bestimmte Körperpartien, spezielle Bereiche, erzeugen ihre eigenen horizontalen Farbbänder. Gestern», sagte ich, «als ich in der Bibliothek studierte, habe ich ein paar Bilder in einem Buch über irgendeine westliche Religion gesehen. In diesem Buch waren einige Personen abgebildet, die um ihre Köpfe herum Auren aufwiesen. Ist daraus zu schließen, dass die Menschen im Westen, von denen ich dachte, sie seien uns in der Entwicklung unterlegen, Auren sehen können, während wir im Osten dazu nicht in der Lage sind? Auf den Bildern der Menschen im Westen», erklärte ich weiter, «waren Auren nur um die Köpfe der Menschen zu sehen. Doch ich kann die Aura nicht nur um den Kopf sehen, sondern auch um den gesamten Körper, um die Hände, Finger und Füße. Diese Fähigkeit hatte ich schon immer.»

Der Rektor wandte sich an Dozent Po Chu.

«Sehen Sie, diese Information hatte ich vorher schon. Ich wusste, dass Herr Rampa über diese Kräfte und Fähigkeiten verfügt. Seine übersinnlichen Kräfte wurden sogar im Auftrag der tibetischen Obrigkeit eingesetzt.

Deshalb studiert er hier bei uns, in der Hoffnung, dass er bei der Entwicklung eines Spezialgerätes mitwirken kann, das der gesamten Menschheit zugutekommen könnte: zur Früherkennung und Heilung von Krankheiten. Was hat Sie denn veranlasst, heute zu mir zu kommen?», fragte er.

Der Dozent machte ein sehr nachdenkliches Gesicht.

«Wir hatten gerade mit der praktischen Einführung in den Magnetismus begonnen», erklärte er. «Kaum hatte ich das Magnetfeld erwähnt und bevor ich überhaupt etwas demonstrieren konnte, sagte dieser Mann, er könne das Magnetfeld um den Magneten herum sehen. Ich hielt das für völlig absurd. Also forderte ich ihn auf, es an die Tafel zu zeichnen. Zu meinem Erstaunen konnte er das Magnetfeld einwandfrei an der Tafel darstellen. Er zeichnete sogar das Magnetfeld eines Hochfrequenztransformators nach. Doch als ich das Gerät ausschaltete, sah er nichts mehr. Da war ich mir sicher, dass es sich um einen Trick handeln musste.»

Trotzig schaute er den Rektor an.

«Nein», widersprach Dr. Lee, «das war eindeutig kein Trick. Es war überhaupt kein Trick. Ich weiß, dass es die Wahrheit ist. Vor einigen Jahren begegnete ich seinem Mentor, dem Lama Mingyar Dondup, einem der klügsten Männer Tibets. Aus Freundlichkeit und Freundschaft zu mir ließ er sich auf bestimmte Tests ein und bewies, dass er dieselben übersinnlichen Fähigkeiten besaß wie Lobsang Rampa. Es gelang uns, das heißt, einem Spezialteam, bedeutende Forschungsergebnisse auf diesem Gebiet zu erzielen. Doch leider verhinderten Vorurteile, konservative Einstellungen und Neid uns daran, unsere Erkenntnisse zu publizieren – ein Umstand, den ich noch immer sehr bedauere.»

Eine Zeitlang herrschte Schweigen. Ich dachte, wie gut es doch war, dass mir der Rektor sein Vertrauen ausgesprochen hatte. Der Dozent sah wirklich verdrießlich aus, so als hätte er einen unerwarteten, unangenehmen Rückschlag erlitten. Dann sagte er: «Aber wenn Sie schon diese übersinnlichen Fähigkeiten haben, warum studieren Sie dann Medizin?»

«Ich möchte sowohl Medizin als auch andere Wissenschaften studieren», erwiderte ich, «damit ich mich beteiligen kann an der Entwicklung eines Gerätes, das mit demjenigen vergleichbar ist, das ich in Tibet im Chang-Tang-Hochgebirge gesehen habe.»

Der Rektor unterbrach uns.

«Ja, ich weiß, dass Sie einer der Männer waren, die an dieser Expedition teilgenommen haben. Es würde mich interessieren, noch etwas mehr über dieses Gerät zu erfahren.»

«Es ist schon eine ganze Weile her», begann ich. «Auf Veranlassung des Dalai Lama begab ich mich zusammen mit einer kleinen Gruppe Männer ins Chang-Tang-Hochgebirge. Wir stiegen hoch hinauf und dann hinab in ein verborgenes Tal, das tief hinter einem Gebirgszug lag. Dort entdeckten wir eine Stadt, die aus prähistorischer Zeit stammte, eine Stadt einer ausgestorbenen Rasse. Eine Stadt, die teilweise unter dem Eis eines Gletschers begraben lag. Doch dort, wo der Gletscher in dem verborgenen Tal geschmolzen war, und wo es warm war, waren die Gebäude noch intakt und die darin enthaltenen Geräte und Apparate auch. Eines dieser Geräte war eine Art Box, in die man hineinschauen konnte, um die menschliche Aura zu sehen. Aus den Farben und dem Erscheinungsbild der Aura ließen sich Rückschlüsse auf den Gesundheitszustand einer Person ziehen. Das Gerät konnte sogar Anzeichen einer Krankheit erkennen, noch bevor sie ausbrach, da sich die ersten Hinweise bereits in der Aura zeigten. So kann man zum Beispiel Schnupfenviren in der Aura lange sehen, bevor sich eine Grippe manifestiert. Es ist viel einfacher, eine Krankheit zu behandeln, wenn sie sich erst im Anfangsstadium befindet. Auf diese Weise kann man das Leiden bekämpfen, noch bevor es richtig ausbricht.»

Der Rektor nickte und sagte: «Das ist sehr interessant. Fahren Sie fort.»

«Ich stelle mir eine moderne Version dieses alten Gerätes vor», führte ich weiter aus. «Ich würde gerne bei der Entwicklung eines ähnlichen Gerätes mithelfen, sodass selbst ein nicht hellsichtiger Arzt oder Chirurg in diese Box schauen und die Aura seines Patienten in Farbe sehen könnte. Er könnte dann mithilfe einer Vergleichs-Karte feststellen, woran diese Person leidet. Er wäre in der Lage, ohne Schwierigkeiten oder Ungenauigkeiten eine Diagnose zu stellen.»

«Aber damit kommen Sie zu spät», warf der Dozent ein. «Wir haben bereits die Röntgenapparate!»

«Röntgenapparate», bemerkte Dr. Lee. «Oh, mein lieber Kollege, die sind für diesen Zweck ungeeignet. Sie zeigen nur graue Schatten von den Knochen an. Lobsang Rampa aber möchte keine Knochen sichtbar machen, sondern er möchte die Lebenskraft des Körpers selbst aufzeigen. Ich verstehe völlig, was er meint, nur bin ich mir sicher, dass die größten Schwierigkeiten, auf die er stoßen wird, die Vorurteile sein werden und der Berufsneid.»

Er wandte sich wieder an mich.

«Aber wäre es mit einem solchen Gerät auch möglich, Geisteskrankheiten zu behandeln?»

«Werter Herr Rektor, wenn ein Mensch unter einer Persönlichkeitsspaltung leidet, dann zeigt sich das in der Aura sehr klar mit einer Doppelaura», erklärte ich. «Ich behaupte, dass mit einem eigens dafür entwickelten Apparat oder Gerät die beiden Auren in eine einzige zusammengeschoben werden könnten – vielleicht mithilfe eines hochfrequenten elektrischen Feldes.»

Nun diese Zeilen schreibe ich im Westen, und ich habe festgestellt, dass dieses Thema hier auf ein großes Interesse gestoßen ist. Viele Mediziner, die den besten Ruf genießen, haben ihr Interesse daran bekundet, aber ohne Ausnahme haben sie alle darauf bestanden, dass ich ihren Namen nicht erwähnen dürfe, weil es sonst ihrem Ansehen schade!

Die folgenden wenigen Anmerkungen könnten aber dennoch von Interesse sein: Haben Sie schon einmal in Bergregionen bei leichtem Dunst die Hochspannungsleitungen beobachtet? Wenn ja, ist Ihnen vielleicht die Korona um die Leitungen aufgefallen – ein schwaches Licht, das die Stromleitungen umgibt. Wenn Sie besonders gute Augen haben, wird Ihnen aufgefallen sein, dass das Licht flackert, schwächer und stärker wird und wieder schwächer und stärker wird, während der durch die Leitung hindurchflie-ßende Strom die Polarität wechselt. Dieses Licht entspricht so ziemlich der menschlichen Aura. Unsere Vorfahren, unsere Urururahnen, konnten of-fenbar Auren oder Heiligenscheine sehen, denn sie haben sie oft um die Köpfe von Heiligen gezeichnet. Das kann kaum als bloße Einbildung abge-tan werden. Denn wenn es nur Einbildung gewesen wäre, warum hätten sie diese Heiligenscheine dann überhaupt gezeichnet? Die moderne Wissen-schaft ist bereits in der Lage, Hirnströme und die elektrische Spannung des menschlichen Körpers zu messen.

Es gibt tatsächlich ein sehr berühmtes Krankenhaus, in dem vor Jahren Forschung mit Röntgenstrahlen betrieben wurde. Die Forscher stellten fest, dass sie Bilder einer menschlichen Aura erhielten, aber sie verstanden nicht, was sie da festhielten, noch interessierte es sie. Ihr Ziel war es, Knochen zu fotografieren, nicht die Farben außerhalb des Körpers. Daher betrachteten sie die Aufnahmen der Aura als unerwünschten Nebeneffekt. Tragischer-weise wurde das gesamte Thema der Aurafotografie beiseitegelegt, während die Forschung an den Röntgenbildern fortgesetzt wurde – was meiner be-scheidenen Meinung nach der falsche Weg war. Ich bin fest davon über-zeugt, dass mit nur geringem Forschungsaufwand Ärzte und Chirurgen mit dem wunderbarsten aller Hilfsgeräte ausgestattet werden könnten, um die Gesundheit der Kranken wiederherzustellen.

Ich stelle mir – wie schon vor vielen Jahren – ein bestimmtes Gerät vor, das jeder Arzt in der Tasche bei sich tragen könnte. Jederzeit griffbereit, ähnlich wie man ein geschwärztes Glas verwendet, um die Sonne zu be-obachten. Mit diesem Gerät könnte der Arzt die Aura eines Patienten sehen und anhand der Farbstreifen oder Unregelmäßigkeiten in den Konturen ge-nau feststellen, woran der Patient leidet. Doch das allein wäre nicht genug. Es reicht nicht, nur zu wissen, was einer Person fehlt – man muss auch wis-sen, wie man sie heilen kann. Genau das könnte mühelos mit einem weiteren Gerät geschehen, das mir vorschwebt, besonders bei der Behandlung von Geisteskrankheiten.

Kapitel 4
Die Fliegerei

Es war ein warmer, schwüler Abend, und kaum eine Brise bewegte die Luft. Die Wolken hingen vielleicht sechzig oder siebzig Meter über den Klippen, entlang derer wir schlenderten. Bedrohlich wirkende Wolkenmassen, die mich an Tibet erinnerten, türmten sich wie imaginäre Gebirgsketten zu fantastischen Formen auf. Huang und ich hatten einen anstrengenden Tag im Seziersaal hinter uns – anstrengend, weil die Leichen schon lange dort lagen. Der Gestank der Verwesung, vermischt mit Desinfektionsmitteln und anderen unangenehmen Gerüchen, hatte uns stark zugesetzt. Ich fragte mich, warum ich Tibet überhaupt verlassen musste, wo die Luft noch rein war und die Gedanken der Menschen auch. Wir hatten genug von den Sezierräumen und gingen hinaus, um uns zu waschen. Anschließend machten wir uns auf den Weg zu den Klippen. Wir dachten, ein Abendspaziergang in der Natur würde uns guttun und es wäre erholsam, die Umgebung auf uns wirken zu lassen. Natürlich sahen wir uns auch anderes an.

Als wir über den Rand der Klippe hinabspähten, konnten wir den regen Verkehr auf dem Fluss unter uns beobachten. Wir sahen die Kulis, die unermüdlich die Schiffe beluden. Mit langen Bambusstangen auf den Schultern trugen sie schwere Ballen in Tragkörben, die an beiden Seiten hingen. Jede Last wog mehr als vierzig Kilo, und die Tragkörbe selbst brachten nochmals zweieinhalb Kilo auf die Waage. So schleppte jeder Kuli den ganzen Tag über fast neunzig Kilo pro Lasteinheit. Ihr Leben war hart. Sie arbeiteten, bis sie starben, und das oft in jungen Jahren, ausgelaugt und verbraucht. Menschliche Arbeitstiere, die schlechter behandelt wurden als die Tiere auf den Feldern. Wenn sie schließlich verbraucht und tot zusammenbrachen, landeten sie manchmal auf unseren Seziertischen, wo sie, sogar im Tod, weiterhin der Allgemeinheit dienten – als Versuchsmaterial für angehende Ärzte und Chirurgen.

Wir wandten uns vom Klippenrand ab, und eine kaum wahrnehmbare Brise wehte uns entgegen, die den süßen Duft von Bäumen und Blumen mit sich trug. Fast direkt vor uns stand eine kleine Baumgruppe, und wir änderten leicht unsere Richtung, um auf sie zuzugehen. Nur wenige Meter vor der Klippe blieben wir plötzlich stehen, als uns ein merkwürdiges Gefühl der Bedrohung überkam. Eine unerklärliche Unruhe beschlich uns, und unsere Anspannung wuchs. Ein unerklärlicher Lärm drang an unsere Ohren. Fragend sahen wir uns an, unsicher, was es sein könnte.

«Das kann kein Donner sein», meinte Huang zweifelnd.

«Ganz bestimmt nicht», stimmte ich zu. «Das ist etwas Merkwürdiges, etwas das uns völlig fremd ist.»

Verunsichert blieben wir stehen, neigten die Köpfe zur Seite und lauschten. Unsere Blicke wanderten umher – zum Boden, zu den Bäumen und schließlich hinauf zu den Wolken. Das Geräusch kam von dort. Ein gleichmäßiges «Brum-Brum-Brum», das immer lauter wurde. Als wir nach oben sahen, entdeckten wir durch eine Lücke in der Wolkendecke einen dunklen, geflügelten Umriss, der schnell vorüberhuschte. Bevor wir genau erkennen konnten, was es war, war es bereits in der nächsten Wolke verschwunden.

«Du meine Güte!», rief ich aus. «Die Himmelsgötter holen uns!»

Es gab nichts, was wir hätten tun können. Wir standen einfach nur da und fragten uns, was als Nächstes geschehen würde. Das Geräusch klang monströs, ein Klang, den wir beide noch nie zuvor gehört hatten. Während wir dastanden und das Ganze beobachteten, tauchte unvermittelt ein großes Gebilde am Himmel auf. Es riss die Wolken zu Fetzen auseinander, so als wolle es auch den letzten Widerstand der Wolken wegfegen. Mit einem widerwärtigen Lärm und einem stechenden Geruch schoss es über unsere Köpfe hinweg und über den Rand der Klippe.

Der Lärm verstummte, und es herrschte Stille. Sprachlos und erschrocken standen wir da und starrten einander an. Dann wirbelten wir wie auf ein Kommando herum und rannten zum Klippenrand, um zu sehen, was mit dem unbekannten, lärmenden Ding, das vom Himmel herabgestürzt war, geschehen war. Am Klippenrand angekommen, warfen wir uns flach auf den Boden und spähten vorsichtig zu dem glitzernden Fluss hinunter. Dort stand das seltsame geflügelte Ungeheuer auf einer breiten Sandbank, die mitten im Fluss lag. Es war zum Stillstand gekommen. Während wir es beobachteten, spuckte es gerade einen Flammenstrahl und stieß schwarzen Rauch aus. Dieser Anblick ließ uns zusammenzucken und gleichzeitig erbleichen, doch das war nicht das Merkwürdigste. Zu unserem fassungslosen Erstaunen öffnete sich eine Seitenklappe, und zwei Männer stiegen aus. Zu jener Zeit glaubte ich, es sei das Wunderbarste überhaupt, was ich je gesehen hatte.

Doch hier oben verschwendeten wir nur unsere Zeit. Wir sprangen auf und rannten den Pfad entlang, der zur Treppenstraße führte, und von dort spurteten wir, völlig den Fussverkehr ignorierend, im Laufschritt nach unten zum Flussufer, wobei wir nicht gerade auf höfliches Benehmen achteten.

Als wir am Flussufer ankamen, war kein einziges Boot mehr da – kein Fährmann, niemand. Wir hätten vor Ärger mit den Füßen trampeln können. Alle waren bereits über das Wasser gefahren, dorthin, wo auch wir hinwollten. Doch da! Da hinten, hinter einem Felsen, lag noch ein Boot. Sofort liefen wir darauf zu, um es uns auszuleihen und damit überzusetzen. Aber kaum hatten wir es erreicht, sahen wir einen alten Mann, der mit ein paar Netzen über dem Arm einen steilen Pfad herabstieg.

«Hallo, Väterchen!», rief Huang. «Bring uns auf die andere Seite.»

«Nun», sagte der alte Mann gelassen, «ich will aber nicht hinüber. Was ist es euch wert?»

Er warf seine Netze ins Boot und lehnte sich entspannt dagegen. Im Mund hing eine alte, abgenutzte Pfeife. Er kreuzte die Beine und sah aus, als würde es ihm nichts ausmachen, den ganzen Abend lang so stehenzubleiben und einfach zu plaudern.

Wir platzten beinahe vor Ungeduld.

«Sag schon, alter Mann, was verlangst du?»

Der Alte nannte eine fantastische Summe – eine, für die man unserer Meinung nach das gesamte verrottete Boot hätte kaufen können. Aber wir zappelten vor Aufregung. Wir hätten fast alles gegeben, was wir besaßen, nur um auf die andere Seite des Flusses zu gelangen.

Huang versuchte zu feilschen.

«Komm», sagte ich, «lass uns keine Zeit vergeuden, geben wir ihm die Hälfte von dem, was er verlangt.»

Der alte Mann willigte augenblicklich ein. Es war ungefähr das Zehnfache dessen, womit er gerechnet hatte. Er war sofort einverstanden, und so stürzten wir uns auf sein Boot.

«Immer mit der Ruhe, meine Herren, immer mit der Ruhe», sagte er. «Ihr macht sonst noch mein Boot kaputt.»

«Oh, komm schon, Opa», drängte Huang, «beeil dich. Der Tag wird alt.»

Stöhnend und von Rheuma geplagt, stieg der Alte gemächlich ins Boot. Langsam ergriff er seine Stange und schob uns hinaus in die Strömung des Flusses. Wir waren ungeduldig und versuchten das Boot geistig zu beschleunigen, doch der alte Mann konnte nichts zur Eile antreiben. In der Flussmitte gerieten wir in einen Strudel, der uns drehte, doch der Mann brachte das Boot wieder auf Kurs, und wir steuerten auf das gegenüberliegende Ufer zu. Um Zeit zu sparen, zählte ich bereits das Geld ab und reichte es dem Alten, der es erstaunlich schnell entgegennahm. Noch bevor das Boot das Ufer erreichte, sprangen wir ins knietiefe Wasser und rannten die Sandbank entlang.

Vor uns stand diese wunderbare Maschine – diese unglaubliche Maschine, die vom Himmel gekommen war und Menschen mitgebracht hatte. Ehrfürchtig betrachteten wir sie und staunten über unseren eigenen Mut, uns so nahe an sie heranzuwagen. Auch andere Leute waren da, aber sie hielten einen gebührlichen Abstand. Wir jedoch wagten uns noch näher heran, sogar unter sie, befühlten die Gummiräder und schlugen versuchsweise mit den Fäusten darauf. Anschließend gingen wir zum Heck und entdeckten, dass dort kein Rad war, sondern eine federnde Metallstange, an deren Ende sich so etwas wie eine Kufe befand.

«Ah», sagte ich, «das muss eine Gleitkufe sein, um die Maschine abzubremsen, wenn sie landet. So etwas hatte ich an meinem Flugdrachen auch.»

Vorsichtig und mit einer gewissen Furcht betasteten wir die Seiten der Maschine. Wir blickten ungläubig drein, als wir feststellten, dass sie aus einem behandelten Material bestand, das über einen Holzrahmen gespannt war. Das war wirklich erstaunlich! Auf halber Strecke zwischen den Flügeln und dem Heck berührten wir eine Stoffbahn, die sich plötzlich öffnete. Vor Schreck wären wir fast in Ohnmacht gefallen, als ein Mann an der Öffnung erschien und leichtfüßig zu Boden sprang.

«Nanu», sagte er, «ihr scheint euch ja für alles zu interessieren.»

«Das tun wir tatsächlich», erwiderte ich. «In Tibet bin ich sogar schon einmal in etwas Ähnlichem geflogen, allerdings lautlos.»

Er sah mich an, und seine Augen weiteten sich.

«Haben Sie gesagt, in Tibet?», fragte er.

«Ja», erwiderte ich.

Huang unterbrach uns. «Mein Freund ist ein leibhaftiger Buddha, ein Lama, der in Chungking studiert. Er ist mit Drachen geflogen, die Menschen tragen können», erklärte er.

Der Mann aus der Maschine schien es zu interessieren.

«Das ist ja faszinierend», sagte er. «Wollen wir uns hineinsetzen, damit wir uns unterhalten können?»

Er drehte sich um und stieg ein. Nun, dachte ich, an Erfahrung mangelt es mir nicht. Wenn dieser Mann den Mut hat, in dieses Ding zu steigen, dann kann ich das auch. Also kletterte ich ebenfalls hinein, und Huang folgte mir. In Tibet, im Hochgebirge, hatte ich schon einmal eine Flugmaschine gesehen, die größer war als diese hier, mit der die Götter des Himmels direkt aus dieser Welt geflogen sind. Doch jene Maschine sah ganz anders aus, nicht so furchterregend, denn sie flog lautlos – ganz im Gegensatz zu diesem Gefährt, das dröhnte, ratterte und die Luft zerriss. Im Innern gab es Sitze, sogar ziemlich komfortable Sitze. Wir nahmen Platz. Der Mann überhäufte mich mit Fragen über Tibet. Fragen, die ich völlig blöd fand, denn Tibet war für mich so alltäglich, so gewöhnlich, und er saß hier in der erstaunlichsten Maschine, die ich je gesehen hatte, und sprach nur über Tibet.

Endlich nach langer Zeit und etlichen Schwierigkeiten erhielten auch wir einige Informationen von ihm. Man nenne diese Maschine «Flugzeug». Es sei mit Motoren ausgerüstet, die es durch die Luft befördere. Es seien die Motoren gewesen, erklärte der Mann, die den Lärm verursacht hätten. Dieses Flugzeug hier sei von den Amerikanern gebaut worden und eine chinesische Firma aus Schanghai hätte es gekauft. Die Firma plane, eine Flugroute von Shanghai nach Chungking einzurichten. Die beiden Männer, die wir gesehen hatten, seien der Navigator und der Ingenieur gewesen. Sie hätten gemeinsam einen Testflug durchgeführt.

Der Pilot – der Mann, mit dem wir uns unterhielten – erklärte: «Wir möchten das Interesse einflussreicher Persönlichkeiten wecken und ihnen die Gelegenheit bieten, mit uns zu fliegen, in der Hoffnung, dass sie unser Projekt unterstützen.»

Wir nickten zustimmend und überlegten uns, wie wunderbar das doch wäre und wie sehr wir uns wünschten, bedeutende Persönlichkeiten zu sein, um eine Chance zu bekommen, an so einem Flug teilzunehmen.

«Sie aus Tibet», fuhr der Pilot fort, «sind tatsächlich eine solch wichtige Persönlichkeit. Möchten Sie gerne mit uns diese Maschine ausprobieren?»

«Du meine Güte!», rief ich aus. «Sofort, wenn Sie wollen.»

Er deutete auf Huang und bat ihn auszusteigen. Er sagte, er könne nicht mitfliegen.

«Oh, nein», widersprach ich, «oh, nein, wenn einer mitkommt, kommt auch der andere mit.»

Also durfte Huang bleiben (wofür er sich später nicht bei mir bedankte!). Die beiden Männer, die zuvor weggegangen waren, liefen auf das Flugzeug zu. Der Pilot gab ihnen einige Handzeichen. Dann machten sie vorne an der Maschine etwas, woraufhin ein lautes «Peng» ertönte, das sich mehrmals wiederholte. Plötzlich setzte ein ohrenbetäubender Lärm ein, gefolgt von heftigem Rütteln. Wir klammerten uns fest und dachten, es hätte einen Unfall gegeben und das Flugzeug würde jeden Moment auseinanderbrechen.

«Halten Sie sich fest», sagte der Mann.

Wir hätten uns gar nicht fester halten können, die Ermahnung von ihm war ziemlich überflüssig.

«Wir werden jetzt abheben», sagte er.

Ein unheimlicher Lärm erfüllte die Luft, begleitet von Stößen, Schlägen und heftigem Rütteln. Es war schlimmer als damals, als ich das erste Mal in einem manntragenden Flugdrachen aufgestiegen war. Es war, abgesehen vom Rütteln, jetzt weit schlimmer, weil dieser Lärm, dieser furchtbare Lärm, noch dazukam. Ein letzter heftiger Ruck ließ meinen Kopf fast zwischen die Schulterblätter sinken, und plötzlich spürte ich einen starken Druck, der mich nach unten und hinten drückte. Es gelang mir, den Kopf zu heben und einen Blick aus dem Seitenfenster zu werfen. Wir waren in der Luft und stiegen auf. Unter uns erstreckte sich der Fluss wie ein silberner Faden. Die beiden Flüsse vereinten sich und flossen zusammen, während die Hausboote und Dschunken wie winzige Spielzeuge oder treibende Holzspäne aussahen. Dann sahen wir auf Chungking hinab, auf die Straßen, auf die steilen, nach oben führenden Straßen, die wir immer so mühsam hochsteigen mussten. Von dieser Höhe aus sahen sie wie ebenerdig aus, doch an einer Seite der Klippe schmiegten sich die Terrassenfelder immer noch halsbrecherisch an den erschreckend steilen Hang. Wir beobachteten die sich abmühenden Bauern, die uns nicht beachteten.

Plötzlich tauchte etwas Weißes auf und raubte uns die Sicht – selbst der Motorenlärm klang gedämpft. Wir befanden uns in den Wolken. Minutenlang jagten Wolkenfetzen an den Fenstern vorbei, bis das Licht allmählich wieder heller wurde und wir in einen blassblauen Himmel traten, durchflutet von goldenem Sonnenlicht. Als wir nach unten schauten, war es, als blickten wir auf ein gefrorenes Meer aus Schnee. Es funkelte weiß, blendete und der intensive Glanz schmerzte die Augen. Wir stiegen immer höher. Schließlich bemerkte ich, dass der Pilot mit mir sprach.

«Sie befinden sich jetzt höher, als Sie je zuvor gewesen sind, viel höher», sagte er.

«Keinesfalls», entgegnete ich, «als ich in einem manntragenden Flugdrachen aufgestiegen bin, befand ich mich bereits auf einer Höhe von mehr als fünftausend Metern über dem Meeresspiegel.»

Das überraschte ihn.

Er wandte sich von mir ab und blickte aus dem Seitenfenster. Der Flügel neigte sich nach unten, und wir glitten seitwärts in einen großartigen Sturzflug. Huangs Gesicht hatte einen aschfahlen Grünton angenommen, eine schreckliche Farbe, und ihm stießen unaussprechliche Dinge zu. Er taumelte aus seinem Sitz und legte sich mit dem Gesicht nach unten auf den Flugzeugboden. Er bot nicht gerade einen erfreulichen Anblick – aber das, was ihm widerfuhr, war ja auch nicht gerade erfreulich. Ich hingegen war immer immun gegen Flugkrankheit gewesen. Mir machte das überhaupt nichts aus. Ich empfand sogar ein stilles Vergnügen an diesen Flugmanövern. Nicht so Huang, den die Manöver in eine schreckliche Angst versetzten.

Als wir landeten, war Huang nur noch ein zitterndes Häufchen Elend, das hin und wieder ein gequältes Stöhnen von sich gab. Er war wirklich nicht der geborene Flieger. Bevor wir zur Landung ansetzten, schaltete der Pilot die Motoren aus, und wir schwebten sanft am Himmel, während wir immer tiefer sanken. Das einzige Geräusch war das Zischen des Windes, der an den Flügeln vorbeistrich, und das Trommeln der gespannten Stoffbahnen an den Seiten des Flugzeugs – eine Erinnerung daran, dass wir uns in einer von Menschenhand gebauten Maschine befanden.

Plötzlich, als wir dem Boden schon recht nahe waren, schaltete der Pilot die Motoren wieder ein, und das markerschütternde Dröhnen von mehreren hundert Pferdestärken ließ uns nochmals beinahe taub werden. Wir kreisten und setzten zur Landung an. Ein heftiger Stoß, ein Kreischen der Hinterkufe, und schließlich kamen wir holpernd zum Stillstand. Die Motoren wurden ausgeschaltet. Der Pilot und ich erhoben uns und stiegen aus. Der arme Huang war nicht imstande aufzustehen. Wir mussten ihn hinaustragen und auf den Sandboden legen, damit er sich erholen konnte.

Ich fürchte, ich war damals ziemlich hartherzig. Huang lag mit dem Gesicht nach unten auf dem gelben Sandboden der Landebahn, die mitten im etwa eineinhalb Kilometer breiten Fluss lag, auf dem wir gelandet waren. Mein Freund lag da, gab merkwürdige Laute von sich und vollführte seltsame Bewegungen. Insgeheim aber war ich froh, dass er nicht aufstehen konnte, denn das gab mir eine gute Entschuldigung, hier zu bleiben und mich mit dem Mann zu unterhalten, der diese Maschine geflogen hatte. Also redeten wir. Leider wollte er sich mit mir nur über Tibet unterhalten. Wie das Land so sei, vor allem in Bezug auf das Fliegen? Ob dort Flugzeuge landen könnten? Oder ob dort eine Armee mit Fallschirmen abspringen und landen könnte? Nun, ich hatte nicht die leiseste Ahnung, was Fallschirme waren, aber sicherheitshalber antwortete ich: «Nein!»

Wir einigten uns darauf: Ich würde ihm von Tibet erzählen, und er würde mir alles über Flugzeuge erklären. Dann sagte er: «Es wäre mir eine große Ehre, wenn Sie einige meiner Freunde treffen könnten, die ebenfalls an den Mysterien Tibets interessiert sind.»

Nun, warum sollte ich seine Freunde treffen? Ich war nur ein Hochschulstudent und wollte unbedingt Flugschüler werden, doch alles, woran dieser Typ dachte, war der gesellschaftliche Aspekt. In Tibet gehörte ich zu den wenigen Menschen, die geflogen waren. Ich war hoch über den Bergen in einem manntragenden Flugdrachen gewesen, und obwohl das Gefühl herrlich und die Stille beruhigend war, blieb der Drachen dennoch an einem Seil mit der Erde verbunden. Er konnte nur aufsteigen, aber nicht dorthin fliegen, wohin der Drachenflieger wollte – wie ein Yak, das auf der Weide angebunden ist. Ich wollte mehr über diese dröhnende Maschine erfahren, die so flog, wie ich es mir immer erträumt hatte, die überallhin gelangen konnte, in jeden Winkel der Welt, wie mir der Pilot versichert hatte. Und alles, worüber er reden wollte, war – Tibet!

Eine Weile lang schien es, als würden wir auf der Stelle treten. Wir saßen einander gegenüber auf dem Sandboden. Neben uns lag stöhnend Huang, für den wir kein Mitgefühl empfanden. Schließlich einigten wir uns. Ich erklärte mich bereit, seine Freunde zu treffen und ihnen von Tibet und seinen Mysterien zu erzählen. Ich versprach, einige Vorträge darüber zu halten. Im Gegenzug würde er mich erneut mit in das Flugzeug nehmen und mir erklären, wie die Maschine funktionierte.

Zunächst gingen wir um das Flugzeug herum, und er zeigte mir verschiedene Dinge: die Seiten- und Höhenruder, die Landeklappen und vieles mehr. Dann stiegen wir ins Flugzeug und setzten uns vorne direkt nebeneinander. Vor uns befand sich jeweils eine Stange, an der ein halbes Lenkrad befestigt war. Dieses konnte nach rechts oder links gedreht werden, während die Stange nach vorne gedrückt oder zurückgezogen werden konnte. Er erklärte mir, dass durch das Ziehen der Stange, des sogenannten Steuerknüppels, das Flugzeug an Höhe gewinnt und durch das Drücken an Höhe verliert. Durch das Drehen des Lenkrades würde das Flugzeug seine Richtung ändern. Er zeigte mir die verschiedenen Knöpfe und Schalter und startete dann die Motoren. Hinter den verglasten Anzeigen konnte ich die zitternden Nadeln beobachten, die ihre Position entsprechend der Drehzahl der Motoren veränderten. Wir nahmen uns viel Zeit, und er machte seine Sache gut, er erklärte mir alles gründlich. Nachdem die Motoren wieder ausgeschaltet waren, stiegen wir aus. Er öffnete die Revisionsabdeckungen und zeigte mir weitere Bestandteile: den Vergaser, die Zündkerzen und etliche andere Dinge.

An diesem Abend traf ich, wie versprochen, seine Freunde. Natürlich waren es alles Chinesen, und sie alle gehörten zur Armee. Einer von ihnen erzählte mir, dass er Chiang Kai-shek gut kenne. Er berichtete, der General versuche, eine modern ausgerüstete Armee aufzubauen und den allgemeinen Standard der chinesischen Streitkräfte zu erhöhen. Außerdem erwähnte er, dass in ein paar Tagen ein oder zwei kleinere Flugzeuge in Chungking ankommen würden – Flugzeuge, die man in Amerika gekauft habe. Nach diesem Gespräch konnte ich an nichts anderes mehr denken als ans Fliegen.

Wie konnte ich in eines dieser Flugzeuge gelangen? Wie könnte ich es in die Luft bringen? Wie konnte ich das Fliegen erlernen?

Einige Tage später, als Huang und ich gerade das Krankenhaus verließen, schossen zwei silbrig glänzende Gebilde aus den tiefhängenden Wolken über uns. Es waren zwei Einsitzer-Jagdflugzeuge, die, wie angekündigt, aus Shanghai eintrafen. Sie kreisten einmal, dann noch ein zweites Mal über Chungking, bevor sie in enger Formation zielstrebig zum Landeanflug ansetzten.

Wir verschwendeten keine Zeit. Wir rannten los, die Treppenstraße hinunter, überquerten den Fluss und sprangen auf die Sandbank. Dort standen zwei chinesische Piloten neben ihren Maschinen und waren eifrig dabei, die vom Staub aufgewirbelten Dreckspuren zu entfernen. Huang und ich näherten uns ihnen und stellten uns einem der beiden Piloten vor, einem Hauptmann namens Po Ku. Huang hatte mir jedoch unmissverständlich klargemacht, dass ihn nichts mehr dazu bringen würde, jemals wieder in die Luft zu steigen. Er hatte nach seinem ersten – und letzten – Flug gedacht, er würde sterben.

Hauptmann Po Ku sagte: «Ach ja, ich habe von Ihnen gehört. Eigentlich habe ich mir schon Gedanken gemacht, wie ich mich mit Ihnen in Verbindung setzen könnte.»

Das schmeichelte mir natürlich sehr. Wir unterhielten uns eine Weile, und er erklärte uns den Unterschied zwischen diesen beiden Maschinen und dem Passagierflugzeug, das wir zuvor gesehen hatten. Diese Maschine hier, so erklärte er, sei ein Einsitzer mit nur einem Motor, während das andere Flugzeug eine dreimotorige Maschine gewesen sei. Leider hatten wir wenig Zeit, da unser Dienst im Krankenhaus bald begann, und so machten wir uns widerwillig auf den Rückweg.

Am nächsten Tag hatten wir einen halben Tag frei. Sobald es uns möglich war, machten wir uns wieder auf den Weg zu den beiden Flugzeugen. Ich fragte den Hauptmann, wann er mir, wie versprochen, das Fliegen beibringen würde.

«Oh, das kann ich nicht», erklärte er. «Ich bin nur im Auftrag von Chiang Kai-shek hier. Wir führen diese Flugzeuge hier nur vor.»

An diesem Tag blieb ich in seiner Nähe. Als ich ihn am nächsten Tag wiedersah, sagte er: «Sie können sich in die Maschine setzen, wenn Sie wollen. Sie werden feststellen, dass auch das eine Bereicherung für Sie ist. Setzen Sie sich hinein und probieren Sie die Steuerung des Flugzeuges aus. So funktioniert sie, passen Sie auf.»

Er stellte sich auf den Tragflügelansatz und erklärte mir die Steuerung, und zeigte mir, wie sie funktionierte. Sie war ähnlich wie bei der dreimotorigen Maschine, aber deutlich einfacher. An diesem Abend nahmen wir Po Ku und seinen Begleiter mit in unseren Tempel, der unser Zuhause war. Bei den Flugzeugen ließen sie einen Polizisten als Wache zurück. Trotz meines hartnäckigen Drängens erhielt ich jedoch keine Informationen darüber, wann sie mir das Fliegen beibringen würden.

«Oh, sehen Sie», sagte Po Ku, «darauf müssten Sie unter Umständen lange warten. Die Ausbildung dauert Monate. Es ist unmöglich, sofort ein Flugzeug zu fliegen, so wie Sie sich das vorstellen. Zunächst müssten Sie die Grundausbildung absolvieren und in einem Zweisitzer mitfliegen. Dann wären viele Flugstunden nötig, bevor Sie überhaupt die Erlaubnis bekämen, allein ein Flugzeug wie unseres zu fliegen.»

Am späten Nachmittag des nächsten Tages machten wir uns wieder auf den Weg zum Fluss. Huang und ich überquerten ihn und legten an der Sandbank an. Die beiden Piloten waren allein mit ihren Flugzeugen, die nur wenige Meter voneinander entfernt standen. Offenbar gab es ein Problem mit der Maschine von Po Kus Freund, denn die Motorhaube war geöffnet und überall lagen Werkzeuge verstreut. Der Motor von Po Kus Flugzeug lief, während er dabei war, ihn neu einzustellen. Er schaltete den Motor ab, nahm einige Einstellungen vor und startete ihn erneut. Ein ungleichmäßiges «Phut-Phut-Phut» war zu vernehmen. Er lief überhaupt nicht rund. Er beachtete uns nicht, während er auf dem Flügel seiner Maschine stand und am Motor herumhantierte. Erst als der Motor gleichmäßig schnurrte, wie eine zufriedene Katze, richtete er sich auf und wischte sich die Hände an einem ölverschmierten Putzlappen ab. Er wirkte zufrieden und wollte uns gerade etwas sagen, als ihm sein Kamerad von der anderen Maschine her etwas zurief – offenbar dringend. Po Ku wollte den Motor noch abstellen, doch der andere Pilot winkte ihn aufgeregt zu sich. Daraufhin sprang Po Ku vom Flügel und eilte zu ihm hinüber.

Ich blickte Huang an und sagte: «Ach ja, er hat doch gesagt, ich könne mich in die Maschine setzen, nicht wahr? Nun, das werde ich jetzt tun.»

«Lobsang», sagte Huang, «du hast doch nicht etwa irgendetwas Waghalsiges im Sinn, oder?»

«Überhaupt nicht», antwortete ich. «Ich könnte dieses Ding fliegen, ich weiß alles darüber.»

«Aber, Mann», protestierte Huang, «du wirst dich umbringen!»

«Unsinn!», widersprach ich. «Bin ich nicht schon Drachen geflogen? War ich nicht schon in der Luft gewesen, ohne dass mir übel geworden ist?»

Bei diesen Worten sah der arme Huang ein bisschen niedergeschlagen aus, denn seine eigene Flugkonstitution war nun wirklich nicht gut.

Ich warf einen Blick auf das andere Flugzeug. Die beiden Piloten waren viel zu beschäftigt, um sich um mich zu kümmern. Sie knieten auf dem Sandboden und hantierten an einem Motorenteil herum. Sie waren offensichtlich völlig in ihrer Arbeit vertieft. Außer Huang war niemand in der Nähe. Also ging ich entschlossen auf das Flugzeug zu. Wie ich es bei den anderen gesehen hatte, schob ich die Bremsklötze vor den Rädern weg und sprang schnell hinein, als die Maschine zu rollen begann.

Die Instrumente hatte man mir schon ein paar Mal erklärt, und ich wusste, welcher der Gashebel war. Ich schob ihn kräftig bis zum Anschlag nach vorne, so stark, dass ich mir fast das linke Handgelenk verdrehte. Der Motor heulte mit voller Kraft auf, so als wolle er sich selbst losreißen. Augenblicke später schoss das Flugzeug mit mir an Bord über die gelbe Sandpiste und nahm rasch an Geschwindigkeit zu. Vor mir blitzte es auf, wo sich das Wasser und der Sand trafen. Für einen kurzen Moment erfasste mich

Panik, doch dann erinnerte ich mich: «Ziehen». Ich zog kräftig am Steuerknüppel, und die Nase des Flugzeugs hob sich an. Die Räder streiften noch
leicht die Wellen und ließen das Wasser hochspritzen.

Ich war in der Luft. Es fühlte sich an, als würde eine riesige Hand mich
von unten hochdrücken. Der Motor heulte. Ich dachte: «Ich darf ihn nicht
zu schnell drehen lassen, ich muss den Schub zurücknehmen, oder das Flugzeug fällt in Stücke.» Also zog ich den Gashebel um einen Viertel zurück
und das Motorengeräusch wurde leiser. Ich blickte seitlich aus dem Fenster
und bekam einen ordentlichen Schreck. Weit unter mir lagen die weißen
Klippen von Chungking. Ich war hoch, wirklich hoch, so hoch, dass ich
kaum noch erkennen konnte, wo ich mich befand. Ich stieg unaufhörlich
höher. Die weißen Klippen von Chungking? Wo waren sie? Meine Güte!
Wenn ich noch höher steige, dachte ich, werde ich aus der Welt hinausflie-
gen. Genau in diesem Augenblick durchfuhr die Maschine ein fürchterliches
Rütteln, und ich hatte das Gefühl, als würde ich in Stücke fallen. Die Steuerung entriss sich meinem Griff, und ich prallte gegen die Seitenwand des
Flugzeugs. Es kippte ab, begann heftig zu schlingern und trudelte der Erde
zu. Einen Moment lang überkam mich schreckliche Angst. «Diesmal bist du
dran, Lobsang, mein Junge», klagte ich. «Meintest du etwa, du seist der
Klügste? Noch ein paar Sekunden, und sie werden dich von den Felsen kratzen müssen. Oh, warum habe ich nur Tibet verlassen?»

Dann aber brachte mich das, was man mir erklärt hatte und meine Erfahrungen im Drachenfliegen, wieder zur Vernunft. Ein Trudeln bedeutete,
dass die Steuerung nicht ansprach – also musste ich Vollgas geben und versuchen, die Kontrolle zurückzugewinnen. Noch während ich diesen Gedanken fasste, schob ich bereits den Gashebel nach vorne, und der Motor heulte
erneut auf. Ich griff nach der wild ausschlagenden Steuerung und drückte
mich fest gegen die Rückenlehne des Sitzes. Mit Händen und Knien drückte
ich den Steuerknüppel nach vorne. Die Nase des Flugzeuges senkte sich
verblüffend schnell, so als ob der Boden aus der Welt gefallen wäre. Ich
hatte keinen Sicherheitsgurt, und hätte ich mich nicht verzweifelt am

Steuerknüppel festgeklammert, wäre ich aus der Maschine geschleudert worden. Ich hatte das Gefühl, als hätte ich Eis in den Adern und jemand würde mir Schnee in den Nacken schütten. Meine Knie wurden plötzlich weich. Der Motor heulte immer lauter. Obwohl ich kahlköpfig war, bin ich mir sicher, dass mir die Haare zu Berge gestanden hätten, wenn mein Kopf nicht geschoren gewesen wäre.

«Hui, das ist schnell genug», sagte ich zu mir, und zog den Steuerknüppel ganz, ganz sachte zurück, aus Angst, er könnte abbrechen. Nach und nach, quälend langsam, hob sich die Nase des Flugzeugs wieder an. Doch in der Aufregung hatte ich das Ausnivellieren vergessen. Die Nase hob sich immer weiter an, bis mich ein merkwürdiges Gefühl dazu brachte, nach unten zu schauen, oder war es nach oben? Zu meinem Erstaunen befand sich die ganze Welt plötzlich über meinem Kopf! Einen Moment lang verstand ich überhaupt nicht, was passiert war. Dann ruckte die Maschine, und plötzlich befand ich mich wieder in einem Sturzflug, die Erde direkt vor dem Propeller. Ich hatte ein Looping gedreht. Ich war kopfüber geflogen. Ohne Sicherheitsgurt, nur mit Händen und Knien verkeilt, hing ich kopfüber im Cockpit – und definitiv ohne viel Hoffnung.

Ich muss zugeben, ich hatte Angst, aber ich dachte: «Wenn ich mich auf dem Rücken eines Pferdes halten kann, dann werde ich mich auch in einem Flugzeug halten können.» Also ließ ich die Nase noch etwas weiter sinken und zog den Steuerknüppel schrittweise zurück. Wieder hatte ich das Gefühl, als würde mich eine unsichtbare Hand nach unten drücken. Doch dieses Mal zog ich den Knüppel sehr langsam und äußerst vorsichtig zurück und behielt dabei ununterbrochen den Boden im Auge. Es gelang mir, das Flugzeug in eine gleichmäßige Fluglage zu bringen. Einen Moment lang saß ich da, wischte mir den Schweiß von der Stirn und ging die letzten Minuten noch einmal im Kopf durch: wie schrecklich das doch gewesen war, erst der Sturzflug direkt nach unten, dann der steile Aufstieg und das Fliegen kopfüber – und nun wusste ich nicht mehr, wo ich war!

Ich blickte über die Seite nach unten, suchte verzweifelt nach einem Anhaltspunkt und drehte mich in alle Richtungen. Doch ich hatte absolut keine Ahnung, wo ich war. Ich hätte genauso gut in der Wüste Gobi sein können. Gerade als ich die Hoffnung fast aufgegeben hatte, kam mir eine Eingebung – zeitgleich mit all den anderen Dingen, die im Cockpit meine Aufmerksamkeit verlangten! Der Fluss, wo war er? Wenn ich den Fluss finden könnte, überlegte ich, müsste ich ihm nur in die eine oder andere Richtung folgen, und ich würde irgendwo hinkommen. Also legte ich das Flugzeug in eine leichte Kurve und spähte in die Ferne. Schließlich, ganz am Horizont, entdeckte ich einen dünnen Silberfaden. Sofort steuerte ich das Flugzeug in diese Richtung und hielt Kurs. Um schneller dort anzukommen, schob ich den Gashebel nach vorne, zog ihn jedoch rasch wieder zurück, als der Motor ein bedrohliches Geräusch machte – aus Angst, etwas könnte kaputtgehen. In diesem Moment fühlte ich mich alles andere als glücklich. Mir wurde klar, dass ich alles viel zu hektisch angegangen war: Jedes Mal, wenn ich den Gashebel nach vorne drückte, hob sich die Nase des Flugzeugs beängstigend schnell, und beim Zurückziehen senkte sie sich abrupt. Also beschloss ich, ab jetzt behutsamer vorzugehen. Das war meine neue Taktik.

Als ich mich direkt über dem Fluss befand, wendete ich wieder und folgte seinem Verlauf, während ich nach den Klippen von Chungking Ausschau hielt. Es war höchst beunruhigend – ich konnte den Ort einfach nicht finden. Schließlich entschloss ich mich, tiefer zu fliegen. Ich kreiste immer weiter abwärts und spähte über die Seiten hinaus, auf der Suche nach den weißen Klippen mit den Einschnitten, die die steilen Treppen bildeten. Ich suchte nach den Terrassenfeldern, aber es stellte sich als schwieriger heraus, als ich gedacht hatte. Mit einem Mal dämmerte es mir, dass alle diese kleinen Flecken auf dem Fluss die Schiffe rund um Chungking sein mussten. Ein kleiner Schaufelraddampfer, die Hausboote und die Dschunken. Also flog ich noch tiefer. Dann entdeckte ich das silbrige Schimmern einer Sandfläche. Ich flog noch tiefer und kreiste spiralförmig abwärts wie ein Falke auf der Suche nach Beute. Der sandige Fleck im Fluss wurde immer größer. Unten sahen drei Männer – Po Ku, der andere Pilot und Huang – besorgt zu mir hinauf. Wie sie mir später erzählten, waren sie sich absolut sicher, dass sie ein Flugzeug verloren hätten.

Mittlerweile fühlte ich mich deutlich zuversichtlicher – zu zuversichtlich. Ich hatte das Flugzeug in die Luft gebracht, war kopfüber geflogen, hatte Chungking gefunden und dachte nun, ich sei der beste Pilot der Welt. Genau in diesem Augenblick verspürte ich im linken Bein ein Jucken in der schlimmen Narbe, die zurückgeblieben war, als ich mir im Lamakloster eine Verbrennung zugezogen hatte. Unbewusst, nehme ich an, zuckte mein Bein. Das Flugzeug geriet ins Schwanken. Ein heftiger Windstoß traf meine linke Wange, die Nase der Maschine senkte sich, der linke Flügel kippte schräg ab und schon bald befand ich mich in einem heulenden Seitenflug. Einmal mehr schob ich den Gashebel nach vorne und zog den Steuerknüppel vorsichtig zurück. Das Flugzeug erzitterte, und die Flügel begannen zu vibrieren. Ich dachte schon, sie würden abreißen! Aber wie durch ein Wunder hielten sie. Das Flugzeug bockte wie ein störrisches Pferd, stabilisierte sich aber schließlich wieder. Mein Herz hämmerte wild vor Anstrengung und Angst.

Wieder flog ich kreisend über dem kleinen Sandstreifen.

«Nun», dachte ich, «also irgendwie musst du dieses Ding landen. Aber wie?»

Der Fluss war hier fast zwei Kilometer breit, doch für mich wirkte er nur wie ein schmaler Streifen von wenigen Zentimetern, und der Sandstreifen, auf dem ich landen sollte, schien noch kleiner. Ich kreiste weiter und fragte mich, was ich tun sollte. Dann erinnerte ich mich an das, was man mir über das Fliegen erklärt hatte. Ich hielt nach Rauch Ausschau, um zu erkennen, aus welcher Richtung der Wind wehte – sie hatten mir gesagt, dass man gegen den Wind landen muss. Am Ufer brannte ein Lagerfeuer, und der Rauch verriet mir, dass der Wind flussaufwärts wehte. Also drehte ich um und flog einige Kilometer flussaufwärts, bevor ich erneut wendete und nun flussabwärts, gegen den Wind, auf Chungking zuflog. Währenddessen zog ich nach und nach den Gashebel zurück, um langsamer zu werden, und das Flugzeug begann stetig zu sinken. Einmal zog ich den Hebel jedoch zu stark, und die Maschine blieb fast in der Luft stehen. Sie ruckelte und fiel wie ein Stein nach unten, und es fühlte sich an, als würden mein Herz und Magen an einer Wolke hängenbleiben. Schnell schob ich den Gashebel wieder nach vorne und zog den Steuerknüppel zurück, doch ich musste erneut wenden, flussaufwärts fliegen und den Landeanflug wiederholen. Langsam hatte ich genug von der ganzen Fliegerei und wünschte mir, ich hätte mich nie darauf eingelassen. In die Luft zu kommen, dachte ich, war eine Sache, aber in einem Stück wieder herunterzukommen, eine ganz andere.

Das Dröhnen des Motors wurde monoton, und ich war dankbar, als Chungking wieder in Sicht kam. Ich flog nun tief und langsam, knapp über dem Fluss, zwischen den riesigen Felsen hindurch, die oft weiß aussahen, jetzt aber, im schrägen Licht der Sonnenstrahlen, einen grünlich-schwarzen Schimmer angenommen hatten. Als ich mich dem viel zu schmalen sandigen Streifen in der Mitte des Flusses näherte – für meine Verhältnisse hätte er ruhig ein paar Kilometer breiter sein dürfen – sah ich drei Gestalten, die aufgeregt auf und ab hüpften. Ich war von ihrem Anblick derart eingenommen, dass ich die Landung schlicht vergaß. Als mir klar wurde, dass dies der Ort war, an dem ich hätte aufsetzen müssen, war er bereits unter den Rädern und der Heckkufe hindurchgerauscht. Mit einem resignierten Seufzen schob ich den verhassten Gashebel erneut nach vorne, um den Motor wieder zu beschleunigen. Ich zog den Steuerknüppel zurück, um an Höhe zu gewinnen, und legte die Maschine in eine scharfe Linkskurve. Erneut flog ich flussaufwärts. Inzwischen hatte ich die Landschaft, Chungking und alles andere gründlich satt.

Erneut wendete ich und flog flussabwärts, gegen den Wind. Auf der rechten Seite bot sich mir ein beeindruckendes Schauspiel: Die Sonne ging unter, rot und riesig, und versank langsam am Horizont. Das erinnerte mich daran, dass auch ich endlich landen sollte. Ein Teil von mir war überzeugt, dass ich abstürzen, aufprallen und sterben würde. Doch ich war noch nicht bereit, mich zu den Göttern zu gesellen – es gab noch so viel zu tun. Dann fiel mir die Prophezeiung wieder ein, und plötzlich wusste ich, dass ich mir keine Sorgen mehr machen musste. Die Prophezeiung! Natürlich würde ich sicher landen, und alles würde gut ausgehen.

Vorsichtig betätigte ich das Seitenruder und vergewisserte mich, dass der gelbe Sandstreifen direkt vor mir lag. Ich verlangsamte das Flugzeug immer weiter, und es begann zu sinken. Ich zog den Gashebel zurück. Als ich etwa drei Meter über dem Wasser war, verstummte das Motorengeräusch. Ich hatte zur Sicherheit die Zündung ausgeschaltet, um ein Feuer zu verhindern, falls es zu einer Bruchlandung kommen sollte. Dann drückte ich den Steuerknüppel ganz sachte nach vorne, um weiter an Höhe zu verlieren. Direkt vor mir sah ich die Trennlinie zwischen Wasser und Sand – es sah aus, als zielte ich genau darauf. Vorsichtig zog ich den Steuerknüppel ein wenig zurück. Es folgten ein Ruck und Rütteln, dann ein Aufschlag, ein schabendes Geräusch, ein weiterer Ruck und ein erneutes Rütteln, gefolgt von einem knirschenden Poltern, als würde alles auseinanderfallen. Ich war am Boden. Das Flugzeug war fast wie von selbst gelandet. Einen Moment lang blieb ich regungslos sitzen, unfähig zu glauben, dass es wirklich vorbei war. Das Motorengeräusch existierte nur noch als Nachhall in meinen Ohren.

Darauf schaute ich mich um. Po Ku, sein Kamerad und Huang kamen angerannt. Vor Anstrengung und Aufregung waren ihre Gesichter rot. Direkt unter mir kamen sie atemlos und rutschend zum Stehen. Po Ku schaute erst mich an, dann das Flugzeug und dann wieder mich. Dann erblasste er vor Schreck und Erleichterung. Er war derart erleichtert, dass er nicht einmal wütend werden konnte. Nach einer langen, langen Pause sagte er: «Damit wäre alles geklärt. Sie werden den Streitkräften beitreten müssen, oder ich werde in ernsthafte Schwierigkeiten geraten.»

«In Ordnung», erwiderte ich, «das passt mir gut. Das Fliegen ist keine große Sache. Doch ich würde es gerne nach der bewährten Methode lernen!»

Po Ku errötete wieder. Dann lachte er und sagte: «Sie sind der geborene Pilot, Lobsang Rampa. Sie werden Ihre Chance bekommen, Fliegen zu lernen.»

Also war das der erste Schritt, Chungking zu verlassen. Meine Dienste als Chirurg und Pilot würden nun an einem anderen Ort gebraucht. Später am selben Tag, als wir über die ganze Angelegenheit sprachen, fragte ich Po Ku, warum er mir nicht mit dem anderen Flugzeug gefolgt sei, um mir den Rückweg zu zeigen, wenn er sich schon solche Sorgen gemacht hatte.

«Das hätte ich gerne getan», sagte er, «aber Sie waren mit dem Bodenstartgerät und allem anderen weggeflogen, deshalb konnte ich Ihnen nicht folgen.»

Huang erzählte die Geschichte natürlich weiter, ebenso wie Po Ku und sein Kamerad. Mehrere Tage lang war ich, sehr zu meinem Missfallen, das Gesprächsthema Nummer eins an der Hochschule und im Krankenhaus. Dr. Lee ließ mich offiziell zu sich kommen, um mir einen strengen Verweis zu erteilen. Inoffiziell jedoch gratulierte er mir. Er gestand, dass er in seiner Jugend gerne selbst so etwas gemacht hätte, «aber als ich ein junger Mann war, Rampa, da gab es noch keine Flugzeuge. Wir mussten zu Fuß gehen oder reiten.» Jetzt, so sagte er weiter, sei es einem wilden Tibeter beschieden gewesen, ihm den spannendsten Nervenkitzel seit Jahren zu liefern. «Aber sagen Sie, Rampa», fügte er noch hinzu, «wie sahen denn die Auren der anderen aus, als Sie über sie hinweggeflogen sind und sie glaubten, Sie würden auf sie abstürzen?»

Er musste lachen, als ich ihm erzählte, dass ihre Auren schrecklich ausgesehen hätten. Ihre Auren seien bis auf einen blassblauen Klecks zusammengeschrumpft, durch den kastanienrote Streifen schossen. «Ich bin aber froh», gab ich zu, «dass niemand da war, der meine Aura sehen konnte. Sie muss furchtbar ausgesehen haben – so habe ich mich jedenfalls gefühlt.»

Kurz darauf erhielt ich Besuch von einem Abgesandten von General Chiang Kai-shek. Er bot mir die Gelegenheit, das Fliegen richtig zu erlernen und in den Dienst der chinesischen Streitkräfte zu treten. Der Offizier, der mich aufsuchte, erklärte: «Sollte uns noch etwas Zeit bleiben, bevor die Japaner ernsthaft einmarschieren, möchten wir eine Spezialeinheit aufstellen. Diese soll es ermöglichen, dass nicht transportfähige Verwundete von Piloten versorgt werden, die gleichzeitig Ärzte und Chirurgen sind.»

So kam es, dass ich neben dem Medizinstudium noch etwas ganz anderes lernen musste. Ich studierte sowohl den Ölkreislauf eines Flugzeugs als auch den Blutkreislauf des Menschen. Ebenso musste ich mich mit der Rahmenkonstruktion eines Flugzeugs genauso gut auskennen wie mit dem menschlichen Skelett. Beides war gleichermaßen wichtig, und beide hatten viele Gemeinsamkeiten.

So vergingen die Jahre. Ich qualifizierte mich als Arzt und als Pilot. Da ich in beidem ausgebildet war, arbeitete ich im Krankenhaus und flog in meiner Freizeit. Huang schloss sich mir nicht an. Ihn interessierte das Fliegen nicht, und nur schon der Gedanke an ein Flugzeug ließ ihn erbleichen. Po Ku dagegen blieb mir treu, denn es hatte sich gezeigt, dass wir sehr gut miteinander auskamen und zusammen bildeten wir ein wirklich gutes Team.

Das Fliegen war etwas Großartiges. Es war herrlich, hoch oben im Flugzeug zu sitzen, den Motor auszuschalten und wie ein Vogel durch die Lüfte zu gleiten. Es hatte viel Ähnlichkeit mit dem Astralreisen, das ich praktiziere und jeder andere auch ausüben kann, vorausgesetzt, er verfügt über ein gesundes Herz, Geduld und die nötige Ausdauer.

Wissen Sie, was Astralreisen ist? Können Sie sich das Vergnügen vorstellen, zu schweben, über die Hausdächer und über die Meere zu gleiten, um sich vielleicht in ein weit entferntes Land zu begeben? Wir alle verfügen über diese Fähigkeit. Astralreisen bedeutet, dass der geistigere Teil des Körpers die physische Hülle verlässt und am Ende einer «Silberschnur» in andere Dimensionen oder Erdteile entschwebt. Es ist weder etwas Magisches daran noch ist etwas falsch damit, sondern es ist etwas völlig Normales, Natürliches und Wohltuendes. In den vergangenen Tagen konnten alle Menschen ohne Einschränkungen astralreisen. Die Adepten in Tibet und auch viele in Indien reisen mit ihren Astralkörpern von Ort zu Ort, und daran ist nichts

Ungewöhnliches. Auch in den heiligen Schriften aller Religionen wird auf die «Silberschnur» und den «goldenen Krug» verwiesen. Diese sogenannte Silberschnur ist kein materieller Strang wie eine Arterie oder ein Muskel oder ein Stück Schnur, sondern eine Energiewelle, die den physischen Körper mit dem Astralkörper verbindet und sich unendlich ausdehnen kann. Sie ist das Leben selbst, die Energie, die beide Körper miteinander verknüpft.

Der Mensch besteht aus mehreren Körpern. Hier interessieren uns jedoch nur der physische Körper und, in der nächsten Stufe, der Astralkörper. Wir denken vielleicht, dass wir in einem anderen Zustand durch Wände gehen oder durch Böden gleiten können. Tatsächlich ist dies möglich, aber nur dann, wenn diese Wände und Böden eine andere Dichte aufweisen als unser Astralkörper. Im Astralzustand sind physische Objekte keine Hindernisse mehr. Türen eines Hauses können einen weder ein- oder aussperren. Doch auch in der Astralwelt gibt es Türen und Wände, die für unseren Astralkörper genauso fest und stofflich sind wie die Türen und Wände auf dieser Erde für unseren physischen Körper.

Haben Sie schon einmal einen Geist gesehen? Wenn ja, handelte es sich vermutlich um ein Astralwesen – möglicherweise sogar um die Astralprojektion einer Person, die Sie kennen, oder von jemandem, der Sie aus einem fernen Erdteil besuchte. Vielleicht hatten Sie auch einmal einen besonders lebhaften Traum, in dem Sie das Gefühl hatten, wie ein Ballon, der von einer Schnur oder einem Seil gehalten wird, in den Himmel zu schweben. Möglicherweise konnten Sie sogar vom Himmel aus, am anderen Ende dieser Schnur, auf die Erde blicken und sahen Ihren physischen Körper, der reglos, blass und starr dalag.

Wenn Sie bei diesem beunruhigenden Anblick ruhig geblieben sind, haben Sie vielleicht bemerkt, wie Sie schwebten und sich langsam entfernten, ähnlich wie ein Distelsamenwölkchen, das von einer sanften Brise getragen wird. Etwas später haben Sie vielleicht festgestellt, dass Sie sich plötzlich an einem weit entfernten Ort befanden, vielleicht sogar in einem anderen Land oder einer Ihnen vertrauten, aber fernen Gegend. Wenn Sie am nächsten

Morgen aufwachten und sich noch daran erinnerten, haben Sie es wahrscheinlich als bloßen Traum abgetan. Doch in Wirklichkeit war es eine Astralreise.

Versuchen Sie Folgendes: Wenn Sie sich nachts schlafen legen, stellen Sie sich lebhaft vor, dass Sie jemanden besuchen, den Sie gut kennen. Überlegen Sie sich genau, welchen Weg Sie zu dieser Person nehmen möchten – es kann auch jemand sein, der in derselben Stadt wohnt. Wenn Sie ruhig und entspannt daliegen, schließen Sie die Augen und stellen Sie sich vor, wie Sie sanft aus dem Bett schweben, durch das Fenster hinaus und auf die Straße. Seien Sie sich dabei sicher, dass Ihnen nichts passieren kann und dass Sie nicht herunterfallen können. In Ihrer Vorstellung folgen Sie dem vertrauten Weg, Straße um Straße, bis Sie das Haus der gewünschten Person erreichen. Stellen Sie sich vor, wie Sie das Haus betreten – Sie erinnern sich: Türen hindern Sie nicht, und Sie brauchen auch nicht anzuklopfen. Sie werden die Person sehen, die Sie besuchen wollen, vorausgesetzt, Ihre Absichten sind rein. Diese Übung ist völlig ungefährlich und ohne Risiken. Es gibt nur eine wichtige Regel: Ihre Absichten müssen absolut rein sein.

Hier noch einmal zur Wiederholung: Es wäre hilfreich, diese Vorgehensweise aus verschiedenen Blickwinkeln zu betrachten, um zu erkennen, wie einfach das Astralreisen ist. Wenn Sie in Ihrem Bett liegen – allein, damit Sie nicht gestört werden – bleiben Sie vollkommen ruhig. Schließen Sie die Schlafzimmertür, um sicherzustellen, dass niemand hereinkommen kann. Stellen Sie sich nun vor, wie Sie sich sanft von Ihrem physischen Körper lösen. Dabei kann Ihnen nichts passieren, nichts kann Sie verletzen. Stellen Sie sich vor, wie Sie leichte knackende Geräusche hören und sanfte Stöße spüren, während Ihre geistige Kraft den physischen Körper verlässt und sich über ihm verdichtet.

Stellen Sie sich weiter vor, wie Sie einen Körper entstehen lassen, der exakt dem Abbild Ihres physischen Körpers gleicht und schwerelos über Ihrem physischen Körper schwebt. Sie werden ein leichtes Schaukelgefühl verspüren, ein kurzes Steigen und Fallen. Es gibt keinen Grund zur Angst oder Sorge – das alles ist ganz natürlich und harmlos. Während Sie ruhig bleiben, werden Sie feststellen, dass Ihr feinstofflicher Körper, der nun befreit ist, davontreibt, bis er ein paar Meter von Ihrem physischen Körper entfernt ist. Dann können Sie auf sich selbst, auf Ihren physischen Körper, herabblicken. Dabei sehen Sie, dass Ihr physischer und Ihr Astralkörper durch eine leuchtende, silberne Schnur verbunden sind. Eine bläulich-silberne Schnur, die vor Leben nur so pulsiert, während Gedanken zwischen dem physischen Körper und dem Astralkörper hin- und herfließen. Es kann Ihnen nichts zustoßen, solange Ihre Gedanken rein sind.

Fast jeder hat schon eine Astralreiseerfahrung gemacht. Denken Sie zurück und überlegen Sie, ob Sie sich noch an Folgendes erinnern können: Sind Sie jemals eingeschlafen und hatten den Eindruck, als würden Sie schaukeln und weit, weit hinunterfallen, und dann wachten Sie kurz vor dem Aufprall am Boden mit einem Ruck wieder auf? Das war eine Astralreise, die aber auf eine unangenehme und falsche Weise durchgeführt wurde. Solche Unannehmlichkeiten müssen nicht sein. Sie werden verursacht durch die unterschiedlichen Schwingungen zwischen dem physischen Körper und dem Astralkörper. Es könnte sein, dass es in dem Moment, als Sie von der Astralreise zurückkehrten und nach unten schwebten, um sich wieder in den physischen Körper zu begeben, eine Störung gab – wie etwa ein Geräusch, ein Luftzug oder eine leichte Veränderung der Liegeposition. Der Astralkörper kam nach unten und bewegte sich auf den physischen Körper zu, war jedoch nicht exakt ausgerichtet, was diesen Ruck oder Schlag ausgelöst hat.

Man könnte sich das wie das Abspringen von einem Bus vorstellen, der mit etwa fünfzehn Stundenkilometern fährt. Der Astralkörper entspräche dem fahrenden Bus und der physische Körper dem unbeweglichen Boden. In der kurzen Zeitspanne zwischen dem Verlassen des Busses und dem Berühren des Bodens muss man die Geschwindigkeit verlangsamen, sonst verspürt man einen Ruck. Wenn Sie also dieses Fallgefühl gespürt haben, dann haben Sie eine Astralreise unternommen, auch wenn Sie sich nicht mehr daran erinnern, denn der Ruck, den wir «Bruchlandung» nennen, hat die

Erinnerung an das gelöscht, was Sie unternommen und gesehen haben. Und da Sie als Ungeübter bei dieser Astralreise wahrscheinlich eingeschlafen waren, dachten Sie, es sei nur ein Traum gewesen.

«Mir träumte letzte Nacht, dass ich diesen oder jenen Ort besuchte und den Soundso traf.» Wie oft haben Sie das schon gesagt? Alles nur ein Traum! Aber war es das wirklich? Mit ein klein wenig Übung können auch Sie bei vollem Bewusstsein Astralreisen unternehmen und sich an alles erinnern, was Sie dabei gesehen und erlebt haben. Allerdings gibt es einen großen Nachteil beim Astralreisen: Sie können nichts mitnehmen und auch nichts von der Reise zurückbringen. Es ist daher eine Zeitverschwendung, zu denken, man könne mithilfe des Astralreisens deswegen irgendwo hinreisen. Man kann nicht einmal Geld mitnehmen oder ein Taschentuch, sondern nur seinen feinstofflichen Körper.

Personen mit einem schwachen Herzen sollten das Astralreisen nicht praktizieren, da es für sie gefährlich sein könnte. Für Menschen mit einem gesunden Herzen besteht jedoch keinerlei Risiko. Ihnen kann, solange ihre Absichten rein sind, und solange sie nichts Böses im Schilde führen oder sich Vorteile über andere verschaffen wollen, überhaupt nichts passieren.

Möchten Sie gerne Astralreisen?

Dies ist die leichteste Methode dieses Vorhaben anzugehen:

Zunächst sollten Sie das wichtigste psychologische Prinzip nicht vergessen: «In jedem Ringen zwischen der Fantasie und dem Willen, gewinnt immer die Fantasie». Stellen Sie sich also immer vor, dass Sie das, was Sie erreichen möchten, tun können. Wenn Sie es sich stark genug vorstellen, dann können Sie es auch tun. Sie können alles vollbringen.

Hier ein Beispiel, um das zu verdeutlichen:

Alles, was Sie sich wirklich vorstellen können, können Sie auch tun, ganz gleich, wie schwierig oder unmöglich es für Außenstehende erscheinen mag. Wenn jedoch Ihre Vorstellungskraft Ihnen sagt, dass Sie etwas nicht tun können, wird es für Sie tatsächlich unmöglich sein – ganz gleich, wie stark Ihr Wille Sie dazu drängen mag.

Stellen Sie sich Folgendes vor: Zwei zehn Meter hohe Wohnhäuser stehen drei Meter voneinander entfernt, und ein Holzbrett verbindet ihre Dächer. Das Brett ist vielleicht einen halben Meter breit. Wenn Sie nun vorhätten, über dieses Brett zu gehen, würde Ihre Fantasie sofort alle möglichen Gefahren heraufbeschwören: Der Wind könnte Sie ins Schwanken bringen, Sie könnten über einen hervorstehenden Nagel stolpern, oder Ihre Fantasie könnte Ihnen einflüstern, dass Ihnen schwindlig wird. Aber ganz gleich, welche Gedanken aufkommen – Ihre Fantasie würde Ihnen einreden, dass die Überquerung unmöglich ist und Sie zu Tode stürzen. Es spielt auch keine Rolle, wie sehr Sie sich anstrengen – wenn Sie sich einmal vorgestellt haben, dass Sie es nicht tun können, und es dann trotzdem tun wollen, können Sie es nicht tun.

Dieser kurze, einfache Gang über dieses Brett wäre für Sie somit ein Ding der Unmöglichkeit. Kein noch so starker Wille könnte Sie dazu befähigen, dieses Brett sicher zu überqueren. Würde das Brett jedoch auf dem Boden liegen, könnten Sie es, ohne zu zögern, überqueren. Wer ist in diesem Fall der Gewinner? Der Wille? Oder die Fantasie?

Nochmals: Wenn Sie sich vorstellen können, dass Sie über dieses Brett zwischen den beiden Häusern gehen können, dann können Sie das auch mit Leichtigkeit tun. Es spielt keine Rolle, ob der Wind bläst oder das Brett etwas wackelt – wichtig ist nur, dass Sie sich vorstellen können, über dieses Brett zu gehen.

Es gibt Menschen, die balancieren über Drahtseile, vielleicht fahren sie sogar mit einem Fahrrad darüber. Aber kein noch so großer Wille könnte sie zu dieser Überquerung bewegen. Es ist einzig die Fantasie. Leider hat die Fantasie einen sehr schlechten Ruf, besonders im Westen, wo sie oft als etwas Verrücktes oder Unglaubhaftes angesehen wird, und dennoch ist die Fantasie die größte Kraft auf der Erde. Die Fantasie kann sogar bewirken, dass sich eine Person verliebt, wodurch die Liebe zur zweitstärksten Kraft wird. Man sollte sie «kontrollierte Fantasie» oder «kontrollierte Vorstellungskraft» nennen. Aber ganz gleich, wie wir sie nennen – wir dürfen nie vergessen, dass in jedem Ringen zwischen der Fantasie und dem Willen immer die Fantasie gewinnt. Im Osten messen wir dem Willen keine große Bedeutung bei, da er eine Fessel und Falle ist, der die Menschen an die Erde bindet. Stattdessen setzen wir auf die kontrollierte Fantasie und erzielen damit hervorragende Ergebnisse.

Wenn Sie beim Zahnarzt einen Zahn ziehen lassen müssen, stellen Sie sich oft schon im Vorfeld das schlimmstmögliche Szenario vor: Sie denken an die Schmerzen, an den Stich der Nadel und das unangenehme Gefühl, wenn das Betäubungsmittel ins Zahnfleisch injiziert wird. Sie malen sich aus, wie der Zahnarzt herumhantiert und Sie vielleicht in Ohnmacht fallen, schreien oder sogar verbluten könnten. Das ist natürlich alles Unsinn, doch in Ihrem Kopf erscheint es als absolut real, und sobald Sie dann auf dem Zahnarztstuhl sitzen, erleben Sie unnötige Schmerzen. Das ist ein gutes Beispiel für falsch angewandte Fantasie. Das ist nicht kontrollierte Fantasie, sondern Fantasie, die außer Kontrolle geraten ist. Niemand sollte es so weit kommen lassen.

Den Frauen erzählt man oft schreckliche Schauergeschichten über die Schmerzen und die Gefahren bei der Geburt. Im Augenblick der Geburt denkt die werdende Mutter nur noch an die bevorstehenden Schmerzen. Sie verkrampft sich und versteift ihren Körper, was zu heftigen, stechenden Schmerzen führt. Diese bestätigen ihr, dass das, was sie sich vorgestellt hat, vollkommen wahr ist: nämlich, dass die Geburt eine äußerst schmerzhafte Erfahrung ist. Dadurch verkrampft sie sich noch mehr, die Schmerzen verstärken sich weiter, und am Ende erlebt sie eine absolut schreckliche Zeit.

Im Osten geht man anders damit um: Die Frauen stellen sich vor, dass es leicht und schmerzlos ist, ein Kind zu bekommen, und in den meisten Fällen ist es dann auch so. Viele Frauen im Osten bringen ihre Kinder zur Welt und nehmen nur wenige Stunden später ihre alltäglichen Hausarbeiten wieder auf. Dies liegt daran, dass sie wissen, wie man die Fantasie, wie man die Vorstellungskraft, kontrolliert.

Sie haben sicherlich schon von der sogenannten «Gehirnwäsche» gehört, wie sie von den Japanern und den Russen praktiziert wird. Das ist ein Verfahren, bei dem die Vorstellungskraft des Menschen ausgenutzt wird, um ihn dazu zu bringen, sich etwas vorzustellen, was der Peiniger möchte. Das ist die Methode des Peinigers, die Vorstellungskraft des Gefangenen zu kontrollieren, sodass der Gefangene alles zugeben wird, selbst wenn ihn ein solches Geständnis das Leben kostet. Kontrollierte Vorstellungskraft aber verhindert dies. Ein Opfer, das einer Gehirnwäsche unterzogen wird oder sogar Folter ausgesetzt ist, kann sich etwas anderes vorstellen, und dann ist das Martyrium vielleicht nicht ganz so groß, vor allem aber unterwirft sich das Opfer ihr dann nicht.

Wissen Sie, wie der Prozess des Schmerzempfindens abläuft? Stechen wir uns zu diesem Zweck eine Nadel in den Finger. Wir setzen die Nadelspitze auf die Fingerkuppe und warten mit gespannter Aufmerksamkeit auf den Moment, in dem die Nadel die Haut durchdringt und ein Tropfen Blut hervorquillt. Unsere ganze Konzentration ist auf diese eine Stelle gerichtet. Hätten wir vorher einen Schmerz im Fuß verspürt, würden wir ihn beim Stechen einer Nadel in den Finger völlig vergessen. Wir setzen unsere ganze Vorstellungskraft ein und richten sie auf diesen Finger und auf die Nadelspitze, während wir uns den bevorstehenden Schmerz vorstellen, der alle anderen Empfindungen in den Hintergrund drängt.

Anders verhält es sich bei den Menschen im Osten, die darin geübt sind. Sie konzentrieren sich nicht auf den Finger oder den bevorstehenden Einstich. Stattdessen lenken sie ihre Vorstellungskraft – ihre kontrollierte Fantasie – ab und verteilen die Empfindung auf den ganzen Körper. So wird der Schmerz, der eigentlich nur im Finger auftreten würde, auf den gesamten Körper verteilt. Dadurch bleibt ein geringer Schmerz, wie ein Nadelstich, nahezu unbemerkt. Das ist ein Beispiel für kontrollierte Fantasie oder Vorstellungskraft.

Ich habe Menschen gesehen, in denen ein Bajonett steckte, aber sie sind weder in Ohnmacht gefallen noch haben sie geschrien. Sie wussten, dass das

Bajonett sie treffen würde, und lenkten ihre Vorstellung bewusst auf etwas anderes – erneut ein Beispiel für kontrollierte Fantasie. Dadurch verteilte sich der Schmerz auf den gesamten Körper, anstatt sich nur auf eine Stelle zu konzentrieren. So war es dem Opfer möglich, den Schmerz des Bajonettstichs auszuhalten.

Die Hypnose ist ein weiteres gutes Beispiel für die Macht der Vorstellungskraft oder der Fantasie. Bei einer Hypnose überlässt die hypnotisierte Person ihre Vorstellungskraft der Person, die sie hypnotisiert. Sie beginnt sich vorzustellen, dass sie dem Einfluss des Hypnotiseurs erliegt, dass sie schläfrig wird und nach und nach unter dessen Kontrolle gerät. Wenn der Hypnotiseur überzeugend genug ist und die Vorstellungskraft der hypnotisierten Person überzeugt, unterwirft sich diese und wird empfänglich für die Anweisungen des Hypnotiseurs – und das ist der ganze Trick.

Dasselbe gilt für die Selbsthypnose. Eine Person braucht sich nur vorzustellen, dass sie unter den Einfluss ihrer selbst gerät! Und so wird sie von ihrem Höheren Ich kontrolliert.

Diese Vorstellungskraft ist natürlich die Grundlage für Glaubensheilungen. Menschen bauen ihren Glauben immer weiter und weiter auf und stellen sich vor, dass sie sofort geheilt werden, wenn sie diesen oder jenen Ort aufsuchen, oder wenn sie von dieser oder jener Person behandelt werden. In solchen Fällen gibt die Vorstellungskraft tatsächlich Befehle an den Körper, die eine Heilung bewirken. Diese Heilung bleibt so lange bestehen, wie die Vorstellungskraft die Kontrolle behält und sich keine Zweifel in diese einschleichen.

Hier nochmals ein kleines Beispiel in Sachen kontrollierter Vorstellungskraft. Diesen ganzen Ablauf zu verstehen, ist von größter Wichtigkeit. Kontrollierte Vorstellungskraft kann den entscheidenden Unterschied ausmachen zwischen Erfolg und Misserfolg, zwischen Gesundheit und Krankheit.

Hier nun das Beispiel: Sind Sie jemals mit dem Fahrrad auf einer geraden und völlig übersichtlichen Straße entlanggefahren und sahen vielleicht etwa einen halben Meter vor Ihrem Vorderrad einen größeren Stein auf der

Fahrbahn liegen? Vielleicht haben Sie gedacht: «Oh je, dem kann ich nicht mehr ausweichen!», und genau das ist dann passiert – Sie schafften es nicht mehr, dem Stein auszuweichen. Ihr Vorderrad wackelte, und trotz all Ihrer Bemühungen fuhren Sie zielstrebig auf den Stein zu, wie ein Stück Metall, das von einem Magneten angezogen wird. Hätten Sie sich jedoch vorgestellt, dass Sie ausweichen können, hätten Sie es auch geschafft. Also merken Sie sich diese wichtige Regel: Kein noch so großer Wille hätte es Ihnen ermöglicht, diesem Stein auszuweichen. Behalten Sie diese äußerst wichtige Regel im Gedächtnis, denn sie kann Ihr Leben von Grund auf verändern.

Wenn Sie sich aber weiterhin zu etwas zwingen, obwohl die Vorstellungskraft dagegenspricht, kann das zu einem Nervenzusammenbruch führen. Dies ist tatsächlich die Hauptursache vieler psychischer Erkrankungen. Die heutigen Lebensbedingungen sind sehr herausfordernd, und viele Menschen versuchen, ihre Vorstellungskraft mit reiner Willenskraft zu bezwingen (anstatt sie zu kontrollieren). Dadurch entsteht ein Konflikt innerhalb des Geistes, und das führt schließlich zu einem Nervenzusammenbruch. Die Person kann neurotisch werden oder sogar ernsthafte psychische Störungen entwickeln. Die psychiatrischen Kliniken sind übervoll mit Patienten, die sich zu etwas gezwungen haben, obwohl ihre Vorstellungskraft ihnen eine andere Richtung vorgab.

Es ist tatsächlich einfach, die Vorstellungskraft zu kontrollieren und sie für sich arbeiten zu lassen. Es ist die Vorstellungskraft – die kontrollierte Fantasie – die es einem Menschen ermöglicht, einen hohen Berg zu erklimmen, einen Geschwindigkeitsrekord im Flugzeug aufzustellen oder andere erstaunliche Leistungen zu vollbringen, von denen wir täglich in den Nachrichten hören. Kontrollierte Vorstellungskraft ist der Schlüssel. Eine Person stellt sich vor, dass sie etwas Bestimmtes tun kann – und dadurch wird es möglich. Ihre Vorstellungskraft sagt ihr, dass sie es kann, und der Wille drängt sie, es zu tun. Das Ergebnis ist Erfolg.

Wenn Sie also Ihr Leben und Ihren Weg durch das Leben leichter und angenehmer gestalten möchten, so wie es viele Menschen im Osten tun, dann vergessen Sie den Willen – er ist nur eine Falle und eine Täuschung. Konzentrieren Sie sich stattdessen auf Ihre kontrollierte Vorstellungskraft. Das, was Sie sich vorstellen können, können Sie auch tun.

Vorstellungskraft und Glaube – sind sie im Grunde nicht ein und dasselbe?

Kapitel 5
Die andere Seite des Todes

Der alte Tsong-tai war tot. Zusammengerollt lag er da, als würde er nur schlafen. Wir alle trauerten um ihn. Auf der Station herrschte ein mitfühlendes Schweigen. Der Tod war uns vertraut. Tag für Tag und Nacht für Nacht standen wir dem Sterben und dem Leiden gegenüber. Doch jetzt war der alte Tsong-tai tot.

Ich blickte auf sein zerfurchtes, braunes Gesicht herab, auf die Haut, die sich wie Pergament straff über sein mageres Gerippe spannte – so straff wie die Schnur eines Drachens, die im Wind summt. Der alte Tsong-tai war ein würdevoller Mann gewesen. Ich betrachtete sein schmales Gesicht, seine edle Kopfform und die wenigen weißen Barthaare. Vor vielen Jahren hatte er im Kaiserpalast in Peking eine hohe Stellung innegehabt. Dann kam die Revolution. Im Zuge der schrecklichen Folgen des Krieges und Bürgerkrieges war der alte Mann vertrieben worden. Er floh nach Chungking, wo er sich als Gemüsegärtner niederließ, ganz von vorne begann und dem harten Boden mühsam seine kümmerliche Existenzgrundlage abtrotzte. Er war ein gebildeter, alter Mann, und es war stets ein Vergnügen, mit ihm zu sprechen. Nun war seine Stimme verstummt, für immer. Wir hatten uns nach Kräften bemüht, sein Leben zu retten.

Das harte Leben, das er geführt hatte, war letztlich zu viel für ihn gewesen. Eines Tages, als er auf seinem Feld gearbeitet hatte, brach er einfach zusammen. Stundenlang hatte er dort gelegen, zu krank und zu schwach, um sich zu rühren oder nach Hilfe zu rufen. Schließlich hatte man uns geholt, als es schon zu spät gewesen war. Wir hatten den alten Mann ins Krankenhaus gebracht, wo ich als sein Freund mich um ihn kümmerte. Nun gab es nichts mehr, was ich für ihn tun konnte, außer dafür zu sorgen, dass er die Beerdigung bekam, die er sich gewünscht hatte, und dass seine alte Frau keine Not leiden musste.

Ich schloss ihm liebevoll die Augen, die mich nun nicht länger spöttisch ansahen, während ich ihn mit Fragen löcherte. Ich vergewisserte mich, dass das Band unter seinem Kinn gut gespannt war, damit sich sein Mund nicht öffnete – der Mund, aus dem ich so viel Ermutigung erhalten und der mir so viel über die chinesische Sprache und Geschichte beigebracht hatte. Es war zur abendlichen Gewohnheit geworden, den alten Mann zu besuchen, ihm Kleinigkeiten mitzubringen und mich mit ihm zu unterhalten. Ich zog das Laken über ihn und richtete mich langsam auf. Der Tag war schon weit fortgeschritten, und meine Arbeitszeit längst überschritten. Mehr als siebzehn Stunden war ich im Dienst gewesen, hatte versucht, zu helfen und zu heilen.

Ich machte mich auf den Weg den Hügel hinauf, vorbei an den hell erleuchteten Geschäften, denn es war bereits dunkel. Schließlich erreichte ich die letzten Häuser. Der Himmel war bewölkt, und unten im Hafen schlugen die Wellen gegen die Kaimauern, während die Schiffe schaukelten und an ihren Seilen rissen.

Der Wind heulte und ächzte durch die Kiefern, während ich die Straße zum Lamakloster hinaufging. Aus irgendeinem Grund zitterte ich. Eine schreckliche Angst erfasste mich. Ich konnte den Gedanken an den Tod einfach nicht aus dem Kopf kriegen. Warum mussten Menschen nur so schmerzvoll sterben? Über mir jagten die Wolken wie zur Arbeit eilende Menschen dahin, verhüllten das Antlitz des Mondes, rissen wieder auf und ließen das Mondlicht die dunklen Tannen erleuchten. Doch bald schloss sich die Wolkendecke erneut, das Licht erlosch, und alles wurde düster, dunkel und bedrohlich. Ich zitterte.

Als ich die Straße entlang ging, hallten meine Schritte hohl in der Stille nach. Hallten nach, so als würde mir jemand dicht auf den Fersen folgen. Mir war unwohl zumute. Wieder zitterte ich und zog meine Robe enger.

«Ich muss irgendwie krank sein», sagte ich zu mir. «Irgendwie fühle ich mich seltsam. Ich weiß gar nicht recht, was mit mir los ist.»

In diesem Augenblick erreichte ich den schmalen Pfad, der mitten durch die Bäume den Hügel hinauf zum Lamakloster führte. Ich bog nach rechts ab und verließ den Hauptweg. Eine Weile folgte ich dem Waldweg, bis ich die kleine, neben dem Pfad gelegene Lichtung erreichte, wo ein umgestürzter Baum ein paar andere mitgerissen hatte. Einer davon lag am Boden, die anderen quer über ihm.

«Ich setze mich lieber eine Weile hin», führte ich mein Selbstgespräch fort. «Ich verstehe einfach nicht, was mit mir los ist.»

Mit diesen Worten betrat ich die Lichtung und ging auf den Baumstamm zu, auf der Suche nach einer sauberen Stelle zum Sitzen. Ich setzte mich hin und zog meine Robe eng um meine Beine, um sie vor dem kalten Nachtwind zu schützen. Es war unheimlich. Die vielen leisen Geräusche der Nacht umgaben mich: ein seltsames Klappern, Quietschen und Rascheln. In diesem Moment rissen die vorbeiziehenden Wolken über mir auf, und die Lichtung wurde von hellem Mondlicht durchflutet. Alles leuchtete plötzlich auf, als wäre es heller Tag. Das kam mir höchst eigenartig vor. Mondlicht, noch heller als das hellste Sonnenlicht! Ich zitterte. Dann sprang ich erschrocken auf. Zwischen den Bäumen auf der anderen Seite der Lichtung kam ein Mann auf mich zu. Ungläubig starrte ich ihn an. Es war ein tibetischer Lama. Ein Lama kam auf mich zu, und aus dessen Brust floss Blut und durchtränkte sein Gewand. Auch seine Hände waren rot und blutverschmiert. Er kam auf mich zu. Ich taumelte zurück und wäre beinahe über den Baumstamm gefallen. Vor Furcht sank ich nieder und blieb wie erstarrt sitzen.

«Lobsang, Lobsang», rief eine mir wohlbekannte Stimme, «du hast doch nicht etwa Angst vor mir?»

Ich stand wieder auf, rieb mir die Augen, und dann eilte ich der Gestalt entgegen.

«Stopp!», sagte er. «Du kannst mich nicht berühren. Ich bin nur gekommen, um dir Lebewohl zu sagen. Heute habe ich meine Zeit auf der Erde beendet. Ich stehe kurz vor der Abreise. Wollen wir uns nicht setzen und uns miteinander unterhalten?»

Stumm und niedergeschlagen drehte ich mich um und ließ mich wie betäubt auf den umgestürzten Baum sinken. Über mir zogen die Wolken dahin, und das Laub der Bäume raschelte im Wind. Ein Nachtvogel flog lautlos über uns hinweg, auf der Suche nach Beute, ohne uns oder unser Tun zu beachten. Am Ende des Baumstammes raschelte es, und ein kleines Nachtgeschöpf huschte auf Nahrungssuche durch das verrottende Laub, während es leise quietschte. Inmitten dieser verlassenen Lichtung, durch die der Wind blies, saß ich und redete mit einem Geist – dem Geist meines Mentors, dem Lama Mingyar Dondup, der aus dem Jenseits zurückgekehrt war, um mit mir zu sprechen. Er saß neben mir, so wie er schon viele Male neben mir gesessen hatte, damals in Lhasa. Er berührte mich nicht. Er saß etwa drei Meter von mir entfernt.

«Bevor du Lhasa verlassen hast, Lobsang, hast du mich gebeten, dir Bescheid zu geben, wenn meine Zeit auf der Erde abgelaufen ist. Meine Zeit ist nun vorbei, und hier bin ich.»

Ich schaute ihn an, den Mann, den ich besser kannte als jeden anderen. Ich schaute ihn an und konnte es, trotz meiner großen Erfahrung in dieser Angelegenheit, kaum glauben, dass dieser Mann, dessen Silberschnur durchtrennt und dessen goldener Krug zerbrochen war, nun physisch nicht mehr auf der Erde weilte – sondern ein Geist war. Er sah für mich fest und stofflich aus, genauso, wie ich ihn gekannt hatte. Er trug seine Robe, seine ziegelrote Soutane mit dem goldenen Umhang. Doch er sah müde aus, als hätte er eine lange, schmerzvolle Reise hinter sich. Es war offensichtlich, dass er sein eigenes Wohlergehen längere Zeit vernachlässigt hatte, um sich dem Dienst an anderen zu widmen.

«Wie blass er aussieht», dachte ich. Dann drehte er sich leicht auf die gewohnte Weise um, die mir noch so gut in Erinnerung geblieben war, und während des Drehens sah ich, dass in seinem Rücken ein Dolch steckte. Er zuckte leicht mit den Schultern und setzte sich, mir wieder zugewandt, etwas bequemer hin. Ich erstarrte vor Schreck, als ich sah, dass die Spitze des Dolches aus seiner Brust ragte. Blut war aus der Wunde gesickert und hatte seine goldene Robe durchtränkt. Zuvor war mir nur der Blutfleck aufgefallen. Einzelheiten hatte ich noch nicht erkennen können. Ich hatte nur einen Lama gesehen, an dessen Brust und Händen Blut zu sehen war. Jetzt aber betrachtete ich ihn etwas genauer. Die Hände waren, wie ich es schon bemerkt hatte, blutverschmiert, weil er sich dort, wo der Dolch hervorgetreten war, an die Brust gefasst hatte. Ich zitterte und mir lief es kalt den Rücken hinunter.

Er bemerkte meinen Blick. Er sah das Entsetzen in meinem Gesicht und sagte: «Ich kam absichtlich so zu dir, Lobsang, damit du sehen konntest, was mir zugestoßen ist. Jetzt, wo du mich so gesehen hast, sieh mich, wie ich wirklich bin.»

Die blutbefleckte Gestalt löste sich in einem Lichtblitz auf, einem goldenen Lichtblitz, und an ihrer Stelle offenbarte sich mir der Anblick eines Wesens von überwältigender Schönheit und Reinheit, das auf dem Pfad der Evolution sehr, sehr weit fortgeschritten war – ein Wesen, das die Buddhaschaft erreicht hatte.

Dann vernahm ich seine Stimme so klar wie der Klang einer Tempelglocke. Ich nahm sie vielleicht mehr in meinem Bewusstsein wahr als akustisch. Eine schöne, wohlklingende und kraftvolle Stimme. Eine Stimme voller Leben, die aus dem Größeren Leben kam.

«Meine Zeit ist begrenzt, Lobsang. Ich muss mich bald auf den Weg machen, denn ich werde erwartet. Aber dich, mein Freund, mein Gefährte so vieler unvergesslicher Abenteuer, dich musste ich zuerst aufsuchen, um dich aufzumuntern, um dich zu beruhigen und um dir für eine Weile Lebewohl zu sagen. Lobsang, wir haben früher oft und lange darüber gesprochen, doch ich sage es dir noch einmal: Dein Weg wird hart, gefährlich und lang sein. Aber trotz allem wirst du beispiellosen Erfolg haben – trotz der Anfeindungen und des Neides der Menschen in der westlichen Welt.»

Wir sprachen noch lange miteinander. Wir unterhielten uns über sehr Vieles, das viel zu persönlich ist, um es hier zu teilen. Ein Gefühl von Wärme und Geborgenheit durchflutete mich. Die Lichtung war von einem goldenen

Licht erhellt, heller als das grellste Sonnenlicht, und die Wärme erinnerte mich an einen sanften Sommernachmittag. Ich war erfüllt von wahrer Liebe.

Mit einem Mal erhob sich mein Mentor, mein geliebter Lama Mingyar Dondup. Seine Füße berührten den Boden nicht. Er streckte die Arme aus und legte seine Hände über meinen Kopf, und ich erhielt seinen Segen.

«Ich werde über dich wachen, Lobsang, und dir nach Kräften beistehen», sagte er. «Doch der Weg wird hart sein. Du wirst viele Schläge einstecken müssen, und noch ehe dieser Tag zu Ende ist, wird dich ein weiterer Schicksalsschlag treffen. Bleib stark, Lobsang, bleib stark. Mach es so, wie du es in der Vergangenheit gemacht hast. Mein Segen sei mit dir.»

Ich hob den Blick, und vor meinen Augen löste er sich auf und war verschwunden. Das goldene Licht erlosch, und plötzlich war alles wieder wie zuvor. Die Schatten der Nacht kehrten zurück, und der Wind blies kalt. Über meinem Kopf fegten die Wolken stürmisch dahin. Kleine Nachtgeschöpfe schnatterten und raschelten im Unterholz. Ein kurzer Schrei durchbrach die Stille, als ein kleines Tier einem größeren zum Opfer fiel und seinen letzten Atemzug tat.

Einen Augenblick lang stand ich wie gelähmt da. Dann warf ich mich neben dem Baumstamm auf den Boden und krallte mich in das Moos. Eine Zeitlang war ich trotz meiner ganzen Ausbildung, trotz meines Wissens, nicht mehr Herr der Lage. Doch dann schien ich in meinem Innern nochmals die geliebte Stimme zu hören: «Sei guten Mutes, mein Lobsang, sei guten Mutes, dies ist nicht das Ende. Alles, wonach wir streben, ist der Mühe wert und wird sich fügen. Dies ist nicht das Ende.»

Mit diesen Worten erhob ich mich zittrig, ordnete meine Gedanken und wischte den Schmutz von meiner Robe und meinen Händen. Langsam setzte ich meinen Weg fort, dem Pfad weiter den Hügel hinauf zum Lamakloster. «Der Tod», dachte ich. «Ich war selbst schon auf der anderen Seite des Todes gewesen, doch ich bin zurückgekehrt. Mein Mentor aber ist endgültig gegangen, unerreichbar für mich. Einfach gegangen, und jetzt bin ich allein, ganz allein.»

Mit solchen Gedanken erreichte ich das Lamakloster. Am Eingang begegnete ich einigen Mönchen, die ebenfalls zurückgekehrt waren, jedoch auf anderen Wegen. Blind für sie eilte ich an ihnen vorbei und setzte meinen Weg durch den Korridor fort, bis ich das dunkle Innere des Tempels betrat, wo mich die Heiligenfiguren anblickten, deren geschnitzte Gesichter Verständnis und Mitleid zu zeigen schienen. Mein Blick wanderte zu den roten Ahnenbannern mit ihren Schriftzeichen und zum Weihrauch, dessen Rauchschwaden wie träge Wolken zwischen dem Boden und der hohen Decke schwebten. Ich zog mich in eine entfernte Ecke zurück, einen wahrlich heiligen Ort. Wieder hörte ich die vertraute Stimme: «Sei guten Mutes, mein Lobsang, sei guten Mutes, dies ist nicht das Ende. Alles, wonach wir streben, ist der Mühe wert und wird sich fügen. Sei guten Mutes.»

Ich setzte mich in die Lotushaltung und dachte über die Vergangenheit und die Gegenwart nach. Wie lange ich so dagesessen hatte, weiß ich nicht mehr. Meine Welt brach um mich herum zusammen. Die Beschwernisse, die auf mich zukamen, bedrückten mich. Mein geliebter Mentor war von dieser Welt gegangen, doch seine Worte hallten in mir nach: «Dies ist nicht das Ende, alles ist der Mühe wert.» Um mich herum gingen die Mönche ihren täglichen Aufgaben nach; sie wischten den Staub, bereiteten Dinge vor, entzündeten neuen Weihrauch und sangen ihre Gebete. Aber während ich dort allein saß, in meinem Kummer versunken, störte mich niemand.

Die Nacht zog sich quälend dahin. Mönche kamen, um die Vorbereitungen für die Andacht zu treffen. Die chinesischen Mönche in ihren schwarzen Roben und mit kahlgeschorenen, von Narben gezeichneten Köpfen – Spuren, die das glühende Räucherwerk in ihre Haut eingebrannt hatte – wirkten im schwachen Licht der flackernden Butterlampen wie geisterhafte Erscheinungen. Der Tempelpriester mit seiner fünfgesichtigen Buddhakrone schritt singend vorbei, während die tiefen Töne der Tempelhörner erklangen und die Silberglocken läuteten. Langsam erhob ich mich und machte mich widerstrebend auf den Weg zum Abt. Ich erzählte ihm, was geschehen war, und bat ihn, mich für die Mitternachtsandacht zu entschuldigen. Ich sagte ihm, dass mein Schmerz über den Verlust zu groß sei und ich nur sehr ungern meinen Kummer der Klostergemeinschaft zeigen wolle.

Er sagte: «Nein, mein Bruder, du hast allen Grund, dich zu freuen. Du bist selbst schon auf der anderen Seite des Todes gewesen und bist zurückgekehrt. Heute hast du von deinem Mentor gehört. Du hast den lebenden Beweis von seiner Buddhaschaft erhalten. Mein Bruder, du solltest nicht traurig sein, denn die Trennung ist nur vorübergehend. Nimm nur an der Mitternachtsandacht teil, mein Bruder, und freue dich darüber, dass du etwas sehen durftest, was so vielen verwehrt bleibt.»

Das mit der Ausbildung ist schon in Ordnung, dachte ich. Ich weiß ja, so gut wie jeder andere auch, dass der Tod auf der Erde nur die Geburt in ein größeres Leben ist. Ich weiß, dass es keinen Tod gibt, dass dies nur die Welt der Illusion ist und dass das wahre Leben erst beginnt, wenn wir diese albtraumhafte Bühne namens Erde verlassen, die nichts anderes ist als eine Schule, in der wir unsere Lektionen zu lernen haben.

Der Tod? So etwas gibt es nicht. Aber warum nur fühle ich mich dann so niedergeschlagen?

Die Antwort fiel mir ein, noch ehe ich mir diese Frage gestellt hatte. Ich war niedergeschlagen, weil ich ichbezogen war, weil ich das, was ich liebte, verloren hatte und es nun unerreichbar für mich war. Ich war wirklich egoistisch, denn derjenige, der gegangen war, hatte ein herrliches Leben angetreten, während ich weiterhin auf der Erde ausharren, leiden und kämpfen musste, um meine Aufgabe zu erfüllen, für die ich geboren war. So wie ein Student, der sich an der Hochschule abmüht, bis er seine Abschlussprüfung besteht und mit dieser Qualifikation hinaus in die Welt zieht, um erneut zu lernen. Ja, ich war egoistisch, gestand ich mir ein, denn ich wollte meinen geliebten Mentor auf dieser entsetzlichen Welt nur um meinetwillen festhalten.

Der Tod? Davor braucht man keine Angst zu haben. Es ist das Leben, vor dem wir Angst haben müssen. Das Leben, das uns anbietet, so viele Fehler zu begehen.

Es gibt keinen Grund, sich vor dem Tod zu fürchten. Ebenso wenig braucht man Angst vor dem Übergang von diesem Leben in das Größere Leben zu haben. Auch vor der Hölle muss niemand Angst haben, denn einen solchen Ort gibt es nicht, genauso wie es den «Tag des Jüngsten Gerichts» nicht gibt. Sobald der Mensch die Grenze des irdischen Lebens überschritten hat, richtet er sich selbst, und es gibt keinen strengeren Richter als der Mensch, der über seine eigenen Fehler und Schwächen urteilt. Dies geschieht, wenn ihm die falschen Werte wie Schuppen von den Augen fallen und er die Wahrheit erkennt.

Also, Sie alle, die Sie den Tod fürchten, lassen Sie sich von einem, der schon auf der anderen Seite des Todes gewesen war und zurückgekehrt ist, folgendes sagen: Es gibt nichts zu fürchten. Es gibt kein «Jüngstes Gericht», außer dem, wo Sie über sich selbst richten. Es gibt keine Hölle. Jeder, ganz gleich, wer er ist oder was er getan hat, bekommt immer wieder eine neue Chance. Niemand wird jemals vernichtet. Niemand ist je zu schlecht, um nie mehr eine Chance zu bekommen. Wir fürchten den Tod anderer Personen, weil er uns von ihrer vertrauten und geliebten Gesellschaft beraubt, weil wir egoistisch sind, und wir fürchten unseren eigenen Tod, weil er eine Reise ins Unbekannte ist – und das, was wir nicht verstehen und nicht kennen, das fürchten wir. Aber es gibt keinen Tod. Es gibt nur die Geburt in ein Größeres Leben.

In den frühen Tagen lehrten alle Religionen: Es gibt keinen Tod. Es gibt nur die Geburt in das Größere Leben. Über Generationen von Generationen wurde die wahre Lehre von den Priestern abgeändert und verfälscht, bis sie eines Tages mit Angst, mit Pech und Schwefel und der Geschichte der Hölle drohten. Sie griffen zu dieser Maßnahme, damit sie ihre eigene Macht ausbauen und sagen konnten: «Wir sind die Priester. Wir besitzen den Schlüssel zum Himmelreich. Gehorcht uns, oder ihr werdet in der Hölle schmoren.»

Doch ich bin auf der anderen Seite des Todes gewesen, und ich bin, so wie viele Lamas vor mir, zurückgekehrt. Wir kennen die Wahrheit. Wir wissen, dass immer eine Hoffnung besteht. Es spielt keine Rolle, was man getan hat, oder wie schuldig man sich fühlen mag, man muss sich immer weiter bemühen, und es gibt immer Hoffnung.

Der Abt des Lamaklosters hatte mich aufgefordert: «Nimm an der Mitternachtsandacht teil, mein Bruder, und berichte ihnen von dem, was du heute erlebt hast.»

Mir graute davor. Das stellte wirklich eine Tortur für mich dar. Mein Herz fühlte sich schwer an, und ein schrecklicher seelischer Druck lastete auf mir. Daraufhin kehrte ich in den Tempel zurück, wo ich mich in die entlegenste Ecke zur Meditation zurückzog. So schleppte sich dieser fürchterliche Abend dahin. Die Minuten erschienen wie Stunden, die Stunden wie Tage, und ich glaubte, ich würde sie nicht überstehen. Die Mönche kamen und gingen. Um mich herum im Tempel herrschte geschäftiges Treiben, doch ich blieb mit meinen Gedanken allein. Ich dachte über die Vergangenheit nach und fürchtete mich vor der Zukunft.

Aber letzten Endes musste ich doch nicht an der Mitternachtsandacht teilnehmen – es sollte nicht dazu kommen. Wie mein Mentor, der Lama Mingyar Dondup, mich an diesem Abend bereits vorgewarnt hatte, würde mich noch ehe der Tag um sei, ein weiterer Schicksalsschlag treffen. Ein schrecklicher Schlag. Ich saß in meiner stillen Ecke und meditierte, tief in Gedanken über Vergangenheit und Zukunft versunken. Etwa gegen elf Uhr, als alles um mich herum still war, bemerkte ich eine Gestalt, die auf mich zukam. Es war ein sehr, sehr alter Lama, einer der «Elite» des Tempels von Lhasa, ein altehrwürdiger, leibhaftiger Buddha, der nicht mehr lange auf dieser Erde verweilen würde. Er trat aus dem dunklen Schatten hervor, wo das Licht der flackernden Butterlampen nicht hingelangte. Er näherte sich mir. Ein bläuliches Leuchten umgab ihn, und ein sanfter gelber Schein erstrahlte um seinen Kopf. Mit ausgestreckten Armen und nach oben geöffneten Handflächen trat er auf mich zu und sagte: «Mein Sohn, mein Sohn, ich habe sehr traurige Nachrichten für dich. Der Erhabene, der dreizehnte Dalai

Lama, der letzte seiner Inkarnationslinie, wird in Kürze diese Welt verlassen.»

Der alte Lama, der mir diese Nachricht überbrachte, berichtete mir, dass das Ende eines Zyklus bevorstünde und der Dalai Lama im Sterben läge. Er sagte weiter, ich solle mich beeilen und so schnell wie möglich nach Lhasa zurückkehren, damit ich ihn noch einmal sehen könne, bevor es zu spät sei. Eindringlich fügte er hinzu: «Du musst dich wirklich sehr beeilen. Nutze jedes erdenkliche Mittel, das du finden kannst, um zurückzukehren. Es ist unerlässlich, dass du noch in dieser Nacht aufbrichst.»

Er sah mich an, und ich erhob mich. Und währenddem ich mich erhob, wich er zurück, verschmolz mit dem Schatten und löste sich auf. Sein Geist war nach Lhasa zurückgekehrt zu seinem Körper, der sich zu dem Zeitpunkt in der Jokhang Kathedrale befand.

Die Ereignisse überschlugen sich förmlich. Alles passierte viel zu schnell für mich. Eine Tragödie folgte auf die andere, und ich fühlte mich wie benommen. Meine Ausbildung war stets hart gewesen. Man hatte mich das Leben gelehrt und den Tod. Man hatte mich gelehrt, keine Gefühle zu zeigen. Doch was soll man tun, wenn geliebte Menschen nacheinander in rascher Folge sterben? Soll man kalt und distanziert bleiben und ein unbewegtes Gesicht bewahren, oder darf man warme und menschliche Gefühle zulassen? Ich liebte und verehrte diese Männer: den alten Tsong-tai, meinen Mentor, den Lama Mingyar Dondup, und den dreizehnten Dalai Lama. Nun hatte man mir innerhalb weniger Stunden mitgeteilt, dass einer nach dem anderen gestorben war. Zwei waren bereits tot, und beim dritten … wie lange würde er noch durchhalten, bis auch er uns verließ? Noch ein paar Tage?

Ich muss mich beeilen, dachte ich. Schnell verließ ich den inneren Tempel und machte mich auf den Weg zum Hauptgebäude des Lamaklosters. Eilig durchquerte ich die steinernen Gänge in Richtung der Kammer des Abtes. Kurz bevor ich die Abzweigung erreichte, vernahm ich plötzlich ein

Krachen gefolgt von einem dumpfen Aufprall. Sofort beschleunigte ich meine Schritte.

Ein weiterer Lama, Jersi, der ebenfalls aus Tibet stammte, jedoch nicht aus Lhasa, sondern aus Chamdo, hatte dieselbe telepathische Mitteilung von einem anderen Lama erhalten. Auch er wurde dringend gebeten, Chungking zu verlassen und mich auf der Rückreise nach Tibet zu begleiten. Er war ein Mann, der sich dem Studium von Motorfahrzeugen und ähnlichen Transportmitteln verschrieben hatte. Unmittelbar nachdem der Bote wieder entschwunden war, war er aufgesprungen und den steinernen Korridor zur Kammer des Abtes hinuntergerannt. Dabei war er viel zu schnell unterwegs. Die Ecke, in die er geprallt war, hatte er nicht etwa übersehen, sondern war auf etwas Butter ausgerutscht, die ein unachtsamer Mönch aus einer Butterlampe verschüttet hatte. Er war darauf ausgeglitten und schwer gestürzt, wobei er sich eine Bein- und eine Armfraktur zuzog. Als ich um die Ecke bog, sah ich ihn am Boden liegen, nach Luft ringend, während der Knochen aus seinem Bein ragte.

Der Abt, durch den Lärm aufgeschreckt, kam aus seiner Kammer geeilt. Zusammen knieten wir uns neben unseren gestürzten Bruder. Der Abt hielt ihn an der Schulter fest, während ich vorsichtig an seinem Handgelenk zog, um den gebrochenen Knochen zu richten. Anschließend bat ich um Schienen und Verbandsmaterial. Schon bald waren Jersis Arm und Bein fixiert und verbunden. Der Beinbruch erwies sich jedoch als komplizierter. Wir mussten ihn zuerst in seine Zelle bringen und den Knochen mit Zugkraft richten. Dann überließ ich ihn in der Obhut eines anderen Mönchs.

Der Abt und ich gingen in seine Kammer, wo ich ihm von der Nachricht erzählte, die ich erhalten hatte. Ich berichtete ihm von meiner Vision, und er sagte mir, dass auch er eine ähnliche Eingebung durch eine innere Stimme vernommen hatte. So kamen wir überein, dass ich das Lamakloster sofort und ohne Verzögerung verlassen sollte. Der Abt ließ sofort einen Boten rufen, der im Laufschritt hinauslief, um ein Pferd zu besorgen. Kurz darauf galoppierte der Bote mit einem dringenden Auftrag im Gepäck im Eiltempo nach Chungking. Ich unterbrach meine Vorbereitungen nur kurz, um etwas zu essen und mir Proviant einpacken zu lassen. Dann nahm ich Ersatzdecken und eine zusätzliche Robe mit, bevor ich mich zu Fuß auf den Weg machte und den Pfad hinunterging. Als ich an der Lichtung vorbeikam, auf der mir an jenem Abend eine tiefgreifende Erfahrung zuteilgeworden war und ich den Lama Mingyar Dondup zum letzten Mal gesehen hatte, überkam mich ein schmerzlicher Anflug von Trauer. Ich kämpfte um Fassung und bemühte mich, den unerschütterlichen Ausdruck eines Lama zu bewahren. Schließlich erreichte ich das Ende des Pfades, wo dieser auf die Landstraße traf. Dort blieb ich stehen und wartete.

Ich stellte mir vor, wie hinter mir im Tempel die tiefen Bronzegongs geschlagen wurden, um die Mönche zur Andacht zu rufen. Das Läuten der Silberglocken würde die Antwortstrophen begleiten, gefolgt von den Klängen der Flöten und Trompeten. Doch bald darauf durchbrach die nächtliche Stille ein lautes Motorengeräusch. In der Ferne tauchten über dem Hügel die hellen Silberstrahlen zweier Scheinwerfer auf. Ein Auto raste auf mich zu und hielt mit quietschenden Reifen neben mir an. Ein Mann sprang heraus.

«Ihr Wagen, ehrwürdiger Herr Rampa. Soll ich ihn zuerst wenden?»

«Nein», erwiderte ich. «Fahren Sie den Hügel links hinunter.»

Ich sprang auf den Beifahrersitz. Der Mönch, den der Abt in aller Eile nach Chungking geschickt hatte, hatte einen Wagen samt Fahrer mit leistungsstarkem Motor organisiert.

Es war wirklich ein starkes Fahrzeug. Ein riesiges, schwarzes amerikanisches Ungetüm. Ich saß neben dem Fahrer, und wir rasten durch die Nacht nach Chengdu, das dreihundertzwanzig Kilometer von Chungking entfernt lag. Die großen Scheinwerferkegel eilten uns voraus und beleuchteten die Unebenheiten der Straße. Sie ließen die Bäume am Straßenrand aufleuchten, die groteske Schatten warfen, als wollten sie uns zu immer schnellerem Fahren antreiben. Der Fahrer, ein Mann namens Ejen, war hervorragend ausgebildet, erfahren und sicher am Steuer. Immer schneller jagten wir über die

Straße, die nur noch als verschwommener Streifen unter uns lag. Ich lehnte mich zurück und dachte unentwegt nach.

Ich dachte an meinen geliebten Mentor, den Lama Mingyar Dondup, daran, wie er für meine Ausbildung gesorgt hatte und was er alles für mich getan hatte. Er hatte mir mehr bedeutet als meine Eltern. Ich dachte auch an unser hoch verehrtes Staatsoberhaupt, den dreizehnten Dalai Lama, den letzten seiner Inkarnationslinie. Laut einer alten Prophezeiung würde mit seinem Tod eine neue Ordnung in Tibet Einzug halten. Im Jahr 1950 begann die Invasion der chinesischen Kommunisten in Tibet, doch schon lange davor war eine dritte Kolonne in Lhasa präsent gewesen. All dies ging mir durch den Kopf, und ich wusste, dass es genauso kommen würde. Ich wusste es schon 1933, und hatte es schon vor 1933 gewusst, denn alles verlief genau nach der Prophezeiung.

So rasten wir dreihundertzwanzig Kilometer durch die Nacht nach Chengdu. Dort angekommen, tankten wir auf, vertraten uns zehn Minuten die Beine und aßen eine Kleinigkeit. Danach setzten wir unsere rasante Fahrt fort, weiter durch die Dunkelheit bis nach Ya-an, das hundertsechzig Kilometer entfernt lag. Als wir dort ankamen, brach bereits die Morgendämmerung an. Die ersten Sonnenstrahlen tauchten am Himmel auf. An diesem Punkt endete die Straße, und das Auto konnte von hier aus nicht mehr weiterfahren.

Ich begab mich zu einem Lamakloster, wo man telepathisch bereits von meiner Ankunft erfahren hatte. Als ich ankam, stand ein Pferd für mich bereit – ein sehr temperamentvolles Tier, das bockte und ausschlug. Doch aufgrund der Dringlichkeit meiner Mission blieb mir keine Zeit, mir Sorgen darüber zu machen. Ich stieg auf, hielt mich fest und das Pferd gehorchte meinen Anweisungen, als würde es spüren, wie wichtig meine Aufgabe war. Der Stallknecht ließ das Zaumzeug los, und das Pferd galoppierte mit mir im Sattel die Straße hinauf, Richtung Tibet. Der Wagen würde nach Chungking zurückkehren, und der Fahrer hatte jetzt eine angenehme, entspannte und zügige Fahrt vor sich, während ich im harten Holzsattel saß und immer weiter und weiter reiten musste. Immer wieder tauschte ich das Pferd nach einem schnellen Ritt gegen ein anderes, ebenso temperamentvolles und kräftiges Tier, denn meine Eile ließ keine Pausen zu.

Es ist nicht nötig, hier weiter über die Strapazen dieser Reise zu berichten. Es ist nicht nötig, von den harten Bedingungen eines einsamen Reiters zu erzählen, der den Yangtse überquerte und weiter bis zum oberen Salween-Fluss ritt. Im schnellen Trab setzte ich meinen Weg unermüdlich fort. Obwohl das Reiten zermürbend war, gelang es mir, rechtzeitig anzukommen. Ich überquerte einen Bergpass und erblickte einmal mehr die goldenen Dächer des Potala. Mein Blick schweifte über die Kuppeln, die die sterblichen Überreste der früheren Dalai Lamas verbargen. Dabei dachte ich daran, dass schon bald eine weitere Kuppel hinzukommen würde, die einen weiteren Körper umschloss.

Ich setzte meinen Ritt fort und überquerte den Fluss des Glücks. Doch dieses Mal brachte er mir kein Glück. Ich schaffte es dennoch, mein Ziel rechtzeitig zu erreichen. Die anstrengende und überhastete Reise war nicht umsonst gewesen. Ich konnte an allen Trauerzeremonien teilnehmen und beteiligte mich aktiv daran. Doch mitten in diesem Geschehen ereignete sich ein sehr unangenehmer Zwischenfall. Ein Ausländer, der ebenfalls an der Trauerfeier teilnahm, versuchte, die ganze Aufmerksamkeit auf sich zu ziehen. Er hielt uns offenbar für rückständige Menschen und sich selbst für denjenigen, der den Überblick über alles hätte. Er wollte stets im Vordergrund stehen, um beachtet zu werden. Als ich jedoch seine egoistischen Ziele nicht unterstützte, versuchte er vergeblich, einen Freund und mich mit Armbanduhren zu bestechen! Von da an sah er mich als seinen Feind. Er hat keine Mühe gescheut und alles Erdenkliche unternommen, um mir und den Meinen zu schaden. Wie auch immer, das hat mit der Trauerfeier an sich nichts zu tun, außer dass es zeigt, wie recht mein Lehrer doch hatte, als er mich vor Neid warnte.

Es waren in der Tat sehr traurige Tage für uns, und ich beabsichtige hier nicht weiter über die Trauerzeremonien zu berichten, noch über die

Bestattung des Dalai Lama. Es soll genügen, zu erwähnen, dass sein Körper mittels unserer uralten Methode konserviert und in sitzender Position, mit Blick nach Süden, aufgebahrt wurde, wie es die Tradition verlangt. Nach und nach soll sich jedoch der Kopf nach Osten gedreht haben. Viele sahen darin ein Zeichen aus dem Jenseits, das uns auffordern sollte, unseren Blick nach Osten zu richten. Nun, die chinesischen Invasoren kamen aus dem Osten, um Tibet zu zerschlagen. Diese Drehung nach Osten war tatsächlich eine Warnung. Hätten wir sie doch nur beachtet!

Ich suchte wieder mein Elternhaus auf. Der alte Tzu war inzwischen gestorben. Viele Angehörige, die ich gekannt hatte, hatten sich verändert. Alles dort war mir fremd geworden. Es war kein Zuhause mehr für mich. Ich war nur ein Besucher, ein Fremder, ein hoher Lama, ein hoher Würdenträger des Tempels, der vorübergehend aus China zurückgekehrt war.

Ich musste warten, bis meine Eltern Zeit für mich hatten. Schließlich wurde ich zu ihnen geführt. Das Gespräch war gezwungen, die Atmosphäre angespannt. Ich war nicht mehr der Sohn des Hauses, sondern ein Fremder. Doch ganz fremd im üblichen Sinne war ich auch nicht, denn mein Vater führte mich in sein Privatzimmer. Dort holte er die Familienchronik aus ihrem sicheren Versteck und hob sie vorsichtig aus dem goldenen Behältnis. Ohne ein Wort setzte ich meine Unterschrift darunter – der letzte Eintrag. Ich schrieb meinen vollen Namen, meinen Rang und meine neuen Qualifikationen als promovierter Arzt und Chirurg dazu. Das Buch wurde wieder feierlich geschlossen und unter den Fußboden zurückgelegt. Gemeinsam kehrten wir in den Raum zurück, in dem meine Mutter und meine Schwester saßen. Ich verabschiedete mich, drehte mich um und ging. Im Hof hielten die Stallknechte mein Pferd bereit. Ich stieg auf und ritt ein letztes Mal durch die großen Tore.

Mir war schwer ums Herz, als ich in die Lingkhorstraße einbog. Ich ritt weiter zum Menzekang-Krankenhaus, dem Hauptkrankenhaus Tibets, wo ich einst gearbeitet hatte. Dort stattete ich Chinrobnobo, dem großgewachsenen alten Mönch und Leiter des Krankenhauses, einen Höflichkeitsbesuch ab. Ich kannte ihn gut. Er war ein liebenswürdiger alter Mann, der mir viel beigebracht hatte, bevor ich die Eisenberg-Medizinschule verließ.

«In China», berichtete ich ihm, «behaupten sie, die Ersten gewesen zu sein, die Akupunktur und Moxibustion angewendet haben. Aber ich weiß es besser. In alten Aufzeichnungen habe ich Belege gefunden, dass diese beiden Behandlungsmethoden vor vielen, vielen Jahren von Tibet nach China gelangten und dort zur Anwendung kamen.»

Es schien ihn sehr zu interessieren, als ich ihm erzählte, dass sowohl die Chinesen als auch westliche Staaten diese beiden Behandlungsmethoden untersucht hätten, um herauszufinden, warum sie funktionieren. Dass sie wirken, steht außer Frage. Akupunktur ist eine besondere Heilmethode, bei der äußerst feine Nadeln an bestimmten Punkten in den Körper eingeführt werden. Sie sind so fein, dass man keinen Schmerz verspürt. Durch die Stimulation dieser Nadeln können verschiedene Heilreaktionen ausgelöst werden. Die Chinesen benutzen Radiumnadeln dazu und nehmen die wunderbaren Heilerfolge für sich in Anspruch, doch wir im Osten haben die Akupunktur schon seit Jahrhunderten mit gleichem Erfolg angewandt.

Auch die Moxibustion wenden wir an. Bei dieser Methode werden verschiedene Kräuter zu sogenannten Moxazigarren verarbeitet, die an einem Ende entzündet werden, bis sie rot glühen. Das glühende Ende wird nahe an die erkrankte Hautstelle oder das betroffene Gewebe gehalten. Durch das Erwärmen der Hautregion können die Wirkstoffe der Kräuter direkt in das Gewebe eindringen und eine heilende Wirkung erzielen. Die Wirksamkeit beider Heilmethoden hat sich immer wieder bestätigt. Wie genau sie jedoch funktionieren, ist bis heute nicht vollständig geklärt.

Ich warf noch einmal einen Blick in das große Lagerhaus, in dem die vielen, vielen Heilkräuter gelagert wurden – mehr als sechstausend verschiedene Sorten. Die meisten davon sind in China und dem Rest der Welt unbekannt. Tatura, zum Beispiel, eine Baumwurzel, diente als äußerst wirksames Anästhetikum und konnte eine Person bis zu zwölf Stunden lang schmerzunempfindlich halten – ohne unerwünschte Nebenwirkungen, wenn es von einem erfahrenen Arzt verabreicht wurde. Ich sah mich um und konnte trotz der modernen Fortschritte, die in China und Amerika erzielt worden waren, nichts entdecken, was ich als falsch hätte einstufen können. Die alten tibetischen Heilmethoden bewährten sich nach wie vor.

In dieser Nacht schlief ich wieder an meinem alten Platz und nahm, wie damals in meinen Schüler- und Studententagen, an den Andachten teil. All das versetzte mich zurück in die Vergangenheit. Welche Erinnerungen lagen doch in jedem dieser Steine verborgen! Als es am Morgen hell wurde, kletterte ich auf den höchsten Punkt des Eisenbergs und ließ meinen Blick über den Potala, den Schlangenpark, Lhasa und die schneebedeckten Berge um mich herum schweifen. Lange stand ich dort und schaute in die Ferne. Dann kehrte ich zur Medizinschule zurück und verabschiedete mich. Ich nahm meine zusammengerollte Decke und meine Ersatzrobe, stieg auf mein Pferd und ritt den Hügel hinab.

Die Sonne verschwand hinter einer dunklen Wolke, als ich die Talsohle des Pfades erreicht hatte und am Dorf Shö vorbeiritt. Überall wimmelte es von Pilgern, die aus allen Teilen Tibets und sogar aus weit entfernten Ländern kamen, um dem Potala ihren Respekt zu erweisen. Unter ihnen priesen Horoskop-Verkäufer lauthals ihre Waren an, und diejenigen, die Elixiere und Amulette verkauften, machten gute Geschäfte. Die erst kürzlich abgehaltenen Trauerfeierlichkeiten hatten Kaufleute, Händler, Hausierer und Bettler aller Art auf die heiligen Straßen gelockt. In der Nähe zog eine Yak-Karawane durch das Westtor, beladen mit Waren für die Märkte von Lhasa. Ich hielt mein Pferd an und stieg ab, um ihnen zuzuschauen. Vielleicht, so dachte ich, würde ich diesen vertrauten Anblick nie wieder sehen. Schwermütig dachte ich an den bevorstehenden Abschied. Plötzlich vernahm ich hinter mir ein Rascheln.

«Ich bitte um Ihren Segen, ehrwürdiger Lama der Medizin», sagte eine Stimme.

Ich drehte mich um und erkannte einen der Leichenzerleger – einen der Männer, die so viel für mich getan und mich unterstützt hatten, als ich unter ihnen studierte. Auf Geheiß des dreizehnten Dalai Lama, dessen sterbliche Hülle ich erst kürzlich gesehen hatte, war es mir erlaubt worden, das jahrhundertealte Sezierverbot zu umgehen, aufgrund der speziellen Aufgabe in meinem Leben. Diese Männer gaben mir jede Gelegenheit, Leichen zu sezieren. Nun stand einer dieser Männer, die mir so sehr geholfen hatten, vor mir, und ich erteilte ihm meinen Segen. Es freute mich wirklich, dass mich jemand aus jener Zeit wiedererkannt hatte.

«Das, was du mir beigebracht hast, war hervorragend», lobte ich ihn. «Du hast mir mehr beigebracht als alles, was ich an der medizinischen Hochschule in Chungking gelernt habe.»

Er lächelte erfreut und streckte mir, nach der Sitte der einfachen Leute, die Zunge heraus. Dann entfernte er sich auf die traditionelle Weise rückwärtsgehend von mir und tauchte im Gedränge unter, das vor dem Tor herrschte.

Ich blieb noch einen Moment neben meinem Pferd stehen, ließ meinen Blick über den Potala und den Eisenberg schweifen, bevor ich wieder aufstieg und meinen Weg fortsetzte. Ich überquerte den Kyi-Fluss und ritt durch zahlreiche schöne Parkanlagen. Der Boden hier war flach und grün – das satte Grün eines gut bewässerten Rasens. Ein wahres Paradies auf fast viertausend Metern über dem Meeresspiegel, umgeben von Bergen, die sich nochmals bis zu zweitausend Meter höher erhoben. Die Berghänge waren übersät mit großen und kleinen Lamaklöstern, und auf den unzugänglichsten und bedrohlich wirkenden Felsvorsprüngen thronten einsame Einsiedeleien. Allmählich wurde der Weg immer steiler, und die Straße führte hinauf zu den Bergpässen. Mein Pferd war ausgeruht, gut gepflegt und gefüttert – es drängte voran, doch ich wollte lieber noch verweilen. Mönche und Händler ritten an mir vorbei, einige warfen mir neugierige Blicke zu, denn entgegen der Tradition ritt ich allein, um schneller voranzukommen. Mein Vater hingegen wäre, seiner Stellung entsprechend, niemals ohne ein großes Gefolge ausgeritten.

Ich gehörte jedoch der modernen Generation an, deshalb sahen mich die Fremden neugierig an. Diejenigen, die mich kannten, grüßten mich freundlich. Schließlich hatten mein Pferd und ich die Steigung überwunden und den großen Chörten aus Steinen erreicht – der letzte Punkt, von dem aus man Lhasa sehen konnte. Ich stieg ab, band mein Pferd fest und setzte mich auf einen Stein mit guter Aussicht. Lange saß ich dort und blickte ins Lhasatal hinunter.

Der Himmel war tiefblau. Das tiefe Blau, das man nur in solchen Höhen sehen kann. Schneeweiße Wolken zogen gemächlich über mir hinweg. Ein Rabe flatterte herab und pickte neugierig an meiner Robe. Wie es die Sitte verlangte, fügte ich dem riesigen Steinhaufen neben mir noch einen weiteren Stein hinzu. Dieser Haufen war über Jahrhunderte von Pilgern errichtet worden, da dies der Ort war, von dem aus sie ihren ersten und letzten Blick auf die Heilige Stadt werfen konnten.

Vor mir lag der Potala, dessen Wände sich von den Grundmauern nach innen neigten. Auch die Fenster neigten sich von unten nach oben einwärts, was die Wirkung noch verstärkte. Er sah aus, als hätten die Götter das Gebäude direkt aus dem gewachsenen Felsen geschnitzt. Mein Chakpori stand, ohne dabei dominant zu wirken, sogar noch etwas höher als der Potala. In der Ferne erkannte ich die Dächer der Jokhang-Kathedrale, des über eintausenddreihundert Jahre alten Tempels, der von Verwaltungsgebäuden umgeben war. Ich blickte auf die entlangführende Hauptstraße, das Weidewäldchen, die Sümpfe, den Schlangentempel und den wunderschönen Norbu Linga sowie die Lamagärten entlang des Kyi Chu. Die goldenen Dächer des Potala glänzten im Licht und fingen das strahlende Sonnenlicht ein, um es in rotgoldenen Strahlen, die alle Farben des Spektrums enthielten, zurückzuwerfen. Unter diesen Kuppeln ruhten die sterblichen Überreste der Dalai Lamas. Das Grabmal des dreizehnten Dalai Lama, das höchste von allen, ragte etwa zwanzig Meter – drei Stockwerke – empor und war mit einer ganzen Tonne reinstem Gold bedeckt. Im Inneren des Schreins lagen kostbare Juwelen, Gold, Silber und Schmuck – ein Vermögen, das neben der leeren Hülle seines früheren Besitzers ruhte. Tibet stand nun ohne Dalai Lama da. Der letzte war gegangen, und gemäß der Prophezeiung würde der nächste fremden Herren dienen müssen und in die Knechtschaft der Kommunisten geraten.

An den Seitenhängen des Tals schmiegten sich die riesigen Lamaklöster Drepung, Sera und Ganden. Halb verborgen hinter einer Baumgruppe schimmerte das Weiß und Gold von Nechung, dem Sitz des Orakels von Lhasa, dem Staatsorakel Tibets. Drepung, auch «Reishaufen» genannt, sah tatsächlich wie ein riesiger weißer Haufen aus, der sich den ganzen Hang hinunter ausbreitete. Dann Sera, das als «Wildrosenzaun-Lamakloster» bekannt ist, und Ganden, «das Fröhliche». Ich ließ meinen Blick über die Klöster schweifen und dachte an die Zeit, die ich hinter ihren Mauern, in den umfriedeten Klosteranlagen, verbracht hatte. Ich betrachtete auch die vielen kleineren Lamaklöster, die überall an den Berghängen und in kleinen Wäldchen thronten. Mein Blick wanderte zu den Einsiedeleien, die an schwer zugänglichen Stellen errichtet waren, und ich dachte an die Männer, die dort lebten, eingemauert in Dunkelheit, vielleicht ihr ganzes Leben lang, ohne jemals das Licht zu sehen. Sie erhielten nur einmal täglich etwas zu essen und blieben in der Dunkelheit, ohne je physisch herauszukommen. Doch dank ihrer besonderen Ausbildung konnten sie astralreisen und als körperlose Wesen die Welt und ihre Sehenswürdigkeiten erkunden. Mein Blick wanderte hinunter zum Fluss des Glücks, der sich durch Gräben und das Sumpfland schlängelte, dabei gelegentlich hinter dem dichten Laub der Bäume verschwand und an freien Stellen wieder zum Vorschein kam. Ich suchte und fand mein Elternhaus – dieses große Anwesen, das für mich nie ein Zuhause gewesen war. Auf den Straßen sah ich Pilgerströme, die ihren Rundgang absolvierten. Eine leichte Brise trug die Klänge von Tempelgongs und das Schmettern der Trompeten aus einem nahen Lamakloster zu mir herauf. Ein Kloß bildete sich in meiner Kehle, und ein Stechen zog durch meine Nasenwurzel. Es war zu viel für mich. Ich drehte mich um, stieg auf mein Pferd und ritt weiter, hinaus ins Ungewisse.

Die Landschaft wurde zunehmend rauer und wilder. Ich durchquerte schöne Weideflächen und sandige Böden, passierte kleine Gehöfte und gelangte auf felsige Anhöhen. Ich folgte steilen Schluchten, in denen das Wasser tosend herabströmte und die Luft mit seinem Rauschen erfüllte, während der Sprühregen mich bis auf die Haut durchnässte. Wie bei der Hinreise verbrachte ich die Nächte in Lamaklöstern. Diesmal war ich ein besonders willkommener Gast, denn ich konnte aus erster Hand von den traurigen, erst kürzlich stattgefundenen Trauerfeierlichkeiten in Lhasa berichten, an denen ich als offizieller Amtsträger teilgenommen hatte.

Wir waren uns alle einig, dass dies das Ende einer Ära war und schwere Zeiten auf unser Land zukommen würden. Man versorgte mich stets gut mit Nahrung und frischen, ausgeruhten Pferden. Nach einer langen Reise kam ich schließlich wieder in Ya-an an, wo zu meiner großen Freude Jersi als Fahrer mit einem großen Wagen auf mich wartete. Die Nachricht von meiner Ankunft war durchgesickert, und der alte Abt in Chungking hatte fürsorglich den Wagen schicken lassen. Ich war wirklich froh, denn ich war vom Reiten wund und von der Reise schmutzig und müde. Es war eine Freude, dieses große, glänzende Fahrzeug zu sehen – das Erzeugnis einer anderen Technik, das mich in kürzester Zeit über eine Strecke brachte, für die ich zu Pferd mehrere Tage gebraucht hätte.

So stieg ich in das Auto und war dankbar, dass der Abt des Lamaklosters in Chungking mein Freund war und so vorausschauend gehandelt hatte, um mir nach der anstrengenden Reise von Lhasa etwas Komfort zu verschaffen. Schon bald fuhren wir zügig in Richtung Chengdu. Dort verbrachten wir die Nacht, denn es bestand keinen Anlass, in diesen wenigen verbleibenden Stunden des Tages noch nach Chungking zurückzueilen. Also blieben wir dort. Am nächsten Morgen nutzten wir die Zeit, um die Stadt zu erkunden und einige Einkäufe zu erledigen. Danach setzten wir unsere Reise nach Chungking fort.

Der rotgesichtige Junge, lediglich in blaue Hosen gekleidet, stand immer noch hinter seinem Pflug, der von einem schwerfälligen Wasserbüffel gezogen wurde. Beide stapften durch den Morast und versuchten, ihn um-zupflügen, damit Reis angebaut werden konnte. Wir fuhren noch etwas schneller weiter. Über uns riefen die Vögel einander zu, stürzten plötzlich herab und schossen vor lauter Freude wie Pfeile durch die Luft. Bald er-reichten wir die Außenbezirke von Chungking, wo die Straße von silbernen Eukalyptusbäumen, Linden und grünen Pinien gesäumt war. Kurz darauf bogen wir in eine kleine Nebenstraße ein, an der ich ausstieg und zu Fuß weiterging, hinauf zum Lamakloster. Als ich erneut an der Lichtung mit dem umgestürzten Baum und den anderen kreuz und quer darüber liegenden Stämmen vorbeikam, dachte ich an die denkwürdigen Ereignisse zurück, die sich seit jenem Tag, als ich auf dem Baumstamm gesessen und mich mit meinem Mentor, dem Lama Mingyar Dondup, unterhalten hatte, ereignet hatten. Ich blieb eine Weile in Meditation stehen. Dann hob ich mein Ge-päck wieder auf und kehrte ins Lamakloster zurück.

Am nächsten Morgen machte ich mich auf den Weg nach Chungking. Die Hitze kam mir vor wie etwas Lebendiges, etwas Schweißtreibendes und Erstickendes. Selbst die Rikscha-Fahrer und ihre Passagiere sahen in dieser unerträglichen Glut matt und erschöpft aus. Nach der frischen, kühlen Luft Tibets fühlte ich mich hier mehr tot als lebendig, doch als Lama musste ich Haltung bewahren und den anderen ein Vorbild sein. In der Sieben-Sterne-Straße begegnete ich meinem Freund Huang, der gerade beim Einkaufen war. Ich hielt an, grüßte meinen besten Freund und fragte: «Huang, was ma-chen denn all diese Leute hier?»

«Warum», antwortete er, «weißt du das noch nicht, Lobsang? Sie kom-men alle aus Schanghai. Die Händler dort fühlen sich durch die Spannungen mit den Japanern bedroht. Viele schließen ihre Geschäfte und ziehen hierher nach Chungking. Wie ich gehört habe, denken sogar einige Universitäten ernsthaft darüber nach, das Gleiche zu tun. Ach, und übrigens habe ich eine Nachricht für dich: General Feng Yu-hsiang (mittlerweile Marschall), möchte dich sehen. Er bat mich, dir mitzuteilen, dass du ihn aufsuchen sollst, sobald du zurückgekehrt bist.»

«Gut», sagte ich, «wie ist es mit dir, gehst du mit mir zu ihm hinauf?»
Huang stimmte zu, und wir erledigten unsere Besorgungen in aller Ruhe.
Es war viel zu heiß, um sich zu beeilen. Danach kehrten wir ins Lamakloster
zurück. Ein bis zwei Stunden später machten wir uns auf den Weg zum
Tempel hinauf, in dessen Nähe der General wohnte. Dort traf ich ihn an.
Er erzählte mir ausführlich von den Japanern und den Schwierigkeiten, die
sie in Schanghai verursachten. Er berichtete mir, dass die Polizei, die von
der Internationalen Konzession rekrutiert wurde, aus Banditen und Gau-
nern bestand, die sich nicht ernsthaft darum bemühten, die Ordnung wiederherzustellen. Er sagte: «Es wird zum Krieg kommen, Rampa, es wird zum
Krieg kommen. Wir brauchen alle Ärzte, die wir bekommen können, vor
allem solche, die auch Piloten sind. Wir brauchen sie dringend.» Er bot mir
einen Posten bei den chinesischen Streitkräften an und gab mir zu verstehen,
ich könne dann so viel fliegen, wie ich wolle.

Der General war ein beeindruckender Mann – gut zwei Meter groß, mit
breiten Schultern und einem markanten Kopf. Er hatte an zahlreichen Feld-
zügen teilgenommen und war eigentlich der Meinung gewesen, seine Tage
als Soldat seien gezählt, bis die Spannungen mit den Japanern zunahmen.
Doch er war nicht nur Soldat, sondern auch Dichter. Er lebte in der Nähe
des Tempels, von wo aus er oft den Mond beobachtete. Ich schätzte ihn
sehr, und wir verstanden uns gut. Er war ein kluger Mann.

Anscheinend, so berichtete er mir, sei es in Shanghai zu einem besonderen Zwischenfall gekommen, den die Japaner als Vorwand benutzt hätten,
um in China einzufallen. Ein japanischer Mönch sei versehentlich getötet
worden, und die japanischen Machthaber hätten daraufhin vom Bürgermeister von Shanghai gefordert, den Boykott gegen japanische Handelsgüter aufzuheben, die nationale Befreiungsbewegung aufzulösen, die Anführer des
Boykotts zu verhaften und Entschädigung für den Tod des Mönchs zu zah-
len. Der Bürgermeister, der angesichts der überwältigenden militärischen
Stärke Japans um den Frieden bemüht war, habe das Ultimatum am 28. Ja-
nuar 1932 akzeptiert. Doch noch in derselben Nacht, in der der

Bürgermeister dem Ultimatum nachgegeben habe, begannen um 22:30 Uhr die japanischen Landungstruppen, einige Straßenzüge der internationalen Konzession zu besetzen, was den Weg für den nächsten Weltkrieg ebnete. Das alles waren Neuigkeiten für mich. Ich wusste nichts davon, nicht zuletzt, weil ich unterwegs gewesen war.

Während wir uns unterhielten, trat ein Mönch in einer grauschwarzen Robe ein und teilte uns mit, dass Oberabt T'ai Shu angekommen sei. Auch mit ihm wollten wir noch sprechen. Ich musste ihm von den Ereignissen in Tibet berichten, insbesondere über die letzte Trauerfeier meines verehrten dreizehnten Dalai Lama. Im Gegenzug erzählte er mir von den großen Sorgen, die er und andere in Bezug auf die Sicherheit Chinas hatten. Er sagte: «Es ist nicht das Endergebnis, das uns Angst macht, sondern die Zerstörung, der Tod und das Leid, die ihm vorausgehen.»

Also drängten sie mich erneut, einen Posten bei den chinesischen Streitkräften anzunehmen und ihnen meine Ausbildung zur Verfügung zu stellen. Und dann folgte der Schlag für mich.

«Sie müssen nach Schanghai gehen», sagte der General. «Ihre Dienste werden dort dringend gebraucht. Ich würde vorschlagen, dass Ihr Freund, Po Ku, mit Ihnen mitgeht. Ich habe bereits die entsprechenden Vorbereitungen getroffen. Aber natürlich müssen Sie und er dem erst noch zustimmen.»

«Schanghai?», sagte ich. «Das ist wirklich kein angenehmer Ort zum Leben, und ehrlich gesagt halte ich nicht viel davon. Aber ich verstehe, dass ich gehen muss, also werde ich annehmen.»

Wir setzten unser Gespräch noch lange fort. Allmählich zogen die Abendschatten auf, und es wurde dunkler, sodass wir uns schließlich verabschieden mussten. Ich erhob mich und trat in den Vorhof, wo eine einzelne Palme stand. Ihre Blätter waren vergilbt und von der Hitze braun geworden. Huang saß geduldig da und wartete auf mich. Er hatte die ganze Zeit reglos gesessen und sich gefragt, warum unsere Besprechung so lange dauerte. Auch er erhob sich, und schweigend gingen wir den Pfad hinunter, vorbei an der rauschenden Schlucht und über die kleine Steinbrücke, die zu unserem Lamakloster führte.

Kurz bevor der Pfad in unseren mündete, stießen wir auf einen großen Felsen. Wir kletterten hinauf, um die Flüsse zu überblicken. Heute herrschte reges Treiben. Kleine Dampfschiffe tuckerten dem Fluss entlang, aus deren Schornsteinen Rauchwolken aufstiegen, die vom Wind erfasst und wie schwarze Flaggen auseinandergezogen wurden. Es gab inzwischen deutlich mehr Dampfschiffe als zu der Zeit, als ich nach Tibet aufgebrochen war. Täglich trafen immer mehr Flüchtlinge ein. Der Verkehr nahm zu. Es waren Menschen, die vorausblickten und verstanden, was der japanische Einfall in China wirklich bedeutete. Die Stadt, die ohnehin schon überfüllt war, drohte nun endgültig aus allen Nähten zu platzen.

Als wir in den nächtlichen Himmel blickten, bemerkten wir, wie sich mächtige Sturmwolken auftürmten. Wir wussten, dass später in der Nacht ein Gewitter von den Bergen heraufziehen würde, dessen sintflutartige Regenfälle das Land überfluten und dessen Donner uns beinahe taub machen würden. War das ein Vorzeichen der Schwierigkeiten, die auf China zukommen sollte? Es schien tatsächlich so. Die Atmosphäre war erdrückend und angespannt. Ich glaube, wir beide seufzten im Einklang, als wir über die Zukunft dieses Landes nachdachten, das wir beide so gerne mochten.

Inzwischen war die Nacht hereingebrochen, und die ersten schweren Regentropfen des Sturms prasselten auf uns nieder und durchnässten uns. Wir drehten um und eilten zum Tempel hinauf, wo der Abt bereits auf uns wartete. Er war gespannt darauf, alles zu erfahren, und ich war froh, ihn zu sehen, um die Angelegenheit mit ihm besprechen zu können. Ebenso erleichtert war ich, als er meine Entscheidung lobte.

Wir unterhielten uns bis spät in die Nacht, nur gelegentlich unterbrochen vom ohrenbetäubenden Donner und dem Regen, der auf das Tempeldach prasselte. Schließlich zogen wir uns in unsere Kammern zurück und legten uns auf die Betten am Boden, um zu schlafen. Mit dem ersten Tageslicht und nach der morgendlichen Andacht begann ich, meine Vorbereitungen für den Aufbruch zu treffen. Eine neue Lebensphase stand mir bevor. Einen noch unangenehmeren Lebensabschnitt.

Kapitel 6
Hellsehen

Shanghai! Ich machte mir keine Illusionen. Mir war bewusst, dass das Leben dort sehr schwierig werden würde. Doch das Schicksal hatte bestimmt, dass mein Weg mich dorthin führen sollte. Also begannen Po Ku und ich, die letzten Vorbereitungen zu treffen. Später an diesem Morgen gingen wir gemeinsam die Treppenstraße zu den Kais hinunter. Dort stiegen wir an Bord eines Schiffes, das uns weit den Fluss hinunter bis nach Shanghai bringen sollte.

In unserer Kabine – wir teilten uns eine – legte ich mich auf meine Koje und dachte über die Vergangenheit nach. Ich erinnerte mich daran, wann ich das erste Mal von Shanghai gehört hatte. Es war, als mein Mentor, der Lama Mingyar Dondup, mir die Feinheiten des Hellsehens beigebracht hatte. Da dieses spezielle Wissensgebiet von Interesse und für manche hilfreich sein könnte, werde ich diese Erfahrungen hier schildern, so wie ich sie damals erlebt habe.

Es waren schon etliche Jahre her, als ich noch Student in einem der großen Lamaklöster in Lhasa war. Ich saß mit anderen Studenten im Klassenzimmer, und wir sehnten uns danach, ins Freie zu dürfen. Der Unterricht war an diesem Tag besonders quälend, da unser Lehrer ein echter Langweiler war, einer der schlimmsten Sorte. Die ganze Klasse hatte Mühe, seinen Ausführungen zu folgen und aufmerksam zu bleiben. Es war einer dieser sonnigen, warmen Tage, an denen kleine Schäfchenwolken hoch am Himmel vorüberzogen. Alles in uns schrie nach frischer Luft und Sonnenschein, weit weg von dem stickigen Klassenzimmer und der monotonen Stimme unseres uninteressierten Lehrers.

Plötzlich betrat jemand das Klassenzimmer und es kam eine leichte Unruhe auf. Da wir dem Lehrer mit dem Rücken zugewandt saßen, konnten wir nicht sehen, wer es war. Keiner von uns wagte es, sich umzudrehen, aus

Angst, der Lehrer könnte es bemerken. Papier raschelte, und er sagte nur: «Hmm, Sie ruinieren mir meinen Unterricht.» Ein scharfes «Peng» ließ uns alle erschrocken zusammenzucken, als der Lehrer mit seinem Stock auf das Pult schlug.

«Lobsang Rampa, komm her!»

Mit düsteren Vorahnungen erhob ich mich, drehte mich um und verbeugte mich dreimal. Was hatte ich diesmal angestellt? Hatte der Abt etwa gesehen, wie ich kleine Kieselsteine auf die Lamas geworfen hatte, die zu Besuch waren? Hatte man mich dabei beobachtet, wie ich eingelegte Walnüsse «probiert» hatte? Hatte man mich …? Doch die Stimme des Lehrers beruhigte mich wieder.

«Lobsang Rampa, der ehrenwerte Oberlama, dein Mentor, Mingyar Dondup, möchte dich sofort sprechen. Geh und schenk ihm mehr Aufmerksamkeit als mir!»

Schnell eilte ich davon. Ich lief die Korridore entlang, die Treppe hinauf, rechts abbiegen in den Bereich der Lamas. «Leise auftreten», dachte ich, «hier gibt's ne Menge Tattergreise. Die siebte Tür links, da ist sie.»

Gerade wollte ich die Hand heben und anklopfen, als eine Stimme rief: «Komm herein!»

Ich trat ein.

«Deine Hellsichtigkeit lässt dich nie im Stich, wenn es etwas zu essen gibt, Lobsang. Ich habe Tee und eingelegte Walnüsse. Du bist genau zur richtigen Zeit gekommen.»

Der Lama Mingyar Dondup hatte mich nicht so früh erwartet, aber jetzt hieß er mich auf jeden Fall willkommen. Während wir aßen, erklärte er mir, worum es ging.

«Ich möchte, dass du das Kristallsehen und die verschiedenen Anwendungsarten lernst. Du musst mit allen vertraut sein.»

Nachdem wir unseren Tee getrunken hatten, führte er mich hinunter in den Lagerraum. Dort wurden allerlei Hilfsmittel aufbewahrt: Planchetten, Tarotkarten, Schwarzspiegel und eine unglaubliche Vielzahl weiterer

Gerätschaften. Wir schlenderten umher, und er zeigte auf verschiedene Objekte, während er mir ihren Verwendungszweck erklärte. Schließlich sah er mich an und sagte: «Wähle eine Kristallkugel aus, von der du glaubst, dass sie mit dir harmoniert. Schau sie dir alle an und triff dann deine Entscheidung.»

Mein Blick fiel auf eine wunderschöne Kugel, ein echter Bergkristall, ohne den geringsten Makel und so groß, dass man beide Hände brauchte, um sie zu halten. Ich hob sie auf und sagte: «Ich möchte diese hier.»

Mein Mentor lachte. «Du hast die älteste und kostbarste ausgesucht. Wenn du sie benutzen kannst, darfst du sie behalten.»

Diese besondere Kristallkugel, die ich heute noch besitze, wurde tief unten in einem der Tunnel unter dem Potala gefunden. In jenen unwissenden Zeiten nannte man sie «Der magische Ball». Sie wurde den Medizinlamas des Eisenbergs übergeben, da man vermutete, sie könnte mit der Heilkunde in Verbindung stehen.

Auf Glaskugeln, Schwarzspiegel und Wasserschalen werde ich später in diesem Kapitel noch eingehen. Zunächst jedoch könnte es von Interesse sein zu erläutern, wie wir uns auf das Kristallsehen vorbereiteten – wie wir uns darin übten, die Kristallkugel zu nutzen, um mit ihr eins zu werden.

Es ist naheliegend, dass das Sehvermögen dann am besten ist, wenn man gesund ist und sich körperlich sowie geistig in guter Verfassung befindet. Dasselbe gilt für das Sehen mit dem «dritten Auge». Man muss in guter Verfassung sein, und dementsprechend bereiteten wir uns stets vor, bevor wir versuchten, eines dieser Mittel zu nutzen.

Ich hatte meine Kristallkugel aufgehoben und nun betrachtete ich sie. Ich hielt sie in beiden Händen, und sie wirkte erstaunlich schwer. Auf ihr spiegelte sich ein auf den Kopf gestelltes Bild des Fensters, auf dessen Sims ein Vogel saß. Als ich etwas genauer hinsah, erkannte ich schwach das Spiegelbild meines Mentors, und – ja – auch mein eigenes Spiegelbild.

«Du schaust auf sie, Lobsang. Das ist aber nicht die Art und Weise, wie man sie verwendet. Decke sie ab und warte ab, bis es dir gezeigt wird.»

Am nächsten Morgen musste ich zusammen mit meiner ersten Mahlzeit Kräuter einnehmen – Kräuter, die das Blut reinigten, den Kopf klärten und die allgemeine körperliche Verfassung stärkten. Diese Kräuter mussten zwei Wochen lang morgens und abends eingenommen werden. Jeden Nachmittag musste ich mich für eineinhalb Stunden hinlegen, wobei meine Augen und der obere Teil meines Kopfes mit einem dicken schwarzen Tuch bedeckt waren. Während dieser Zeit führte ich eine spezielle Atemtechnik in einem festgelegten Rhythmus durch. Zudem musste ich in dieser Phase besonders auf meine persönliche Reinlichkeit achten. Als die zwei Wochen um waren, suchte ich meinen Mentor wieder auf.

«Komm», sagte er, «wir gehen besser aufs Dach, in diesen kleinen, ruhigen Raum. Du brauchst absolute Ruhe, bis du damit etwas besser vertraut bist.»

Wir stiegen die Treppe hinauf und erreichten das flache Dach. Auf der einen Seite stand ein kleines Häuschen, in dem der Dalai Lama seine Audienzen abhielt, wenn er das Chakpori besuchte, um die jährlichen Segnungen der Mönche vorzunehmen. Nun durften wir es nutzen – ich durfte es nutzen, was eine große Ehre war. Außer dem Abt und dem Lama Mingyar Dondup durfte niemand sonst diesen Raum betreten.

Wir gingen hinein und setzten uns auf unsere Sitzkissen am Boden. Hinter uns war ein Fenster, durch das wir die fernen Berge sehen konnten, die wie stille Wächter über unser schönes Tal wachten. Von hier aus konnte man auch den Potala sehen, aber er war uns so vertraut, dass wir ihm keine Beachtung schenkten. Jetzt wollte ich wissen, was ich in der Kristallkugel sehen würde.

«Rück ein wenig zur Seite, Lobsang. Schau auf die Kristallkugel und sage mir, wann sämtliche Reflexionen verschwunden sind. Achte genau darauf, dass jeder einzelne Lichtpunkt, den du noch siehst, verschwindet. Diese wollen wir nicht sehen.»

Das ist einer der wichtigsten Punkte, den man sich merken muss: Schließe jegliche Reflexionen aus. Reflexionen lenken nur die

Aufmerksamkeit ab. Unsere Methode bestand darin, mit dem Rücken zu einem Nordfenster zu sitzen und einen nicht zu dicken Vorhang davor zu ziehen, um ein sanftes Dämmerlicht zu erzeugen. Nachdem die Vorhänge zugezogen waren, wirkte die Kristallkugel in meinen Händen matt und glanzlos. Nichts reflektierte sich mehr auf ihrer Oberfläche.

Mein Mentor setzte sich neben mich.

«Wisch die Kristallkugel mit diesem feuchten Tuch ab, reibe sie dann trocken und hebe sie mit diesem schwarzen Tuch auf. Berühre sie jetzt noch nicht mit deinen Händen.»

Ich folgte den Anweisungen. Behutsam wischte ich die Kugel ab, trocknete sie und hob sie vorsichtig mit dem schwarzen, rechteckig gefalteten Tuch auf. Dabei hielt ich meine Hände überkreuzt, die Handflächen nach oben gerichtet, sodass die Kristallkugel auf meiner linken Handfläche ruhte.

«Jetzt schau in die Kugel, nicht auf sie, sondern in sie hinein. Schau genau in ihr Zentrum, und dann lässt du deinen Blick völlig ins Leere laufen. Versuche nicht, irgendetwas zu sehen, schalte deinen Kopf einfach aus.»

Letzteres fiel mir nicht schwer. Einige meiner Lehrer meinten, mein Kopf sei ständig ausgeschaltet.

Ich schaute in die Kristallkugel. Meine Gedanken wanderten. Plötzlich schien die Kugel in meinen Händen zu wachsen, und ich hatte das Gefühl, als würde ich jeden Augenblick in sie hineinfallen. Erschrocken fuhr ich zusammen, und der Eindruck verschwand umgehend. Wieder hielt ich nichts weiter als eine gewöhnliche Kristallkugel in den Händen.

«Aber, Lobsang! Hast du alles vergessen, was ich dir gesagt habe? Du warst kurz davor zu sehen. Dein plötzliches und überraschtes Auffahren hat den Faden zerrissen. Heute wirst du nichts mehr sehen.»

Man muss in die Kristallkugel hineinschauen und seine geistige Konzentration auf einen Punkt im Inneren richten. Dabei stellt sich ein eigenartiges Gefühl ein, als würde man eine andere Welt betreten. Doch jedes Zusammenzucken, jede Angst oder Überraschung in dieser Phase verdirbt alles. In diesem Fall bleibt einem, solange man noch lernt, nichts anderes übrig, als die Kristallkugel beiseitezulegen und erst wieder zu versuchen, etwas zu «sehen», nachdem man eine Nacht geschlafen hat.

Am nächsten Tag versuchte ich es im Beisein meines Mentors erneut. Wie zuvor saß ich mit dem Rücken zum Fenster und sorgte dafür, dass alle störenden Reflexionen ausgeschlossen waren. Normalerweise hätte ich in Meditationshaltung sitzen sollen, doch wegen einer Beinverletzung wäre das für mich nicht besonders angenehm gewesen. Eine bequeme und entspannte Sitzhaltung ist in diesem Fall unbedingt erforderlich. Es ist besser, in einer unkonventionellen Haltung zu sitzen und zu sehen, als in einer formellen Position zu sitzen und nichts zu sehen. Unsere Regel lautet: Es spielt keine Rolle, wie man sitzt – solange es nur bequem ist und man sich wohlfühlt. Unbequemlichkeit lenkt die Aufmerksamkeit nur ab.

Ich schaute in die Kristallkugel, während mein Mentor neben mir reglos und aufrecht saß, als wäre er aus Stein gemeißelt. Was würde ich wohl sehen? Würde es so sein wie damals, als ich zum ersten Mal eine Aura sah? Die Kristallkugel sah stumpf und inaktiv aus.

«Ich werde in diesem Ding nie etwas sehen», dachte ich.

Es war Abend, und die Sonne bot kein starkes Lichtspiel mehr, das wandernde Schatten verursachte. Es zogen auch keine Wolken mehr dahin, die das Licht vorübergehend verdunkelten und wieder freigaben. Keine Schatten, keine Lichtstrahlen. Im Raum herrschte gedämpftes Dämmerlicht. Aufgrund des schwarzen Tuches, das zwischen meinen Händen und der Kugel lag, konnte ich nicht die geringsten Reflexionen auf ihrer Oberfläche entdecken. Aber ich sollte doch in sie hineinschauen.

Plötzlich schien die Kristallkugel zum Leben zu erwachen. In ihrer Mitte tauchte ein weißer Fleck auf, der sich wie wirbelnder Rauch ausbreitete. Es sah aus, als wütete ein lautloser Tornado in ihrem Innern. Der Rauch verdichtete sich und lichtete sich wieder, verdichtete sich und lichtete sich wieder. Dann breitete er sich wie ein gleichmäßiger Film über die ganze Kugel aus. Der Rauch war wie ein Schleier, der mich vom Sehen abhalten wollte. Ich erforschte ihn geistig und versuchte, meinen Geist hinter diese Barriere zu versetzen. Die Kugel schien anzuschwellen, und plötzlich hatte ich das entsetzliche Gefühl, kopfüber in eine bodenlose Leere zu stürzen. Genau in diesem Augenblick plärrte eine Trompete los. Der weiße Schleier zerriss und verwandelte sich in einen Schneesturm, der in der Hitze der Mittagsonne dahinschmolz.

«Du warst ganz nahe dran gewesen, Lobsang», sagte mein Mentor, «ganz nahe.»

«Ja, wenn nur diese Trompete nicht gewesen wäre, dann hätte ich etwas gesehen. Sie hat mich zurückgebracht.»

«Eine Trompete? Oh, soweit warst du schon? Das war dein Unterbewusstsein, das versucht hat, dich darauf aufmerksam zu machen, dass das Hellsehen und das Kristallsehen nur sehr wenigen vorbehalten ist. Wir werden morgen weiterfahren.»

Am dritten Spätnachmittag saßen mein Mentor und ich wieder gemeinsam da, wie an den Tagen zuvor. Er erinnerte mich erneut an die Regeln. Dieser dritte Tag verlief deutlich erfolgreicher. Ich saß da und hielt die Kugel leicht in den Händen und konzentrierte mich auf einen unsichtbaren Punkt in ihrem dunklen Innern. Der wirbelnde Rauch erschien fast augenblicklich und bildete einen Schleier. Ich erforschte ihn mit meinem Geist und dachte: «Ich werde durch ihn hindurchgehen, ich werde – jetzt – hindurchgehen!»

Wieder überkam mich dieses schreckliche Gefühl des Fallens, doch diesmal war ich vorbereitet. Ich stürzte aus einer gewaltigen Höhe herab, direkt auf die wolkenverhangene Welt zu, die mit atemberaubender Geschwindigkeit näher rückte. Nur dank meiner strengen Ausbildung gelang es mir, nicht zu schreien, während ich mit unvorstellbarem Tempo auf die weiße Oberfläche zuraste – und unversehrt hindurchglitt.

Darunter schien die Sonne. Ich blickte mich mit maßloser Verblüffung um. Ich musste gestorben sein, denn dies war keine Gegend, die ich kannte. Was für ein merkwürdiger Ort! Vor mir erstreckte sich Wasser, dunkles Wasser, soweit das Auge reichte. Mehr Wasser, als ich je für möglich gehalten hätte. Etwas weiter entfernt bahnte sich auf der Wasseroberfläche ein riesiger, angsteinflößender «Monsterfisch» seinen Weg durch das Wasser. In seiner Mitte stieß ein schwarzes Rohr etwas aus, das wie Rauch aussah, der vom Wind unvermittelt nach hinten geweht wurde. Zu meiner großen Verwunderung sah ich, dass sich dort anscheinend kleine Leute befanden, die auf dem «Rücken dieses Fisches» herumliefen! Das überforderte mich. Ich drehte mich um und wollte fliehen – aber vor Schreck blieb ich wie angewurzelt stehen. Das was ich sah, war zu viel. Vor mir ragten mächtige Hochhäuser in die Höhe, und nur wenige Meter entfernt zog ein Chinese mit einem zweirädrigen Gefährt an mir vorbei. Offenbar war er eine Art Fuhrmann, denn auf dem fahrbaren Ding saß eine Frau. Sie ist vielleicht behindert, dachte ich, und muss deshalb auf Rädern herumgefahren werden. Ein Mann kam auf mich zu gelaufen, ein tibetischer Lama. Ich hielt den Atem an. Er sah genauso aus wie der Lama Mingyar Dondup als er noch viele Jahre jünger war. Er marschierte direkt auf mich zu und durch mich hindurch, und ich sprang erschreckt auf.

«Oh», jammerte ich, «ich bin blind!»

Es war dunkel und ich konnte nichts mehr sehen.

«Es ist alles in Ordnung, Lobsang, du hast es gut gemacht. Ich werde die Vorhänge wieder zurückziehen.»

Nachdem mein Mentor das getan hatte, flutete das fahle Abendlicht in den Raum.

«Du hast wirklich bemerkenswerte hellseherische Kräfte», sagte er. «Sie brauchen nur noch etwas Führung. Offenbar habe ich die Kristallkugel versehentlich berührt, denn deinen Schilderungen entnehme ich, dass du Eindrücke von mir gesehen hast, als ich vor vielen Jahren in Schanghai war. Damals fiel ich fast in Ohnmacht, als ich zum ersten Mal ein Dampfschiff und eine Rikscha gesehen habe. Du machst deine Sache gut.»

Ich war immer noch benommen und durchlebte diese Vergangenheit erneut. Wie seltsam und erschreckend waren doch die Dinge außerhalb Tibets! Zahme Fische, die Rauch ausstießen und auf denen man reiten konnte. Männer, die Frauen auf Karren mit Rädern zogen. Nur schon der Gedanke daran erfüllte mich mit Angst. Angst vor der Vorstellung, dass auch ich eines Tages in diese merkwürdige Welt würde gehen müssen.

«Jetzt musst du die Kristallkugel ins Wasser tauchen, um die eben gesehenen Eindrücke zu löschen. Tauche sie vollständig unter und lass sie eine Weile auf einem Tuch am Boden der Schüssel liegen. Anschließend holst du sie mit einem anderen Tuch wieder heraus. Berühre sie jetzt noch nicht mit den Händen.»

Das ist ein äußerst wichtiger Punkt, den man beim Gebrauch einer Kristallkugel nicht vergessen darf: Nach jeder Sitzung sollte die Kugel «entmagnetisiert» werden. Ähnlich wie ein Stück Eisen durch Berührung mit einem Magneten magnetisiert wird, wird auch die Kristallkugel durch die Person, die sie hält, beeinflusst. Während bei Eisen ein einfacher Schlag ausreicht, um den Magnetismus zu verlieren, muss die Kristallkugel unter Wasser getaucht werden. Wird sie nicht nach jeder Lesung «entmagnetisiert», werden die Ergebnisse zunehmend verwirrender. Die «aurischen Ausstrahlungen» der verschiedenen Personen sammeln sich an und können zu völlig ungenauen Lesungen führen.

Eine Kristallkugel sollte ausschließlich vom Besitzer berührt werden, es sei denn, man möchte sie gezielt für eine Lesung «magnetisieren». Je häufiger die Kugel von anderen Personen angefasst wird, desto weniger empfänglich wird sie. Uns wurde beigebracht, die Kristallkugel nach mehreren Lesungen am selben Tag mit ins Bett zu nehmen, damit sie durch unsere Nähe wieder «magnetisiert» wird. Ein ähnliches Ergebnis ließe sich erzielen, wenn man die Kugel ständig bei sich tragen würde, doch das würde ziemlich albern aussehen.

Wenn die Kristallkugel nicht benutzt wird, sollte sie in ein schwarzes Tuch gewickelt werden. Man darf sie niemals hellem Sonnenlicht aussetzen, da dies ihre Verwendung für esoterische Zwecke beeinträchtigt. Ebenso sollte man nicht zulassen, dass jemand aus reiner Neugier oder Sensationslust die Kugel berührt. Dafür gibt es einen guten Grund: Der Neugierige, der kein echtes Interesse hat, sondern nur auf billige Unterhaltung aus ist, vermindert dadurch die Aura der Kristallkugel. Es ist vergleichbar damit, einem Kleinkind einen teuren Fotoapparat oder eine wertvolle Uhr zum Spielen zu geben, nur um seine Neugier zu befriedigen.

Die meisten Menschen könnten eine Kristallkugel benutzen, wenn sie sich die Mühe machten, herauszufinden, welcher Typ am besten für sie geeignet ist. Wir achten doch auch darauf, dass wir die richtige Brille tragen. Bei den Kristallkugeln ist es genauso wichtig. Manche Menschen sehen besser mit einem Bergkristall, andere wiederum bevorzugen eine Glaskugel. Der Bergkristall besitzt die stärksten Kräfte. An dieser Stelle möchte ich kurz die Geschichte meiner Kristallkugel erzählen, so wie sie im Chakpori niedergeschrieben wurde:

Vor vielen Jahrmillionen spien Vulkane Feuer und Lava aus. Tief im Erdinneren vermischten sich durch Erdbeben verschiedene Sandsorten, die durch die vulkanische Hitze zu einer Art Glas verschmolzen. Dieses Glas zerbrach infolge weiterer Erdbeben in Stücke, die die Berghänge hinabgeschleudert und schließlich von erstarrter Lava bedeckt wurden.

Im Laufe der Zeit legten Steinschläge einen Teil dieses natürlichen Glases oder «Bergkristalls» frei. Eines dieser Stücke wurde von einem Stammespriester in den frühen Tagen der Menschheit entdeckt. In jenen fernen Tagen waren die Priester noch Männer mit okkulten Kräften, die die Geschichte eines Objekts mittels Psychometrie wahrnehmen und erzählen konnten. Ein solcher Priester musste mit einem besonderen Kristallbruchstück in Berührung gekommen sein, das ihn derart beeindruckte, dass er es gleich mit nach Hause nahm. Das Stück musste eine besonders klare Stelle gehabt haben, eine, von der er annahm, dass sich darin hellsichtige Eindrücke gewinnen ließen. In mühevoller Handarbeit bearbeitete er, gemeinsam mit anderen, das Bruchstück und formte es zu einer Kugel, weil es sich so besser in der Hand halten ließ. Über Jahrhunderte wurde das Bruchstück von Generation zu Generation und von Priester zu Priester weitergereicht, wobei jeder die Aufgabe hatte, das harte Material zu polieren. Allmählich begann die Kugel eine immer rundere Form anzunehmen, und sie wurde zunehmend klarer. Lange Zeit wurde sie als das «Auge Gottes» verehrt. Im Zeitalter der Erkenntnis fand sie schließlich ihre Bestimmung als Instrument, mit dem das kosmische Bewusstsein angezapft werden konnte. Nun aber wurde diese zehn Zentimeter große, kristallklare Kugel sorgfältig in ein Steinkästchen verpackt und in einem Tunnel tief unter dem Potala versteckt. Jahrhunderte später wurde dieses Kästchen von forschenden Mönchen entdeckt. Die Inschrift auf dem Kästchen konnte entziffert werden und lautete: «Diese Kugel ist das Fenster zur Zukunft. In ihr können diejenigen, die dazu berufen sind, sowohl die Vergangenheit als auch die Zukunft sehen. Sie war in der Obhut des Hohepriesters des Tempels der Heilkunde.» In dieser Eigenschaft wurde die Kristallkugel ins Chakpori gebracht, dem derzeitigen Tempel der Medizin, und für eine Person aufbewahrt, die fähig war, sie zu benutzen. Diese Person war ich – für mich lebte sie.

Ein Bergkristall dieser Größe ist selten, und noch seltener ist es, wenn er völlig makellos ist. Nicht jeder kann eine solche Kristallkugel benutzen. Sie kann zu stark sein und dazu neigen, ihren Benutzer zu beherrschen. Als Alternative zum Bergkristall können Glaskugeln verwendet werden, die sich besonders gut für die ersten, notwendigen Erfahrungen eignen. Ein Durchmesser von sieben bis zehn Zentimetern ist ideal, aber die Größe spielt grundsätzlich keine Rolle. Einige Mönche besitzen lediglich ein kleines Kristallstück, das in einem Fingerring eingefasst ist. Das Wichtigste ist nur, darauf zu achten, dass der Kristall keine oder nur minimale Einschlüsse aufweist, die bei gedämpftem Licht nicht sichtbar sind. Kleine Kristallkugeln, ob aus Bergkristall oder Glas, haben den Vorteil, dass sie leicht sind, ideal also, wenn man die Kugel über längere Zeit in den Händen halten muss.

Wer eine Kristallkugel erwerben möchte, egal welcher Art, sollte in einer Fachzeitschrift für Parapsychologie eine Anzeige aufgeben. Die Kristallkugeln, die in den üblichen Geschäften angeboten werden, eignen sich eher für Jahrmarktwahrsager oder Bühnenaufführungen. Diese Kugeln weisen häufig Mängel auf, die erst sichtbar werden, wenn man sie bereits gekauft und nach Hause gebracht hat. Am besten lassen Sie sich eine Kristallkugel zur

Ansicht nach Hause schicken. Nach dem Auspacken sollten Sie sie gründlich unter fließendem Wasser abwaschen und dann sorgfältig trocknen. Überprüfen Sie die Kugel, während Sie sie mit einem dunklen Tuch halten. Der Grund: Durch das Waschen werden Fingerabdrücke entfernt, die wie Fehler aussehen könnten. Achten Sie darauf, die Kugel so zu halten, dass Sie nicht von Ihren eigenen Fingerabdrücken in die Irre geführt werden.

Man kann, wenn man sich hinsetzt und in die Kristallkugel schaut, nicht gleich erwarten, «Bilder zu sehen». Es ist auch nicht fair, der Kristallkugel die Schuld für Ihren Misserfolg zu geben. Sie ist nur ein Instrument. Sie würden einem Teleskop auch nicht die Schuld geben, wenn Sie am falschen Ende hineinschauten und nur ein kleines Bild sähen.

Es gibt Menschen, die keine Kristallkugel verwenden können. Bevor sie es jedoch aufgeben, sollten sie es mit einem «Schwarzspiegel» versuchen, den man sehr kostengünstig selbst herstellen kann. Dafür benötigt man ein Lampenglas aus einem Autozubehörgeschäft. Das Glas muss gewölbt, glatt und eben sein – ein geriffeltes Autoscheinwerferglas ist ungeeignet. Sobald Sie das richtige Glas gefunden haben, halten Sie die nach außen gewölbte Seite über eine Kerzenflamme und bewegen Sie sie dabei hin und her, bis sich eine gleichmäßige Rußschicht auf der «äußeren» Oberfläche gebildet hat. Diese Schicht können Sie mit Zelluloselack fixieren, wie man es auch bei Messing tut, damit es nicht anläuft.

Sobald der Schwarzspiegel fertig ist, verwenden Sie ihn genauso wie eine Kristallkugel. Empfehlungen zu den verschiedenen Anwendungsmethoden folgen später in diesem Kapitel. Bei einem Schwarzspiegel blickt man auf die «Innenseite», wobei man darauf achten muss, alle störenden Reflexionen auszuschließen.

Eine weitere Art von Schwarzspiegel ist der, der bei uns als «Null» bekannt ist. Er ist mit dem ersten Spiegel identisch, doch bei ihm befindet sich der Ruß auf der «Innenseite» der Wölbung. Ein großer Nachteil ist, dass man den Ruß nicht «fixieren» kann, da dies eine glänzende Oberfläche zur Folge hätte. Diese Art von Spiegel ist denjenigen zu empfehlen, die sich leicht von Reflexionen ablenken lassen.

Einige Leute benutzen eine Schale Wasser, in die sie schauen. Das Glasgefäß muss klar und ohne Muster sein. Legen Sie ein dunkles Tuch darunter, und das Glasgefäß wird gewissermaßen zu einer Kristallkugel. In Tibet gibt es einen See, der so gelegen ist, dass man ihn zwar sehen, aber kaum das Wasser darin erkennen kann. Es handelt sich um einen berühmten See, der von den Staatsorakeln genutzt wird, wenn sie besonders wichtige Vorhersagen machen müssen. Dieser See, den wir Chö-kor Gyal-ki Nam-tso nennen (auf Deutsch: Der Himmlische See des Siegreichen Rades der Religion), liegt etwa hundertsechzig Kilometer von Lhasa entfernt, an einem Ort namens Takpo. Das umliegende Gebiet ist gebirgig, und der See wird von hohen Gipfeln umschlossen. Das Wasser ist normalerweise sehr blau, doch zu bestimmten Zeiten, wenn man aus einem günstigen Winkel hineinschaut, verwandelt sich das Blau in ein wirbelndes Weiß, als hätte man weiße Tünche in den See gegossen. Das Wasser beginnt zu wirbeln und zu schäumen. Dann plötzlich erscheint ein schwarzes Loch in der Mitte des Sees, während sich darüber dichte weiße Wolken bilden. In dem Raum zwischen dem schwarzen Loch und den weißen Wolken können Bilder zukünftiger Ereignisse gesehen werden.

Mindestens einmal in seinem Leben sucht der Dalai Lama diesen Ort auf. Er verbringt einige Zeit in einem nahegelegenen Pavillon und schaut auf den See hinaus. Dort sieht er Ereignisse, die für ihn von großer Bedeutung sind – einschließlich des Datums und der Umstände, unter denen er dieses Leben verlassen wird. Die See-Voraussagen haben sich noch nie als falsch erwiesen!

Wir können nicht alle diesen See besuchen, doch die meisten von uns könnten mit ein klein wenig Vertrauen eine Kristallkugel benutzen. Für westliche Leser folgt nun eine von mir vorgeschlagene Methode. Der Begriff «Kristallkugel» bezieht sich sowohl auf die Bergkristallkugel als auch auf die Glaskugeln, den Schwarzspiegel und die Wassergefäße.

Achten Sie eine Woche lang ganz besonders auf Ihre Gesundheit. Halten Sie sich in dieser Woche, soweit das in dieser unruhigen Welt überhaupt machbar ist, möglichst von Sorgen und Ärger fern. Essen Sie nur wenig und verzichten Sie auf Soßen und gebratene Speisen. Halten Sie die Kristallkugel so oft wie möglich in den Händen, ohne zu versuchen, etwas darin zu sehen. Auf diese Weise übertragen Sie einen Teil Ihres persönlichen «Magnetismus» auf die Kugel, und gleichzeitig ermöglicht es Ihnen, sich mit ihr vertraut zu machen und ein Gefühl für sie zu entwickeln. Vergessen Sie jedoch nicht, die Kristallkugel jedes Mal abzudecken, wenn Sie sie nicht in den Händen halten, und bewahren Sie sie nach Möglichkeit in einem verschließbaren Kästchen auf, um zu verhindern, dass andere während Ihrer Abwesenheit damit spielen. Außerdem sollte sie, wie Sie bereits wissen, niemals direktem Sonnenlicht ausgesetzt werden.

Nach den sieben Tagen suchen Sie mit der Kristallkugel ein ruhiges Zimmer auf, idealerweise eines mit einem Fenster nach Norden. Die beste Zeit dafür ist der Abend, da es dann kein direktes Sonnenlicht gibt, das durch vorbeiziehende Wolken heller oder dunkler werden könnte.

Setzen Sie sich mit dem Rücken zum Licht in eine für Sie bequeme Position. Halten Sie die Kristallkugel in den Händen und achten Sie auf mögliche Reflexionen auf der Oberfläche. Sollten welche auftreten, schließen Sie die Gardinen oder ändern Sie Ihre Sitzposition, um sie auszuschließen.

Wenn Sie mit dem Ergebnis zufrieden sind, halten Sie die Kristallkugel für ein paar Sekunden sanft an die Mitte Ihrer Stirn. Ziehen Sie sie dann langsam zurück und halten Sie sie in Ihren hohlen Händen, während Ihre Handrücken entspannt auf Ihrem Schoß ruhen. Schauen Sie entspannt auf die Oberfläche der Kristallkugel und lassen Sie Ihren Blick in ihre Mitte gleiten, wo Sie sich eine Zone des Nichts vorstellen müssen. Schalten Sie nun Ihre Gedanken einfach ab. Versuchen sie nicht, etwas zu sehen. Vermeiden Sie starke Emotionen.

Zehn Minuten sind ausreichend für den ersten Abend. Verlängern Sie diese Zeit nach und nach, bis Sie Ende Woche eine halbe Stunde schaffen.

In der kommenden Woche verbannen Sie so schnell Sie können alle Gedanken aus Ihrem Kopf. Machen Sie ihren Geist leer. Schauen Sie einfach in das Nichts der Kristallkugel. Sollten Sie feststellen, dass die Umrisse der Kugel zu schwanken beginnen, dass die ganze Kugel zu wachsen scheint oder dass Sie das Gefühl haben, nach vorne zu fallen, dann ist das genauso, wie es sein sollte. Zucken Sie jetzt nicht vor lauter Erstaunen zusammen, denn wenn das der Fall ist, werden Sie für den Rest des Abends nichts mehr «sehen». Die Durchschnittsperson, die zum ersten Mal «sieht», zuckt auf dieselbe Weise zusammen, wie es manchmal geschieht, wenn man gerade in den Schlaf fällt.

Mit etwas mehr Übung werden Sie feststellen, dass die Kristallkugel scheinbar immer größer und größer wird. Eines Abends werden Sie beim Hineinblicken bemerken, dass sie zu leuchten beginnt und mit weißem Rauch gefüllt ist. Dieser Rauch wird sich – vorausgesetzt, Sie zucken nicht – allmählich auflösen, und Sie werden Ihr erstes Bild sehen, das (in der Regel) aus der Vergangenheit stammt. Es wird etwas sein, das mit Ihnen in Verbindung steht, da nur Sie die Kugel berührt haben. Bleiben Sie ruhig und betrachten Sie einfach das, was Ihre persönliche Angelegenheit ist. Sobald Sie nach Belieben «sehen» können, weisen Sie es an, Ihnen das zu zeigen, was Sie wissen möchten. Die beste Methode ist, sich selbst laut und deutlich zu sagen: «Ich werde heute Abend den Soundso sehen.» Und wenn Sie es glauben, werden Sie das, was Sie sich wünschen, sehen. So einfach ist das.

Um etwas über die Zukunft zu erfahren, müssen Sie alle relevanten Informationen über sich zusammentragen. Sammeln Sie alle Daten, die Ihnen zur Verfügung stehen, und zählen Sie diese auf. Danach «befragen» Sie die Kristallkugel. Sagen Sie zu sich selbst, dass Sie das, was Sie wissen möchten, sehen werden.

Hier eine Warnung: Die Kristallkugel darf nicht für persönliche Vorteile genutzt werden, etwa um Renn- oder Sportwetten vorherzusagen oder um jemand anderen zu schaden. Ein mächtiges okkultes Gesetz sorgt dafür, dass all Ihre Handlungen auf Sie zurückfallen werden, wenn Sie versuchen, die

Kristallkugel auf eine solche Weise zu missbrauchen. Dieses Gesetz ist so unerbittlich wie die Zeit selbst.

Mittlerweile sollten Sie schon viel Übung darin erlangt haben. Möchten Sie es auch mit einer anderen Person ausprobieren? Dann tauchen Sie die Kristallkugel unter Wasser und trocknen Sie sie sorgfältig ab, ohne die Oberfläche zu berühren. Anschließend übergeben Sie die Kristallkugel der anderen Person. Sagen Sie ihr: «Nehmen Sie die Kugel in beide Hände und denken Sie an das, was Sie gerne wissen möchten. Danach geben Sie sie mir wieder zurück.»

Natürlich werden Sie Ihrem Fragesteller vorher eingeschärft haben, während des Sehens nicht zu sprechen und Sie nicht zu stören. Es ist außerdem ratsam, den Versuch zunächst mit einem guten Freund durchzuführen, da es sich erwiesen hat, dass man durch Fremde oft aus der Ruhe gebracht wird, besonders wenn man sich selbst noch im Lernprozess befindet.

Wenn der Fragesteller Ihnen die Kristallkugel zurückgibt, nehmen Sie sie in die Hände — ob mit bloßen Händen oder in ein schwarzes Tuch gehüllt, spielt keine Rolle, denn mittlerweile haben Sie die Kristallkugel bereits auf sich «personalisiert». Setzen Sie sich bequem hin und halten Sie die Kugel für eine Sekunde an Ihre Stirn. Danach lassen Sie Ihre Hände entspannt auf Ihrem Schoß ruhen, wobei Sie die Kristallkugel in einer Position halten, die keine Anstrengung verursacht. Schauen Sie «in sie hinein» und lassen Sie eine geistige Leere entstehen. Versuchen Sie, wenn möglich, Ihren Geist völlig auszuschalten. Dieser erste Versuch kann jedoch etwas schwierig sein, wenn Sie noch unsicher sind.

Wenn Sie zur Ruhe kommen und sich wie empfohlen vorbereitet haben, werden Sie eine von drei Möglichkeiten sehen: wahre Bilder, Symbole oder Eindrücke. Ihr Ziel sollten die wahren Bilder sein. Dabei trübt sich die Kristallkugel, und wenn die Wolken sich auflösen, erscheinen klare, lebendige Bilder von dem, was Sie wissen möchten. In einem solchen Fall gibt es keine Schwierigkeiten bei der Interpretation.

Manche Menschen sehen keine wahren Bilder, sie sehen Symbole. Sie können beispielsweise eine Reihe X oder eine Hand sehen. Es kann vielleicht auch eine Windmühle oder ein Dolch sein. Was immer auch es sein mag, man wird bald lernen, diese Symbole richtig zu deuten.

Bei der dritten Möglichkeit erhalten Sie Eindrücke. Dabei sehen Sie nichts weiter als wirbelnde Wolken und ein schwaches Leuchten. Doch während Sie die Kristallkugel halten, verspüren oder hören Sie ganz deutliche Eindrücke. Es ist hierbei entscheidend, persönliche Vorurteile zu vermeiden und ebenso wichtig, die Eindrücke der Kristallkugel nicht aufgrund eigener Gefühle zu einem bestimmten Fall abzulehnen.

Der wahre Seher oder die wahre Seherin teilt einer Person niemals das Datum oder die Wahrscheinlichkeit ihres Todes mit. Sie als Seher oder Seherin werden es wissen, aber Sie sollten es dieser Person niemals sagen. Ebenso sollten Sie niemanden vor einer drohenden Krankheit warnen. Sagen Sie stattdessen: «Es wäre ratsam, wenn Sie an (diesem oder an jenem) Tag etwas mehr auf sich achten würden als gewöhnlich.» Und sagen Sie einer Person auch niemals: «Ja, Ihr Mann ist mit einer anderen Frau unterwegs, die … usw.» Wenn Sie die Kristallkugel korrekt benutzen, werden Sie zwar wissen, dass er mit ihr unterwegs ist – aber es könnte ja sein, dass er mit ihr nur geschäftlich unterwegs ist? Oder ist sie eine Verwandte? Sagen Sie nie, nie etwas, das dazu beitragen könnte, dass eine Familie auseinanderbricht oder ins Unglück gestürzt wird. Das wäre ein Missbrauch der Kristallkugel. Gebrauchen Sie sie nur für das Gute, und im Gegenzug wird Ihnen nur Gutes widerfahren. Wenn Sie nichts sehen, dann teilen Sie das dem Fragesteller mit. Er wird es respektieren. Gewiss könnten Sie das, was Sie sagen, auch «erfinden», was Sie angeblich gesehen haben. Doch es könnte etwas sein, bei dem der Fragesteller sofort erkennt, dass es nicht der Wahrheit entspricht. Dann sind sowohl Ihr Ansehen als auch Ihr Ruf dahin, und außerdem würden Sie dadurch die okkulte Wissenschaft in Verruf bringen.

Nachdem Sie Ihre Lesung beendet haben, wickeln Sie die Kristallkugel wieder ein und legen Sie sie vorsichtig beiseite. Sobald die Person gegangen ist, sollten Sie die Kristallkugel ins Wasser tauchen, sie trocknen und dann eine Weile in den Händen halten, um sie mit Ihrem eigenen «Magnetismus» aufzuladen und zu «personalisieren». Je häufiger Sie die Kristallkugel in den Händen halten, desto besser wird sie. Vermeiden Sie Kratzer, indem Sie die Kugel nach jeder Nutzung sorgfältig in das schwarze Tuch hüllen. Bewahren Sie sie nach Möglichkeit in einem verschließbaren Kästchen auf. Vor allem Katzen können sich als Übeltäter erweisen – so manche setzen sich davor und «starren» lange hinein. Und sicherlich möchten Sie beim nächsten Blick in die Kristallkugel nicht die Lebensgeschichte oder die sehnlichsten Wünsche einer Katze sehen. Das ist durchaus möglich. In Tibet wird in einigen der «okkult» geführten Lamaklöstern eine Katze mittels Kristallkugel befragt, wenn sie nach dem Bewachen der Edelsteine ihren Dienst beendet hat. Auf diese Weise erfahren die Mönche, ob es einen Diebstahlversuch gegeben hat.

Ich empfehle Ihnen dringend, sich vor dem Kristallsehen sehr ernsthaft mit Ihren wahren Absichten auseinanderzusetzen. Der Okkultismus ist ein zweischneidiges Schwert, und diejenigen, die nur aus reiner Neugier damit «spielen», riskieren, mit geistigen oder nervlichen Störungen bestraft zu werden. Das Kristallsehen kann Ihnen die Freude bringen, anderen zu helfen, es kann aber auch viele beängstigende Dinge offenbaren, die Sie nicht mehr vergessen werden. Wenn Sie also nicht vollkommen sicher über Ihre eigenen Beweggründe sind, sollten Sie dieses Kapitel lieber nur lesen.

Wenn Sie sich einmal für eine bestimmte Kristallkugel entschieden haben, wechseln Sie sie nicht. Machen Sie es sich zur festen Gewohnheit, sie täglich oder zumindest jeden zweiten Tag in den Händen zu halten. Die Sarazenen von einst zeigten ihr Schwert niemandem, nicht einmal einem Freund, es sei denn, um Blut zu vergießen. Wenn sie ihre Waffe aus irgendeinem Grund dennoch herzeigen mussten, dann stachen sie sich damit in den Finger, symbolisch «um Blut zu vergießen». Mit der Kristallkugel verhält es sich ähnlich: Wenn Sie sie jemandem zeigen, sollten Sie auch darin «lesen», und sei es nur für Ihre eigenen Angelegenheiten. Was Sie dabei tun oder sehen, müssen Sie niemandem mitteilen. Das ist kein Aberglaube, sondern eine bewährte Methode, um sich so zu schulen, dass Sie automatisch «sehen» können, ohne Vorbereitung oder Nachdenken, sobald der Kristall nicht zugedeckt ist.

Kapitel 7
Flug auf Gedeih und Verderb

Vorsichtig legte das Schiff in der Soochow-Bucht an. Chinesische Kulis stürmten an Bord, schrien und gestikulierten wild. Schnell wurde unser Gepäck entgegengenommen. Wir stiegen in eine Rikscha und wurden in rasantem Tempo dem Damm entlang in die chinesische Stadt zu einem Tempel gefahren, in dem ich die nächste Zeit wohnen würde. Po Ku und ich schwiegen in einer Welt, deren Luft von einem Stimmengewirr erfüllt war. Schanghai war in der Tat ein sehr lärmiger Ort und ein geschäftiger noch dazu. Geschäftiger als sonst, denn die Japaner trafen Vorbereitungen für einen Großangriff. Vor einiger Zeit hatten sie begonnen, die hier lebenden Ausländer zu durchsuchen, die die Marco-Polo-Brücke überqueren wollten. Die Gründlichkeit ihrer Leibesvisitationen sorgte für erhebliche Peinlichkeiten. Die westlichen Menschen konnten nicht verstehen, dass die Japaner, wie auch die Chinesen, nichts Beschämendes am menschlichen Körper sahen, sondern nur in den Gedanken der Menschen über den menschlichen Körper. Und so empfanden die westlichen Menschen die Durchsuchungen der Japaner als vorsätzlichen Akt der Demütigung, was jedoch nicht der Fall war.

Einige Zeit führte ich eine Privatpraxis in Schanghai, doch für die Menschen im Osten ist das Wort «Zeit» bedeutungslos. Wir sprechen nicht von so und so vielen Jahren, da letztlich alle Zeit ineinanderfließt. Ich hatte eine Privatpraxis, in der ich sowohl medizinische Behandlungen als auch psychologische Beratung anbot. Einige Patienten behandelte ich in meiner Praxis, andere im Krankenhaus. Freizeit gab es nicht. Die gesamte Zeit, in der ich mich nicht meinen ärztlichen Pflichten widmete, verbrachte ich mit dem intensiven Studium der Luftfahrtnavigation und der theoretischen Flugausbildung. So flog ich auch viele Stunden nach Einbruch der Dunkelheit über die funkelnden Lichter der Stadt und hinaus aufs Land, wo mir nur noch die schwachen Schimmer aus den Bauernhütten den Weg wiesen.

Die Jahre zogen unbemerkt dahin. Ich war viel zu beschäftigt, um mir Gedanken über das Datum zu machen. Bei den Mitarbeitern der Stadtverwaltung von Shanghai war ich gut bekannt, da sie meine Arzttätigkeit rege in Anspruch nahmen. In einem Weißrussen namens Bogomoloff hatte ich einen guten Freund gefunden. Bogomoloff war während der Revolution aus Moskau geflohen und hatte in dieser tragischen Zeit alles verloren. Jetzt arbeitete er für die Stadtverwaltung. Er war der erste Weiße, den ich kennenlernte, und ein durch und durch gestandener Mann. Er hatte klar erkannt, dass Shanghai einem Angriff ohne Abwehr nicht standhalten würde. Wie wir konnte er die Schrecken voraussehen, die auf uns zukommen würden.

Am 7. Juli 1937 kam es auf der Marco-Polo-Brücke zu einem Zwischenfall. Über diesen Zwischenfall wurde schon viel zu viel geschrieben und deswegen werde ich die Geschehnisse nicht noch einmal kommentieren. Dieser Vorfall ist nur deshalb erwähnenswert, weil er den Beginn des Krieges zwischen China und Japan markierte. Nun standen die Zeichen auf Krieg und schwere Zeiten standen uns bevor. Die Japaner agierten aggressiv und grausam. Viele ausländische Händler und vor allem die Chinesen hatten die bevorstehenden Schwierigkeiten erkannt und flohen mit ihren Familien und Handelsgütern in sicherere Gebiete, wie beispielsweise nach Chungking im Landesinneren. Gleichzeitig strömten die Bauern aus den Randbezirken Shanghais in die Stadt. Aus irgendeinem Grund glaubten sie, dort sicherer zu sein, und nahmen offenbar an, dass allein ihre große Zahl ihnen Schutz bieten würde.

Tag und Nacht rollten Lastwagen der Internationalen Truppenverbände durch die Stadt, beladen mit Söldnern aus allen Herren Ländern, beauftragt, für den Frieden in der Stadt zu sorgen. Nur allzu oft handelte es sich bei diesen Männern um brutale Mörder, die gerade wegen ihrer Brutalität rekrutiert worden waren. Kam es zu einem Vorfall, der ihnen nicht in den Kram passte, rückten sie sofort in großer Zahl aus und griffen ohne Vorwarnung,

ohne provoziert worden zu sein und ohne triftigen Grund zu Maschinenge-
wehren, Gewehren und Revolvern. Sie töteten harmlose und unschuldige
Zivilisten, während sie gegen die eigentlichen Schuldigen in der Regel nichts
unternahmen. In Shanghai sagten wir oft, es sei weit besser, mit den Japanern zu verhandeln, als mit diesen rotgesichtigen Barbaren, wie wir manche
aus den Reihen der Internationalen Polizeiverbände nannten.

Seit einiger Zeit lag mein Schwerpunkt als Arzt und Chirurg auf der Behandlung von Frauenkrankheiten. Ich hatte wirklich eine gutgehende Praxis
in Schanghai. Die Erfahrungen, die ich in jenen Vorkriegstagen sammelte,
sollten mir später sehr zugutekommen.

Die Zwischenfälle häuften sich, und Berichte über Gräueltaten der japanischen Invasoren erreichten uns. Immer mehr japanische Truppen und
Nachschub strömten nach China. Die Soldaten misshandelten die Bauern,
plünderten und vergewaltigten, wie sie es schon immer getan hatten. Ende
1938 stand der Feind vor den Außenbezirken der Stadt. Die Männer der
schlecht ausgerüsteten chinesischen Armee kämpften heldenhaft, oft bis
zum Tod. Nur wenige ließen sich von den japanischen Horden zurückdrän-
gen. Die Chinesen kämpften, wie nur diejenigen kämpfen konnten, die ihre
Heimat verteidigten. Sie wurden jedoch allein durch die zahlenmäßige Über-
macht der Angreifer überwältigt.

Schanghai wurde zur offenen Stadt erklärt, in der Hoffnung, dass die Ja-
paner die internationalen Konventionen respektieren und den historischen
Ort nicht bombardieren würden. Die Stadt war nicht in der Lage, sich zu
verteidigen. Es gab weder Gewehre noch Waffen irgendwelcher Art, und
die Armee war abgezogen worden. Die Stadt war überfüllt von Flüchtlingen.
Die ursprüngliche Bevölkerung hatte die Stadt größtenteils verlassen. Die
Universitäten, die Zentren der Bildung und Kultur, die großen Firmen, die
Banken und andere Einrichtungen waren an Orte wie Chungking und in
andere, weit entfernte Gegenden des Landes gezogen. An ihrer Stelle strömten die Flüchtlinge in die Stadt – Menschen aller Nationen und Berufe, die

vor den Japanern geflohen waren und glaubten, in der großen Menge Sicherheit zu finden.

Die Luftangriffe wurden immer häufiger. Die Menschen stumpften allmählich ab und gewöhnten sich halbwegs an die ständige Bedrohung. Doch eines Nachts bombardierten die Japaner die Stadt dann richtig. Sie setzten jedes verfügbare Flugzeug ein, sogar die Jagdflugzeuge wurden mit Bomben bestückt. Zusätzlich führten die Piloten noch Granaten im Cockpit mit, die sie über die Seitenwände ihres Flugzeuges hinunterwarfen. Der Nachthimmel überzog sich mit Flugzeugen, die wie ein Schwarm Heuschrecken in Formation über die wehrlose Stadt hinwegflogen. Und wie ein Heuschreckenschwarm vernichteten sie alles auf ihrem Weg. Rücksichtslos wurden überall Bomben abgeworfen, und die Stadt verwandelte sich in ein Flammenmeer. Es gab keine Verteidigung, denn wir hatten schlichtweg nichts, womit wir uns hätten verteidigen können.

Gegen Mitternacht, als der Angriff seinen Höhepunkt erreichte, ging ich eine Straße entlang. Ich hatte einen Hausbesuch bei einer sterbenden Patientin gemacht, und nun regnete es Metall vom Himmel. Ich überlegte, wo ich Schutz finden könnte. Plötzlich ertönte ein leises Pfeifen, das sich in ein Heulen steigerte und schließlich in das markerschütternde Kreischen einer fallenden Bombe überging. In diesem Moment schien alles Leben und jedes Geräusch stillzustehen. Es herrschte ein Gefühl der völligen Leere, ein Nichts. Es fühlte sich an, als hätte mich eine riesige Hand gepackt, in die Höhe geworfen, im Kreis gedreht und hart auf den Boden geschleudert. Einige Minuten lang lag ich wie gelähmt da. Ich rang nach Luft und fragte mich, ob ich schon tot sei und nur noch auf meine Weiterreise in die andere Welt wartete. Zittrig und wankend erhob ich mich, starrte fassungslos umher. Zuvor war ich ja zwischen zwei Hochhäusern entlanggegangen, doch nun stand ich auf einer verwüsteten Ebene, an deren Seiten kein einziges Gebäude mehr stand. Nur Trümmerhaufen, blutbefleckter Staub und verstreute menschliche Körperteile lagen um mich herum.

Die Häuser waren überfüllt gewesen, als die schwere Bombe fiel. Sie war so nahe neben mir eingeschlagen, dass ich mich teilweise in einer Art Vakuum befunden hatte. Aus einem unerfindlichen Grund hatte ich die Explosion nicht gehört, und mir war auch nichts passiert. Das Blutbad um mich herum war jedoch entsetzlich. Am Morgen stapelten wir die Leichen haushoch und verbrannten sie, um die Ausbreitung von Seuchen zu verhindern. Unter der heißen Sonne begannen die Körper bereits zu verwesen, verfärbten sich grünlich und blähten sich auf. Tagelang gruben wir uns durch den Schutt, in der Hoffnung, Überlebende zu finden. Wir gruben auch die Toten aus und verbrannten sie an Ort und Stelle, um die Stadt vor Krankheiten zu bewahren.

Spät an einem Nachmittag befand ich mich in einem alten Stadtviertel von Schanghai. Ich hatte gerade eine halbzerstörte, schiefe Brücke überquert, die über einen Kanal führte. Zu meiner Rechten saßen chinesische Astrologen und Wahrsager in kleinen Straßenbuden hinter ihren Tischen. Sie sagten ihrer Kundschaft die Zukunft voraus, die höchst erpicht darauf war zu erfahren, ob sie den Krieg überleben und ob sich die Lage wieder verbessern würde. Mit einem Anflug von Belustigung beobachtete ich die Menschen, die tatsächlich daran glaubten, was ihnen diese Geschäftemacher erzählten. Routiniert zählten die Wahrsager den Kunden ihre Charaktereigenschaften auf, die rund um deren Namen auf einer Wandtafel geschrieben standen. Sie verkündeten, wie der Krieg ausgehen würde, und den Frauen sagten sie, ob ihre Männer in Sicherheit seien.

Etwas weiter vorne betätigten sich noch mehr Astrologen als öffentliche Schreiber – vermutlich gönnten sie sich gerade eine Pause von ihrem angestammten Beruf! Sie verfassten Briefe für andere, die in alle Teile Chinas verschickt werden sollten. Die Briefe handelten wahrscheinlich von familiären Angelegenheiten oder enthielten Neuigkeiten. Sie schlugen sich mehr schlecht als recht durchs Leben, indem sie für diejenigen schrieben, die des Schreibens nicht mächtig waren – und das in aller Öffentlichkeit. Jeder, der gerade Lust hatte, konnte stehen bleiben, zuhören und sich über die

Privatangelegenheiten anderer Familien informieren. Was das betrifft, gibt es in China keine Privatsphäre. Der Straßenschreiber las das, was er gerade schrieb, laut vor, damit potenzielle Neukunden mitbekamen, wie gekonnt er Briefe formulieren und schreiben konnte.

Ich setzte meinen Weg fort. Ich war auf dem Weg ins Krankenhaus, wo ich einige Operationen durchführen wollte. Ich ging an den Verkaufsständen der Räucherwarenverkäufer vorbei und an den Buden der Verkäufer, die Bücher aus zweiter Hand verkauften. Sie versammelten sich, wie in den meisten Städten, in der Nähe des Wassers und präsentierten ihre Waren am Flussufer. Etwas weiter vorne folgten die Verkäufer von Weihrauch und Tempelgegenständen, wie Statuen der Götter Ho Tai, dem Gott des guten Lebens, und Kuan Yin, der Göttin des Mitgefühls. Ich ging weiter zum Krankenhaus und führte meine geplanten Operationen durch. Als ich später denselben Weg zurückging, waren inzwischen die Japaner mit ihren Kampfflugzeugen darüber hinweggeflogen, und wieder waren Bomben gefallen. Es gab keine Verkaufsstände mehr, keine Händler, die ihre Waren oder Weihrauch präsentierten. Alles war zu Staub geworden. Überall wütete das Feuer. Gebäude stürzten ein. Einmal mehr wurde Asche zu Asche und Staub zu Staub.

Aber Po Ku und ich hatten noch anderes zu tun, als uns nur in Schanghai aufzuhalten. Wir waren von General Chiang Kai-shek beauftragt worden, die Möglichkeit eines ärztlichen Rettungsflugdienstes zu prüfen. An einen dieser Rettungsflüge kann ich mich noch sehr gut erinnern:

Es war ein kalter Tag gewesen. Über unseren Köpfen zogen weiße Schäfchenwolken dahin, und von irgendwo jenseits des Horizonts drang das monotone «Wumm-Wumm-Wumm» der japanischen Bombeneinschläge zu uns herüber. Gelegentlich hörten wir in der Ferne das Dröhnen der Flugzeugmotoren, das an das Summen von Bienen an einem heißen Sommertag erinnerte. Die raue, zerfurchte Straße, neben der wir saßen, hatte schon seit Tagen die Last unzähliger vorbeiziehender Füße ertragen müssen. Bauern stapften vorbei, in dem verzweifelten Versuch, den sinnlosen

Grausamkeiten der machtbesessenen Japaner zu entkommen. Alte Bauern, fast am Ende ihrer Lebensspanne, schoben einrädrige Karren vor sich her, auf denen sich ihr ganzer Besitz befand. Andere, so tief gebeugt, dass sie fast den Boden berührten, trugen auf ihren Rücken praktisch ihr gesamtes Hab und Gut. In die entgegengesetzte Richtung zogen schlecht bewaffnete Truppen mit spärlicher Ausrüstung, die auf Ochsenkarren geladen war. Es waren Männer, die blind in den Tod gingen, um den rücksichtslosen Vormarsch der Japaner zu stoppen und ihr Land und ihr Zuhause zu verteidigen. Sie zogen ziellos weiter, ohne zu wissen, warum sie immer weitergehen mussten, ohne zu wissen, weshalb es überhaupt diesen Krieg gab.

Wir kauerten unter dem Tragflügel einer alten dreimotorigen Maschine – einem Flugzeug, das bereits ausgemustert war, als es in unsere unkritischen Hände gelangte. Von den mit Stoffbahnen bespannten Tragflächen blätterte der Lack ab, und das ausladende Fahrwerk war notdürftig mit Bambusstangen verstärkt worden. Die Heckgleitkufe hatten wir provisorisch mit einem Stück einer abgebrochenen Autofeder repariert. Doch unsere alte «Abie», wie wir sie nannten, hatte uns noch nie im Stich gelassen. Zugegeben, ab und zu fiel einer ihrer Motoren aus – aber zum Glück nie mehr als einer gleichzeitig. Das Flugzeug, ein dreimotoriger Hochdecker einer bekannten amerikanischen Marke, war aus einem mit Stoffbahnen bespannten Holzrahmen gebaut. Zu ihrer Entstehungszeit war Aerodynamik noch ein Fremdwort gewesen. Ihre Höchstgeschwindigkeit von gerade mal zweihundert Kilometern pro Stunde fühlte sich deutlich schneller an: Die Stoffbespannung vibrierte, die Tragholme ächzten und stöhnten, und der offene Auspuff verstärkte den ohrenbetäubenden Lärm zusätzlich. Früher war das Flugzeug einmal weiß lackiert gewesen, mit riesigen roten Kreuzen an den Seiten und auf den Tragflächen. Jetzt sah es schmierig und fleckig aus und bot einen traurigen Anblick. Das Öl, das aus den Motoren ausgetreten war, hatte einen dicken, elfenbeinfarbenen Film hinterlassen, der dem Flugzeug das Aussehen einer chinesischen Einlegearbeit verlieh. Übergelaufener Treibstoff, der nach hinten gesprüht wurde, hatte zusätzliche Farbschichten hinzugefügt. Im Laufe der Zeit kamen immer mehr Nuancen dazu, die dem alten Flugzeug ein geradezu bizarres Aussehen verliehen.

Mittlerweile war der Lärm der Bombeneinschläge verstummt. Ein weiterer japanischer Luftangriff war vorüber. Jetzt würde unsere Arbeit beginnen. Einmal mehr überprüften wir unsere karge medizinische Ausrüstung: zwei Sägen, eine große und eine kleine, spitz zulaufende. Vier unterschiedliche Messer, eines davon war das Schlachtmesser eines ehemaligen Metzgers. Ein anderes, war ein Fotoretuschiermesser, und die beiden anderen waren richtige Skalpelle. Dazu hatten wir einige wenige Zangen, zwei Injektionsspritzen mit ziemlich stumpfen Nadeln, einen Absaugkolben mit Gummikatheter und eine mittelgroße Punktiernadel. Außerdem besaßen wir Anschnallbänder, die unerlässlich waren, da wir ohne Betäubungsmittel oft gezwungen waren, unsere Patienten festzuschnallen.

Heute war Po Ku an der Reihe, das Flugzeug zu fliegen. Meine Aufgabe bestand darin, im Heck zu sitzen und nach japanischen Kampfflugzeugen Ausschau zu halten. Wir verfügten nicht über den Luxus einer Gegensprechanlage. Wir bedienten uns einer Schnur. Ein Ende der Schnur war am Piloten festgebunden, und der Beobachter gab mit einem einfachen Signalcode seine Informationen an ihn weiter, indem er an der Schnur zog.

Vorsichtig warf ich die Propeller an, da Abie zu heftigen Rückzündungen neigte. Ein Motor nach dem anderen sprang an, erwachte kreischend zum Leben und spuckte ölige, schwarze Rauchwolken aus. Nach kurzer Zeit waren sie warmgelaufen, und das laute Kreischen wandelte sich in ein gleichmäßiges, rhythmisches Dröhnen. Ich kletterte an Bord und begab mich nach hinten ins Heck der Maschine, wo wir in der Stoffbahn eine Beobachtungsluke angefertigt hatten. Zwei Mal an der Schnur ziehen, hieß für Po Ku, dass ich sicher zwischen den Streben eingeklemmt und fest auf dem Boden der Maschine in Position war.

Das Dröhnen der Motoren schwoll an, und das ganze Flugzeug begann zu vibrieren, als es über das unebene Feld rollte. Das Fahrwerk rumpelte, und die hölzernen Verstrebungen knarrten unter der Belastung. Die

Bodenwellen, über die wir rollten, ließen das Heck des Flugzeugs auf und ab hüpfen; gleichzeitig wurde ich zwischen Boden und Decke herumgeschleudert und fühlte mich wie eine Erbse in einem Kochtopf. Angespannt hielt ich mich fest. Mit einem letzten heftigen Ruck hob das alte Flugzeug ab. Der Motorenlärm ließ nach, als die Leistung gedrosselt wurde. Ein übles Schwanken und Abfallen erfasste uns, als wir nach der Baumgruppe in den Aufwind gerieten und mein Kopf beinahe durch die Beobachtungsluke gedrückt wurde. Über kurze, heftige Ruckbewegungen an der Schnur teilte mir Po Ku mit: «Wir haben es wieder einmal geschafft. Bist du noch da?»

Meine Antwort, die ich ihm so nachdrücklich wie möglich durch das ruckartige Ziehen an der Schnur übermittelt hatte, machte ihm unmissverständlich klar, was ich von seinem Abheben hielt.

Po Ku konnte sehen, wohin wir flogen, während ich nur einen Blick auf das werfen konnte, was hinter uns lag. Diesmal hatten wir ein Dorf im Bezirk Wuhu angesteuert, das nach schweren Luftangriffen viele Verwundete ohne ärztliche Hilfe zurückgelassen hatte. Um unsere Umgebung besser im Blick zu behalten, flogen wir immer wieder Kurven. Abie hatte viele tote Winkel, und die japanischen Kampfflugzeuge waren sehr schnell. Oft war es aber gerade ihre Geschwindigkeit, die uns rettete, denn wenn wir nicht gerade schwer beladen waren, konnten wir die Geschwindigkeit bis auf achtzig Stundenkilometer drosseln, und der durchschnittliche japanische Pilot war kein guter Schütze. Wir sagten immer scherzhaft, dass wir direkt vor ihnen am sichersten seien, weil sie das, was direkt vor ihren flachen Nasen war, immer verfehlten!

Ich spähte aufmerksam hinaus und hielt immer Ausschau nach den verhassten «Blutpunkten», wie die japanischen Flugzeuge treffend bezeichnet wurden. Wir ließen den Gelben Fluss hinter dem Heck des Flugzeugs zurück. Die Schnur ruckte dreimal. «Wir setzen zur Landung an», signalisierte mir Po Ku.

Das Heck der Maschine hob sich an. Das Dröhnen der Motoren verebbte und wurde durch ein gleichmäßiges «Tuck-Tuck, Tuck-Tuck» ersetzt, während die Propeller langsam rotierten. Wir glitten mit gut gedrosselten Motoren nach unten. Das Seitenruder knarrte leicht, als Po Ku den Kurs etwas korrigierte. Die Stoffplanen flatterten, zitterten und vibrierten im Fahrtwind. Ein plötzliches, kurzes Aufheulen der Motoren. Dann das scheppernde Rasseln und Klappern beim Aufsetzen, gefolgt vom Holpern über die Unebenheiten des Bodens. Es war jener Moment, den der unglückliche Beobachter im Heck am meisten fürchtete: das Senken des Hecks, wenn sich die metallene Heckgleitkufe in den ausgedörrten Boden pflügte und dichte Staubwolken aufwirbelte. Staub, der mit Partikeln menschlicher Exkremente durchsetzt war, mit denen die Chinesen ihre Felder düngten.

Mühsam befreite ich meinen massigen Körper aus dem engen Heck und stöhnte vor Schmerzen auf, als meine Blutzirkulation wieder in Gang kam. Ich stieg den schräg zulaufenden Flugzeugrumpf hinauf, in Richtung Tür. Po Ku hatte sie bereits geöffnet, und wir sprangen auf den festen, erdigen Boden. Schon eilten uns einige Gestalten entgegen.

«Kommt schnell, wir haben viele Verletzte. General Tien wurde von einer Metallstange durchbohrt, die vorne und hinten herausschaut.»

In einer armseligen Hütte, die man als Notfallkrankenhaus eingerichtet hatte, saß der General kerzengerade da. Seine sonst gelbliche Haut hatte durch die Schmerzen und Strapazen inzwischen eine trübe, graugrüne Färbung angenommen. Direkt oberhalb seiner linken Leiste ragte eine glänzende Stahlstange aus seinem Körper. Sie sah aus wie eine Stange, die man als Wagenheber benutzt. Was immer es auch war, die Druckwelle einer nahe explodierten Bombe hatte sie ihm durch den Körper getrieben. Natürlich mussten wir sie so schnell wie möglich entfernen. Das Stangenende, das direkt über dem linken Beckenkamm am Rücken herausragte, war glatt und stumpf, und ich vermutete, dass es den absteigenden Dickdarm nur knapp verfehlt oder zur Seite geschoben hatte.

Nach einer gründlichen Untersuchung des Patienten nahm ich Po Ku mit nach draußen. Außerhalb der Hörweite der anderen schickte ich ihn mit einer etwas ungewöhnlichen Mission zum Flugzeug. Währenddessen begann ich, die Wunden des Generals und die Metallstange sorgfältig zu reinigen. Trotz seines Alters und seiner geringen Statur war er in erstaunlich guter Verfassung. Ich erklärte ihm, dass wir kein Anästhetikum hätten, versprach aber, so behutsam wie möglich vorzugehen.

«Sie werden nicht um Schmerzen herumkommen», sagte ich ihm, «egal wie vorsichtig ich auch bin. Doch ich werde mein Bestes geben.»

Er war nicht sonderlich beunruhigt.

«Legen Sie los», sagte er ruhig. «Wenn nichts getan wird, werde ich so oder so sterben. Ich habe nichts zu verlieren, sondern nur zu gewinnen.»

Von einer Vorratskiste brach ich ein Stück Holz vom Deckel ab, etwa vierzig auf vierzig Zentimeter groß, und bohrte in die Mitte ein Loch, durch das die Metallstange passen würde. In der Zwischenzeit war Po Ku mit dem Wartungswerkzeug vom Flugzeug zurückgekehrt. Es waren tatsächlich Flugzeugwerkzeuge. Vorsichtig schoben wir das Brett über die Stange, und Po Ku drückte es fest gegen den Körper des Patienten. Ich griff die Stange mit der großen Rohrzange und zog behutsam daran – doch nichts geschah, außer dass der arme Patient kreidebleich wurde.

«Nun», dachte ich, «so können wir dieses unsägliche Ding nicht lassen. Also gibt es nur eins: Tod oder Leben.» Also stemmte ich meine Knie gegen Po Ku, der das Brett in Position hielt, packte die Stange erneut und zog kräftig daran, während ich sie leicht drehte. Mit einem schrecklichen Sauggeräusch kam die Stange heraus, und ich verlor das Gleichgewicht, fiel rückwärts und schlug mit dem Hinterkopf auf. Schnell rappelte ich mich auf und eilte zum General, um die Blutungen zu stillen. Mit Hilfe einer Taschenlampe untersuchten wir die Wunden und stellten fest, dass keine größeren Verletzungen entstanden waren. Ich säuberte und nähte die Wunden, soweit ich herankam. Inzwischen hatte der General ein kreislaufstabilisierendes Mittel eingenommen, und sein Gesicht zeigte wieder etwas Farbe. Er fühlte sich auch, wie er mir sagte, viel besser. Nun konnte er sich auf die Seite legen – etwas, das ihm vorher unmöglich gewesen war, da er kerzengerade sitzen musste, um das Gewicht der schweren Metallstange zu tragen. Ich ließ Po Ku zurück, um ihn noch fertig zu verbinden.

Der nächste Fall war eine Frau. Ihr war oberhalb des Knies das rechte Bein abgerissen worden. Man hatte ihren Oberschenkel abgebunden, aber viel zu straff und für viel zu lange. Es blieb nur eine Option: Ich musste das Bein bis auf einen kurzen Stumpf amputieren. Helfende Männer hängten eine Tür aus, und wir schnallten die Frau darauf fest. Zügig legte ich den Hautschnitt so an, dass er die Form eines «V» hatte, mit der Spitze zum Körper hin. Mit einer feinen Säge begann ich, den Knochen so hoch wie möglich zu durchtrennen. Anschließend faltete und formte ich die Hautlappen zu einem Polster, das eine sichere Bedeckung des Knochens gewährleistete, und nähte sie sorgfältig zusammen. Die Operation dauerte etwas mehr als eine halbe Stunde. Mehr als eine halbe Stunde voller Schmerzen, doch die Frau lag die ganze Zeit still da – kein Laut kam über ihre Lippen, kein Wimmern, kein Zucken. Sie wusste, dass sie in guten Händen war und dass das, was wir taten, zu ihrem Wohle war.

Es standen noch weitere Fälle an. Sowohl kleinere als auch größere Verletzungen mussten behandelt werden, und als wir schließlich alle versorgt hatten, war es bereits dunkel. Eigentlich wäre heute Po Ku mit Fliegen an der Reihe gewesen, aber da er nachtblind war und bei Dämmerlicht nicht genug sah, musste ich übernehmen. Wir eilten zurück zum Flugzeug und verstauten unsere medizinischen Geräte sorgfältig – sie hatten uns wieder einmal wertvolle Dienste geleistet. Dann schwang Po Ku die Propeller an und startete die Motoren. Blaurote Flammen schossen aus dem offenen Auspuff. Für jemanden, der noch nie ein Flugzeug gesehen hatte, musste es wie ein feuerspeiender Drache gewirkt haben. Ich kletterte an Bord und ließ mich erschöpft auf den Pilotensitz fallen. Ich war so müde, dass ich kaum die Augen offenhalten konnte. Po Ku wankte hinter mir ins Flugzeug, schloss die Tür und schlief sofort auf dem Boden ein. Ich gab den Männern draußen das Zeichen, die großen Steine zu entfernen, die unter den Rädern verkeilt waren.

Es wurde immer dunkler, und die Bäume waren kaum noch zu erkennen. Ich hatte mir die Lage der Gegend eingeprägt und brachte jetzt den Steuerbordmotor auf volle Leistung, um das Flugzeug auf dem Feld zu wenden. Es war windstill. Als die Maschine schließlich in die Richtung ausgerichtet war, von der ich hoffte, dass sie die richtige sei, öffnete ich die Drosselklappen aller drei Motoren bis zum Anschlag. Die Motoren brüllten, und das Flugzeug zitterte und klapperte, während es an Fahrt gewann. Mit zunehmender Geschwindigkeit schaukelte die Maschine hin und her. Die Instrumente waren nicht sichtbar – wir hatten kein Licht. Ich wusste, dass das nicht zu sehende Ende des Feldes gefährlich nah war. Also zog ich den Steuerknüppel zurück. Das Flugzeug hob ab, schwankte kurz, sackte etwas ab, fing sich wieder und stieg dann an. Wir waren in der Luft.

Ich legte das Flugzeug in eine leichte Kurve und stieg weiter, bis wir knapp unter den kalten Nachtwolken unsere Flughöhe erreichten. Ich suchte nach unserem Orientierungspunkt, dem Gelben Fluss. Da war er, weit vorne auf der linken Seite, kaum sichtbar, aber er warf einen schwachen Schimmer gegen die dunkle Erde. Gleichzeitig behielt ich den Luftraum im Auge, denn ich war schutzlos. Po Ku schlief hinter mir auf dem Boden des Flugzeugs, und niemand passte im Heck auf.

Nachdem ich unseren Kurs festgelegt hatte, lehnte ich mich zurück und dachte darüber nach, wie unglaublich ermüdend doch diese Noteinsätze waren. Ständig musste man improvisieren und mit dem auskommen, was zur Verfügung stand, um die verletzten, blutenden Körper zu versorgen – oft mit dem, was einem gerade in die Hände fiel. Ich erinnerte mich an die fantastischen Geschichten über die riesigen Lagerbestände an Verbandsmaterialien und Instrumenten in den Krankenhäusern in England und Amerika. Doch wir in China mussten uns anders behelfen. Wir waren gezwungen, sparsam mit unseren knappen Ressourcen umzugehen und mit dem auszukommen, was wir hatten.

Die Landung bei fast völliger Dunkelheit war ein sehr schwieriges Unterfangen. Es gab kaum Anhaltspunkte, nur die schwach schimmernden

Öllampen in den Bauernhäusern und die etwas dunkleren Umrisse der Bäume. Aber das alte Flugzeug musste irgendwie sicher heruntergebracht werden. Schließlich setzte ich es mit einem rumpelnden Fahrwerk und einer kreischenden Heckgleitkufe auf dem Boden auf. Po Ku störte das überhaupt nicht – er schlief tief und fest. Nachdem ich die Motoren ausgeschaltet hatte, stieg ich aus und legte Keile vor und hinter die Räder. Dann kehrte ich in das Flugzeug zurück, schloss die Tür und schlief unmittelbar auf dem Fußboden ein.

Am frühen Morgen wurden wir durch Rufe von draußen geweckt. Als wir die Tür öffneten, teilte uns eine Ordonnanz mit, dass wir statt eines freien Tages, wie wir es gehofft hatten, einen General in einen anderen Bezirk fliegen müssten. Er hätte, wie es hieß, eine Besprechung mit General Chiang Kai-shek über den Krieg in der Gegend von Nanking. Dieser General war ein unangenehmer Typ. Er wurde anscheinend verletzt und sollte sich, theoretisch, davon erholen. Wir vermuteten jedoch, dass er nur simulierte. Er war ein völlig überheblicher Mann, und niemand aus seinem Mitarbeiterstab konnte ihn ausstehen.

Wir mussten uns noch ein wenig frisch machen. Also gingen wir zu unseren Baracken, um uns zu waschen und die Uniform zu wechseln, da der General in Sachen Kleidung äußerst pedantisch war. Während wir uns in der Baracke aufhielten, begann es auch noch zu regnen. Unsere Stimmung verschlechterte sich, je trüber der Tag wurde. Regen! Wir hassten den Regen genauso wie jeder andere Chinese auch. In China sah man täglich tapfere und mutige Soldaten – vielleicht sogar die tapfersten der Welt – aber eines hassten sie alle: den Regen. In China konnte es stundenlang wie aus Eimern regnen, und der Regen durchnässte alles und jeden, der sich draußen aufhielt. Als wir mit unseren Regenschirmen zum Flugzeug zurückkehrten, sahen wir eine chinesische Einheit auf einer völlig aufgeweichten Straße entlangmarschieren. Die Männer sahen bei diesem Regen völlig deprimiert aus. Sie hatten ohnehin schon genug Mühsal und Leiden, und der Regen machte alles nur noch schlimmer. Sie marschierten mutlos weiter, und über ihren

Schultern hingen die mit Segeltuchsäcken geschützten Gewehre. Auf dem Rücken trugen sie Bündel, die aus geflochtenen Stricken zusammengebunden waren. Darin bewahrten sie all ihre Habseligkeiten auf – ihre Kriegsutensilien, Nahrung, einfach alles. Auf den Köpfen trugen sie Strohhüte, und in der rechten Hand hielten sie Bambusschirme aus gelbem Ölpapier. Heute wäre das ein belustigender Anblick, doch damals war es völlig normal, fünf- oder sechshundert Soldaten unter ebenso vielen Schirmen die Straße entlangmarschieren zu sehen. Auch wir benutzten Schirme, um zu unserem Flugzeug zu gelangen.

Wir staunten nicht schlecht, als wir uns auf die andere Seite unseres Flugzeuges begaben. Dort stand eine Gruppe Militärangehöriger, über deren Köpfen ein Baldachin aus Segeltuch gespannt war, um den General und seine Delegation vor dem Regen zu schützen.

Der General winkte uns gebieterisch heran.

«Wer von euch beiden hat die längere Flugerfahrung?», fragte er.

«Ich, Herr General», seufzte Po Ku resigniert. «Ich fliege schon seit zehn Jahren, aber mein Kamerad ist der weitaus bessere Pilot als ich und hat mehr Erfahrung.»

«Wer der Beste ist, entscheide ich», entgegnete der General. «Sie werden fliegen, und er wird sich um unsere Sicherheit kümmern.»

Also begab sich Po Ku ins Cockpit, während ich mich ins Heck der Maschine zurückzog. Po Ku überprüfte die Motoren. Durch die kleine Luke konnte ich beobachten, wie der General und seine Delegation an Bord stiegen. An der Tür herrschte ein ausgesprochen förmliches Getue mit viel Winken und Verbeugen. Schließlich schloss eine Ordonnanz die Flugzeugtür, und zwei Mechaniker entfernten die Keile vor den Rädern. Ich gab Po Ku das Zeichen, dass ich an der Beobachtungsluke bereit war, und die Motoren wurden zum Leben erweckt. Er erwiderte das Zeichen über die Schnur, und wir setzten uns in Bewegung.

Ich war über diesen Flug alles andere als begeistert, denn wir mussten den von den Japanern kontrollierten Luftraum überqueren, und sie waren sehr wachsam, wer über ihr Territorium flog. Noch schlimmer war, dass uns drei Jagdflugzeuge begleiteten – nur drei – die uns angeblich beschützen sollten. Wir wussten jedoch, dass sie für die Japaner ein großer Anziehungspunkt darstellen würden. Die japanischen Kampfflugzeuge würden sicher aufsteigen, um nachzusehen, warum ein so altes, dreimotoriges Flugzeug wie unseres von Jagdflugzeugen eskortiert wurde. Doch der General hatte unmissverständlich klargemacht, wer hier das Sagen hatte und die Befehle erteilte. So machten wir uns auf den Weg und rollten bis ans Ende des Feldes.

Mit aufspritzendem Dreck und ächzendem Fahrwerk schwenkte das Flugzeug herum. Die drei Motoren wurden bis zum Anschlag hochgedreht, und wir rasten über das Feld. Mit Gerassel und Getöse hob die alte Maschine schließlich ab. Wir kreisten eine Weile, um an Höhe zu gewinnen. Das war normalerweise nicht üblich, doch bei diesem Anlass hatten wir den Befehl, zu kreisen. Nach und nach erreichten wir eine Höhe von eintausendfünfhundert Metern, dann dreitausend Metern, was etwa unsere maximale Flughöhe war. Wir kreisten weiter, bis sich die drei Jagdflugzeuge über und hinter uns formiert hatten. Trotz dieser drei begleitenden Jagdflugzeuge fühlte ich mich absolut schutzlos. Von meiner Beobachtungsluke aus konnte ich immer wieder eines in mein Blickfeld gleiten sehen, bevor es allmählich wieder aus meiner Sicht verschwand. Doch ihr Anblick gab mir kein Gefühl von Sicherheit – im Gegenteil, ich befürchtete jeden Moment, japanische Flugzeuge zu sehen.

Dröhnend flogen wir weiter, immer weiter. Es schien endlos zu sein, als hingen wir zwischen Himmel und Erde. Immer wieder durchfuhr das Flugzeug ein kleiner Ruck, und es schaukelte leicht. Die Monotonie des Flugs ließ meine Gedanken abschweifen: Ich dachte an den Krieg, der unter uns auf dem Festland tobte, an die Gräuel und Schrecken, die ich bereits miterlebt hatte. Ich dachte an mein geliebtes Tibet und daran, wie schön es doch wäre, wenn ich die alte Abie einfach nehmen und davonfliegen könnte, um am Fuße des Potala in Lhasa mit ihr zu landen.

Plötzlich knallte es laut. Der Himmel füllte sich mit Flugzeugen, die bedrohlich um uns kreisten – Flugzeuge mit dem verhassten «Blutpunkt» auf den Tragflächen. Ich konnte sie in mein Sichtfeld kommen und wieder davonjagen sehen. Ich konnte die Verfolger und den schwarzen Rauch der Geschützfeuer sehen. Es war überflüssig, Po Ku noch Signale zu geben. Die Lage war eindeutig: Wir standen schwer unter Beschuss. Die alte Abie schlingerte, tauchte ab und stieg wieder auf. Ihre Nase hob sich, als versuchten wir, uns verzweifelt am Himmel festzukrallen.

Po Ku setzte uns wirklich gefährlichen Manövern aus, dachte ich. Die Aufgabe, im Heck Ausschau zu halten, hatte ich aufgegeben. Plötzlich zischten Kugeln direkt vor mir durch die Stoffbahnen. Ein Spanndraht auf meiner Seite federte zurück, barst und verfehlte mein linkes Auge nur knapp, hinterließ aber Kratzer in meinem Gesicht. Ich machte mich so klein wie möglich und versuchte, mich weiter ins Heck des Flugzeugs zurückzuziehen. Ein heftiges Gefecht spielte sich direkt vor meinen Augen ab, und ich hatte plötzlich freie Sicht, denn die Kugeln hatten eine durchlöcherte Linie in der Stoffbespannung hinterlassen, und auch von der Beobachtungsluke fehlten mehrere Zentimeter Stoff. Es fühlte sich an, als säße ich in einem hölzernen Gestell hoch oben in den Wolken. Der Luftkampf ebbte ab und flammte dann wieder auf.

Plötzlich erschütterte ein ohrenbetäubendes «Wumm» die Maschine. Das ganze Flugzeug schwankte, und die Nase senkte sich abrupt nach unten. Verzweifelt warf ich einen Blick durch die zerstörte Luke. Der Himmel schien voller japanischer Flugzeuge zu sein. Gerade noch konnte ich sehen, wie ein japanisches und ein chinesisches Flugzeug zusammenstießen. Es folgte ein lauter Knall, gefolgt von einer orangeroten Stichflamme und dichtem, schwarzem Rauch. Die beiden Maschinen, in einer tödlichen Umarmung miteinander verschlungen, stürzten rauchend der Erde entgegen. Die Piloten wurden hinausgeschleudert, und ihre Körper mit ausgestreckten Armen und Beinen wirbelten wie rotierende Räder in die Tiefe. Das erinnerte mich an meine ersten Tage als Drachenflieger in Tibet, als ein Lama aus einem Flugdrachen fiel und genauso wirbelnd dreihundert Meter nach unten auf die Felsen stürzte. Einmal mehr erzitterte das Flugzeug heftig. Es taumelte wie ein welkes Blatt in der Luft und ich dachte, das Ende sei gekommen. Die Nase senkte sich steil nach unten, und das Heck richtete sich derart plötzlich auf, dass ich geradewegs durch den Flugzeugrumpf in die Kabine schlitterte, wo sich mir ein Bild des Grauens bot. Der General lag leblos am Boden, umgeben von den Körpern seiner Begleiter, die überall verstreut waren. Geschosse hatten sie durchlöchert und regelrecht in Stücke gerissen. Alle seine Begleiter waren entweder tot oder lagen in den letzten Zügen. Die Kabine sah aus wie das reinste Schlachtfeld.

Ich riss die Tür zum Cockpit auf und schrak entsetzt zurück – mir wurde speiübel. Über den Steuerknüppel gekrümmt saß der kopflose Körper von Po Ku. Sein Kopf, oder das, was davon noch übrig war, lag in Stücken über das Instrumentenbrett verstreut. Die Windschutzscheibe war eine einzige blutige Masse. Sie war derart von Blut und Hirn verschmiert, dass ich nicht hinaussehen konnte. Schnell packte ich Po Ku an den Schultern und ließ ihn neben den Sitz fallen. Hastig setzte ich mich hin und griff nach dem wild hin- und herschlagenden Steuerknüppel. Er war blutverschmiert, und ich konnte ihn nur mit größter Mühe festhalten. Ich zog den Steuerknüppel zurück, um zu versuchen, die Flugzeugnase noch etwas anzuheben, doch ich konnte nichts sehen. Ich klemmte den Steuerknüppel zwischen meine Beine und begann angewidert, mit bloßen Händen das Blut und Hirn von der Windschutzscheibe wegzuwischen. Verzweifelt versuchte ich, einen kleinen Bereich der Windschutzscheibe freizubekommen, um wenigstens etwas sehen zu können. Der Boden kam in rasendem Tempo näher, sichtbar durch den roten Schleier von Po Kus Blut. Alles wurde grösser und deutlicher, während das Flugzeug bebte und die Motoren kreischten. Die Drosselklappen reagierten nicht mehr. Der linke Motor riss ab und stürzte in die Tiefe, kurz darauf explodierte der rechte. Durch den Verlust des Gewichts hob sich die Nase des Flugzeugs ein wenig. Ich zog den Steuerknüppel immer weiter zurück, doch es war zu spät – viel zu spät. Das Flugzeug war zu schwer beschädigt, um noch richtig auf die Steuerung zu reagieren. Zwar gelang es mir, die Geschwindigkeit etwas zu reduzieren, aber nicht genug für eine sichere Landung. Der Boden kam unaufhaltsam näher. Die Räder schlugen hart auf, gefolgt von der Nase. Ein entsetzliches Krachen und Bersten der Holzkonstruktion erfüllte die Luft. Es fühlte sich an, als würde die Welt um mich herum auseinandergerissen, gleichzeitig schoss ich mit dem Pilotensitz direkt durch den Flugzeugboden hindurch in eine übelriechende Masse. Unerträgliche Schmerzen durchfuhren meine Beine – und dann wusste ich nichts mehr.

Es konnte nicht lange gedauert haben, bis ich wieder zu mir kam, denn das Geschützfeuer hatte mich geweckt. Ich schaute nach oben. Japanische Flugzeuge stürzten herab, und rote Blitze leuchteten vor ihren Geschützmündungen auf. Sie feuerten auf die Trümmer der alten Abie, um sicherzustellen, dass niemand mehr entkommen konnte. Ein kleines Feuer loderte am letzten verbliebenen Motor in der Rumpfnase und breitete sich langsam Richtung Kabine aus, wo der Treibstoff die Stoffbespannung durchtränkt hatte. Plötzlich schoss eine weiße Stichflamme empor, gefolgt von einer dichten schwarzen Rauchwolke. Treibstoff ergoss sich auf den Boden, und es sah aus, als würde eine brennende Flamme herabströmen. Dann gab es einen lauten Knall, und vom Himmel regneten Trümmer herab – die alte Abie existierte nicht mehr. Endlich zufrieden zogen die japanischen Flugzeuge schließlich ab.

Nun hatte ich Zeit, mich umzusehen und herauszufinden, wo ich mich eigentlich befand. Zu meinem Schrecken stellte ich fest, dass ich mich in einer offenen Abwassergrube, in einer Kloake, befand. In China sind viele dieser Gruben offen, und ich steckte in einer davon. Der Gestank war schlichtweg entsetzlich. Doch der Gedanke, dass mir diese schreckliche Grube mein Leben vor den Kugeln der Japaner und vor dem Feuer gerettet hatte, tröstete mich ein wenig über meine missliche Lage hinweg. Schnell befreite ich mich von den Trümmern des Pilotensitzes und stellte fest, dass ich beide Knöchel gebrochen hatte. Mit großer Anstrengung schaffte ich es, auf Händen und Knien vorwärtszukriechen. Ich kämpfte mich über den bröckelnden Boden, um dem Abwasserschlamm, der an mir klebte, zu entkommen und den Rand der Grube zu erreichen.

Auf dem Rand der Grube, direkt gegenüber den Flammen, die noch immer auf der treibstoffgetränkten Erde loderten, brach ich vor Schmerzen und Erschöpfung zusammen und verlor das Bewusstsein. Doch heftige Tritte gegen meine Rippen weckten mich bald wieder. Die weithin sichtbaren Flammen hatten japanische Soldaten angelockt, und dabei hatten sie mich entdeckt.

«Da lebt noch einer», sagte eine Stimme.

Ich öffnete die Augen. Ein japanischer Soldat mit einem aufgesteckten Bajonett auf dem Gewehr stand da. Das Bajonett im Anschlag, bereit mein Herz zu durchstoßen.

«Ich musste ihn noch zurückholen, damit er weiß, dass er getötet wird», sagte er an seine Kameraden gerichtet und machte Anstalten, mir den endgültigen Todesstoß zu versetzen.

In diesem Augenblick kam ein Offizier herbeigeeilt und schrie: «Stopp! Bringt ihn ins Lager. Wir wollen ihn dazu bringen, uns zu sagen, wer die Passagiere in diesem Flugzeug gewesen sind und warum sie so bewacht wurden. Bringt ihn ins Lager. Er soll verhört werden.»

Der Soldat hängte sein Gewehr wieder über die Schulter, packte mich am Kragen und begann mich über den Boden zu schleifen.

«Das ist ein Schwergewicht, komm hilf mir», sagte er.

Einer seiner Kameraden kam herüber, packte mich am Arm, und gemeinsam schleiften sie mich über den steinigen Boden, was dazu führte, dass mir die Haut von den Beinen geschürft wurde. Kurz darauf kehrte der Offizier zurück, offenbar zu einer Routineinspektion. Als er meinen blutenden Körper und die Blutspur sah, die ich hinterließ, wurde er wütend und schrie die Soldaten an: «Tragt ihn!» Dann verpasste er den beiden links und rechts eine Ohrfeige. «Wenn er noch mehr Blut verliert, wird nicht mehr viel von ihm übrigbleiben, um ihn zu befragen», brüllte er, «und dafür werde ich euch verantwortlich machen.»

So durfte ich eine Weile auf dem Boden ausruhen, während einer der Soldaten sich auf die Suche nach einem Transportmittel machte. Ich war ein großer und ziemlich massiger Mann im Gegensatz zu den eher kleinen und schmächtigen japanischen Soldaten.

Schließlich wurde ich wie ein Müllsack auf einen einrädrigen Schubkarren geworfen und zu einem Gebäude gefahren, das den Japanern als Gefängnis diente. Dort angekommen, wurde ich einfach heruntergekippt. Einmal mehr packten sie mich am Kragen und schleiften mich in eine Zelle, wo sie mich sich selbst überließen. Die Tür wurde zugeschlagen und verschlossen, und Soldaten wurden als Wachen davor postiert. Nach einer kurzen Verschnaufpause schaffte ich es, meine gebrochenen Knöchel zu richten und mit Schienen zu fixieren. Die Schienen bestanden aus Abfallholzstücken, die zufällig in der Zelle herumlagen, die als eine Art Lagerraum genutzt wurde. Um die Schienen zu fixieren, musste ich Stoffstreifen aus meinen Kleidern reißen.

Tagelang lag ich allein in meiner Gefängniszelle. Nur Ratten und Spinnen leisteten mir Gesellschaft. Einmal am Tag bekam ich etwas zu essen: einen Liter Wasser und die Überreste der Mahlzeiten der japanischen Wachen – Reste, die sie vielleicht angekaut und ausgespuckt hatten, weil sie ihnen nicht schmeckten. Doch es war die einzige Nahrung, die ich erhielt. Seit meiner Festnahme musste bereits mehr als eine Woche vergangen sein, und meine gebrochenen Knochen begannen allmählich zu heilen. Eines Nachts, kurz nach Mitternacht, wurde die Tür plötzlich heftig aufgestoßen, und lärmende japanische Wachen stürmten herein. Sie zerrten mich auf die Füße, doch meine Knöchel waren noch zu schwach, um mein Gewicht zu tragen, sodass sie mich stützen mussten. Dann trat ein Offizier ein und schlug mir ohne Vorwarnung ins Gesicht.

«Wie heißt du?», fragte er schroff.

«Ich bin Offizier der chinesischen Streitkräfte und ein Kriegsgefangener. Das ist alles, was ich zu sagen habe», erwiderte ich.

«Männer, wie dich, hätten sich nicht gefangen nehmen lassen dürfen», sagte der Offizier. «Gefangene sind der Abschaum der Menschheit und haben keine Rechte. Also antworte mir.»

Ich gab keine Antwort. Darauf fingen sie an, mir mit den flachen Seiten ihrer Schwerter auf den Kopf zu schlagen. Sie schlugen mich mit den Fäusten, teilten mir Fußtritte aus und spuckten mich an. Als ich immer noch nicht antwortete, drückten sie mir überall auf meinem Gesicht und auf dem Körper brennende Zigaretten aus und steckten brennende Streichhölzer zwischen meine Finger. Meine Ausbildung war nicht umsonst gewesen. Ich sagte nichts. Sie konnten mich nicht zum Reden bringen. Ich schwieg und lenkte meinen Geist auf andere Gedanken, im Wissen, dass dies die beste Methode war, Geschehnisse dieser Art zu bewältigen. Zuletzt stieß eine Wache mir den Gewehrkolben in den Rücken, dass es mir den Atem verschlug. Der heftige Schlag betäubte mich beinahe. Der Offizier kam auf mich zu, spuckte mir ins Gesicht und versetzte mir einen heftigen Tritt und drohte: «Wir werden zurückkommen und dann wirst du reden.»

Ich war zusammengebrochen und blieb reglos auf dem Boden liegen. Einen anderen Ort zum Ausruhen gab es nicht. Dort versuchte ich, etwas Kraft zu schöpfen. In dieser Nacht wurde ich nicht weiter gestört. Auch am nächsten Tag sah ich niemanden, und das blieb die folgenden Tage genauso. Drei Tage und vier Nächte vergingen, ohne Nahrung, ohne Wasser und ohne Kontakt zu irgendjemandem. Ich wurde in völliger Ungewissheit gelassen und fragte mich, was als Nächstes geschehen würde.

Am vierten Tag kam wieder ein Offizier in die Zelle, diesmal ein anderer. Er teilte mir mit, dass sie sich um mich kümmern und mich gut behandeln würden – unter der Bedingung, dass ich ihnen alles erzähle, was ich über die Chinesen, die chinesischen Streitkräfte und Chiang Kai-shek wüsste. Er führte weiter aus, dass sie herausgefunden hätten, wer ich sei: ein hoher

Adliger aus Tibet, und dass sie mit Tibet freundschaftliche Beziehungen pflegen möchten.

Ich dachte bei mir: «Nun, das ist aber eine höchst eigenartige Art von Freundschaft, die sie mir gezeigt haben.»

Der Offizier verbeugte sich, drehte sich um und verließ die Zelle.

Eine Woche lang wurde ich einigermaßen gut behandelt. Man gewährte mir zwei Mahlzeiten am Tag und Wasser, was zwar nicht ausreichend war, aber zumindest ließ man mich in Ruhe. Doch dann erschienen sie zu dritt. Einer von ihnen teilte mir mit, dass ich heute verhört werden würde und auf ihre Fragen zu antworten hätte. Sie hatten auch einen japanischen Arzt hinzugezogen, der mich untersuchte. Er stellte fest, dass ich in schlechter Verfassung war, aber dass es für ein Verhör ausreichen würde. Als er meine Knöchel betrachtete, meinte er, es wäre ein Wunder, wenn ich nach der Heilung jemals wieder laufen könnte. Nach diesen Worten verbeugten sie sich förmlich vor mir und voreinander, bevor sie wie eine Gruppe Schulkinder wieder abzogen. Die Zellentür wurde hinter ihnen zugeschlagen. Ich wusste, dass ich später an diesem Tag erneut verhört werden würde. Ich beruhigte meinen Geist und entschloss mich, die Chinesen nicht zu verraten, egal, was die Japaner mit mir anstellen würden.

Kapitel 8
Als die Welt noch sehr jung war

In den frühen Morgenstunden des nächsten Tages, lange bevor die ersten Strahlen der Morgendämmerung den Himmel erhellten, wurde die Zellentür heftig aufgestoßen, die mit einem lauten Knall gegen die Steinmauer prallte. Wächter stürmten herein und ich wurde auf die Füße gezerrt und von drei oder vier Männern kräftig durchgeschüttelt. Dann legten sie mir Handschellen an und ich wurde in einen Raum geführt, der weit von der Zelle entfernt schien. Die Wächter trieben mich immer wieder mit ihren Gewehrkolben an, wobei sie nicht gerade zimperlich mit mir umgingen. Jedes Mal, wenn sie mich anstießen, und das geschah sehr oft, schrien sie: «Beantworte jetzt alle Fragen, du Feind des Friedens! Keine Lügen, oder dir wird Schreckliches widerfahren! Du bist ein Feind des Friedens. Wir werden die Wahrheit aus dir herausbekommen!»

Endlich erreichten wir den Verhörraum. Eine Gruppe Offiziere, die sehr grimmig aussahen oder es zumindest versuchten, saßen in einem Halbkreis. Doch für mich wirkten sie eher wie eine Bande Schuljungen, die auf ein sadistisches Vergnügen aus waren. Als ich hereingebracht wurde, verbeugten sich alle formell. Dann ermahnte mich ein hoher Offizier, ein Oberst, die Wahrheit zu sagen. Er versicherte mir, die Japaner seien ein freundliches und friedliebendes Volk. Ich jedoch, so sagte er, sei ein Feind des japanischen Volkes, weil ich Widerstand gegen ihr «friedliches Eindringen» in China leisten wolle. China, erklärte er mir weiter, solle eine Kolonie Japans werden, da China angeblich keine Kultur besitze! «Wir Japaner», fuhr er fort, «sind die wahren Freunde des Friedens. Wir erwarten, dass Sie uns alles sagen und uns Auskunft geben über die chinesischen Truppenbewegungen, über ihre Truppenstärke und die Gespräche, die Sie mit Chiang Kai-shek geführt haben, damit wir die chinesische Rebellion ohne Verluste unserer eigenen Soldaten zerschlagen können.»

Ich erwiderte: «Ich bin ein Kriegsgefangener und verlange, als solcher behandelt zu werden. Mehr habe ich nicht zu sagen.»

Er sagte: «Unsere Aufgabe ist es, dafür zu sorgen, dass alle Menschen im Reich des Kaisers in Frieden leben. Wir werden ein erweitertes japanisches Kaiserreich schaffen. Sie werden uns die Wahrheit sagen.»

Ihre Verhörmethoden waren alles andere als rücksichtsvoll. Sie wollten unbedingt an Informationen herankommen, und dazu war ihnen jedes Mittel recht. Doch ich weigerte mich beharrlich, etwas zu sagen. So schlugen sie mich mit ihren Gewehrkolben nieder. Brutal krachten Gewehrkolben auf meinen Rücken, meine Brust und meine Knie. Dann wurde ich von den Wächtern wieder auf die Beine gezerrt, damit sie mich erneut zusammenschlagen konnten. Nach vielen, vielen Stunden, in denen man mir Brandwunden mit glühenden Zigaretten zugefügt hatte, entschieden sie sich für noch härtere Maßnahmen. Man band mir die Hände und Füße zusammen und schleifte mich zurück in eine unterirdische Zelle. Dort ließ man mich mehrere Tage lang so gefesselt liegen.

Die japanische Methode, Gefangene zu fesseln, führte zu qualvollen Schmerzen. Meine Handgelenke wurden hinter dem Rücken so zusammengebunden, dass meine Hände zum Nacken zeigten. Anschließend verschnürte man meine Fußgelenke, beugte die Unterschenkel nach hinten und verband sie mit den Handgelenken, sodass auch meine Fußsohlen in Richtung Nacken zeigten. Ein Seil wurde dann von meinem rechten Fuß- und Handgelenk über meinen Hals zum anderen Fuß- und Handgelenk geführt. Wenn ich also versuchte, meine Körperhaltung etwas zu entspannen, führte das dazu, dass ich mich beinahe selbst erdrosselte. Es war eine wirklich sehr, sehr schmerzhafte Position, wie ein stark gespannter Bogen dazuliegen. Immer wieder mal kam eine Wache herein und trat gegen mich, nur um zu sehen, wie ich darauf reagierte.

Mehrere Tage ließ man mich in dieser qualvollen Position liegen, wobei ich nur einmal am Tag für eine halbe Stunde losgebunden wurde. Immer wieder kamen sie zu mir, um mich zu verhören, doch ich schwieg. Meine

Antwort war stets dieselbe: «Ich bin Offizier der chinesischen Streitkräfte. Ich gehöre nicht zu den kämpfenden Einheiten. Ich bin Arzt und Kriegsgefangener. Mehr habe ich nicht zu sagen.»

Schließlich waren sie es leid, mir Fragen zu stellen. Also holten sie einen Schlauch und flößten mir stark gepfeffertes Wasser durch die Nase ein. Es fühlte sich an, als stünde mein ganzes Gehirn in Flammen und die Teufel schürten es in mir weiter. Aber ich schwieg. Also rührten sie eine noch stärkere Pfefferlösung an und mischten noch Senf darunter. Die Schmerzen waren immens. Irgendwann begann helles Blut aus meinem Mund zu strömen. Der Pfeffer hatte meine Nasenschleimhäute zerfressen. Zehn Tage lang hatte ich diese Misshandlungen überlebt. Ich nehme an, sie begriffen, dass mich diese Methode nicht zum Reden bringen würde, und zogen sich angesichts des hellroten Blutes schließlich zurück.

Zwei oder drei Tage später kamen sie erneut und trugen mich wieder in den Verhörraum. Ich musste getragen werden, da ich trotz aller Bemühungen und trotz der Schläge mit Gewehrkolben und Bajonettstichen nicht mehr in der Lage war zu gehen. Meine Hände und Beine waren so lange gefesselt gewesen, dass ich keinerlei Kontrolle mehr über sie hatte. Im Verhörraum ließen sie mich einfach zu Boden fallen und die vier Wachen, die mich getragen hatten, bauten sich in Achtungsstellung vor den im Halbkreis sitzenden Offizieren auf. Diesmal lagen viele merkwürdige Geräte vor ihnen, die ich als Folterinstrumente erkannte.

«Sie werden uns jetzt die Wahrheit sagen und nicht länger unsere Zeit verschwenden», sagte der Oberst.

«Ich habe Ihnen die Wahrheit gesagt. Ich bin ein Offizier der chinesischen Streitkräfte.» Das war alles, was ich als Antwort erwiderte.

Das Gesicht des Japaners lief vor Wut rot an. Auf einen Befehl wurde ich auf ein Brett geschnallt, die Arme ausgestreckt, so als wollte man mich kreuzigen. Dann trieben Sie mir bis zu den ersten Fingergelenken lange Bambusspäne unter die Fingernägel. Anschließend wurden die Späne gedreht. Es war wirklich sehr, sehr schmerzhaft, doch auch das brachte ihnen keine Antwort. Also zogen die Wachen die Späne schnell wieder heraus und rissen mir dann die Fingernägel langsam aus, indem sie einen nach dem anderen nach hinten klappten. Die Schmerzen waren einfach teuflisch. Noch schlimmer war es, als mir die Japaner auf die blutenden Nagelbetten Salzwasser träufelten. Ich wusste, dass ich nicht reden und meine Kameraden nicht verraten durfte, deshalb rief ich mir in Gedanken den Rat meines Mentors, dem Lama Mingyar Dondup, ins Gedächtnis zurück:

«Konzentriere dich nicht auf den Sitz des Schmerzes, Lobsang, denn wenn du das tust, bündelst du deine ganze Energie auf diese eine Stelle, und du wirst die Schmerzen nicht ertragen können. Denke stattdessen an etwas anderes. Kontrolliere deinen Geist und denke an etwas anderes. Wenn du das tust, wirst du die Schmerzen und die Nachwirkungen des Schmerzes zwar immer noch spüren, aber du wirst in der Lage sein, sie zu ertragen. Sie werden dir als etwas erscheinen, das sich im Hintergrund abspielt.»

Um also meinen Verstand nicht zu verlieren und um zu verhindern, dass ich Namen und Informationen preisgab, lenkte ich meine Gedanken auf andere Dinge. Ich dachte an die Vergangenheit, an mein Zuhause in Tibet und an meinen Mentor. Ich dachte an den Beginn der Erdgeschichte, so wie wir sie in Tibet kannten:

Unter dem Potala existieren verborgene, geheimnisvolle Gänge, in denen möglicherweise der Schlüssel zur Weltgeschichte liegt. Diese Gänge interessierten und faszinierten mich, und vielleicht könnte es von Interesse sein, zu berichten, was ich dort gesehen und erlebt habe, denn dieses Wissen scheint im Westen weitgehend unbekannt zu sein.

Ich erinnerte mich an jene Zeit, als ich noch ein sehr junger Mönch in der Ausbildung war. Seine Heiligkeit, der Dalai Lama, hatte meinen Dienst als Hellsichtiger im Potala in Anspruch genommen und war sehr zufrieden mit mir gewesen. Als Belohnung hatte er mir die Erlaubnis gegeben, mich im Potala frei bewegen zu können.

Eines Tages rief mich mein Mentor zu sich und sagte: «Lobsang, ich habe viel über deine Entwicklung nachgedacht und bin zum Schluss gekommen, dass du jetzt alt genug und weit genug fortgeschritten bist, um mit mir die Schriften in den verborgenen Höhlen zu studieren. Komm!»

Er erhob sich, und gemeinsam mit mir an seiner Seite verließen wir seine Kammer. Wir gingen den Korridor hinab, immer weiter und weiter über viele Stufen. Wir kamen an Gruppen von Mönchen vorbei, die ihren täglichen häuslichen Pflichten im Potala nachgingen. Schließlich erreichten wir tief in der Dunkelheit des Berges einen kleinen Raum, der rechts vom Korridor abzweigte. Hier fiel nur noch sehr wenig Licht durch die Fenster, während draußen die traditionellen Gebetsfahnen im Wind flatterten.

«Wir werden hier hineingehen, Lobsang, und Lampen mitnehmen, damit wir Bereiche erkunden können, zu denen nur sehr wenige Lamas Zugang haben.»

In dem kleinen Raum nahmen wir Lampen aus den Regalen und füllten sie auf. Zur Sicherheit nahm jeder von uns noch eine Ersatzlampe mit. Nachdem wir die ersten Lampen angezündet hatten, verließen wir den Raum und setzten unseren Weg den Gang hinunter fort. Mein Mentor ging voran und zeigte mir den Weg. Der Gang führte immer tiefer hinab, bis wir schließlich am Ende einen Raum erreichten. Es schien, als wäre dies das Ziel unserer Reise. Der Raum wirkte wie ein Lagerraum, in dem kunstvolle Figuren, Bilder, Heiligtümer und Götter fremder Nationen sowie Geschenke aus aller Welt verstreut lagen. Hier bewahrte der Dalai Lama die zahlreichen Geschenke auf, für die er keine unmittelbare Verwendung hatte.

Neugierig blickte ich mich um. Es erschloss sich mir nicht, warum wir hier sein sollten. Ich hatte erwartet, dass wir zu Forschungszwecken herabgestiegen waren, doch dieser Raum war lediglich ein Lager.

«Ehrwürdiger Herr Lehrer», sagte ich, «bestimmt haben wir uns im Weg geirrt und wollten gar nicht hierherkommen.»

Der Lama sah mich an und lächelte gütig.

«Lobsang, Lobsang, du glaubst doch nicht etwa, ich hätte mich verirrt?»

Er lächelte, während er sich von mir entfernte und auf eine Wand zuschritt. Einen Augenblick sah er sich suchend um. Dann tat er etwas. Soweit ich erkennen konnte, hantierte er an einem Muster, an einer Stuckverzierung, die offenbar von einem längst Dahingeschiedenen angefertigt worden war. Plötzlich ertönte ein dumpfes Rumpeln, als würden Steine herabfallen. Erschrocken fuhr ich zusammen, aus Angst, die Decke könnte einstürzen oder der Boden unter uns einbrechen.

Mein Mentor lachte. «Oh, nein, Lobsang, es besteht keine Gefahr. An dieser Stelle hier setzen wir unsere Reise fort. Hier betreten wir eine andere Welt. Eine Welt, die nur ganz Wenige gesehen haben. Folge mir.»

Ehrfürchtig schaute ich hin. Ein Teil der Wand war zur Seite geglitten und enthüllte ein dunkles Loch. Ich konnte einen staubigen Pfad sehen, der vom Raum in das Loch führte und in der unheimlichen Finsternis verschwand. Vor Überraschung blieb ich wie angewurzelt stehen.

«Aber Herr Lehrer!», rief ich aus. «Dort war überhaupt keine Tür zu sehen. Wie kommt das?»

Mein Mentor lachte und sagte: «Dieser Eingang wurde vor Jahrhunderten entworfen und gebaut, und das Geheimnis wurde streng gehütet. Ohne das Wissen über den Mechanismus kann niemand diese Tür öffnen. Egal wie genau man sucht, man wird keinen Hinweis auf eine Fuge oder einen Spalt finden. Aber komm jetzt, Lobsang, wir wollen uns nicht mit bautechnischen Details aufhalten. Wir verschwenden nur unsere Zeit. Du wirst diesen Ort noch oft sehen.»

Mit diesen Worten wandte er sich um und führte mich in dieses Loch, in diesen mysteriösen Tunnel, der sich vor uns erstreckte. Mit etwas Beklemmung folgte ich ihm. Er ließ mich an sich vorbeigehen, dann drehte er sich um und betätigte erneut etwas. Wieder erklang das bedrohliche Poltern, Knarren und Reiben, und eine massive Steinplatte glitt vor meinen erstaunten Augen vorbei und verschloss die Öffnung wieder. Jetzt standen wir in der Dunkelheit, die nur schwach von den flackernden goldenen Flammen der Butterlampen, die wir bei uns trugen, erhellt wurde. Mein Mentor ging wieder an mir vorbei und marschierte weiter. Seine gedämpften Schritte hallten auf seltsame Weise von den Felsenwänden wider, und das Echo kehrte mehrfach zurück. Ohne ein Wort ging er weiter, bis er nach etwa eineinhalb Kilometern plötzlich anhielt. So abrupt, dass ich mit einem überraschten Ausruf in ihn hineinstieß.

«Hier werden wir unsere Lampen auffüllen, Lobsang, und dickere Dochte einsetzen. Wir brauchen jetzt mehr Licht. Mach es genauso wie ich, dann gehen wir weiter.»

Nun hatten wir hellere Flammen, die unseren Weg besser beleuchteten. Wir gingen lange, lange weiter, so lange, dass ich allmählich müde und ungeduldig wurde. Doch dann bemerkte ich, dass der Gang breiter und höher wurde, als würden wir uns vom schmalen Ende eines Trichters zum breiteren hin bewegen. Der Gang machte eine Kurve, und plötzlich schrie ich erstaunt auf. Vor mir breitete sich eine riesige Höhle aus. An den Wänden und der Decke funkelten unzählige goldene Lichtpunkte, die das Licht unserer Butterlampen reflektierten. Die Höhle schien riesig zu sein, und unsere spärliche Beleuchtung betonte ihr Ausmaß und die Dunkelheit nur noch mehr.

Mein Mentor ging zur linken Seite des Pfades, wo eine Felsspalte war, und zog mit einem Quietschen etwas hervor, das wie ein großer, röhrenförmiger Metallkörper aussah. Er war etwa halb so groß wie ein Mensch und so breit wie ein Mensch an der breitesten Stelle. Oben auf dem Metallkörper befand sich eine Vorrichtung, deren Zweck ich nicht verstand – offenbar eine Art kleines weißes Netz. Der Lama Mingyar Dondup stellte irgendetwas ein und berührte dann das obere Ende mit seiner brennenden Butterlampe. Sofort loderte eine hellgelbweiße Flamme auf, die uns alles klarer erkennen ließ. Ein leises Zischen war zu hören, als stünde die Lampe unter Druck. Mein Mentor löschte unsere kleinen Lampen und sagte: «Das wird uns genügend Licht geben, Lobsang. Wir werden sie mitnehmen. Ich möchte, dass du etwas über eine längst vergangene Zeit lernst.» Er ging voran und zog dieses große, helle Licht, diesen Lichtbehälter, auf einem kleinen Schlitten hinter sich her. Er ließ sich mühelos bewegen.

Wir setzten unseren Weg fort, immer tiefer und tiefer den Pfad hinab, bis ich glaubte, wir müssten direkt in den Eingeweiden der Erde sein. Schließlich blieb mein Mentor stehen. Vor uns erhob sich eine schwarze Wand, in der sich ein großes, vertieftes Feld aus Gold befand, das mit Hunderten, vielleicht Tausenden von Gravuren verziert war. Fasziniert betrachtete ich es, bevor mein Blick zur anderen Seite wanderte, wo das schwarze Schimmern von Wasser sichtbar wurde – als läge ein großer See vor uns.

«Lobsang, höre mir jetzt gut zu», ermahnte mich mein Mentor, «über den See wirst du später noch mehr erfahren. Zunächst möchte ich dir etwas über den Ursprung Tibets erzählen. In späteren Jahren wirst du dich selbst von der Richtigkeit ihres Ursprungs überzeugen können, dann nämlich, wenn du an einer Expedition teilnehmen wirst, die ich im Augenblick in Planung habe. Wenn du unser Land verlässt, wirst du feststellen, dass die Menschen, die uns nicht kennen, behaupten werden, die Tibeter seien ein primitives Volk, das Teufel verehre und unvorstellbare Rituale praktiziere. Doch, Lobsang, unsere Kultur ist älter als jede andere im Westen. Wir besitzen Aufzeichnungen, die Tausende von Jahren zurückreichen und die hier, gut versteckt, sorgfältig aufbewahrt werden.»

Er trat zu den Inschriften und begann, mir die verschiedenen Zeichen und Symbole zu erklären. Ich sah Zeichnungen von Menschen und Tieren, von Arten, die es heute nicht mehr gibt. Dann zeigte er auf eine Himmelskarte, von der selbst ich wusste, dass deren Sternbilder nicht aus der heutigen Zeit stammen konnten. Der Lama hielt inne, sah mich an und sagte: «Weißt du, Lobsang, ich kann das lesen, was hier geschrieben steht. Man hat mich diese Sprache gelehrt. Ich werde dir jetzt diese Geschichte, diese uralte Geschichte, vorlesen. In den Tagen, die noch kommen werden, werde ich, und auch andere, dir diese geheime Sprache beibringen, sodass du selbst hierherkommen und dir eigene Notizen machen und eigene Schlüsse aus den Aufzeichnungen ziehen kannst. Das bedeutet: lernen, lernen und nochmals lernen. Du wirst immer wieder in diese Höhlen hinabsteigen müssen, um sie weiter zu erforschen. Es gibt noch viele von ihnen, und sie erstrecken sich kilometerweit unter uns.»

Eine Weile stand er still da und betrachtete die Inschriften, bevor er mir einen Teil der Geschichte vorlas. Vieles, was er mir damals erzählte, und noch mehr von dem, was ich später selbst entdeckte, kann in einem Buch wie diesem nicht wiedergegeben werden. Der durchschnittliche Leser würde es schlichtweg nicht glauben. Und selbst wenn er es täte und Kenntnisse von diesen Geheimnissen erlangte, könnte er, wie schon andere vor ihm, die Technologien, die ich gesehen habe, für eigennützige Zwecke missbrauchen, um Macht über andere zu gewinnen und um andere zu vernichten. So wie die Nationen heute einander mit der Atombombe drohen. Die Atombombe ist nicht etwa eine neue Erfindung. Sie wurde bereits vor Jahrtausenden entwickelt und brachte damals schon eine verheerende Katastrophe über die Erde. Und sie wird es wieder tun, wenn der menschlichen Torheit kein Einhalt geboten wird.

In jeder Weltreligion, in der Geschichte jedes Stammes und jeder Nation, gibt es Berichte über die große Sintflut – eine Katastrophe, bei der Menschen ertranken, Land versank, neues Land auftauchte und die Erde in ein Chaos stürzte. Diese Erzählung findet man bei den Inkas, den Ägyptern, den Christen – eigentlich überall. Diese Katastrophe, wie wir wissen, wurde durch eine Bombe ausgelöst. Lassen Sie mich nun erzählen, was laut den Inschriften damals geschehen war.

Mein Mentor setzte sich in die Lotushaltung, den Blick auf die Inschriften an der Felswand gerichtet. Hinter ihm befand sich das helle Licht, das mit goldenem Glanz auf die uralten Gravuren schien. Er bat mich, mich ebenfalls zu setzen. Ich nahm meinen Platz neben ihm ein, sodass ich die Besonderheiten sehen konnte, auf die er zeigte. Als ich mich bequem hingesetzt hatte, begann er zu sprechen. Und was er mir erzählte, war Folgendes:

In den Tagen vor langer, langer Zeit war die Erde eine ganz und gar andere Welt. Sie kreiste viel näher an der Sonne und in entgegengesetzter Richtung. In ihrer Nähe befand sich ein weiterer Planet, ein Zwilling der

Erde. Die Tage waren kürzer, wodurch es den Anschein hatte, dass die Menschen länger lebten – sie wurden offenbar hunderte Jahre alt. Das Klima war heißer, und die Vegetation war üppig und tropisch. Es gab viele verschiedene Tierarten, die enorme Größen erreichten. Aufgrund der anderen Rotationsgeschwindigkeit der Erde war die Schwerkraft deutlich geringer als heute, und die Menschen waren vielleicht doppelt so groß wie wir heute. Doch im Vergleich zu einer anderen Rasse, die mit ihnen auf der Erde lebte, wirkten sie wie Pygmäen. Diese Rasse, die unter den Menschen lebte, stammte aus einem anderen Planetensystem und war superintelligent. Sie beaufsichtigten die Erde und brachten den Menschen viel bei. Die Menschen waren zu dieser Zeit eine Kolonie, die wie eine Schulklasse von einem gütigen Lehrer unterrichtet wurde. Diese mächtigen Riesen lehrten sie vieles. Oft bestiegen sie seltsame Raumschiffe aus glänzendem Metall und jagten damit über den Himmel. Der Mensch, der arme unwissende Mensch, der noch an der Schwelle der erwachenden Vernunft stand, konnte das Geschehen nicht begreifen, denn seine Intelligenz war kaum höher als die der Affen.

Unzählige Jahrhunderte lang verlief das Leben auf der Erde in ruhigen Bahnen. Frieden und Harmonie herrschten zwischen allen Geschöpfen. Die Menschen verständigten sich telepathisch, die gesprochene Sprache nutzten sie nur für lokale Unterhaltungen. Doch dann kam es unter den Superintelligenten, die viel größer waren als die Menschen, zu einem Streit. Es entstanden Meinungsverschiedenheiten, und sie konnten sich in bestimmten Punkten nicht einigen – ähnlich wie es bei den heutigen Völkern der Fall ist. Eine Gruppe zog in einen anderen Teil der Welt und versuchte von dort aus zu herrschen. Die Konflikte dauerten an, und einige der Supermenschen töteten sich gegenseitig. Sie führten erbitterte Kriege und brachten großes Unheil übereinander. Die Menschen, die lernbegierig waren, übernahmen das Kriegshandwerk und lernten zu töten. Und so wurde die zuvor friedliche Erde zu einem kummervollen Ort.

Über mehrere Jahre hinweg arbeiteten die Supermenschen im Verborgenen – die eine Hälfte gegen die andere. Eines Tages erschütterte eine gigantische Explosion die Erde. Sie bebte und geriet auf ihrer Umlaufbahn ins Schwanken. Unheimliche Flammen schossen über den Himmel, und die Erde wurde in Rauch gehüllt. Schließlich legte sich der ganze Tumult, doch Monate später zeigte sich etwas Seltsames am Himmel, das die Menschen in Angst und Schrecken versetzte: Ein Planet näherte sich der Erde und wurde immer größer. Es war offensichtlich, dass er auf die Erde zusteuerte. Die Anziehungskraft ließ das Wasser zu riesigen Flutwellen anschwellen, begleitet von heftigen Stürmen, die tagelang tobten. Der herannahende Planet füllte den gesamten Himmel aus, bis es so aussah, als würde er direkt mit der Erde kollidieren. Je näher er kam, desto höher türmten sich die Monsterwellen auf und überfluteten weite Landstriche. Erdbeben erschütterten die ganze Erde, und in der Zeit eines Augenzwinkerns wurden ganze Kontinente verschluckt.

Die Supermenschen vergaßen ihre Streitigkeiten und eilten zu ihren glänzenden Maschinen. Sie stiegen mit ihnen in den Himmel auf, um sich vor der Zerstörung in Sicherheit zu bringen, die über die Welt hereinbrach. Doch auf der Erde gingen die Erdbeben unaufhörlich weiter. Berge erhoben sich, und der Meeresboden stieg an, während gleichzeitig Land versank und von gewaltigen Wassermassen überflutet wurde. Die Menschen jener Zeit flohen voller Entsetzen, überzeugt, dass das Ende der Welt gekommen sei. Die Stürme wurden immer heftiger, und der ohrenbetäubende Lärm und der unaufhörliche Tumult zermürbten die Menschen. All das trieb die Menschen an den Rand des Wahnsinns.

Der herannahende Planet wurde immer größer und kam der Erde bedrohlich nahe. Als er eine bestimmte Entfernung erreichte, durchzuckte ein greller Blitz den Himmel, und zeitgleich erfolgte ein gigantischer Knall. Der gesamte Himmel flammte auf, und durch die ununterbrochenen elektrischen Entladungen schien er in Flammen zu stehen. Pechschwarze Wolken formten sich und verwandelten die Tage in eine endlose Nacht voller Angst und Schrecken. Es schien, als würde selbst die Sonne vor Entsetzen erstarren. Laut den Aufzeichnungen verharrte die Sonne, der rote Ball, viele Tage lang an derselben Stelle, wurde blutrot und war von riesigen Flammenzungen umgeben. Schließlich schloss sich die schwarze Wolkendecke, und tiefste Dunkelheit legte sich über die Erde. Die Sturmwinde wechselten zwischen eisiger Kälte und glühender Hitze. Tausende Menschen starben an den extremen Temperaturschwankungen. Vom Himmel fiel Nahrung, die manche als «Manna» bezeichneten. Ohne diese wären sowohl Menschen als auch Tiere verhungert, da die Ernten vernichtet waren und es keine anderen Nahrungsquellen mehr gab.

Männer und Frauen zogen von Ort zu Ort, verzweifelt auf der Suche nach Schutz. Sie suchten Plätze, an denen sie ihre vom Sturm zerschundenen und von den ständigen Unruhen gemarterten Körper ausruhen konnten. Sie beteten um Frieden, flehten um Rettung. Doch die Erde bebte und wankte weiter. Regenfluten stürzten herab, und aus dem Weltraum zuckten unablässig elektrische Entladungen auf die Erde nieder. Mit der Zeit, als sich die dichten schwarzen Wolken allmählich verzogen, schien die Sonne immer kleiner zu werden, als würde sie zurückweichen. Die Menschen schrien in Angst, sicher, dass der Sonnengott, ihr Lebensspender, sie verlassen würde. Aber noch eigenartiger war, dass die Sonne nun von Osten nach Westen über den Himmel zog und nicht mehr, wie früher, von Westen nach Osten.

Als die Sonne verhüllt gewesen war, hatten die Menschen jegliches Zeitgefühl verloren. Es gab keine Möglichkeit mehr, die Zeit zu messen. Nicht einmal die Weisesten konnten sagen, wie lange diese Ereignisse bereits zurücklagen. Doch dann beobachteten sie etwas Seltsames am Himmel: eine große, gelbe, sichelförmige und kraterübersäte Welt. Es schien, als würde auch sie auf die Erde stürzen. Diese Welt, die wir heute als Mond kennen, wirkte damals wie ein Relikt der Kollision zwischen den Planeten. Später entdeckten Völker in Sibirien eine große Vertiefung im Gelände, möglicherweise verursacht durch den Kontakt mit dieser anderen Welt – oder gar der Ort, von dem sich der Mond einst losgerissen hatte.

Vor der Kollision hatte es Städte und hohe Gebäude gegeben, in denen ein großer Teil des Wissens der höher entwickelten Menschenrasse aufbewahrt wurde. Als die Gebäude während der Katastrophe einstürzten, wurde all dieses geheime Wissen unter Bergen von Schutt begraben. Die Weisen der Stämme wussten, dass sich unter den Trümmern Behältnisse mit einzigartigen Stücken und Metallbüchern mit eingravierten Schriften befanden. Sie wussten, dass das gesamte Wissen der Welt unter diesen Ruinen lag. Also begannen sie mit Ausgrabungen, um zu sehen, was von diesen Aufzeichnungen noch gerettet werden konnte. Ihr Ziel war es, sich das Wissen der Höheren Rasse anzueignen und so ihre eigene Macht zu vergrößern.

Im Laufe der Jahre wurden die Tage immer länger, bis sie fast doppelt so lang waren wie vor der Katastrophe. Schließlich fand die Erde ihre neue Umlaufbahn, begleitet von ihrem Mond, dem Mond, der das Produkt der Kollision war. Doch die Erde bebte und grollte weiterhin. Berge erhoben sich, spien Feuer und Gestein aus und brachten Zerstörung. Ohne Vorwarnung wälzten sich mächtige Lavaströme die Berghänge hinab und vernichteten alles, was sich ihnen in den Weg stellte. Oftmals wurden auch bedeutende Relikte und Wissensquellen unter ihnen begraben. Das harte Metall jedoch, auf dem viele Aufzeichnungen festgehalten waren, schmolz nicht in der Lava, sondern wurde von ihr geschützt. Die Aufzeichnungen wurden so in einem porösen Steinmantel konserviert, der im Laufe der Zeit zerfiel und die Inhalte jenen zugänglich machte, die wussten, wie man sie nutzen konnte.

Aber bis dahin sollte noch eine lange Zeit vergehen. Während die Erde sich immer mehr in ihrer neuen Umlaufbahn stabilisierte, breitete sich Kälte über die Welt aus. Die Tiere starben oder zogen in wärmere Gebiete. Mammuts und Brontosaurier starben aus, weil sie sich nicht an die neuen Lebensbedingungen anpassen konnten. Eis fiel vom Himmel, und die Winde wurden bitterkalt. Der Himmel, der einst fast wolkenlos gewesen war, war nun von dichten Wolken bedeckt. Die Erde war zu einer ganz anderen Welt geworden. Die Meere hatten jetzt Gezeiten, während sie zuvor ruhige, wellenlose Seen gewesen waren, außer bei leichtem Wind. Nun schossen meterhohe Wellen in die Luft, und über Jahre hinweg drohten die mächtigen Gezeiten, das Land zu verschlingen und die Menschen zu ertränken.

Auch der Himmel hatte sich verändert. Nachts erschienen unbekannte Sterne statt der vertrauten, und der Mond war sehr nahe. Neue Religionen keimten auf, während die Priester jener Zeit versuchten, ihre Macht zu bewahren und die Ereignisse zu erklären. Sie hatten vieles von dem Wissen der höher entwickelten Rasse vergessen und dachten nur noch an ihre eigene Macht und Bedeutung. Aber – wie es wirklich geschehen war, konnten sie nicht sagen. Stattdessen führten sie die Katastrophe auf den «Zorn Gottes» zurück und predigten, dass alle Menschen in Sünde geboren seien.

Mit der Zeit, nachdem die Erde ihre neue Umlaufbahn vollständig stabilisiert hatte und sich das Wetter einigermaßen beruhigt hatte, wurden die Menschen schlanker und kleiner. Die Jahrhunderte vergingen, und die Landmassen behielten ihre Größe. Viele verschiedene Rassen tauchten auf, als wären sie nur zu experimentellen Zwecken hier: Sie kämpften, scheiterten und verschwanden wieder, um durch andere ersetzt zu werden. Schließlich entwickelte sich eine stärkere Spezies, und die Zivilisation begann von Neuem – eine Zivilisation, die von Anfang an die Rassenerinnerung an die schreckliche Katastrophe in sich trug. Einige der Intelligenteren begannen, nach der Wahrheit zu suchen und herauszufinden, was damals wirklich geschehen war.

Inzwischen hatten Wind und Regen ganze Arbeit geleistet, und die alten Aufzeichnungen kamen allmählich aus dem bröckelnden Lavagestein zum Vorschein. Die intelligenteren Menschen, die nun auf der Erde lebten, erkannten ihren Wert. Sie gruben die Artefakte aus und übergaben sie ihren Weisen, die es schließlich mit viel Mühe schafften, einige der Texte zu entziffern. Als ein kleiner Teil der Aufzeichnungen lesbar wurde und die damaligen Wissenschaftler begannen, sie zu verstehen, setzten sie alles daran, weitere Texte zu finden, um die Anleitungen mit den fehlenden Teilen zu vervollständigen. Große Ausgrabungen wurden eingeleitet, bei denen viel Interessantes zu Tage kam.

In der Folgezeit entstand eine neue Zivilisation. Stadt um Stadt wurde erbaut, und die Wissenschaft konzentrierte sich zunehmend auf die Entwicklung von Zerstörungstechniken. Der Fokus lag stets darauf, Macht über kleinere Gruppen zu erlangen, während die Möglichkeit, in Frieden zusammenzuleben, völlig ignoriert wurde. Man vergaß dabei, dass es letztlich der fehlende Frieden gewesen war, der zur damaligen Katastrophe geführt hatte.

Über viele Jahrhunderte hinweg behielt die Wissenschaft die Oberhand. Die Priester hatten sich als Wissenschaftler etabliert und schlossen alle anderen Wissenschaftler aus, die nicht zu ihrem Kreis gehörten. Sie bauten ihre Macht stetig aus und verehrten die Wissenschaft. Alles, was in ihrer Macht stand, taten sie, um diese Macht in ihren eigenen Händen zu behalten. Sie unterdrückten die einfachen Menschen, um sie vom eigenständigen Denken abzuhalten, und gaben sich selbst als Götter aus. Ohne die Zustimmung der Priester durfte keine Handlung ausgeführt werden. Was immer die Priester begehrten, nahmen sie sich ohne Widerstand, ohne Gegenwehr. Mit der Zeit vergrößerten sie ihre Macht so weit, dass sie beinahe die absolute Herrschaft über die Erde erlangten – und vergaßen dabei, dass absolute Macht unweigerlich ins Verderben führt.

Große, flügellose Maschinen glitten lautlos durch die Luft. Sie flogen durch die Luft oder sie schwebten reglos an Ort und Stelle, wie das nicht einmal die Vögel können. Die Wissenschaftler hatten das Geheimnis der Gravitation und Anti-Gravitation entschlüsselt und nutzten diese Technologie, um ihre Macht weiter auszubauen. Riesige Steinblöcke wurden mithilfe eines winzigen Geräts, das man in einer Hand halten konnte, von einer einzigen Person dorthin bewegt, wo sie gebraucht wurden. Keine Arbeit war zu schwer. Die Menschen bedienten ihre Maschinen, ohne sich selbst anstrengen zu müssen. Gewaltige Maschinen ratterten über die Erdoberfläche. Über das Meer reiste man kaum noch, es sei denn zum Vergnügen. Die Seefahrt war zu langsam, außer für jene, die das Spiel von Wind und Wellen genossen. Alle Transporte und Reisen erfolgten in der Luft oder, bei kürzeren Strecken, auf dem Landweg. Die Menschen wanderten in ferne Länder aus und gründeten Kolonien. Doch durch die Katastrophe der Kollision hatten sie ihre telepathischen Fähigkeiten verloren. Sie sprachen nun keine gemeinsame Sprache mehr. Die Dialekte entwickelten sich zunehmend auseinander, bis sie schließlich für andere völlig unverständlich wurden.

Mit dem Verlust der telepathischen Kommunikation, und dem Unvermögen, die Ansichten und Standpunkte der anderen zu verstehen, entbrannten Konflikte zwischen den Völkern. Kriege brachen aus, und schreckliche Waffen wurden entwickelt. Überall tobten Kämpfe, in denen Männer und Frauen verstümmelt wurden. Die verheerenden Strahlungen dieser Waffen führten zu zahlreichen Mutationen in der menschlichen Rasse. Jahre vergingen, und die Kriege wurden immer brutaler, das Blutbad noch entsetzlicher. Die Herrscher trieben ihre Erfinder unablässig an, noch tödlichere Waffen zu entwickeln. Wissenschaftler schufen immer grauenvollere Angriffssysteme. Krankheitskeime wurden gezüchtet und aus großer Höhe von Luftfahrzeugen über den Feind abgeworfen. Bomben zerstörten die Abwassersysteme, was dazu führte, dass sich weltweit Krankheiten und Seuchen verbreiteten, die Menschen, Tiere und Pflanzen gleichermaßen dahinrafften. Die Erde war der Vernichtung preisgegeben.

In einer abgelegenen Gegend, fernab vom Kriegsgeschehen, begann eine Gruppe weitsichtiger Priester, die sich nicht vom Machthunger der anderen anstecken ließen, die Geschichte ihrer Zeit auf dünne Goldplatten zu gravieren. Sie fertigten auch Himmels- und Landkarten an. Auf den Goldplatten offenbarten sie die größten Geheimnisse ihrer Wissenschaft. Gleichzeitig warnten sie eindringlich vor den Gefahren, die drohten, falls dieses Wissen missbraucht würde. Über Jahre hinweg bereiteten sie diese Platten vor. Als ihre Arbeit vollendet war, wurden sie zusammen mit Waffen, Werkzeugen, Büchern und weiteren nützlichen Gegenständen an verschiedenen unterirdischen Orten versteckt – in der Hoffnung – dass die Nachwelt von der Vergangenheit lernen und davon profitieren könnte. Denn diese Priester kannten den Verlauf der Menschheit. Sie wussten, was geschehen würde, und, wie prophezeit, traf das Erwartete schließlich ein.

Eine neue Waffe wurde entwickelt und eingesetzt. Eine gigantische Wolke stieg in die Stratosphäre auf. Die Erde bebte, schwankte erneut und schien auf ihrer Umlaufbahn zu taumeln. Gewaltige Wellen türmten sich auf und überfluteten das Land, ganze Völker wurden dahingerafft. Wieder versanken Berge im Meer, während an anderer Stelle neue emporstiegen. Dank der Warnungen der Priester konnten sich einige Männer und Frauen und Tiere retten, indem sie sich an Bord hermetisch versiegelter Schiffe begaben, die sie vor den giftigen Gasen und Krankheitserregern, die die Erde heimsuchten, schützten. Andere Menschen hingegen wurden mit dem Land, auf dem sie lebten, hoch in die Luft gehoben. Doch viele, die weniger Glück hatten, wurden in die Tiefe gezogen, vielleicht unter das Wasser oder begraben, als die Berge über ihren Köpfen zusammenbrachen.

Überschwemmungen, Feuer und tödliche Verstrahlungen töteten Millionen von Menschen. Nur noch sehr wenige Überlebende blieben auf der Erde zurück, voneinander getrennt durch die Folgen der Katastrophe. Halb wahnsinnig durch das Erlebte und wie von Sinnen durch den unaufhörlichen Lärm und Tumult, der draußen tobte, verbrachten sie Jahre in Höhlen und dichten Wäldern. Sie vergaßen ihre ganze Kultur und fielen in einen primitiven Zustand zurück, ähnlich dem der frühesten Menschheitsgeschichte. Sie kleideten sich in Felle, bemalten sich mit Beerensaft und trugen Keulen, die mit Feuersteinsplittern gespickt waren.

Mit der Zeit entstanden neue Stämme, die über das veränderte Antlitz der Erde zogen. Einige ließen sich in der Gegend des heutigen Ägypten nieder, andere in China. Doch die Menschen, die einst in den klimatisch angenehmen, tief gelegenen Küstenregionen lebten, die von der Superrasse so sehr bevorzugt worden waren, fanden sich plötzlich tausende Meter über dem Meeresspiegel wieder, umringt von ewigen Bergen, in denen sich die Landmassen schnell abkühlten. Tausende starben in der bitterkalten, dünnen Luft. Die Überlebenden jedoch wurden die Gründer der widerstandsfähigen Tibeter, in dem Land, das wir heute Tibet nennen. Dies war der Ort, an den die weitsichtigen Priester ihre dünnen Goldplatten gebracht hatten, auf denen sie all ihre Geheimnisse eingravierten. Diese Platten sowie ihre handwerklichen und technischen Errungenschaften versteckten sie in einer Höhle tief im Inneren eines Berges, damit sie einer späteren Generation von Priestern wieder zugänglich würden. Weitere Schätze wurden in einer großen Stadt verborgen, die sich heute im Chang-Tang-Hochgebirge in Tibet befindet.

Wie auch immer, die Kultur wurde nicht vollständig ausgelöscht, obwohl die Menschheit in einen primitiven Zustand, ins dunkle Zeitalter, zurückgefallen war. Dennoch gab es überall auf der Erde vereinzelte Orte, an denen sich kleine Gruppen von Männern und Frauen verzweifelt darum bemühten, das Wissen und die flackernde Flamme menschlicher Errungenschaften am Leben zu erhalten. Eine kleine Schar kämpfte blind gegen die Unzivilisiertheit des dunklen Zeitalters an. In den folgenden Jahrhunderten gab es von den Religionen viele Erklärungsversuche, um die Wahrheit über die Geschehnisse herauszufinden. Während dieser ganzen Zeit lag das Wissen tief in den Höhlen Tibets verborgen, auf unvergänglichen Goldplatten eingraviert, und wartete nur darauf, von denen entdeckt und entschlüsselt zu werden, die es finden würden.

Allmählich entwickelten sich die Menschen einmal mehr. Die Dunkelheit der Unwissenheit begann zu weichen, und die Unzivilisiertheit verwandelte sich in eine Halbzivilisation. Es gab wieder eine Art Fortschritt. Wieder wurden Städte gebaut, und Flugmaschinen durchquerten den Himmel. Einmal mehr waren Berge keine Hindernisse mehr. Die Menschen reisten um die ganze Welt, sowohl zu Wasser als auch zu Lande. Doch wie zuvor wurden sie durch ihr zunehmendes Wissen und ihre wachsende Macht erneut überheblich und begannen, schwächere Völker zu unterdrücken. Unruhen brachen aus, Hass und Verfolgung nahmen zu, und geheime Forschungen wurden betrieben. Die stärkeren Völker unterdrückten die schwächeren, doch diese entwickelten Maschinen, und es kam zu Kriegen, die Jahre andauerten. Ständig wurden neue, noch schrecklichere Waffen erfunden, während jede Seite danach strebte, eine noch furchtbarere Waffe zu entwickeln. Und während all das geschah, lag «das Wissen» immer noch unangetastet in den Höhlen Tibets. Im Chang-Tang-Hochgebirge befand sich weiterhin eine große, verlassene und unbewachte Stadt, die das wertvollste Wissen der Welt barg. Eine Stadt, die nur darauf wartete, betreten und erkundet zu werden – sie lag einfach da und wartete ...

Liegen. Ich lag auf dem Rücken in einer unterirdischen Zelle im Gefängnis und blickte durch einen roten Schleier nach oben. Blut rann mir aus der Nase, dem Mund und von den Fingerkuppen und den Zehen. Mein ganzer Körper war ein einziger Schmerz. Es fühlte sich an, als wäre ich in ein Flammenbad getaucht worden.

Undeutlich hörte ich eine japanische Stimme sagen: «Diesmal seid ihr zu weit gegangen. Das wird er nicht überleben. Er kann das unmöglich überleben.»

Doch ich überlebte. Ich war entschlossen, am Leben zu bleiben und den Japanern zu zeigen, wie ein Mann aus Tibet sich im Griff hatte. Ich würde ihnen beweisen, dass nicht einmal ihre teuflischste Folter einen Tibeter zum Reden bringen konnte.

Meine Nase war gebrochen, von einem unbeherrschten Schlag mit einem Gewehrkolben platt gegen mein Gesicht gedrückt. Mein Mund war aufgeschnitten, die Kieferknochen gebrochen, und meine Zähne waren mir herausgetreten worden. Doch trotz all der Folterungen hatten die Japaner es nicht geschafft, mich zum Sprechen zu bringen. Schließlich gaben sie es auf. Selbst sie erkannten die Sinnlosigkeit ihrer Bemühungen: Einen Mann, der nicht reden wollte, konnte man nicht zum Reden bringen.

Nach vielen Wochen wurde ich dazu eingeteilt, mich um die toten Körper derer zu kümmern, die nicht überlebt hatten. Die Japaner dachten, dass, wenn sie mir eine solche Arbeit zuwiesen, meine Nerven das letztlich nicht aushalten würden und mich das vielleicht zum Sprechen bringen könnte. Das Aufstapeln von stinkenden, aufgequollenen und sich verfärbenden Leichen in der Sonnenhitze war keine angenehme Arbeit. Die Leichen konnten aufblähen und wie ein angestochener Ballon platzen. Eines Tages beobachtete ich, wie ein Mann tot umfiel. Ich wusste, dass er tot war, weil ich ihn selbst untersucht hatte. Die Wachen kümmerten sich nicht darum. Er wurde einfach von zwei Männern gepackt, hin und her geschaukelt und auf den Haufen zu den anderen toten Körpern geworfen, um dort liegenzubleiben, sodass die heiße Sonne und die Ratten mit ihrer Aufräumarbeit beginnen konnten. Es spielte für sie keine Rolle, ob jemand tot war oder nicht. War jemand zu krank, um zu arbeiten, wurde er entweder auf der Stelle mit dem Bajonett erstochen und auf den Leichenhaufen geworfen, oder er wurde halt noch lebend hinaufgeworfen.

Ich fasste den Entschluss, ebenfalls zu «sterben». Mein Plan war, mich auf den Haufen der Leichen legen zu lassen und in der Nacht unbemerkt herunterzuklettern, um zu fliehen. Die nächsten drei oder vier Tage beobachtete ich die Japaner und ihre Vorgehensweise genau, um meinen Plan auszuarbeiten. Dann entschied ich, wie ich es angehen wollte. Einige Tage bewegte ich mich unsicher auf den Beinen und gab vor, schwächer zu sein, als ich tatsächlich war. An dem Tag, an dem ich zu «sterben» plante, torkelte ich beim Gehen. Ich torkelte auch, als ich beim ersten Tageslicht zum Morgenappell antrat. Den ganzen Vormittag über spielte ich den völlig Erschöpften. Kurz nach dem Mittag ließ ich mich schließlich zusammenbrechen. Es war nicht schwer, denn es war nicht wirklich vorgetäuscht. Ich hätte jederzeit vor Entkräftung zusammenbrechen können. Die Folterungen, die ich durchgemacht hatte, hatten mich stark geschwächt. Das karge Essen, das ich erhielt, hatte mich noch weiter entkräftet, und ich war völlig erschöpft. Dieses Mal brach ich zusammen und schlief vor Müdigkeit tatsächlich ein. Ich spürte, wie mein Körper grob hochgehoben, hin- und hergeschwungen und schließlich auf den Leichenhaufen geworfen wurde. Der Aufprall auf dem Haufen knarrender Leichen weckte mich auf. Ich spürte, wie der Haufen kurz schwankte und sich dann wieder setzte. Der Schreck der Landung ließ mich die Augen öffnen. Eine Wache schaute gleichgültig in meine Richtung. Um nicht aufzufallen, riss ich die Augen weiter auf, so wie es bei Toten häufig der Fall ist. Der Wächter, längst an den Anblick von Leichen gewöhnt, wandte sich ab. Eine mehr oder weniger machte für ihn keinen Unterschied. Ich verhielt mich still und dachte über das Vergangene nach, während ich Pläne für die Zukunft schmiedete. Vorsichtshalber blieb ich völlig regungslos liegen, falls noch weitere Leichen um oder auf mich geworfen würden.

Der Tag schien Jahre zu dauern. Ich fragte mich, ob das Tageslicht jemals weichen würde. Schließlich schwand es doch, und die ersten Anzeichen des Abends kündigten sich an. Der Gestank um mich herum war nahezu unerträglich – der Geruch von Leichen, die schon lange tot waren. Unter mir konnte ich das Rascheln und Quietschen der Ratten hören, die dort ihr schauriges Werk verrichteten und die Leichen fraßen. Ab und zu gab der Haufen etwas nach, wenn eine der unteren Leichen unter dem Gewicht der anderen zusammenbrach. Dann sackte der Haufen etwas ab und geriet ins Wanken. Ich hoffte inständig, dass er nicht umkippen würde, was oft geschah, da die Leichen dann neu gestapelt werden mussten – und wer wusste schon, ob sie mich dann vielleicht noch lebend entdeckten? Noch schlimmer wäre es, wenn ich unter den Leichen begraben würde, was meine Flucht unmöglich machen würde.

Endlich mussten die Gefangenen, die rundherum arbeiteten, in ihre Hütten zurückkehren. Die Wachen patrouillierten oben auf der Mauer, und die Abendluft wurde kühler. Allmählich, beinahe quälend langsam, begann das Licht zu schwinden. Nach und nach gingen hinter den Fenstern und auch bei den Wachposten die kleinen gelben Lichter an. Langsam, fast unmerklich, senkte sich die Nacht über das Lager.

Eine gefühlte Ewigkeit lag ich reglos auf dem stinkenden Leichenhaufen und beobachtete die Wachen so gut es ging. Als sie am anderen Ende ihres Rundgangs waren, schob ich vorsichtig eine der Leichen, die auf mir lag, und eine weitere neben mir zur Seite. Mit einem dumpfen Klatschen fiel der Körper zu Boden. Erschrocken hielt ich den Atem an. Ich rechnete schon damit, dass die Wachen herbeieilen und mich in der Dunkelheit entdecken würden.

Es wäre mein sicherer Tod gewesen, denn sobald die Scheinwerferlichter angingen, wurden alle, die die Japaner aufspürten, augenblicklich mit dem Bajonett erstochen. Vielleicht wurde ihnen auch der Bauch aufgeschlitzt oder sie wurden über ein schwach brennendes Feuer gehängt. Oder sie wurden auf eine andere grausame Weise getötet, die der kranke Einfallsreichtum der Japaner ersann. Diese Hinrichtungen führten sie dann einer angewiderten Gruppe von Gefangenen vor, um ihnen zu zeigen, wie töricht es war, vor den «Söhnen des Himmels» zu fliehen.

Nichts geschah. Offenbar hatten sich die Japaner längst an das Knarren und die herunterfallenden Leichen gewöhnt. Vorsichtig bewegte ich mich, aber nur zögerlich. Der gesamte Leichenhaufen wackelte und knarrte. Zunächst schob ich ein Bein vor, dann das andere. Anschließend kroch ich über den Rand des Haufens und ließ mich langsam hinuntergleiten, indem ich mich an den Leichen festhielt. So konnte ich die drei oder vier Meter hinunterklettern. Ich war zu schwach, um zu springen, und wollte keine Verstauchung oder einen Knochenbruch riskieren. Die leisen Geräusche, die ich dabei machte, blieben unbemerkt. Die Japaner hätten nie gedacht, dass sich jemand an einem so grauenvollen Ort verstecken würde. Am Boden angekommen, schlich ich vorsichtig in den Schatten einiger Bäume, die neben der Mauer des Gefangenenlagers standen. Dort wartete ich eine Weile. Über meinem Kopf, auf der Mauer, trafen die Wachposten aufeinander und führten ein leises Gespräch. Ein Streichholz flammte auf, als Zigaretten angezündet wurden. Dann trennten sich die beiden wieder. Einer ging die Mauer hinauf, der andere hinunter. Beide hielten die Zigaretten in ihren hohlen Händen, und beide waren für einen Moment vom Licht des Streichholzes geblendet. Ich nutzte diese günstige Gelegenheit. Leise und langsam gelang es mir, über die Mauer zu klettern. Da dies nur ein provisorisches Lager war, hatten die Japaner es nicht mit Elektrozäunen gesichert. Ich schaffte es über die Mauer und schlich mich in der Dunkelheit davon. Die ganze Nacht verbrachte ich auf einem Ast, fast noch in Sichtweite des Lagers. Ich hatte mir überlegt, dass die Japaner, falls sie mein Fehlen bemerkten oder mich flüchtig gesehen hätten, an mir vorbeistürmen würden. Sie würden nicht damit rechnen, dass sich ein Gefangener so nah am Lager versteckte.

Den ganzen nächsten Tag blieb ich, wo ich war. Ich war zu schwach und zu krank, um mich zu bewegen. Als erneut die Dunkelheit hereinbrach, rutschte ich den Baumstamm hinunter und machte mich auf den Weg. Ich kannte die Gegend gut und wusste, dass ganz in der Nähe ein sehr alter Chinese wohnte. Ich hatte seiner Frau ärztliche Hilfe geleistet, bevor sie starb. In der Dunkelheit machte ich mich nun zu seinem Haus auf. Sehr besorgt und angespannt klopfte ich sanft an seine Tür und flüsterte meinen Namen. Drinnen hörte ich verstohlene Bewegungen, dann wurde die Tür leise und vorsichtig ein paar Zentimeter weit geöffnet, und ein altes Gesicht spähte hinaus.

«Ach, Sie sind es», sagte er, «kommen Sie schnell herein.»

Er öffnete die Tür etwas weiter, und ich fiel in seine ausgestreckten Arme. Schnell schloss er die Fensterläden und zündete eine Lampe an. Als er mich sah, keuchte er entsetzt auf. Mein linkes Auge war arg lädiert, meine Nase plattgedrückt, und mein Mund war zerschnitten und die Mundwinkel hingen aufgrund der offenen Wunden herab. Er setzte Wasser auf, machte es heiß, um meine Wunden zu reinigen, und gab mir zu essen. Diese Nacht und den folgenden Tag ruhte ich mich in seiner Hütte aus. Er ging hinaus, um nach einem sicheren Weg für mich zu suchen, der mich zu den Chinesen zurückbringen würde. Obwohl die Hütte im von den Japanern besetzten Gebiet stand, musste ich mehrere Tage dortbleiben, da mich heftige Fieberschübe plagten, an denen ich fast gestorben wäre.

Nach etwa zehn Tagen hatte ich mich einigermaßen erholt. Ich konnte wieder aufstehen und machte mich auf den Weg über eine sorgfältig ausgewählte Route zum chinesischen Hauptquartier in der Nähe von Shanghai. Entsetzt schauten sie mich an, als ich mit meinem zerschundenen und zerschlagenen Gesicht vor ihnen stand.

Über einen Monat verbrachte ich im Krankenhaus, wo sie meine Nase mit Knochen rekonstruierten, die sie meinem Bein entnahmen. Danach wurde ich nach Chungking verlegt, um mich dort zu erholen, bevor ich wieder als Stabsarzt in der Sanitätseinheit der chinesischen Streitkräfte dienen sollte. Chungking! Nach all meinen schrecklichen Erlebnissen und allem, was ich durchgemacht hatte, freute ich mich darauf, die Stadt wiederzusehen. Also auf nach Chungking! Gemeinsam mit einem Freund, der sich ebenfalls von seinen Kriegsverletzungen erholen musste, machte ich mich auf den Weg.

Kapitel 9
Gefangener der Japaner

Wir staunten, wie Chungking sich verändert hatte. Es war nicht mehr das Chungking, das wir kannten. Neue Gebäude – neu gebaute Fassaden ragten an den alten Gebäuden auf, und überall schossen Geschäfte wie Pilze aus dem Boden. Chungking! Der Ort war völlig überlaufen! Menschen aus Shanghai und allen Küstenstädten hatten hier Zuflucht gesucht. Geschäftsleute, die ihre Existenz an der Küste verloren hatten, waren tief ins Landesinnere nach Chungking geflohen. Mit den wenigen Waren, die sie vor den habgierigen Japanern retten konnten, versuchten sie, einen Neuanfang zu wagen. Doch oft mussten sie bei null beginnen – mit nichts.

Universitäten hatten in Chungking entweder bestehende Gebäude gefunden oder ihre eigenen provisorischen Unterkünfte errichtet. Die meisten davon waren einfache, wackelige Schuppen. Doch hier schlug das Herz der chinesischen Kultur. Unabhängig davon, wie die Gebäude aussahen – die klugen Köpfe waren hier versammelt. Einige von ihnen zählten zu den brillantesten der Welt.

Wir machten uns auf den Weg zum Tempel, in dem wir früher gewohnt hatten. Es fühlte sich an wie ein Nachhausekommen. In der Stille des Tempels, während der Weihrauch über unsere Köpfe zog, spürten wir, dass wir an einen Ort des Friedens gekommen waren. Die Heiligenstatuen schienen gütig auf uns herabzublicken, voller Wohlwollen für unsere Bemühungen und vielleicht sogar mit einem Hauch von Mitleid angesichts der harten Behandlung, die wir ertragen mussten. Ja, wir waren zu Hause und fanden Frieden. Hier erholten wir uns von unseren Verletzungen, bevor wir wieder in die raue, grausame Welt zurückkehren würden, um neue, noch schlimmere Qualen zu erleiden. Die Tempelglocken läuteten, und die Trompeten erklangen. Es war wieder Zeit für die uns vertraute und geliebte Andacht. Wir nahmen unsere Plätze ein, und unsere Herzen waren voller Freude, wieder hier zu sein.

Diese Nacht fanden wir erst sehr spät Ruhe. Es gab so viel zu besprechen, so viel zu erzählen und ebenso viel zu hören, denn auch Chungking war bombardiert worden und hatte schwere Zeiten hinter sich. Doch wir kamen aus «der großen Welt da draußen», wie sie es im Tempel nannten. Unsere Kehlen waren schon heiser vom vielen Reden, als man uns endlich erlaubte, uns in unsere alte, vertraute Kammer nahe dem Tempel zurückzuziehen. Am Boden eingewickelt in unsere Decken, wurden wir schließlich vom Schlaf übermannt.

Am nächsten Morgen hatte ich einen Termin im Krankenhaus, in dem ich früher Student, dann chirurgischer Assistenzarzt und später Oberarzt gewesen war. Diesmal ging ich jedoch als Patient dorthin – eine ungewohnte und neue Erfahrung für mich. Meine Nase bereitete mir Sorgen; sie war entzündet und septisch geworden. Die einzige Lösung war, sie zu öffnen und auszuschaben, eine äußerst schmerzhafte Prozedur, da es keinerlei Betäubungsmittel gab.

Die Burma-Straße war geschlossen worden, und alle Lieferungen für das Krankenhaus waren zum Erliegen gekommen. Es blieb nichts anderes, als das Unvermeidliche so gut wie möglich zu ertragen. Die Operation wurde ambulant durchgeführt, und anschließend kehrte ich in den Tempel zurück. Im Krankenhaus von Chungking waren Betten äußerst knapp. Verwundete strömten von überall her, und nur die dringendsten Fälle, diejenigen, die überhaupt nicht mehr gehen konnten, durften bleiben. Täglich machte ich mich auf den schmalen Pfad hinunter zur Hauptstraße und hinein nach Chungking. Nach zwei oder drei Wochen Heilungszeit bestellte mich der Chefarzt der Chirurgie schließlich in sein Büro.

«Nun, Lobsang, mein Freund», sagte er, «wir werden also doch keine zweiunddreißig Kulis für deine Beerdigung aufbieten müssen. Weißt du, wir hatten schon damit gerechnet – es stand wirklich auf Messers Schneide!»

In China werden Begräbnisse in der Tat sehr, sehr ernst genommen. Man erachtete es als äußerst wichtig, der gesellschaftlichen Stellung des Verstorbenen gemäß, die richtige Anzahl von Sargträgern zu haben. Mir erschien das alles ziemlich albern, da ich wusste, dass es überhaupt keine Rolle spielt, was mit dem Körper geschieht, nachdem die Seele ihn verlassen hat. Wir in Tibet machten kein großes Aufheben um unsere sterblichen Überreste. Wir ließen sie von Leichenzerlegern abholen, die sie zerteilten und den Geiern verfütterten. Nicht so in China. Hier käme diese Vorgehensweise der ewigen Verdammung gleich! In China benötigte man für ein Begräbnis erster Klasse einen Sarg, der von zweiunddreißig Trägern getragen wurde. Bei einem zweitklassigen Begräbnis reichten sechzehn Träger – als ob so viele nötig wären, um einen Sarg zu heben! Ein drittklassiges Begräbnis, das den Normalfall darstellte, kam mit acht Kulis aus, die den lackierten Holzsarg trugen. Ein viertklassiges Begräbnis, das nur für die einfache Arbeiterschaft abgehalten wurde, verlangte vier Kulis. In diesem Fall war der Sarg natürlich leichter und billiger. Für diejenigen, die noch weiter unten auf der sozialen Leiter standen, gab es überhaupt keine Kulis. Diese Särge wurden einfach auf einem Transportmittel davongekarrt. Doch es ging nicht nur um die Träger. Auch die offiziellen Klagefrauen spielten eine wichtige Rolle – Frauen, die weinten und klagten und es sich zur Lebensaufgabe gemacht hatten, sich dem Abschied des Toten anzunehmen.

Begräbnisse? Tod? Es ist merkwürdig, wie einem skurrile Ereignisse immer im Gedächtnis bleiben. Ein besonders schlimmes Ereignis ist mir in Erinnerung geblieben. Es ereignete sich in der Nähe von Chungking. An dieser Stelle könnte es von Interesse sein, davon zu berichten, um Ihnen einen kleinen Einblick vom Krieg zu geben – und dem Tod.

Es war Mitte Herbst, der Tag des Herbstfestes, «der fünfzehnte Tag des achten Monats», an dem im Herbst Vollmond war. In China ist dieser Feiertag ein glücksbringender Tag. Es ist ein Familientag, an dem die Familien alles daransetzen, am Abend zu einem Festessen zusammenzukommen. Es werden «Mondkekse» gegessen, um den Erntemond zu feiern. Sie essen sie als eine Art Opfergabe, als eine Art Geschenk, in der Hoffnung, dass das nächste Jahr noch glücklicher werden möge.

Mein Freund Huang, der chinesische Mönch, hielt sich zurzeit ebenfalls im Tempel auf. Auch er war verwundet worden, und an diesem Tag waren wir gemeinsam vom Dorf Chiaoting nach Chungking unterwegs gewesen. Chiaoting war ein Vorort, der hoch oben auf den Klippen des Yangtse-Flusses lag. Hier lebten die wohlhabenderen Leute, diejenigen, die sich das Beste leisten konnten. Unter uns konnten wir, während wir entlangschlenderten, ab und zu durch die Baumlücken den Fluss und die Boote darauf sehen. Etwas näher, auf den terrassenförmig angelegten Feldern, arbeiteten blaugekleidete Männer und Frauen. In gebückter Haltung verrichteten sie das endlose Unkrautjäten und Umgraben. Der Morgen war wunderschön. Es war sonnig und warm, die Art von Tag, an dem man glücklich ist, am Leben zu sein. Die Art von Tag, an dem einem alles hell und fröhlich erscheint. Die Gedanken an den Krieg waren aus unseren Köpfen gelöscht, während wir bummelten und immer wieder stehenblieben, um durch die Bäume zu blicken und die Aussicht zu genießen. Ganz in der Nähe sang ein Vogel im dichten Busch und begrüßte den Tag. Wir gingen weiter und stiegen den Hügel hinauf.

«Bleib einen Moment stehen, Lobsang», keuchte Huang, «ich bin ganz außer Atem.»

Also setzten wir uns auf einen Stein im Schatten der Bäume. Es war ein herrlicher Fleck. Von hier aus hatten wir eine wunderschöne Aussicht auf den Fluss und auf den moosüberwachsenen Pfad, der sich den ganzen Hügel hinunterschlängelte. Überall sprossen kleine Herbstblumen in verschwenderischer Farbenpracht aus dem Boden. Auch das Laub der Bäume begann sich schon herbstlich zu verfärben, und über uns zogen kleine träge Wolken dahin. In der Ferne sahen wir eine Menschengruppe. Gesprächsfetzen drangen zu uns herüber, die der leichte Wind zu uns trug.

«Wir müssen uns verstecken, Lobsang», flüsterte Huang. «Das ist das Begräbnis des alten Shang, des Seidenhändlers. Ein Begräbnis erster Klasse.

Ich hätte daran teilnehmen sollen, aber ich habe gesagt, ich wäre zu krank, und wenn man mich jetzt hier sieht, werde ich mein Gesicht verlieren.»

Er war aufgestanden, und ich erhob mich ebenfalls. Zusammen zogen wir uns ein Stück in den Wald zurück, von wo aus wir das Geschehen beobachten konnten, ohne selbst gesehen zu werden. Hinter einem Felsvorsprung legten wir uns flach auf den Boden. Huang lag noch etwas weiter hinter mir, sodass man ihn auf gar keinen Fall sehen konnte, selbst wenn ich entdeckt würde. Wir machten es uns bequem und schlugen unsere Roben um uns, die gut zu den rotbraunen Farbtönen des Herbstes passten.

Langsam näherte sich die Begräbnisprozession. Die chinesischen Mönche waren in gelbe Seide gekleidet und trugen rostrote Umhänge über den Schultern. Die blasse Herbstsonne schien auf ihre frisch rasierten Köpfe und ließen die Narben ihrer Initiationszeremonien sichtbar werden. Das Sonnenlicht spiegelte sich in den Silberglocken, die sie in den Händen hielten, und ließ sie bei jeder Bewegung aufblitzen und funkeln. Die Mönche sangen den Beisetzungsgesang in einer Art Mollton, während sie vor dem riesigen, lackierten chinesischen Sarg hergingen, der von zweiunddreißig Kulis getragen wurde. Ein Gefolge von Mönchsgehilfen schlug die Gongs und zündete Feuerwerkskörper an, um lauernde Teufel zu vertreiben. Nach chinesischem Glauben lauerten die Dämonen darauf, die Seele des Verstorbenen zu ergreifen, und der Lärm der Feuerwerkskörper sollte sie vertreiben. Dahinter folgte die Trauergemeinde, die sich weiße Trauertücher um die Köpfe geschlungen hatten. Eine hochschwangere Frau, offensichtlich eine enge Verwandte, weinte bitterlich, während sie von den anderen gestützt wurde. Professionelle Klagefrauen schrien lautstark die Tugenden und Vorzüge des Verstorbenen mit schrillen Stimmen hinaus, sodass jeder sie hören konnte. Danach kamen die Bediensteten, die Papiergeld und Papiermodelle trugen – Symbole all jener Dinge, die der Verstorbene in diesem Leben besessen hatte und im nächsten wieder brauchen würde. Von unserem versteckten Platz hinter dem Felsvorsprung und den dichten Büschen konnten wir den Weihrauch riechen, vermischt mit dem Duft frisch gepflückter Blumen, die unter den Füßen der Prozessionsteilnehmer zertreten wurden. Es war ein äußerst großes Begräbnis. Shang, der Seidenhändler, musste eine bedeutende Persönlichkeit der Stadt gewesen sein, denn der zur Schau gestellte Reichtum war sagenhaft.

Die Trauergesellschaft zog mit lautem Klagen langsam an uns vorbei, dazu wurden Zimbeln geschlagen, Instrumente gespielt und Glocken geläutet. Plötzlich schoben sich Schatten vor die Sonne. Über all dem Lärm der Trauergesellschaft hörten wir das Dröhnen starker Flugzeugmotoren, das immer lauter und bedrohlicher wurde. Drei unheilvoll aussehende japanische Flugzeuge kamen über den Bäumen zwischen uns und der Sonne ins Blickfeld. Sie kreisten über uns. Eines scherte aus der Formation aus, flog tiefer und direkt über die Begräbnisprozession hinweg. Wir waren nicht sonderlich beunruhigt. Wir glaubten, dass selbst die Japaner Ehrfurcht vor dem Tod hätten und die Beerdigung nicht stören würden. Erleichtert sahen wir, wie das Flugzeug abdrehte und sich wieder zu den anderen beiden gesellte. Zusammen flogen sie davon. Unsere Erleichterung währte jedoch nur kurz. Die Flugzeuge kehrten um und flogen erneut auf uns zu. Kleine schwarze Punkte lösten sich von ihren Tragflächen, wurden größer und größer, und als die kreischenden Bomben zur Erde fielen, schlugen sie geradewegs in die Begräbnisprozession ein.

Vor uns schwankten und verbogen sich die Bäume, als würde die Erde selbst erbeben. Zerfetzte Metallteile pfiffen heulend an uns vorbei. Wir waren so nahe, dass wir die Explosionen gar nicht mehr hörten. Die Luft war erfüllt von Rauch, Staub und zerfetzten Zypressenschnipseln. Rote Stücke flogen zischend an uns vorbei und landeten mit einem widerlichen Klatschen überall dort, wo sie auf Widerstand stießen. Für einen Moment war alles in dichten schwarzen und gelben Rauch gehüllt. Dann blies der Wind ihn fort und gab den Blick auf ein grauenvolles Schlachtfeld frei.

Auf dem Boden lag der gähnend leere Sarg. Der arme, tote Körper, der darin gelegen hatte, war wie eine zerbrochene und zerfetzte Puppe hinausgeschleudert worden. Wir rappelten uns vom Boden hoch, zitternd an allen

Gliedern, noch halb gelähmt von der Zerstörung, der Wucht der Explosionen und unserem knappen Entkommen. Ich stand auf und zog einen langen Metallsplitter aus dem Baum hinter mir. Er war nur haarscharf an meinem Kopf vorbeigeflogen. Von seinem scharfkantigen Ende tropfte Blut. Der Splitter war noch so heiß, dass ich ihn mit einem Schmerzensschrei fallen ließ und meine angesengten Fingerspitzen betrachtete.

Überall flatterten Kleiderfetzen in den zerstörten Bäumen im Wind, an denen blutige Gewebestücke klebten. Ein Arm, noch vollständig mit Schulter, wippte etwa zwanzig Meter entfernt in einer Astgabel. Er schaukelte hin und her, fiel dann herunter, blieb kurz auf einem tieferliegenden Ast hängen und landete schließlich mit einem ekligen Klatschen auf dem Boden. Von irgendwoher fiel ein roter Kopf mit einem vor Überraschung verzerrten und entsetzt grinsenden Gesicht durch die entlaubten Zweige der Bäume und rollte auf mich zu. Vor meinen Füßen blieb er schließlich liegen, das Gesicht voller Entsetzen über die Unmenschlichkeit der japanischen Angreifer auf mich gerichtet.

Es schien, als hätte die Zeit selbst vor Schrecken stillgestanden. In der Luft hing der Geruch von Sprengstoff, Blut und zerrissenen Eingeweiden. Die einzigen Geräusche, die jetzt zu vernehmen waren, waren das Rascheln und das Platschen der unaussprechlichen Dinge, die vom Himmel oder von den Bäumen herabfielen. Wir eilten zum Ort des Geschehens, in der Hoffnung, vielleicht noch jemandem helfen zu können. Es musste doch bestimmt noch einige geben, die diese Tragödie überlebt hatten. Hier lag ein Körper, zerfetzt und aufgeschlitzt, so verstümmelt und verbrannt, dass wir nicht einmal mehr sagen konnten, ob es ein Mann oder eine Frau gewesen war. Der Körper war so übel zugerichtet, dass wir ihn nicht einmal mehr als Mensch erkennen konnten. Neben ihm, gegenüber von ihm, lag ein kleiner Junge, dem auf Oberschenkelhöhe beide Beine abgerissen worden waren. Er wimmerte im Schock. Als ich neben ihm niederkniete, sprudelte ihm ein heller Strahl Blut aus dem Mund, und er hustete sein Leben aus. Traurig sahen wir uns um und weiteten unseren Suchbereich aus. Unter einem umgestürzten Baum fanden wir die schwangere Frau. Der Baum war quer über sie gefallen und hatte ihr den Magen zerquetscht. Aus ihrem Unterleib ragte, tot, ihr ungeborenes Kind hervor. Etwas weiter vorne lag eine abgetrennte Hand, die immer noch fest eine Silberglocke umklammert hielt. Wir suchten und suchten, fanden aber keine Überlebenden mehr.

Wieder drangen die Geräusche von Flugzeugmotoren an unsere Ohren. Die Angreifer kehrten zurück, um ihr grausames Werk zu begutachten. Wir warfen uns auf den blutverschmierten Boden, während ein japanisches Flugzeug in immer tieferen Kreisen über uns flog. Es kam, um sich die angerichtete Zerstörung anzusehen, und um sicherzustellen, dass niemand mehr am Leben war, der den Angriff bezeugen konnte. Gemächlich wendete es und legte sich wie ein Falke, der zum Todesstoß herabstößt, in die Kurve. Dann kehrte es im Tiefflug zurück, immer näher und bedrohlicher. Das harte Rattern eines Maschinengewehrs war zu vernehmen und das Peitschen der Kugeln entlang der Bäume. Irgendetwas zupfte mich am Saum meiner Robe, und ich hörte einen Schrei. Ich hatte das Gefühl, mein Bein würde angesengt. «Armer Huang», fuhr es mir durch den Kopf, «er ist getroffen worden und braucht mich.»

Über uns wendete das Flugzeug und kreiste langsam. Es sah so aus, als lehnte sich der Pilot so weit wie möglich hinaus, um den Boden unter sich abzusuchen. Er drückte die Nase seiner Maschine nach unten und feuerte ziellos immer wieder und drehte noch eine Runde. Dann war er anscheinend zufrieden, wackelte mit den Flügeln und flog davon.

Nach einer Weile erhob ich mich, um Huang zu Hilfe zu eilen; er lag mehrere Meter weiter von mir entfernt, halb im Boden verkrochen. Er war unverletzt. Ich zog meine Robe hoch und bemerkte an meinem linken Bein eine Brandspur, wo mich ein Streifschuss erwischt hatte, und nur Schritte von mir entfernt hatte der grinsende Kopf nun ein frisches Einschussloch. Die Kugel ist ihm durch die eine Schläfe eingedrungen und auf der anderen Seite wieder heraus. Das Austrittsloch war riesig und hatte ihm mitsamt der Kugel das Gehirn herausgerissen. Noch einmal nahmen wir unsere Suche im Unterholz und unter den Bäumen auf, fanden aber niemanden mehr am Leben. Noch vor wenigen Minuten waren hier fünfzig bis hundert oder vielleicht sogar noch mehr Menschen versammelt gewesen, um einem Toten die letzte Ehre zu erweisen. Jetzt waren sie selbst tot. Jetzt waren sie nur noch rote Fetzen und formlose Haufen. Hilflos wandten wir uns ab. Es gab nichts mehr, was wir hätten tun können. Es gab nichts mehr zu retten. Nur die Zeit würde diese Wunden heilen.

Dies geschah also am «fünfzehnten Tag des achten Monats», dem Tag, an dem die Familien normalerweise mit freudigen Herzen am Abend zusammenkommen. Hier jedoch kamen die Familien durch den Angriff der Japaner auf tragische Weise «zusammen». Wir wandten uns ab und setzten unseren Weg fort, und als wir die zerstörte Umgebung verließen, begann ein Vogel erneut zu singen, als wäre nichts geschehen.

Das Leben in Chungking war zu dieser Zeit gnadenlos und barbarisch. Viele Raffgierige waren in die Stadt gekommen, um aus dem Leid der Armen Kapital zu schlagen und am Krieg zu verdienen. Die Preise stiegen rasant, und die Lebensbedingungen wurden immer schwieriger. Mein Freund und ich waren erleichtert, als wir den Befehl erhielten, unseren Dienst wieder aufzunehmen. An der Küste gab es viele Verwundete, und medizinische Fachkräfte wurden dringend gebraucht. Also verließen wir Chungking erneut und machten uns auf den Weg zur Küste, wo General Yo bereits auf uns wartete, um uns einzuteilen.

Einige Tage später wurde ich als verantwortlicher Stabsarzt für das dortige «Krankenhaus» eingesetzt. Dieser Begriff war geradezu lächerlich, denn das «Krankenhaus» bestand aus ein paar Reisfeldern, auf denen die unglücklichen Patienten direkt auf dem durchnässten Boden lagen. Es gab keine Betten oder andere Unterlagen, auf die wir sie hätten legen können. Unsere Ausrüstung beschränkte sich auf Papierbandagen, veraltete chirurgische Instrumente und alles, was wir irgendwie zusammenbasteln konnten. Doch zumindest hatten wir das nötige Wissen und den Willen, den

Schwerverletzten so gut wie möglich zu helfen. Und Schwerverletzte gab es reichlich. Die Japaner siegten an allen Fronten, und die Verluste waren entsetzlich.

An einem Tag schienen die Luftangriffe heftiger als gewöhnlich zu sein. Überall fielen Bomben, und die Felder waren mit Kratern übersät. Die Truppen zogen sich zurück. Am Abend desselben Tages überfiel uns eine japanische Einheit. Sie bedrohten uns mit ihren Bajonetten und erstachen einen Mitarbeiter, dann einen weiteren, nur um uns zu zeigen, dass sie die Herren wären. Widerstand war unmöglich. Wir waren unbewaffnet und hatten nichts, womit wir uns hätten verteidigen können. Da ich der Verantwortliche war, wurde ich grob verhört. Anschließend gingen die Japaner über die Felder und musterten die Patienten. Sie befahlen allen, aufzustehen. Diejenigen, die zu krank waren, um zu gehen oder eine Last zu tragen, wurden auf der Stelle mit dem Bajonett erstochen. Die restlichen Patienten, ebenso wie wir, mussten sich auf den Weg in ein Gefangenenlager im Landesinneren machen, so wie wir gerade waren. Wir marschierten jeden Tag Kilometer um Kilometer. Viele Patienten brachen tot am Straßenrand zusammen. Kaum waren sie umgefallen, eilten schon die japanischen Wachen herbei, um sie nach Wertsachen zu durchsuchen. Kiefer, die aufgrund des Todes zusammengepresst waren, wurden mit den Bajonetten aufgebrochen und alle Zähne mit Goldfüllungen mit Gewalt ausgeschlagen.

An einem Tag, während wir marschierten, bemerkte ich, dass die Wachen weiter vorne etwas Merkwürdiges auf ihren Bajonetten aufgespießt hatten und es herumschwangen. Zuerst dachte ich, sie würden etwas feiern – es sah aus, als hätten sie Ballons an ihren Gewehrmündungen befestigt. Doch als sie unter lautem Gelächter und Gejohle die Reihen der Gefangenen entlangliefen, wurde uns übel vor Entsetzen: Es waren aufgespießte Köpfe mit weit aufgerissenen Augen und herabhängenden Kiefern. Die Japaner hatten diese Menschen gefangengenommen, enthauptet und ihre Köpfe durch den Nacken aufgespießt – wieder, als grausames Zeichen ihrer Macht und Überlegenheit.

In unserem «Krankenhaus» hatten wir Patienten aller Nationen behandelt. Nun lagen, während wir marschierten, Leichen aller Nationen neben dem Straßenrand. Sie gehörten jetzt alle einer Nation an – der Nation der Toten. Die Japaner hatten ihnen alles abgenommen. Tagelang setzten wir unseren Marsch fort. Unsere Gruppe wurde immer kleiner, und wir wurden immer erschöpfter, bis die wenigen, die das neue Lager erreichten, nur noch in einem roten Schleier aus Schmerz und Erschöpfung vor sich hin taumelten. Die Füße waren in blutgetränkte Lumpen gewickelt, die hinter uns eine lange rote Blutspur hinterließen. Endlich erreichten wir das Lager – ein weiteres brutales Lager. Hier begannen die Verhöre von neuem: Wer ich sei? Was ich sei? Warum ich, ein Lama aus Tibet, für die Chinesen kämpfte? Meine Antwort, dass ich nicht kämpfte, sondern Verletzte und Verwundete behandelte, und denen half, die krank waren, brachte mir Misshandlungen und Schläge ein.

«Ja», sagten sie, «Verwundete verarzten, damit sie wieder gegen uns kämpfen können.»

Schließlich wurde mir die Aufgabe zugewiesen, mich um die Kranken zu kümmern und sie am Leben zu halten, damit sie für die Japaner Zwangsarbeit leisten konnten. Etwa vier Monate nach unserer Ankunft im Lager fand eine große Inspektion statt. Hochrangige Militärs kamen, um zu überprüfen, wie die Gefangenenlager geführt wurden und ob sich dort jemand befand, der den Japanern nützlich sein könnte. Früh am Morgen mussten wir uns alle in einer Reihe aufstellen. Stundenlang blieben wir so stehen, bis weit in den Nachmittag hinein. Doch bis dahin bot unsere Gruppe einen erbärmlichen Anblick. Diejenigen, die vor Erschöpfung zusammengebrochen waren, wurden mit den Bajonetten erstochen und hinüber zum Leichenhaufen geschleift.

Als mit hohem Tempo einige Militärfahrzeuge vorgefahren kamen und mit Orden behängte Männer heraussprangen, richteten wir unsere Reihen wieder etwas gerader aus. Ein japanischer Major, der die Inspektion durchführte, schritt gleichgültig an uns vorbei und musterte die Gefangenen. Er blickte mich flüchtig an, dann betrachtete er mich etwas genauer. Er starrte mich förmlich an und sagte etwas, das ich nicht verstand. Weil ich nicht reagierte, fügte er mir mit der Schwertschneide einen Schnitt im Gesicht zu. Eilig lief ein Ordonanzoffizier herbei, und der Major gab ihm einen Befehl. Der Offizier eilte ins Registraturbüro und kehrte kurz darauf mit meiner Akte zurück. Der Major riss sie ihm aus der Hand und las sie hastig durch. Dann spie er eine Flut von Schimpfwörtern gegen mich aus und erteilte den Wachen, die ihn begleiteten, weitere Befehle. Einmal mehr wurde ich durch ihre Gewehrkolben niedergeschlagen. Einmal mehr wurde meine Nase zertrümmert – die gerade erst operiert und wiederhergestellt worden war. Ich wurde in die Wachstube geschleppt. Hier wurden mir die Hände und die Füße hinter dem Rücken zusammengeschnürt, hochgezogen und um meinen Hals festgebunden, sodass ich mich jedes Mal, wenn ich versuchte, meine Arme zu entspannen, fast selbst erwürgte. Eine lange Zeit wurde ich getreten, mit Fäusten traktiert und mit glühenden Zigaretten verbrannt, während sie mich mit Fragen löcherten. Dann zwangen sie mich auf die Knie. Die Wachen sprangen auf meine Fersen, in der Hoffnung, dass die Schmerzen mich zu einer Antwort bewegen würden. Unter der Spannung brachen meine Fußrücken.

Die Fragen, die sie mir stellten! Wie ich entkommen konnte? Mit wem ich seitdem gesprochen hatte? Ob mir nicht bewusst sei, dass meine Flucht eine Beleidigung ihres Kaisers war? Sie wollten jedes Detail über die Truppenbewegungen erfahren, überzeugt davon, dass ich als Lama aus Tibet viel über die chinesische Planung wüsste. Natürlich gab ich keine Antwort. So fuhren sie fort, mich mit ihren Zigaretten zu verbrennen und gingen das übliche Folterrepertoire durch. Schließlich legten sie mich auf eine grob gezimmerte Streckbank. Sie zogen die Winde an, sodass ich gewaltsam gestreckt wurde und das Gefühl hatte, als würden meine Arme und Beine aus ihren Gelenkpfannen gerissen. Ich wurde ohnmächtig. Doch jedes Mal wurde ich mit einem Eimer kalten Wasser, das sie über mich leerten und durch Stiche mit den Bajonetten, zurückgeholt. Endlich griff der zuständige

Militärarzt des Lagers ein. Er sagte, dass ich unweigerlich sterben würde, wenn sie mich weiter quälten, und sie dann überhaupt keine Antworten mehr auf ihre Fragen bekämen. Man wollte mich nicht töten, denn das hätte mir ermöglicht, ihren Fragen zu entgehen.

Man packte mich am Kragen, schleifte mich weg und warf mich in eine tiefe, unterirdische, flaschenförmige Zelle aus Beton. Dort hielt man mich tagelang gefangen – es könnten auch Wochen gewesen sein, denn es gab keine Möglichkeit, die Zeit zu bestimmen. Ich verlor jegliches Gefühl für Zeit. Die Zelle war stockdunkel. Alle zwei Tage warf man mir etwas zu essen hinein und ließ eine Dose Wasser hinunter, die oft dabei verschüttet wurde. In der Dunkelheit kroch ich dann umher, tastete mit den Händen nach dem Wasser oder versuchte, Feuchtigkeit vom Boden aufzunehmen. Mein Verstand wäre unter dieser Belastung und unter der vollkommenen Dunkelheit zerbrochen, wäre da nicht meine gründliche Ausbildung gewesen, die mich rettete. Ich versetzte meinen Geist zurück in die Vergangenheit.

Dunkelheit? Ich dachte an die Einsiedler in Tibet, die in ihren abgeschiedenen Einsiedeleien hoch oben auf den schwer zugänglichen Berggipfeln inmitten der Wolken lebten. Einsiedler, die in Zellen eingemauert waren und dort Jahre verbrachten. Sie befreiten ihren Geist vom physischen Körper, sie befreiten die Seele vom Geist, sodass sie eine viel größere geistige Freiheit verwirklichen konnten. Ich dachte nicht an die Gegenwart, sondern an die Vergangenheit, und meine Entrücktheit führte mich unweigerlich zurück zu einem wunderschönen Erlebnis: meinem Besuch im Chang-Tang-Hochgebirge.

Mein Mentor, der Lama Mingyar Dondup, ein paar Gefährten und ich hatten uns von Lhasa, von den goldenen Dächern des Potala, auf den Weg gemacht, um nach seltenen Heilpflanzen zu suchen. Wochenlang stiegen wir immer weiter aufwärts, in den frostigen Norden, hinauf ins Chang-Tang-Hochgebirge, auch Shambala genannt. An diesem Tag näherten wir uns unserem Ziel. Es war bitterkalt, der kälteste Tag unserer Reise. Ein heulender Sturm schleuderte uns Hagelkörner entgegen, die gegen unsere flatternden

Roben prallten und jede unbedeckte Stelle unserer Haut aufrissen. Auf fast siebentausendfünfhundert Metern Höhe zeigte sich der Himmel in einem leuchtenden Purpur, und die wenigen Wolken, die über ihn hinwegzogen, strahlten in erstaunlichem Weiß. Sie sahen aus wie die weißen Pferde der Götter, die ihre Reiter über Tibet trugen.

Wir stiegen immer weiter auf, und das Gelände wurde mit jedem Schritt schwieriger. Unsere Lungen rasselten in unseren Kehlen, und an gefährlichen Stellen mussten wir auf dem harten, teilweise vereisten Boden vorsichtig nach einem festen Stand suchen. Unsere Finger krallten sich in die kleinsten Spalten der gefrorenen Felsen. Endlich erreichten wir den geheimnisvollen Nebelgürtel (siehe: Das dritte Auge) und durchquerten ihn. Der Boden unter unseren Füßen wurde zunehmend wärmer, und die Luft um uns herum milder und angenehmer. Langsam traten wir aus dem Nebel heraus und fanden uns in einem paradiesischen Gebiet wieder, das von üppiger Vegetation erfüllt war. Vor uns lag ein Landstrich, aus einer längst vergangenen Zeit.

In dieser Nacht ruhten wir uns in der Wärme und der Annehmlichkeit dieses verborgenen Gebietes aus. Es war wunderschön, auf einem weichen Moosbett zu schlafen und den süßen Duft der Blumen einzuatmen. Hier wuchsen Früchte, die wir zuvor noch nie gekostet hatten – köstliche Früchte, von denen wir immer wieder probierten. Es war auch ein Genuss, in dem warmen Wasser zu baden und am goldenen Sandstrand herumzuliegen.

Am darauffolgenden Tag setzten wir unseren Aufstieg fort, immer höher und höher, aber diesmal unbeschwert. Wir wanderten durch Auen voller Rhododendronbüsche und vorbei an Walnussbäumen sowie anderen Bäumen, deren Namen wir nicht kannten. An diesem Tag hatten wir es nicht eilig. Wieder brach die Nacht über uns herein, doch diesmal war uns nicht kalt. Wir fühlten uns entspannt und wohl. Unter den Bäumen machten wir ein Feuer und bereiteten unser Abendessen zu. Nach dem Essen wickelten wir uns in unsere Roben, legten uns hin und unterhielten uns, bis einer nach dem anderen in den Schlaf fiel.

Am nächsten Tag setzten wir unseren Marsch fort. Nach etwa vier oder fünf Kilometern stießen wir plötzlich und unerwartet auf eine offene Lichtung, eine Stelle, an der der Wald abrupt endete. Vor Erstaunen blieben wir wie angewurzelt stehen, denn vor uns lag etwas, das völlig jenseits unseres Verständnisses war. Wir schauten uns um. Die Lichtung hatte ein riesiges Ausmaß. Vor uns erstreckte sich eine Ebene von bestimmt mehr als acht Kilometern im Quadrat. Auf der anderen Seite, weit entfernt, ragte eine gewaltige Eiswand in die Höhe, wie eine in den Himmel hinaufragende Glasscheibe – fast wie ein Fenster zum Himmel oder ein Fenster in die Vergangenheit. Denn hinter dieser Eisschicht konnten wir, als ob wir durch kristallklares Wasser blickten, eine unversehrte Stadt erkennen. Es war eine sonderbare Stadt, wie wir sie noch nie gesehen hatten, nicht einmal in den Bilderbüchern des Potala.

Aus dem Gletscher ragten Gebäude hervor. Die meisten davon waren noch gut erhalten, da das Eis in diesem verborgenen Talkessel in der warmen Luft nur sehr langsam und behutsam geschmolzen war. Es war so schonend und schleichend aufgetaut, dass kein Stein oder Gebäudeteil beschädigt wurde. Einige Gebäude waren tatsächlich noch völlig intakt. Die wunderbare, reine und trockene Luft Tibets hatte sie über zahllose Jahrhunderte konserviert. Einige dieser Bauten sahen tatsächlich aus, als wären sie erst vor einer Woche errichtet worden.

Mein Mentor brach schließlich unser ehrfürchtiges Schweigen und erklärte: «Meine Brüder, vor einer halben Million Jahren war diese Stadt das Zuhause der Götter. Vor einer halben Million Jahren lag dieser wunderschöne Ort noch an der Küste, wo Wissenschaftler einer ganz anderen Rasse und Art lebten. Sie kamen von einem ganz und gar anderen Ort, und eines Tages werde ich euch ihre Geschichte erzählen. Doch durch ihre Experimente brachten sie großes Unheil über die Erde. Sie flohen vom Schauplatz der von ihnen verursachten Katastrophe und ließen die gewöhnlichen

Menschen auf der Erde zurück. Sie verursachten ein Desaster. Durch ihre Experimente hob sich das Meer an und gefror. Hier vor uns sehen wir eine im ewigen Eis noch gut erhaltene Stadt aus jener Zeit. Eine Stadt, die überschwemmt wurde, als die Landmasse aufstieg und das Wasser mit sich nahm, wo es anschließend in der Kälte erstarrte.»

Wir hörten ihm schweigend und fasziniert zu. Mein Mentor erzählte weiter. Er erzählte uns von der Vergangenheit und von den uralten Aufzeichnungen tief unten im Potala. Aufzeichnungen, die auf Goldplatten eingraviert worden waren, genauso wie man heute in der westlichen Welt Aufzeichnungen in sogenannten «Zeitkapseln» einlagert, um sie für die Nachwelt zu bewahren.

Wie auf einen gemeinsamen Impuls erhoben wir uns und machten uns auf den Weg, um die Gebäude in unserer Reichweite zu erkunden. Je näher wir ihnen kamen, desto mehr verschlug es uns die Sprache. Alles erschien uns so fremdartig. Für einen Moment überkam uns ein Gefühl, das wir nicht richtig einordnen konnten. Es war, als wären wir plötzlich zu Zwergen geworden. Dann wurde uns die Antwort klar: Die Gebäude waren so riesig, als wären sie für eine Rasse gebaut worden, die doppelt so groß war wie wir. Und so war es auch – diese Menschen, diese Supermenschen, waren doppelt so groß wie die gewöhnlichen Menschen auf der Erde. Wir betraten einige der Gebäude und sahen uns um. Eines davon schien eine Art Labor zu sein. Merkwürdige Apparate standen überall herum, viele von ihnen schienen noch zu funktionieren …

Ein Schwall eiskalten Wassers riss mich mit betäubender Plötzlichkeit in die Realität zurück, zurück in das Elend und die Schmerzen meines Daseins im Steinverlies. Die Japaner hatten entschieden, dass ich nun lange genug dort unten gelegen hatte und noch nicht ausreichend «weichgeklopft» worden war. Sie dachten, die einfachste Methode, mich herauszuholen, wäre, das Verlies mit Wasser zu füllen, sodass ich wie ein Korken einer Flasche nach oben trieb. Als ich den schmalen Einlass des Verlieses erreicht hatte, packten mich grobe Hände und zerrten mich heraus. Man führte mich ab, diesmal in eine oberirdische Zelle, in die sie mich grob hineinstießen.

Am nächsten Tag wurde ich zur Arbeit gebracht und behandelte erneut die Kranken. Später in der Woche fand eine weitere Inspektion durch rang-hohe japanische Funktionäre statt. Im Lager herrschte große Aufregung, da die Inspektion unangemeldet war und die Wachen in Panik gerieten. Zu die-sem Zeitpunkt befand ich mich ziemlich nahe am Haupttor des Lagers. Nie-mand schenkte mir Beachtung, also ergriff ich die Gelegenheit und ging ein-fach weiter – nicht zu schnell, um keine Aufmerksamkeit zu erregen, aber auch nicht zu langsam, um nicht aufzufallen. Ich ging immer weiter, als hätte ich jedes Recht, dort zu sein. Einer der Wachen rief mir etwas zu. Ich drehte mich um und hob die Hand zum Gruß. Aus irgendeinem Grund winkte er zurück und widmete sich wieder seiner Arbeit. Ich marschierte weiter. Als ich schließlich hinter den Büschen außer Sichtweite des Lagers war, rannte ich so schnell los, wie es mein geschwächter Körper zuließ.

Mir fiel ein, dass ein paar Kilometer weiter in einem Haus Leute aus dem Westen wohnten, die ich kannte. Genauer gesagt, hatte ich ihnen früher mehrmals meine ärztliche Hilfe anbieten können. Bei Einbruch der Dunkel-heit näherte ich mich deshalb vorsichtig ihrem Haus. Sie nahmen mich mit warmherzigen Mitleidsbekundungen auf, verbanden meine zahlreichen Wunden, gaben mir zu essen, brachten mich ins Bett und versprachen, alles in ihrer Macht Stehende zu tun, um mich hinter die japanische Frontlinie zu bringen. Mit ruhigem Gewissen schlief ich ein, im Vertrauen darauf, in den guten Händen von Freunden zu sein.

Grobe Rufe und Schläge rissen mich bald aus dem Schlaf und brachten mich in die Realität zurück. Japanische Wachen standen über mir, zerrten mich aus dem Bett und stachen mich wieder mit ihren Bajonetten. Meine Gastgeber hatten, trotz aller Sympathiebekundungen, nur darauf gewartet, bis ich eingeschlafen war. Dann waren sie zu den Japanern gelaufen, um ihnen zu melden, dass sich in ihrem Haus ein geflohener Gefangener auf-hielte. Die japanischen Wachen hatten keine Zeit verschwendet, um mich dort wieder abzuholen. Bevor sie mich wegbrachten, gelang es mir noch, die Leute aus dem Westen zu fragen, warum sie mich so heimtückisch verraten hatten. Ihre Antwort war einleuchtend: «Sie sind keiner von uns. Wir müssen für unsere eigenen Leute sorgen. Wenn wir Sie bei uns behalten hätten, hätten wir uns die Japaner zu Feinden gemacht und unsere Arbeit gefährdet.»

Kaum zurück im Gefangenenlager, wurde ich überaus schlecht behandelt. Über mehrere Stunden wurde ich, mit beiden Daumen zusammengebunden, an einem Ast eines Baumes aufgehängt. Dann folgte eine Art Scheinprozess vor dem Lagerkommandanten. Ihm wurde der Tatbestand vorgetragen: «Dieser Mann ist ein notorischer Ausbrecher. Er bereitet uns zu viel Mühe.»

Also fällte er ein Urteil über mich. Ich wurde niedergeschlagen. Am Boden liegend schoben sie mir Blöcke unter die Beine, sodass sie den Boden nicht mehr berührten. Zwei japanische Wachsoldaten stellten sich je auf eines meiner Beine und hüpften auf und ab, sodass die Knochen brachen. Vor Schmerzen wurde ich ohnmächtig. Als ich wieder zu mir kam, lag ich wieder in der kalten feuchten Zelle, wo die Ratten um mich herumhuschten.

Beim Morgenappell vor der Dämmerung nicht anzutreten, bedeutete den Tod. Das wusste ich. Ein Mitgefangener brachte mir einige Bambusstangen, womit ich meine beiden gebrochenen Beine schienen und fixieren konnte. Zwei weitere Bambusstöcke benutzte ich als Krücken und noch einen weiteren diente mir als eine Art drittes Bein, um mich im Gleichgewicht zu halten. So gelang es mir, an den Appellen teilzunehmen und mich dadurch vor dem Tod zu retten – sei es durch Erhängen, Bajonettstiche, Ausweiden oder eine der anderen grausamen Methoden, auf die sich die Japaner spezialisiert hatten.

Kaum waren meine Beine verheilt und die Knochen wieder zusammengewachsen – wenn auch nicht sonderlich gut, da ich sie selbst hatte richten müssen – ließ der Kommandant nach mir schicken. Er teilte mir mit, dass ich in ein Lager weiter im Landesinneren verlegt würde, wo ich als Lagerarzt in einem Frauengefängnis eingesetzt werden sollte. So war ich erneut unterwegs. Diesmal fuhr ein Lastwagenkonvoi ins Lager, und ich war der einzige Gefangene, der dorthin verlegt wurde. Man befahl mir, hinten auf den Lastwagen zu steigen. Dort kettete man mich an der Ladeklappe an wie ein Hund. Tage später erreichten wir schließlich dieses Lager, wo man mich von den Ketten befreite und zum Kommandanten brachte.

Hier hatten wir keinerlei medizinische Instrumente und auch keine Medikamente. Wir fertigten alles, so gut es ging, aus alten Konservendosen an, die wir an Steinen schärften. Wir benutzten über dem Feuer gehärteten Bambus und Fäden, die wir aus zerrissenen Kleidungsstücken herauszogen. Manche Frauen besaßen nicht ein einziges Kleidungsstück, andere trugen nur Lumpen. Operationen mussten bei vollem Bewusstsein der Patienten durchgeführt werden, und Verletzungen wurden mit abgekochter Baumwolle genäht. Häufig erschienen die Japaner in der Nacht und befahlen allen Frauen, ins Freie zu treten, um sie zu begutachten. Alle, die ihnen gefielen, führten sie in ihre Offiziersunterkünfte ab, damit die dort stationierten Offiziere und Besucher sich an ihnen vergnügen konnten. Am Morgen wurden die Frauen zurückgebracht, schwer gedemütigt und krank, und ich, als Gefangenenarzt, musste versuchen, ihre misshandelten Körper wieder zusammenzuflicken.

Kapitel 10
Atemtechnik

Die japanischen Wachen waren wieder einmal schlecht gelaunt. Offiziere und Soldaten streiften mit finsteren Mienen durch das Lager und schlugen auf jeden Unglücklichen ein, der ihnen gerade in die Quere kam. Wir waren sehr bedrückt, da wir einen weiteren Tag voller Grauen erwarteten, einen weiteren Tag, an dem uns die Nahrung gekürzt würde und wir sinnlose Arbeiten verrichten mussten. Große Aufregung war entstanden, als vor dem Lager vor wenigen Stunden ein großer, erbeuteter amerikanischer Wagen mit einem aufsehenerregendem Bremsmanöver angehalten hatte, ein Manöver, das dem Fahrzeughersteller das Herz gebrochen hätte. Befehle und Rufe hallten durch die Luft, Männer eilten herbei und knöpften hastig ihre schäbigen Uniformjacken zu. Wachen hasteten vorbei und griffen nach dem erstbesten Arbeitsgerät, das ihnen in die Hände fiel, um den Eindruck zu erwecken, sie arbeiteten fleißig und gewissenhaft.

Es handelte sich um einen unangekündigten Kontrollbesuch des Generals, der das Kommando über diese Region innehatte. Tatsächlich war es eine Überraschung, denn niemand hatte mit einer weiteren Inspektion gerechnet – erst zwei Tage zuvor hatte eine stattgefunden. Es schien, als würden die Japaner gelegentlich nur deshalb Inspektionen in den Lagern durchführen, um sich die Frauen anzusehen, die sie für ihre «Unterhaltung» brauchten. Sie ließen die Frauen in einer Reihe antreten, begutachteten sie und wählten diejenigen aus, die sie haben wollten. Bewaffnete Wachen führten die Frauen daraufhin ab, und wenig später hörten wir ihre entsetzlichen Angst- und Schmerzensschreie. Doch dieses Mal handelte es sich um eine richtige Inspektion. Eine Inspektion, die von einem hochrangigen General direkt aus Japan durchgeführt wurde. Er war gekommen, um zu überprüfen, wie die Lager tatsächlich geführt wurden. Später erfuhren wir, dass die Japaner mehrere Rückschläge erlitten hatten, und jemand auf die Idee gekommen war, dass, wenn zu viele Gräueltaten begangen würden, einige der Verantwortlichen später zur Rechenschaft gezogen werden könnten.

Endlich hatten sich die Wachen mehr oder weniger in einer geraden Reihe aufgestellt und waren bereit für die Inspektion. Es herrschte ein Geschiebe und Gedränge, und der Staub wirbelte unter den Füßen der eingeschüchterten Männer auf. Von unserer Seite des Absperrzaunes aus beobachteten wir das Geschehen mit Interesse. Diesmal wurden die Wachen inspiziert, nicht die Gefangenen. Eine lange Zeit standen die Männer still in Reih und Glied. Dann machte sich Unruhe und Nervosität breit – es lag etwas in der Luft, als würde gleich etwas passieren.

Während wir zusahen, bemerkten wir, dass sich am Wachhaus etwas regte. Die Wachen standen mit Gewehren bei Fuß, und schließlich trat der General heraus, stolzierte selbstbewusst voran und schritt mit seinem langen Samuraischwert die Reihen der Männer ab. Sein Gesicht war vor Wut verzerrt, da man ihn hatte warten lassen, und seine Adjutanten wirkten angespannt und nervös. Langsam ging er die Reihe entlang, ließ hier und da einen vortreten, an dem er etwas auszusetzen hatte. An diesem Tag schien einfach nichts richtig zu sein. Die gesamte Inspektion wirkte zunehmend bedrohlicher und düsterer.

Die kleinen «Söhne des Himmels» boten wirklich einen erbärmlichen Anblick. In ihrer Hast hatten sie jedes erdenkliche Gerät ergriffen, das ihnen zur Verfügung stand, ganz gleich, wie unpassend es war. Sie hatten völlig den Kopf verloren. Sie mussten unbedingt den Eindruck erwecken, beschäftigt zu sein, und zeigen, dass sie nicht einfach untätig herumlagen und die Zeit totschlugen. Der General schritt weiter, bis er plötzlich mit einem schrillen Wutschrei stehen blieb. Einer der Männer hielt anstelle eines Gewehrs eine Stange in der Hand, an deren Ende eine Blechbüchse befestigt war – ein Werkzeug, das einer der Gefangenen erst kürzlich benutzt hatte, um damit die Sickergruben im Lager zu leeren. Der General musterte den Mann, betrachtete die Stange und hob den Blick zur Büchse am Stangenende. Seine Wut erreichte den Höhepunkt, und für einen Moment verschlug es ihm regelrecht die Sprache. Schon zuvor hatte er sich mehrmals auf die Zehenspitzen gestellt und Männer, die sein Missfallen erregt hatten, links und rechts kräftig geohrfeigt. Doch jetzt, beim Anblick dieser Sickergrubenschöpfstange, war er einfach nur fassungslos. Als er aus seiner Erstarrung erwachte, sprang er wütend auf und sah sich suchend nach etwas um, mit dem er den Mann schlagen konnte. Plötzlich fiel sein Blick auf sein Schwert. Er schaute nach unten, hakte es samt Scheide aus und schlug mit voller Wucht mit der reich verzierten Waffe auf den Kopf des unglücklichen Wachmannes. Der arme Kerl knickte ein, fiel auf die Knie und schließlich flach auf den Boden. Blut lief ihm aus der Nase und den Ohren. Der General trat ihn mit voller Verachtung und gab den anderen Wachen ein Zeichen. Der bedauernswerte Mann wurde an den Füßen gepackt und über den Boden geschleift, wobei sein Kopf immer wieder über die Unebenheiten hüpfte. Dann verschwand er aus unserem Blickfeld. Wir haben ihn danach nie wieder im Lager gesehen.

Bei dieser Inspektion schien einfach alles schiefzulaufen. Der General und die begleitenden Offiziere fanden an allem etwas auszusetzen, und vor Wut liefen ihre Gesichter eigenartig dunkelrot an. Kaum war eine Inspektion beendet, folgte auch schon die nächste, diesmal im Lager selbst. So etwas hatten wir vorher noch nie erlebt. Doch das Ganze hatte aus unserer Sicht auch etwas Gutes: Der General war so wütend auf die Wachen, dass er die Inspektion der Gefangenen ganz vergaß. Schließlich zogen sich die hohen Offiziere ins Wachlokal zurück, von wo ein Wutgeschrei und ein oder zwei Schüsse zu hören waren. Danach kamen sie heraus, stiegen in ihre Fahrzeuge und entschwanden unseren Blicken. Die Wachen erhielten den Befehl wegzutreten und verzogen sich, noch immer vor Angst zitternd.

Die japanischen Wachen waren somit in äußerst schlechter Laune. Sie hatten grundlos eine Holländerin brutal zusammengeschlagen, nur weil sie groß war und die Wachen überragte, was ihnen das Gefühl der Unterlegenheit gab. Sie hatten ihr gesagt, ihre Größe sei eine Beleidigung für ihren Kaiser! Daraufhin wurde sie mit Gewehrkolben niedergeschlagen, getreten und mit Bajonetten verletzt, sodass sie schwere innere Blutungen erlitt. Eine oder zwei Stunden lang musste sie bis zum Sonnenuntergang blutend vor dem Haupteingang des Wachlokals knien. Niemand durfte sie wegbringen, bevor die Wachen ihre Zustimmung erteilten. Wenn eine Gefangene starb, bedeutete das für die Wachen lediglich eine Person weniger, die versorgt werden musste. Es kümmerte sie nicht – und tatsächlich starb die Holländerin. Kurz vor Sonnenuntergang kippte sie vornüber. Niemand durfte ihr helfen. Schließlich gab eine Wache zwei Gefangenen das Zeichen, ihren leblosen Körper zu holen. Sie brachten sie noch zu mir, aber es war zu spät. Man hatte sie verbluten lassen.

Unter diesen Lagerbedingungen war es äußerst schwierig, Patienten zu behandeln. Es fehlte uns an allem. Jetzt waren uns auch noch die Verbände ausgegangen. Sie waren immer und immer wieder gewaschen und benutzt worden, bis sie ganz dünn und auch die letzten noch zusammenhängenden Fäden gerissen waren. Wir konnten auch keine mehr aus unseren Kleidern herstellen, da niemand Ersatzkleidung besaß. Einige Gefangene hatten tatsächlich gar keine Kleidung mehr. Das Problem verschärfte sich zusehends. Viele litten an Verletzungen und Wunden, doch uns fehlten die Mittel, um sie zu versorgen und zu verbinden.

In Tibet hatte ich Pflanzenheilkunde studiert, und bei einem Arbeitseinsatz außerhalb der Lagermauern entdeckte ich eine Pflanze, die ich gut kannte. Sie hatte breite, dicke Blätter und besaß entzündungshemmende Eigenschaften – genau das, was wir dringend brauchten. Das Problem war jedoch, wie wir einen Vorrat dieser Blätter ins Lager schmuggeln konnten. Eine kleine Gruppe von uns besprach die Angelegenheit bis spät in die Nacht. Schließlich einigten wir uns darauf, dass die Arbeitsgruppen die Blätter irgendwie sammeln und unbemerkt ins Lager bringen müssten. Wir diskutierten verschiedene Möglichkeiten, wie dies gelingen konnte. Letztlich schlug ein besonders kluger Kopf vor, die Blätter in den dicken Rohren der Bambusstangen zu verstecken, die eine der Arbeitsgruppen regelmäßig einsammelte.

Die Frauen oder «Mädchen», wie sie sich selbst unabhängig von ihrem Alter nannten, ernteten große Mengen dieser fleischigen Blätter, was mich sehr freute. Es war, als würde ich alte Freunde wiedersehen. Wir legten die Blätter hinter den Hütten auf dem Boden aus. Die japanischen Wachen beobachteten uns, schienen sich aber keine großen Sorgen darüber zu machen, was wir da taten. Vielleicht dachten sie auch, wir hätten den Verstand verloren. Dennoch mussten wir die Blätter ausbreiten, um sie sorgfältig zu sortieren. Die Frauen, die sich mit Pflanzen weniger gut auskannten, hatten alle möglichen Arten gepflückt, doch nur eine Sorte war brauchbar. Wir suchten die richtigen Blätter heraus, und den Rest, den wir irgendwie loswerden mussten, streuten wir über den Leichenhaufen in der Ecke des Gefangenenlagers.

Die Blätter wurden nach Größe sortiert und sorgfältig von jeglichem Schmutz befreit. Wir hatten kein Wasser, um sie zu waschen, denn Wasser war ein äußerst kostbares Gut für uns. Nun brauchten wir einen geeigneten Behälter, um die Blätter zerquetschen zu können. Da die Reisschüssel des Lagers das größte verfügbare Gefäß war, benutzten wir sie und legten die sorgfältig ausgesuchten Blätter hinein. Unser nächstes Problem war, einen passenden Stein zu finden, der scharfe Kanten hatte, um die Blätter zu zerdrücken und daraus eine Paste machen zu können. Schließlich fanden wir einen schweren Stein, der nur mit beiden Händen gehoben werden konnte. Die Frauen, die mir halfen, wechselten sich ab und zerdrückten die Blätter, bis ein klebriger, grüner Brei entstand.

Unser nächstes Problem war, etwas zu finden, das Blut und Eiter aufsaugte, während die entzündungshemmende Pflanze ihre Wirkung entfalten konnte, und zugleich etwas, um die Breimasse zusammenzuhalten. Bambus erwies sich erneut als vielseitig einsetzbar. Wir beschlossen, ihn auch hierfür zu verwenden. Aus alten Bambusstangen und Holzabfällen kratzten wir das Innere heraus und trockneten es in Blechbüchsen über dem Feuer. Sobald es vollständig getrocknet war, wurde es so fein wie Mehl und sogar saugfähiger als Baumwolle. Ein Gemisch aus gleichen Teilen Bambusmark und zerquetschten Blättern erwies sich als äußerst nützlich. Leider war es sehr bröckelig und zerfiel schon bei der geringsten Berührung.

Das Grundgeflecht, auf das das Gemisch aufgetragen werden sollte, war nicht leicht herzustellen. Wir mussten die Außenfasern von jungen, noch grünen Bambusstangen abtrennen und sie vorsichtig in möglichst lange Streifen spleißen. Diese Fasern legten wir auf eine gründlich gereinigte Metallplatte, die normalerweise den Boden des Feuers schützte. Die Fasern wurden längs und quer ausgelegt und miteinander verflochten, sodass ein langer, schmaler Teppich entstand. Nach vielen Mühen hatten wir schließlich ein unregelmäßig aussehendes Geflecht von etwa zweieinhalb Metern Länge und gut einem halben Meter Breite fertiggestellt.

Mit einem großen, dicken Bambusrohr rollten wir das zerstoßene Blätter- und Markgemisch in das Geflecht ein. Wir trugen so viel auf, bis die Bambusfasern vollständig bedeckt waren und eine gleichmäßige Schicht entstand. Anschließend drehten wir das Geflecht vorsichtig um und wiederholten den Vorgang auf der anderen Seite. Am Ende hatten wir einen blassgrünen Verband, der sowohl Blutungen stillen als auch die Heilung fördern konnte. Der Prozess erinnerte an die Herstellung von Papier, und das Ergebnis ähnelte einem dicken, grünen Karton – formbar, aber schwer zu biegen und noch schwerer mit den groben Schneidewerkzeugen zu schneiden, die uns zur Verfügung standen. Doch schließlich gelang es uns, das Material in etwa zehn Zentimeter breite Streifen zu schneiden. Diese lösten wir vorsichtig von der Metallplatte ab, auf der sie gehaftet hatten. In diesem Zustand blieben die Streifen mehrere Wochen lang flexibel. Sie waren ein wahrer Segen für uns.

Irgend an einem Tag täuschte eine Frau, die in der Kantine der Japaner arbeitete, eine Krankheit vor, um zu mir zu kommen. Aufgeregt erschien sie bei mir. Sie hatte in einem Lagerraum sauber gemacht, der viel erbeutetes Raubgut der Amerikaner enthielt. Dabei stieß sie versehentlich an eine Dose ohne Etikett, und einige rötlich-braune Kristalle fielen heraus. Neugierig steckte sie ihre Finger in die Dose, rührte die Kristalle um und fragte sich, was sie wohl sein könnten. Später, als sie ihre Hände ins Wasser tauchte, um weiterzuarbeiten, bemerkte sie plötzlich rotbraune Flecken auf ihrer Haut. Hatte sie sich vielleicht vergiftet? War das eine Falle der Japaner? Besorgt entschied sie, sofort zu mir zu kommen. Ich schaute mir ihre Hände genau an, roch daran – und wenn ich zu Gefühlsausbrüchen neigen würde, hätte ich vor Freude getanzt. Mir war sofort klar, was diese Flecken verursacht hatte: Es waren Kaliumpermanganat-Kristalle, genau das, was wir dringend für die Behandlung der vielen tropischen Geschwüre brauchten.

«Nina», sagte ich, «du musst die Dose irgendwie herausschmuggeln. Mach den Deckel wieder drauf, bring die Dose in einem Eimer hierher und achte darauf, dass sie nicht nass wird.»

Sie kehrte in die Kantine zurück, außer sich vor Freude bei dem Gedanken, etwas entdeckt zu haben, das unser aller Leiden ein wenig lindern konnte. Später an diesem Tag kam sie wieder und übergab mir die Dose mit den Kristallen. Wenige Tage darauf brachte sie mir eine weitere Dose – und dann noch eine. An diesem Tag lobten wir die Amerikaner und sogar die Japaner dafür, dass sie diese amerikanischen Güter erbeutet hatten!

Tropische Geschwüre sind etwas Schreckliches. Ihre Hauptursachen sind Mangelernährung und Vernachlässigung, begünstigt durch schlechte hygienische Verhältnisse und fehlende Waschmöglichkeiten. Zu Beginn verspürt die betroffene Person einen leichten Juckreiz und kratzt sich unbewusst an der betroffenen Stelle. Es bildet sich ein kleiner roter Pickel, kaum größer als ein Stecknadelkopf, der den Juckreiz verstärkt und zu weiterem Kratzen führt. Durch die Fingernägel wird eine Infektion übertragen, die sich an der geschundenen Hautstelle ausbreitet. Die gesamte Hautpartie wird zunehmend rot, tiefrot, und entzündet. Unter der Haut entstehen kleine gelbe Pusteln, die weitere Reizungen und noch stärkeres Kratzen verursachen. Das Geschwür breitet sich sowohl nach innen wie auch nach außen aus. Übelriechender Eiter bildet sich, und im weiteren Verlauf nehmen die Widerstandskräfte des Körpers ab. Der Allgemeinzustand verschlechtert sich. Das Geschwür dringt immer weiter und tiefer in das Gewebe ein, befällt Muskeln, Knorpel und schließlich den Knochen, wo es Knochenhaut und Knochenmark zerstört. Bleibt die Behandlung aus, endet der Krankheitsverlauf tödlich. Irgendetwas musste dann dagegen unternommen werden. Das Geschwür, der Infektionsherd, musste irgendwie und so schnell wie möglich entfernt werden. Da uns jedoch jegliche medizinischen Instrumente fehlten, mussten wir zu verzweifelten Maßnahmen greifen, um das Geschwür zu entfernen. Um das Leben des Patienten zu retten, musste das Geschwür ausgeschält werden. Uns blieb nur eine Möglichkeit: Wir stellten aus einer Blechbüchse eine Art Löffel her, dessen Ränder wir sorgfältig schärften. Anschließend sterilisierten wir den Löffel, so gut es ging, über den Flammen unseres Feuers. Mitgefangene hielten das betroffene Glied des Patienten fest, während ich mit dem Blechlöffel das befallene Gewebe und den Eiter herausschabte, bis nur noch gesundes Gewebe übrig war. Es war entscheidend, dass ich sicherstellte, dass kein noch so kleiner Infektionsherd übersehen und zurückgelassen wurde, sonst hätte das Geschwür wieder zu wachsen begonnen wie Unkraut. Nach der gründlichen Wundreinigung füllten wir die große Wunde mit der Heilkräuterpaste und pflegten die Patientin so gut es in unserem Lager möglich war gesund – gesund nach unseren Lagermaßstäben! Dieser Maßstab bedeutete anderswo so gut wie den Tod. Das Kaliumpermanganat trug ebenfalls entscheidend zum Heilungsprozess bei, indem es Eiter und andere Infektionsherde bekämpfte. Wir hüteten es wie Goldstaub.

So, Sie finden, unsere Behandlungsmethoden klingen brutal? Das waren sie auch! Doch unsere «brutalen» Methoden retteten so manches Leben und auch so manche Gliedmaßen. Ohne eine solche Behandlung hätte sich das Geschwür immer weiter ausgebreitet und den Körper vergiftet. Um das Leben des Patienten zu retten, hätte am Ende der Arm oder das Bein amputiert werden müssen – und das ohne Betäubung!

Die gesundheitliche Situation in unserem Lager war ein ernsthaftes Problem. Die Japaner boten uns keinerlei Hilfe an. Also griff ich schließlich auf meine Kenntnisse der Atemtechniken zurück. Ich lehrte viele meiner

Mitgefangenen spezielle Atemübungen, die für bestimmte Zwecke geeignet waren. Richtiges Atmen in einem bestimmten Rhythmus kann die Gesundheit sowohl körperlich als auch geistig erheblich verbessern.

Mein Mentor, der Lama Mingyar Dondup, hatte mir die Wissenschaft des Atmens gelehrt, nachdem er mich eines Tages dabei erwischt hatte, als ich keuchend vor Anstrengung einen Hügel hinaufgerannt bin und beinahe kollabierte.

«Lobsang, Lobsang», sagte er, «wie konntest du dich bloß in einen solch schrecklichen Zustand bringen?»

«Ehrwürdiger Herr Lehrer», erwiderte ich keuchend, «ich habe versucht, auf Stelzen den Hügel hinaufzuspringen.»

Er sah mich betrübt an und schüttelte resigniert den Kopf. Mit einem Seufzen forderte er mich auf, mich hinzusetzen. Eine Zeitlang herrschte Stille zwischen uns – abgesehen von meinem Keuchen, während ich versuchte, meinen Atem wieder zu normalisieren.

Ich war unten in der Nähe der Lingkhorstraße auf Stelzen gelaufen und hatte vor den Pilgern geprahlt. Ich wollte ihnen zeigen, dass die Mönche des Chakpori-Lamaklosters besser, weiter und schneller auf Stelzen laufen konnten als irgendjemand sonst in Lhasa. Um meine Behauptung zu untermauern, lief ich auf Stelzen den Hügel hinauf. Doch nachdem ich die erste Biegung hinter mir gelassen hatte und außer Sichtweite der Pilger war, brach ich völlig erschöpft zusammen und blieb liegen. Kurz darauf kam mein Mentor des Weges und fand mich in diesem bedauernswerten Zustand vor.

«Lobsang», sagte er, «es ist höchste Zeit, dass du wieder etwas dazulernst. Also genug von Sport und Spiel. Du hast jetzt eindeutig gezeigt, dass du dringend eine Unterweisung in der Wissenschaft des richtigen Atmens brauchst. Komm mit mir, wir wollen mal sehen, was wir tun können, um das zu verbessern.»

Er stand auf und setzte seinen Weg den Hügel hinauf fort. Widerwillig richtete ich mich ebenfalls auf, hob meine zur Seite gefallenen Stelzen auf und folgte ihm. Mit mühelosen Schritten ging er weiter, er schien fast zu gleiten. Ohne jede Anstrengung erklomm er den Hügel, während ich, obwohl ich viel jünger war, mich abmühen musste, um mit ihm Schritt zu halten und gleichzeitig nach Luft rang wie ein Hund an einem heißen Sommertag.

Oben auf dem Hügel angekommen, betraten wir die Klosteranlage. Ich folgte meinem Mentor bis zu seiner Kammer, wo wir uns wie gewohnt auf den Boden setzten. Der Lama läutete nach dem obligatorischen Tee – ohne den kein Tibeter ein ernstes Gespräch führen kann! Wir schwiegen, während die Bedienungsmönche Tee und Tsampa brachten. Als sie gegangen waren, schenkte der Lama Tee ein und begann, mir die ersten Unterweisungen in der Kunst des Atmens zu geben. Instruktionen, die in diesem Gefangenenlager von unschätzbarem Wert für mich sein sollten.

«Du keuchst und pustest wie ein alter Mann, Lobsang», sagte er. «Ich werde dir in Kürze lehren, wie du das überwinden kannst. Niemand sollte sich bei einer so einfachen, natürlichen und alltäglichen Tätigkeit derart verausgaben. Zu viele Leute vernachlässigen ihre Atmung. Sie denken, Atmen bedeute nur, ein bisschen Luft einzuatmen, sie wieder auszuatmen und das Ganze zu wiederholen.»

«Aber, ehrwürdiger Herr Lehrer», erwiderte ich, «ich habe doch neun Jahre lang oder etwas länger ganz gut atmen können. Wie sollte ich denn anders atmen als so, wie ich es immer getan habe?»

«Lobsang, du darfst nie vergessen, dass der Atem die eigentliche Quelle des Lebens ist. Du kannst umhergehen, und du kannst herumrennen, aber ohne zu atmen, kannst du weder das eine noch das andere tun. Du musst eine neue Atemmethode lernen. Zuerst musst du nach einer ganz bestimmten Zeitvorgabe atmen, denn solange du diese Zeitvorgabe nicht kennst, hast du keine Möglichkeit, deine Atmung in verschiedene Zeitverhältnisse einzuteilen. Wir atmen nämlich je nach Verwendungszweck mit verschiedenen Zeitverhältnissen.»

Er ergriff mein linkes Handgelenk, zeigte auf eine bestimmte Stelle und sagte: «Fühle dort deinen Herzschlag, deinen Puls. Deine Pulsschläge erfolgen in einem regelmäßigen Rhythmus von eins, zwei, drei, vier, fünf, sechs und so weiter. Fühle deinen Puls mit deinen Fingern selbst einmal, dann wirst du verstehen, wovon ich spreche.»

Ich kam seiner Aufforderung nach, legte einen Finger auf mein linkes Handgelenk und fühlte meine Pulsschläge, während er bis sechs zählte. Ich schaute auf.

Er fuhr fort: «Wenn du dich damit auseinandersetzt, wirst du feststellen, dass dein Herz in der Zeit, in der du einatmest, sechsmal schlägt. Aber das zu wissen, reicht nicht. Du musst in der Lage sein, die Atmung sehr häufig zu wechseln. Wir werden uns gleich damit befassen.»

Er hielt inne und schaute mich an. Dann sagte er: «Weißt du, Lobsang, ich habe euch Jungen beim Spielen beobachtet. Ihr verausgabt euch dabei viel zu sehr, weil ihr vom Atmen überhaupt keine Ahnung habt. Ihr denkt, solange ihr einatmet und wieder ausatmet, ist das alles, worauf es ankommt. Ihr könntet euch nicht gründlicher irren. Es gibt vier grundlegende Atemmethoden. Schauen wir sie uns also einmal an und sehen, was sie uns bieten können und welche Methoden das sind. Die erste Methode ist nicht sehr effektiv. Man kennt sie unter der Bezeichnung ‹Brustatmung›. Bei dieser Methode wird nur der obere Teil der Brust und der Lunge benutzt, und dieser, wie du wissen solltest, macht den kleinsten Teil des Atemvolumens aus. Wenn du also diese Brustatmung durchführst, gelangt nur sehr wenig Luft in deine Lunge, was dazu führt, dass in den tieferen Bereichen der Lunge eine erhebliche Menge abgestandener Luft zurückbleibt. Weißt du, bei dieser Atmung bewegst du nur den oberen Teil deiner Brust, während der untere Teil und dein Oberbauch unverändert bleiben. Das ist alles andere als vorteilhaft. Vergiss die Brustatmung, Lobsang, sie ist völlig nutzlos. Es ist die schlechteste Art zu atmen. Beschäftigen wir uns also mit den anderen Atemmethoden.»

Er machte eine kurze Pause und sah mich an, bevor er sagte: «Schau, das ist die Brustatmung. Achte auf die angespannte Körperhaltung, die ich dabei einnehmen muss. Später wird dir auffallen, dass die meisten Menschen im

Westen, außerhalb von Tibet und Indien, auf diese Weise atmen. Das führt bei ihnen zu unklarem Denken und geistiger Trägheit.»

Ich schaute ihn mit offenem Mund an und staunte. Ich hätte nie gedacht, dass das Atmen so schwierig sein könnte. Bisher war ich eigentlich recht überzeugt gewesen, es einigermaßen richtig zu machen, doch jetzt musste ich feststellen, dass ich mich geirrt hatte.

«Lobsang, du hörst mir nicht sonderlich gut zu. Schauen wir uns jetzt die zweite Atemmethode an, die als ‹Mittelatmung› bekannt ist. Es macht wenig Sinn, sich ausführlicher mit ihr zu befassen, da ich nicht möchte, dass du auf diese Weise atmest. Wenn du in den Westen kommst, wirst du feststellen, dass diese Atmung dort oft als ‹Rippenatmung› bezeichnet wird – eine Atmung, bei der das Zwerchfell unbeweglich bleibt. Die dritte Atemmethode ist die untere Atmung. Obwohl sie vielleicht etwas besser abschneidet als die beiden anderen Methoden, ist sie immer noch nicht die Richtige. Manche nennen diese untere Atmung ‹Bauchatmung›. Aber auch bei dieser Methode wird die Lunge nicht vollständig mit frischer Luft gefüllt. Die Luft wird nicht komplett ausgetauscht, was zu abgestandener Luft, schlechtem Atem und Krankheiten führt. Wende also keine von diesen drei Methoden an, sondern mache es wie ich und die anderen Lamas hier: Verwende die ‹Ganzatmung›. So funktioniert sie.»

Ah, dachte ich, endlich kommen wir zur Sache – jetzt werde ich etwas lernen. Warum hat er mir überhaupt all den anderen Kram erklärt, nur um mir dann zu sagen, dass ich es nicht machen soll?

«Weil», sagte mein Mentor, der offensichtlich meine Gedanken gelesen hatte, «du sowohl wissen sollst, was falsch ist, als auch, was richtig ist. Seit du hier im Chakpori-Lamakloster bist, hast du sicher bemerkt, dass wir immer wieder betonen, wie wichtig es ist, den Mund geschlossen zu halten. Das ist nicht nur, um falsche Aussagen zu vermeiden, sondern auch, um sicherzustellen, dass du durch die Nase atmest. Wenn du durch den Mund atmest, verlierst du den Vorteil der Luftfiltration in der Nase sowie den Temperaturregelmechanismus, über den der Körper verfügt. Zudem führt ständiges Mundatmen zu einer verstopften Nase, Schnupfen, einem dumpfen Kopf und vielen weiteren Beschwerden.»

Schuldbewusst wurde ich mir gewahr, dass ich meinen Mentor mit offenem Mund erstaunt anblickte. Schnell schloss ich den Mund, was ihm ein amüsiertes Zwinkern entlockte. Er ging aber nicht darauf ein, sondern fuhr fort: «Die Nase ist ein sehr wichtiges Organ und muss sauber gehalten werden. Sollte deine Nase jemals verunreinigt sein, zieh etwas Wasser durch sie hinein, lass es den Rachen hinunterlaufen und spucke es dann durch den Mund wieder aus. Aber egal, was du tust, atme niemals durch den Mund – immer nur durch die Nase. Übrigens, warmes Wasser könnte dabei hilfreich sein. Kaltes Wasser könnte dich zum Niesen bringen.»

Er drehte sich um und läutete die Glocke, die neben ihm stand. Ein Bediensteter trat ein, füllte den Teekessel auf und brachte frisches Tsampa. Er verbeugte sich und ging wieder hinaus. Nach wenigen Minuten setzte mein Mentor sein Gespräch fort.

«Jetzt, Lobsang, werden wir uns mit der richtigen Methode des Atmens auseinandersetzen, mit der Atemtechnik, die es einigen Lamas in Tibet ermöglicht hat, ihr Leben um eine wirklich bemerkenswerte Zeitspanne zu verlängern. Befassen wir uns nun mit der Ganzatmung. Wie der Name schon sagt, umfasst sie alle drei Atemmethoden: die Bauchatmung, die Mittelatmung und die Brustatmung, sodass die Lunge vollständig mit Luft gefüllt wird. Dies reinigt das Blut und versorgt es mit Lebenskraft, mit der Lebensenergie. Diese Atemtechnik ist sehr einfach auszuführen. Du kannst dabei entweder sitzen oder in einer einigermaßen bequemen Haltung stehen – wichtig ist aber, dass du durch die Nase atmest. Erst vor wenigen Minuten habe ich dich völlig erschöpft zusammengekauert sitzen sehen, Lobsang. Aber in dieser gekrümmten Haltung kannst du nicht richtig atmen. Dein Rücken muss gerade sein. Das ist das Geheimnis des richtigen Atmens.»

Er sah mich an und seufzte, doch das Zwinkern in seinen Augen verriet den tiefen Seufzer. Er erhob sich, kam zu mir herüber, legte die Hände unter meine Ellenbogen und hob mich hoch, bis ich richtig aufrecht saß.

«Also, Lobsang, so musst du sitzen – mit aufrechter Wirbelsäule und kontrolliertem Bauch. Die Arme ruhen locker seitlich am Körper. Bleib jetzt genau so sitzen. Weite beim Einatmen deine Brust aus, drücke die Rippen nach außen, und lass das Zwerchfell nach unten sinken, sodass auch der Unterbauch sich ausdehnt. So erzielst du eine Ganzatmung. Daran ist nichts Magisches, Lobsang, es ist einfach nur normales, vernünftiges Atmen. Du musst so viel Luft einatmen, wie du kannst, und dann beim Ausatmen die ganze Luft wieder ausstoßen, um sie zu ersetzen. Im Moment mag dir das vielleicht etwas kompliziert oder unnötig erscheinen, als wäre es die Mühe nicht wert. Aber es ist die Mühe wert, Lobsang. Meinst du nicht, dass du vielleicht einfach träge geworden bist und dich an eine nachlässige Art zu atmen gewöhnt hast? Was du brauchst, ist nur ein wenig Disziplin beim Atmen.»

Ich atmete wie angewiesen und war überrascht, dass es gar nicht so schwer war. In den ersten paar Sekunden war mir noch etwas schwindlig, doch dann ging es immer leichter. Ich konnte die Farben deutlicher sehen, und schon nach wenigen Minuten fühlte ich mich besser.

«Ich werde dir von heute an jeden Tag einige Atemübungen beibringen, Lobsang, und ich bitte dich, damit weiterzumachen. Es lohnt sich. Du wirst nachher nicht mehr so leicht außer Atem geraten. Dieser kleine Anstieg den Hügel hinauf hat dich völlig erschöpft, während ich, obwohl ich um ein Vielfaches älter bin als du, ihn mühelos bewältigen konnte.»

Er setzte sich wieder hin und beobachtete mich aufmerksam, während ich so atmete, wie er es mir gezeigt hatte. Trotz meines jungen Alters verstand ich den Sinn und Zweck seiner Anweisungen deutlich. Er machte es sich bequem und sprach weiter.

«Der einzige Zweck des Atmens, unabhängig von der Technik, liegt darin, so viel Luft wie möglich aufzunehmen und sie in einer anderen Form auf den ganzen Körper zu verteilen, in eine Form, die wir ‹Prana› nennen. Prana ist die Lebenskraft selbst. Es ist die Energie, die die Menschen aktiviert. Sie aktiviert alles, was lebt: Pflanzen, Tiere, Menschen, ja selbst die

Fische müssen dem Wasser Sauerstoff entnehmen und es in Prana umwandeln. Aber jetzt, Lobsang, befassen wir uns mit deiner Atmung. Atme langsam ein, halte den Atem ein paar Sekunden an, und atme dann ganz langsam wieder aus. Du wirst feststellen, dass sich beim Einatmen, Luftanhalten und Ausatmen verschiedene Atemmuster entwickeln, die unterschiedliche Wirkungen wie Reinigung, Vitalisierung usw. zeigen. Doch die vielleicht wichtigste allgemeine Atemtechnik ist die sogenannte ‹Reinigungsatmung›. Wir werden uns nun mit dieser auseinandersetzen, denn ich möchte, dass du sie von heute an jeden Morgen und Abend ausführst, sowie vor und nach jeder speziellen Übung.»

Ich hatte ihm aufmerksam zugehört, denn ich wusste nur zu gut, über welche außergewöhnlichen Kräfte diese hohen Lamas verfügten. Ich wusste, dass sie sich schneller über den Boden bewegen konnten als ein galoppierendes Pferd und dabei stets gelassen, heiter und selbstbeherrscht an ihrem Ziel ankamen. Ich nahm an, dass ich die Wissenschaft des Atmens lange bevor ich ein Lama wäre, beherrschen würde – denn zu diesem Zeitpunkt war ich erst noch ein Akoluth.

Mein Mentor fuhr fort: «Nun, Lobsang, kommen wir zu dieser Reinigungsatmung. Atme vollständig ein, und zwar drei tiefe Atemzüge – nicht solche kleinen Schnaufer. Tiefe Atemzüge, wirklich tiefe, die tiefsten, die du bewerkstelligen kannst. Fülle deine Lunge, streck dich hoch, fülle dich auf mit Luft. So ist es richtig», sagte er. «Jetzt, nach dem dritten Einatmen, halte die Luft ungefähr vier Sekunden lang an. Forme die Lippen wie zum Pfeifen, aber ohne dabei die Wangen aufzublasen. Blase nun, so kräftig wie du nur kannst, etwas Luft durch die Öffnung deiner zugespitzten Lippen hinaus. Blase sie kräftig heraus, lass sie frei. Dann halte eine Sekunde inne, während du die restliche Luft zurückbehältst. Blase erneut, so kräftig du kannst, wieder etwas Luft hinaus. Halte eine weitere Sekunde inne, und dann blase den Rest der Luft ebenfalls so kräftig heraus, bis keine Luft mehr in deiner Lunge übrigbleibt. Denke daran, du musst in diesem Fall wirklich kräftig durch die zugespitzten Lippen ausatmen. Und, findest du nicht auch, dass das bemerkenswert erfrischend ist?»

Zu meiner Überraschung musste ich ihm recht geben. Zuerst war ich mir ein wenig albern vorgekommen, einfach so zu pusten und zu blasen. Doch nachdem ich es ein paar Mal gemacht hatte, spürte ich deutlich, dass ich vor Energie sprühte. Ich fühlte mich wahrscheinlich besser als je zuvor. Also atmete und pustete ich weiter, dehnte mich aus und blies die Wangen auf. Plötzlich wurde mir schwindelig, und es fühlte sich an, als würde ich immer leichter werden.

Durch den Schleier meiner Benommenheit hörte ich meinen Mentor sagen: «Lobsang, Lobsang, stopp! Genau so sollst du nicht atmen. Atme so, wie ich es dir erklärt habe. Experimentiere nicht, das kann gefährlich sein. Jetzt hast du dich selbst in einen Rausch versetzt, weil du zu schnell und falsch geatmet hast. Mache diese Atemübungen nur so, wie ich sie dir gezeigt habe. Ich bin der Experte. Später kannst du selber damit experimentieren. Ich lege dir aber nahe, Lobsang, wenn du jemals andere darin unterweisen solltest, dann schärfe ihnen ein, diese Übungen strikt zu befolgen und nicht damit zu experimentieren. Ermahne sie auch, nicht mit verschiedenen Atemmustern zu spielen, solange sie nicht von einem erfahrenen Lehrer angeleitet werden. Das Experimentieren mit der Atmung kann wirklich gefährlich sein. Wenn man jedoch die festgelegten Übungen korrekt ausführt, sind sie für jeden absolut sicher.»

Der Lama stand auf und sagte: «Nun, Lobsang, es könnte sehr nützlich sein, wenn wir deine Nervenstärke ein wenig verbessern. Stelle dich jetzt genauso aufrecht hin wie ich. Atme so viel Luft ein, wie du nur kannst. Wenn du das Gefühl hast, dass deine Lunge völlig gefüllt ist, zwinge noch etwas mehr Luft hinein. Atme jetzt langsam aus – ganz langsam. Atme erneut ein, fülle deine Lunge wieder vollständig mit Luft und halte den Atem an. Strecke jetzt deine Arme gerade vor dir aus, ohne dich dabei anzustrengen. Wende nur so viel Kraft an, wie nötig ist, um sie waagerecht zu halten. Pass auf, sieh mir jetzt gut zu. Bewege die Hände nach hinten in Richtung der Schultern und spanne dabei die Armmuskeln zunehmend an, bis sie völlig angespannt und die Fäuste geballt sind. Führe die Bewegung weiter, bis die Fäuste schließlich die Schultern berühren. Beobachte, wie ich meine Hände zu Fäusten balle. Drücke nun deine geballten Fäuste so fest zusammen, dass sie vor Anstrengung zittern. Halte die Armmuskeln weiter angespannt und strecke dann die Finger langsam aus. Schließe sie dann mehrmals schnell hintereinander wieder zu Fäusten, vielleicht ein halbes Dutzend Mal. Danach atme kräftig aus, wirklich kräftig, so wie ich es dir vorher erklärt habe, durch den Mund, durch die zugespitzten Lippen, durch die kleine Öffnung, durch die du den Atem so kraftvoll wie möglich ausstoßen kannst. Nachdem du das ein paar Mal durchgeführt hast, beende die Übung mit einer Reinigungsatmung.»

Ich versuchte es, und stellte wie zuvor fest, dass es mir sehr gut tat. Darüber hinaus machte es Spaß, und für Spaß war ich immer zu haben!

Mein Mentor unterbrach meine Gedanken.

«Lobsang, bei dieser Übung kann nicht genug betont werden, dass es auf die Geschwindigkeit ankommt, mit der du die Fäuste öffnest und wieder schließt, und auf die Anspannung der Muskeln in den Armen. Das bestimmt, wie viel Nutzen du aus der Übung ziehst. Natürlich wirst du dich vorher, bevor du diese Übung durchführst, absolut vergewissert haben, dass deine Lunge vollständig mit Luft gefüllt sind. Diese Übung wird dir in späteren Jahren eine sehr wertvolle und unschätzbare Hilfe sein.»

Er setzte sich wieder hin und beobachtete mich aufmerksam, während ich die Übungen ausführte. Geduldig wies er mich auf kleine Fehler hin und lobte mich, wenn ich es richtig machte. Als er zufrieden war, ließ er mich alle Übungen noch einmal wiederholen, um sicherzustellen, dass ich sie auch ohne seine Anleitung richtig durchführen konnte. Danach forderte er mich auf, neben ihm Platz zu nehmen, und begann, mir zu erzählen, wie die tibetischen Atemtechniken entstanden waren. Man hatte dazu alte Aufzeichnungen in den Höhlen tief unter dem Potala gefunden und sie entschlüsselt.

Später in meinem Studium lernte ich noch viele weitere Aspekte der Atmung. In Tibet behandeln wir nicht nur mit pflanzlichen Heilmitteln, sondern nutzen auch die Atmung des Patienten für dessen Heilung. Das Atmen ist in Wirklichkeit die eigentliche Lebensquelle. An dieser Stelle könnte es für einige von Interesse sein, ein paar zusätzliche Hinweise zu geben, wie sie möglicherweise hartnäckige Beschwerden lindern oder sogar beheben können. Das kann tatsächlich durch das richtige Atmen erreicht werden. Aber denken Sie immer daran: Atmen Sie nur so, wie ich es auf diesen Seiten beschrieben habe. Blindes Experimentieren ohne die Anleitung eines erfahrenen Lehrers kann gefährlich sein und ist nicht wirklich klug.

Magen, Leber- und Bluterkrankungen können mittels dem sogenannten «Atem-Anhalten» überwunden werden. Es ist wohlgemerkt nichts Magisches daran, außer vielleicht das Resultat, das als ziemlich magisch empfunden werden kann, denn es gibt wirklich nichts Vergleichbares:

Also, Sie müssen zunächst aufrecht stehen oder, wenn Sie im Bett liegen, gerade liegen. Nehmen wir an, Sie können aufrecht stehen und liegen nicht im Bett. Stellen Sie sich mit zusammenstehenden Füßen hin, ziehen Sie die Schultern zurück und strecken Sie die Brust heraus. Der Unterbauch sollte dabei leicht angespannt sein. Atmen Sie nun tief ein und nehmen Sie so viel Luft auf, wie es Ihnen möglich ist. Halten Sie die Luft in Ihrer Lunge, bis Sie ein leichtes – wirklich nur ein sehr leichtes – Pochen in den Schläfen spüren. Sobald Sie das bemerken, atmen Sie kraftvoll durch den Mund aus. Wichtig ist, die Luft nicht einfach nur entweichen zu lassen, sondern sie mit aller Kraft durch den Mund herauszupressen. Danach sollten Sie die Reinigungsatmung ausführen. Es ist nicht nötig, diese hier erneut zu erklären, da ich sie bereits ausführlich beschrieben habe, so wie es mir mein Mentor, der Lama Mingyar Dondup, beigebracht hat. Ich möchte jedoch noch einmal betonen, dass die Reinigungsatmung von unschätzbarem Wert ist und Ihre Gesundheit erheblich verbessern kann.

Bevor wir jedoch mit irgendwelchen Atemübungen beginnen können, benötigen wir einen festen Rhythmus, eine Zeiteinheit, die einer normalen

Einatmung entspricht. Ich habe bereits erwähnt, wie mir dieser Rhythmus beigebracht wurde, aber in diesem Fall könnte eine Wiederholung nützlich sein, da sie hilft, es dauerhaft im Gedächtnis zu verankern.

Der Herzschlag des Menschen ist der richtige rhythmische Maßstab für die individuelle Atmung. Jeder Mensch hat eine leicht unterschiedliche Herzfrequenz, aber das ist unbedeutend. Sie können Ihren eigenen Atemrhythmus finden, indem Sie Ihren Puls ertasten und die Pulsschläge mitzählen. Legen Sie die Finger der rechten Hand auf das linke innere Handgelenk und erspüren Sie Ihren Puls. In der Regel zählt man eins, zwei, drei, vier, fünf, sechs Pulsschläge. Verankern Sie diesen Rhythmus fest in Ihrem Unterbewusstsein, so dass Sie ihn unbewusst, unterbewusst kennen, und nicht mehr darüber nachdenken müssen.

Ich wiederhole: Es spielt keine Rolle, wie Ihr persönlicher Rhythmus aussieht, solange Sie ihn nur kennen, und solange Ihr Unterbewusstsein ihn kennt. Wir gehen davon aus, dass Ihr Rhythmus im durchschnittlichen Bereich liegt, daher sollte Ihre Einatmung etwa sechs Herzschläge dauern – bei alltäglichen Tätigkeiten und normaler Arbeit. Diese Atemfrequenz werden wir jedoch für verschiedene Zwecke immer wieder anpassen. Es ist nichts Schwieriges, sondern etwas ganz Einfaches, das zu einer spektakulären Verbesserung Ihrer Gesundheit führen kann. In Tibet wurde allen Akoluthen höherer Ränge die Kunst des Atmens gelehrt. Bevor unser Unterricht begann, führten wir stets zuerst spezielle Atemübungen als Einleitung durch.

Möchten Sie diese gerne ausprobieren?

Nehmen Sie zuerst eine aufrechte Sitzposition ein. Sie können auch stehen, wenn Sie wollen, aber es macht wenig Sinn zu stehen, wenn es auch im Sitzen geht. Atmen Sie dann langsam ein, und zwar mit der Ganzatmung – das bedeutet: Brust und Bauch einbeziehen – während Sie sechs Pulsschläge abzählen. Das ist ganz einfach: Legen Sie Ihre Finger auf das Handgelenk, fühlen Sie den Puls und zählen Sie sechs Pulsschläge. Wenn Sie nach dem sechsten Schlag vollständig eingeatmet haben, halten Sie den Atem für drei Pulsschläge an. Anschließend atmen Sie über sechs Pulsschläge langsam durch die Nase aus, genauso lange, wie Sie eingeatmet haben. Nach dem Ausatmen bleibt die Lunge drei Herzschläge lang leer, bevor Sie erneut einatmen. Wiederholen Sie die Übung so oft Sie möchten, aber achten Sie darauf, dass Sie dabei nicht ermüden. Sollten Sie eine Ermüdung spüren, hören Sie sofort auf damit. Wenn die Übungen zu Ermüdung führen, wird ihr eigentlicher Zweck zunichtegemacht. Atemübungen sollen Sie erfrischen und stärken, nicht ermüden oder erschöpfen.

Wir begannen immer zuerst mit der Reinigungsatmung, und die kann man nicht oft genug wiederholen. Sie ist völlig ungefährlich und höchst wohltuend. Sie befreit die Lunge von abgestandener Luft und Verunreinigungen, und in Tibet gibt es keine Tuberkulose! Also, Sie können diese Reinigungsatmung jederzeit durchführen, wann immer es Ihnen beliebt, und Sie werden den größten Nutzen daraus ziehen.

Um Geisteskontrolle zu erlangen, eignet sich folgende Methode sehr gut: Setzen Sie sich aufrecht hin und führen Sie eine Ganzatmung durch. Darauf folgt eine Reinigungsatmung. Anschließend wenden Sie eine Atemtechnik im Verhältnis 1-4-2 an. Das bedeutet (benutzen wir zur Abwechslung mal Sekunden!), dass Sie für fünf Sekunden einatmen, dann die Luft viermal so lange anhalten – also zwanzig Sekunden – und danach zehn Sekunden lang ausatmen.

Mit der richtigen Atemtechnik können Sie auch einige Schmerzen selbst lindern. Die folgende Methode kann bei Schmerzen sehr hilfreich sein: Legen Sie sich hin oder setzen Sie sich aufrecht – wie, spielt keine Rolle. Atmen Sie rhythmisch und stellen Sie sich vor, dass die Schmerzen mit jedem Ausatmen hinausgestoßen werden und nach und nach verschwinden. Stellen Sie sich bei jedem Einatmen vor, dass Sie Lebenskraft oder Lebensenergie einatmen, die anstelle der Schmerzen tritt. Bei jedem Ausatmen stellen Sie sich vor, dass Sie die Schmerzen aus Ihrem Körper hinausstoßen. Legen Sie die Hand auf die schmerzende Stelle und stellen Sie sich vor, dass Sie mit jedem Atemzug die Ursache des Schmerzes wegwischen. Führen Sie dies mit sieben Ganzatmungen durch. Anschließend führen Sie die Reinigungsatmung durch und ruhen sich danach ein paar Sekunden aus. Atmen Sie dann wieder langsam und normal. Sie werden sehr wahrscheinlich feststellen, dass die Schmerzen entweder vollständig verschwunden sind oder so weit nachgelassen haben, dass sie Sie nicht mehr belasten. Falls die Schmerzen dennoch anhalten sollten, wiederholen Sie den Vorgang noch einmal. Wiederholen Sie es bei Bedarf sogar ein zweites oder drittes Mal, bis schließlich eine Linderung eintritt. Sie werden jedoch verstehen, dass bei plötzlichen oder wiederkehrenden Schmerzen der Gang zum Arzt unumgänglich ist. Schmerzen sind stets ein Warnsignal des Körpers, dass etwas nicht stimmt. Es ist zwar vollkommen zulässig, akute Schmerzen selbst zu lindern, aber es bleibt dennoch unerlässlich, die Ursache der Schmerzen zu ermitteln, um das Problem dauerhaft zu beheben. Schmerzen sollten nie unbehandelt bleiben.

Hier möchte ich Ihnen eine Methode vorstellen, wie Sie sich schnell von Müdigkeit oder einer plötzlichen Verausgabung erholen können. Auch hier spielt es keine Rolle, ob Sie stehen oder sitzen. Stellen Sie sich aufrecht hin, mit eng zusammenstehenden Füßen, und achten Sie darauf, dass sich Zehen und Fersen berühren. Falten Sie die Hände ineinander, sodass Ihre Hände und beide Füße jeweils eine Art geschlossenen Kreis bilden. Atmen Sie rhythmisch, und das ein paar Mal mit ziemlich tiefen Atemzügen und langsamem Ausatmen. Nach drei weiteren Pulsschlägen führen Sie die Reinigungsatmung durch. Danach werden Sie bemerken, dass Ihre Müdigkeit verschwunden ist.

Viele Menschen sind oft nervös, wenn sie zu einer Besprechung oder einem Interview müssen. Sie bekommen feuchte Hände und vielleicht weiche Knie. Doch niemand sollte in diesen Zustand geraten, da er leicht behoben werden kann. Hier ist eine Atemtechnik, die Sie anwenden können – ob im Vorzimmer oder sogar im Wartezimmer beim Zahnarzt!

Atmen Sie wirklich tief ein, natürlich immer durch die Nase, und halten Sie den Atem für zehn Sekunden an. Anschließend atmen Sie langsam und konzentriert wieder aus. Danach atmen Sie zwei- bis dreimal ganz normal. Atmen Sie dann wieder über zehn Sekunden tief ein, um die Lunge ganz zu füllen, und halten Sie den Atem erneut an. Atmen Sie dann über einen Zeitraum von zehn Sekunden langsam aus. Führen Sie das dreimal durch. Sie können das ohne Weiteres tun, ohne dass es jemand bemerkt. Sie werden feststellen, wie Ihre Anspannung nachlässt, Ihr Herzklopfen aufhört und Ihr Selbstbewusstsein steigt. Wenn Sie das Vorzimmer verlassen und den Besprechungsraum betreten, werden Sie spüren, dass Sie alles unter Kontrolle haben. Sollten Sie dennoch einen Anflug von Nervosität verspüren, nehmen Sie einfach nochmals einen tiefen Atemzug und halten ihn für eine Sekunde an. Das können Sie unauffällig tun, während Ihr Gesprächspartner spricht. Das wird Ihr schwächelndes Selbstvertrauen wieder stärken.

Alle Tibeter wenden Techniken wie diese an. Auch beim Heben nutzen wir die Atemkontrolle. Die einfachste Art, etwas Schweres zu heben, sei es ein Möbelstück oder ein Sack, besteht darin, tief einzuatmen und die Luft während des Hebens anzuhalten. Sobald der Hebevorgang beendet ist, kann man wieder langsam ausatmen und normal weiteratmen. Mit angehaltenem Atem lässt sich Gewicht viel leichter heben. Probieren Sie es selbst aus: Heben Sie einmal einen schweren Gegenstand mit gefüllter Lunge und dann mit leerer Lunge, und spüren Sie den Unterschied.

Auch Ärger kann durch tiefes Einatmen, Luftanhalten und langsames Ausatmen kontrolliert werden. Sollten Sie aus irgendeinem Grund so richtig in Rage geraten – ob zu Recht oder Unrecht – atmen Sie tief ein, halten Sie den Atem ein paar Sekunden an und atmen dann ganz langsam wieder aus. Sie werden merken, wie sich Ihre Emotionen beruhigen und Sie wieder Herr (oder Herrin) der Lage werden. Dem Ärger nachzugeben ist äußerst schädlich und kann sogar zu Magengeschwüren führen. Denken Sie daher immer an diese Atemübung: Atmen Sie tief ein, halten Sie die Luft an und atmen Sie dann langsam aus.

All diese Übungen können Sie bedenkenlos durchführen, in der Gewissheit, dass sie Ihnen in keiner Weise schaden. Beachten Sie jedoch diese Warnung: Bleiben Sie bei diesen Übungen. Versuchen Sie nichts Fortgeschritteneres, solange Ihnen kein kompetenter Lehrer zur Seite steht, da falsch angewendete Atemtechniken großen Schaden anrichten können. In unserem Gefangenenlager brachte ich den Gefangenen bei, auf diese Weise zu atmen. Dabei gingen wir jedoch noch deutlich weiter. Ich lehrte sie, so zu atmen, dass sie keine Schmerzen verspürten, was uns, in Verbindung mit Hypnose, ermöglichte, Bauchoperationen sowie Arm- und Beinamputationen durchzuführen. Da wir keine Betäubungsmittel hatten, mussten wir auf diese Methoden der Hypnose und Atemkontrolle zurückgreifen, um den Schmerz auszuschalten. Dies ist die von der Natur gegebene Methode – es ist die natürliche Art.

Kapitel 11
Die Bombe

Die Tage schleppten sich mit einer seelenquälender Monotonie dahin, wurden zu Wochen, zu Monaten, zu Jahren. Doch irgend an einem Tag gab es eine Abwechslung von der gleichförmigen Routine, die sonst darin bestand, die Kranken zu behandeln. Wachen mit Papierbögen in den Händen eilten umher und winkten hier und da Gefangene heran. Auch ich stand auf der Liste. Wir mussten uns auf dem Platz vor unseren Hütten versammeln und wurden dort stundenlang untätig stehen gelassen. Als der Tag fast vorbei war, erschien der Kommandant und verkündete: «Ihr Unruhestifter, ihr, die ihr unseren Kaiser beleidigt habt, werdet an einen anderen Ort zur weiteren Abklärung verlegt. In zehn Minuten ist Abmarsch.»

Darauf drehte er sich abrupt um und ging davon. Wir blieben wie benommen stehen. In zehn Minuten abmarschbereit sein? Nun, wenigstens besaßen wir nichts, was wir packen mussten. Alles, was uns blieb, war, einigen Mitgefangenen hastig Lebewohl zu sagen und dann zum Sammelplatz zurückzukehren.

Man wollte uns also in ein neues Lager schaffen? Wir rätselten, was das für ein Lager sein könnte und wo es liegen würde. Doch, wie so oft in solchen Situationen, konnte keiner eine wirklich hilfreiche Idee beisteuern. Als die zehn Minuten um waren, ertönten scharfe Pfiffe. Die Wachen eilten herbei, und wir – etwa dreihundert Gefangene – wurden in Marsch gesetzt. Wir verließen das Lager durch das Tor, doch die Frage blieb: Was für ein Lager erwartete uns? Wir waren als notorische Unruhestifter bekannt. Wir unterlagen nie den japanischen Versprechungen und Verlockungen. Wir kannten ihren wahren Charakter und wussten, dass das Lager, in das man uns brachte, alles andere als angenehm sein würde.

Wir marschierten an Soldaten vorbei, die in die entgegengesetzte Richtung zogen. Sie schienen in bester Laune zu sein. Kein Wunder, dachten wir, denn allen Berichten zufolge, die uns erreichten, siegten die Japaner an allen Fronten. Schon bald, so sagte man uns, würden sie die Herrschaft der ganzen Welt übernehmen. Wie sehr sie sich doch irrten! Aber zu jenem Zeitpunkt mussten wir glauben, was uns die Japaner erzählten – wir hatten keine anderen Informationsquellen. Die uns entgegenkommenden Soldaten verhielten sich äußerst aggressiv und ließen keine Gelegenheit aus, uns zu schlagen. Ohne ersichtlichen Grund schlugen sie wild auf uns ein, nur um das dumpfe Geräusch zu genießen, das ihre Gewehrkolben auf unser abgemagertes Fleisch verursachten.

Getrieben von den fluchenden Wachen setzten wir unseren Weg fort. Auch sie machten großzügig von ihren Gewehrkolben Gebrauch. Sehr häufig kam es vor, dass die Kranken auf der Strecke zusammenbrachen, wo sie von den Wachen bearbeitet wurden. Wenn sie nicht mehr auf die Beine kamen und nicht mehr blindlings weiterstolpern konnten, vielleicht von den anderen gestützt, dann traten die Wachen in Aktion und beendeten den Lebenskampf mit einem Bajonettstoß. Manchmal wurde das bedauernswerte Opfer auch von der Wache geköpft, der danach den abgetrennten Kopf auf sein Bajonett aufspießte. Darauf rannte er damit an den sich dahinschleppenden Gefangenen entlang und grinste bösartig über unsere entsetzten Gesichter.

Endlich, nach einem mehrtägigen, ermüdenden und zermürbenden Marsch mit viel zu wenig Nahrung, erreichten wir eine kleine Hafenstadt. Man trieb uns in ein provisorisches Lager, das in der Nähe des Hafens errichtet worden war. Dort befanden sich bereits einige Gefangene. Menschen aller Nationen. Unruhestifter wie wir. Sie waren so erschöpft und durch die Misshandlungen so apathisch, dass sie kaum den Kopf hoben, als wir das Lager betraten. Unsere Gruppe war auf ein klägliches Häufchen zusammengeschrumpft: Von den ursprünglich etwa dreihundert Gefangenen, waren nur etwa fünfundsiebzig angekommen. In dieser Nacht lagen wir verstreut auf dem Boden hinter dem Stacheldraht, der das Lager umgab. Es gab weder Unterkünfte noch Privatsphäre, aber daran waren wir inzwischen gewöhnt.

Männer und Frauen schliefen auf dem nackten Boden oder taten das, was sie verrichten mussten – alles unter den wachsamen Augen der japanischen Wachen. Diese hielten die ganze Nacht über die Scheinwerfer auf uns gerichtet, um jede unserer Bewegungen zu überwachen.

Am Morgen mussten wir zum Appell antreten, wo man uns zwei bis drei Stunden lang in einer unordentlichen Reihe stehen ließ. Irgendwann bequemten sich die Wachen uns abzutransportieren. Sie führten uns aus dem Lager hinunter zum Hafen, wo ein rostiges, altes Frachtschiff vor Anker lag. Der Kahn sah wirklich heruntergekommen aus. Obwohl ich kein Experte für Schiffe war und vermutlich jeder andere Gefangene mehr über Seefahrt wusste als ich, schien es selbst mir, als könnte dieses Schiff jeden Moment an seinem Ankerplatz sinken. Wir wurden über einen knarrenden, morschen Landungssteg an Bord getrieben, der ebenfalls jeden Augenblick einzustürzen drohte. Mit jedem Schritt fürchteten wir, ins schäumende Meer zu stürzen, das von Trümmern, schwimmenden Kisten, leeren Blechdosen, Flaschen und sogar Leichen übersät war.

Nachdem wir an Bord des Schiffes gestiegen waren, trieb man uns nach unten in einen Laderaum im Bug. Rund dreihundert Gefangene drängten sich dort zusammen. Es gab weder genügend Platz zum Sitzen noch zum Umhergehen. Die letzten Gefangenen wurden unter Schlägen mit den Gewehrkolben und dem Fluchen der japanischen Wachen zu uns hinuntergetrieben. Darauf folgte ein Scheppern, als ob sich das Tor des Todes über uns schließen würde. Der Lukendeckel wurde zugeschlagen, und stinkende Staubwolken fielen auf uns herab. Kurz darauf vernahmen wir das Hämmern von Holzkeilen, die zur Sicherung des Lukendeckels eingeschlagen wurden. Um uns herum wurde es stockdunkel.

Nach einer quälend langen Zeit begann das Schiff zu vibrieren, und das quietschende Brummen eines alten, maroden Motors war zu hören. Das Rütteln fühlte sich an, als würde der gesamte Schiffsrumpf auseinanderfallen und uns direkt durch den Boden hinaus ins Meer befördern. Von Deck drangen gedämpfte Rufe und gebrüllte Befehle auf Japanisch zu uns herab. Das

Tuckern des Motors hielt an, und schon bald schwankte und stampfte das Schiff heftig, was uns verriet, dass wir den Hafen verlassen und das offene Meer erreicht hatten.

Die Reise war extrem hart und strapaziös. Das Meer war offensichtlich sehr rau, und wir wurden ständig gegeneinander geworfen. Immer wieder stürzten wir zu Boden, und die anderen trampelten auf uns herum. Eingeschlossen im Laderaum des Frachtschiffes, durften wir nur einmal nachts an Deck. In den ersten beiden Tagen bekamen wir überhaupt nichts zu essen, und wir wussten auch, warum: Man wollte uns demoralisieren. Doch das zeigte kaum Wirkung auf uns. Nach zwei Tagen erhielt jeder von uns etwa eine Tasse Reis pro Tag.

Viele der geschwächten Gefangenen starben schon bald im erstickenden Gestank des verschlossenen Laderaums. Es gab nicht genug Sauerstoff, um uns alle am Leben zu halten. Die Toten fielen wie kaputte, weggeworfene Puppen auf den Stahlboden unter unseren Füßen. Uns, den kaum glücklicheren Überlebenden, blieb nichts anderes übrig, als auf den verwesenden Leichen zu stehen. Die Wachen gestatteten uns nicht, die Toten hinauszuschaffen. Wir waren alle Gefangene, und den Wachen war es egal, ob wir tot oder lebendig waren – solange nur die Anzahl auf ihren Listen stimmte. So mussten die verwesenden Leichen bis zu unserer Ankunft im Zielhafen bei uns bleiben, wo man dann die Körper der Toten und der Lebenden zählen würde.

Wir hatten jegliches Zeitgefühl verloren, doch irgendwann veränderte sich das Geräusch des Motors. Das ständige Schaukeln und Stampfen ließ nach, und die Vibration änderte sich – ein Zeichen dafür, dass wir in einen Hafen einliefen. Nach viel Lärm und hektischer Betriebsamkeit hörten wir das Rasseln von Ketten, als der Anker hinabgelassen wurde. Nach einer gefühlten Ewigkeit wurden endlich die Ladeluken geöffnet. Japanische Wachen stiegen in Begleitung eines Hafenarztes hinunter, doch auf halbem Weg blieben sie angeekelt stehen. Der Gestank war so unerträglich, dass sich der Arzt spontan übergeben musste und sein Erbrochenes auf uns herabfiel.

Eilig flohen die Männer wieder zurück an Deck, um der widerlichen Luft zu entkommen.

Das Nächste, was wir zu sehen bekamen, waren Wasserschläuche, die herangeschafft wurden, und kurz darauf prasselte ein regelrechter Regenschauer auf uns nieder. Wir wurden fast ertränkt. Das Wasser stieg uns bis zu den Hüften, dann bis zur Brust und schließlich bis zum Kinn, während es die Leichenteile der verwesten Toten um unsere Münder spülte. Dann hörten wir plötzlich Rufe und Schreie auf Japanisch, und der Wasserstrom versiegte. Einer der Deckoffiziere erschien und spähte zu uns hinunter. Es wurde herumgefuchtelt und diskutiert. Er sagte, das Schiff würde sinken, wenn noch mehr Wasser hineingelassen würde. Also wurde ein noch größerer Schlauch in den Laderaum herabgelassen und das Wasser wieder herausgepumpt.

Den ganzen restlichen Tag und die ganze Nacht mussten wir unten im Laderaum ausharren. Wir froren und zitterten in unseren nassen Lumpen, und uns war von dem Gestank der verwesenden Leichen speiübel. Am nächsten Tag durften wir hochkommen, aber nur in kleinen Gruppen von zwei oder drei Personen. Irgendwann war auch ich an der Reihe und betrat das Deck. Ich wurde grob befragt – wo meine Erkennungsmarke sei? Mein Name wurde mit dem auf der Liste verglichen, und darauf wurde ich unsanft über die Seite des Schiffes in eine Barkasse hinuntergestoßen, die bereits mit zitternden Gestalten überfüllt war. Es waren lebende Vogelscheuchen, die nur noch in Fetzen gekleidet waren; manche hatten nichts mehr anzuziehen und waren tatsächlich nackt. Als das Wasser fast die Reling der Barkasse erreichte und zu sinken drohte, entschieden die japanischen Wachsoldaten, dass niemand mehr hineingepfercht werden konnte. Ein Motorboot legte am Bug unseres Schiffes an, und ein Seil wurde vorne befestigt. Anschließend begann das Boot, uns in der alten, verlotterten Barkasse in Richtung Küste zu schleppen.

Das war mein erster Blick auf Japan. Wir hatten das japanische Festland erreicht. Nach dem Anlegen brachte man uns in ein offenes

Gefangenenlager – ein brachliegendes, mit Stacheldraht umzäuntes Acker-
feld. Dort verbrachten wir einige Tage, während die Wachmannschaft jeden
Mann und jede Frau verhörte. Anschließend wurden einige von uns sepa-
riert, und mussten Kilometer weiter ins Landesinnere marschieren, wo ein
leerstehendes Gefängnis für unsere Ankunft vorbereitet war.

Einer der Gefangenen, ein Weißer, gab unter der Folter nach und behauptete, ich hätte anderen Gefangenen zur Flucht verholfen und wüsste
von militärischen Informationen, die mir sterbende Mitgefangene anvertraut
hätten. Also wurde ich einmal mehr zum Verhör bestellt. Die Japaner waren
nun besonders ehrgeizig, mich endlich zum Reden zu bringen. Aus meinen
Akten wussten sie, dass alle bisherigen Versuche gescheitert waren. Dieses
Mal übertrafen sie sich selbst. Meine Fingernägel, die mittlerweile nachge-
wachsen waren, wurden wieder nach hinten geklappt und ausgerissen und
auf die rohen Wunden Salz eingerieben. Als mich das immer noch nicht zum
Reden brachte, wurde ich an beiden Daumen an einem Deckenbalken aufgehängt und dort den ganzen Tag hängengelassen. Ich litt dabei wirklich
furchtbar. Aber die Japaner waren immer noch nicht zufrieden. Das Seil, an
dem ich hing, wurde gelöst, worauf ich hart auf dem Gefängnisboden aufschlug. Ein Gewehrkolben wurde mir in die Brust gerammt. Wachen knieten
sich auf meinen Magen, meine Arme wurden auseinandergezerrt und ich
wurde mit Ringbolzen angepflockt. Offenbar hatten sie sich zuvor schon
auf diese Behandlungsmethode spezialisiert! Ein Schlauch wurde mir in die
Kehle gezwängt, und das Wasser aufgedreht. Ich hatte das Gefühl, entweder
an Luftmangel zu ersticken, im Wasser zu ertrinken oder durch den Druck
zu platzen. Es fühlte sich an, als würde das Wasser aus jeder Pore meines
Körpers dringen, als wäre ich ein Ballon, der aufgeblasen wurde. Die
Schmerzen waren unsäglich. Ich sah helle Lichter blitzen, und der Druck in
meinem Kopf wurde immens. Schließlich verlor ich das Bewusstsein. Sie
verabreichten mir ein Belebungsmittel, das mich zurückholte. Doch ich war
viel zu schwach und zu krank, um wieder auf die Beine zu kommen. Drei

Japaner stützten mich – da ich ein sehr großer Mann war – und schleppten mich zurück zu dem Balken, an dem sie mich zuvor aufgehängt hatten.

Ein japanischer Offizier trat heran und sagte: «Du siehst ziemlich nass aus. Ich denke, es wird Zeit, dich etwas zu trocknen. Es könnte dir helfen, etwas mehr zu reden. Hängt ihn auf.»

Zwei japanische Wachen bückten sich und packten mich so plötzlich an den Fußgelenken, dass ich hinfiel und mit dem Kopf auf dem Betonboden aufschlug. Ein Seil wurde um meine Fußknöchel geschlungen und das andere Ende über einen Balken geworfen. Unter Ächzen und Keuchen, als ob sie schwere Arbeit verrichteten, zogen sie mich an den Füßen nach oben, bis ich etwa einen Meter über dem Boden hing. Dann häuften sie langsam und bedächtig, so als würden sie jede Sekunde davon genießen, Papier und ein paar Holzstückchen auf dem Boden unter mir auf. Mit einem hämischen Grinsen zündete einer von ihnen ein Streichholz an und hielt es ans Papier. Allmählich stiegen Hitzewellen zu mir auf, das Holz fing Feuer, und ich spürte, wie meine Kopfhaut unter der Hitze zu sengen begann und sich zusammenzog.

Ich hörte eine Stimme sagen: «Er stirbt. Wenn ihr ihn sterben lässt, mache ich euch dafür verantwortlich. Er muss zum Sprechen gebracht werden.»

Wieder folgte ein betäubender Aufprall, als das Seil gelöst und ich kopfvoran in das brennende Holz stürzte. Wieder verlor ich das Bewusstsein.

Als ich wieder zu mir kam, bemerkte ich, dass ich mich in einer halb unterirdisch gelegenen Zelle befand. Ich lag auf dem Rücken in einer Pfütze, während Ratten um mich herumhuschten. Als ich mich zum ersten Mal bewegte, sprangen sie quietschend und erschrocken von mir weg. Stunden später kamen Wachen herein und hievten mich auf die Beine, weil ich immer noch nicht stehen konnte. Mit vielen Stößen und Flüchen schleppten sie mich zu einem vergitterten Fenster, dessen Unterkante auf gleicher Höhe mit dem Boden draußen lag. Dort ketteten sie meine Handgelenke an die Gitterstäbe, sodass mein Gesicht gegen die Stäbe gepresst wurde. Ein Offizier versetzte mir einen Tritt und sagte: «Du wirst dir jetzt alles mit ansehen, was da draußen passiert. Solltest du dich abwenden oder die Augen schließen, wird ein Bajonett in dir stecken.»

Ich sah hinaus, aber es gab nichts zu sehen, außer einer flachen Erdfläche, die sich auf gleicher Höhe wie meine Nase befand. Doch bald kam Bewegung und Aufregung auf. Mehrere Gefangene kamen in mein Blickfeld, die von den Wachen mit äußerster Brutalität vor sich hergetrieben wurden. Die Gruppe kam immer näher, bis die Gefangenen schließlich direkt vor meinem Fenster zum Knien gezwungen wurden. Ihre Hände waren bereits hinter ihrem Rücken gefesselt. Nun bogen die Wachen ihre Körper zurück und banden ihre Handgelenke an ihre Fußgelenke. Unwillkürlich schloss ich die Augen, doch ein heftiger Schmerz fuhr durch meinen Körper und zwang mich, sie sofort wieder zu öffnen. Ein japanischer Wachmann hatte mir mit dem Bajonett einen Stich versetzt, und ich konnte spüren, wie das Blut meine Beine hinunterrann.

Ich schaute hinaus. Es war eine Massenhinrichtung. Einige der Gefangenen wurden mit den Bajonetten erstochen, andere geköpft. Ein armer Kerl hatte offensichtlich in den Augen der japanischen Wachen irgendetwas Fürchterliches getan, denn sie schlitzten ihm den Bauch auf und ließen ihn verbluten. So ging es mehrere Tage lang weiter. Gefangene wurden vor meine Augen geschleppt und durch Erschießen, Erstechen oder Köpfen hingerichtet. Das Blut floss in meine Zelle, und riesige Ratten stürzten sich darauf.

Nacht für Nacht verhörten mich die Japaner und versuchten weiterhin, Informationen aus mir herauszupressen. Mittlerweile lebte ich in einem roten Nebel aus ständigen Schmerzen, unaufhörlichen Schmerzen, Tag und Nacht. Ich wünschte mir nur noch, dass sie mich hinrichten würden, um meinem Leid ein Ende zu setzen. Nach zehn Tagen, die sich wie hunderte anfühlten, teilten sie mir schließlich mit, dass sie mich erschießen würden, wenn ich nicht alle gewünschten Informationen preisgäbe. Die Offiziere erklärten, sie hätten genug von mir und meine Haltung sei eine Beleidigung für ihren Kaiser. Trotzdem weigerte ich mich weiterhin, etwas zu verraten.

Also brachten sie mich zurück in meine Zelle. Sie stießen mich durch die Tür, und ich blieb halb bewusstlos auf dem Betonboden liegen. Eine der Wachen drehte sich an der Tür noch einmal um und sagte: «Kein Essen mehr für dich. Morgen wirst du es ohnehin nicht mehr brauchen.»

Als am nächsten Morgen die ersten fahlen Lichtstrahlen am Himmel erschienen, wurde die Zellentür krachend aufgestoßen. Ein japanischer Offizier trat mit einem Trupp bewaffneter Soldaten ein. Sie führten mich zu dem Hinrichtungsplatz, an dem ich schon so viele hatte sterben sehen. Der Offizier zeigte auf den blutgetränkten Boden und sagte: «Hier wird bald auch dein Blut fließen. Aber du bekommst ein eigenes Grab – du wirst es selbst ausheben.»

Sie brachten mir eine Schaufel, und ich musste unter den Stichen ihrer Bajonette mein eigenes flaches Grab ausheben. Anschließend wurde ich an einen Pfahl gebunden, damit sie nach meiner Erschießung nur noch die Stricke durchschneiden mussten und ich direkt in mein selbstgeschaufeltes Grab fallen würde. Der Offizier nahm eine theatralische Pose ein, als er das Urteil verkündete: Aufgrund meiner Weigerung, mit den Söhnen des Himmels zusammenzuarbeiten, würde ich erschossen werden. «Das ist deine letzte Chance», sagte er. «Gib uns die Informationen, die wir haben wollen, oder du wirst zu deinen ehrlosen Ahnen geschickt.»

Ich antwortete nicht – es gab nichts Passendes zu sagen. Also wiederholte er seine Worte noch einmal. Auch diesmal schwieg ich. Auf seinen Befehl hoben die Männer ihre Gewehre. Der Offizier kam erneut zu mir und sagte, dies sei wirklich meine allerletzte Chance. Er unterstrich seine Warnung noch, indem er mir mit jedem Wort einmal rechts und einmal links ins Gesicht schlug. Ich antwortete noch immer nicht. Er deutete den Schützen auf meine Herzgegend und verpasste mir mit der flachen Schwertseite einen gezielten Schlag ins Gesicht, bevor er mich anspuckte und sich angewidert abwandte, um zu seinen Männern zurückzukehren. Auf halbem Weg, darauf bedacht, nicht in die Schusslinie zu geraten, drehte er sich um, schaute sie an, und gab ihnen den Schießbefehl. Die Männer legten an, die

Gewehrläufe richteten sich auf mich. Es fühlte sich an, als sei die Welt voller riesiger, schwarzer Löcher – die Mündungen der Gewehre, die immer größer und bedrohlicher wurden. Ich wusste, dass sie jeden Moment den Tod bringen würden. Der Offizier hob langsam sein Schwert, schwang es schnell hinunter und rief: «Feuer!»

Um mich herum schien sich die Welt in Flammen und Schmerzen und in erstickende Rauchwolken aufzulösen. Es fühlte sich an, als sei ich von einem riesigen Pferd mit rotglühenden Hufen getreten worden. Alles wirbelte um mich herum, als ob die Welt völlig aus den Fugen geraten wäre. Das Letzte, was ich sah, war ein roter Schleier aus herabströmendem Blut, dann Schwärze, eine dröhnende Schwärze. Dann sackte ich am Pfahl zusammen, an dem ich gefesselt war, und – ich wusste nichts mehr.

Später, als ich wieder zu mir kam, staunte ich, dass mir die himmlischen Gefilde, oder die jenseitige Welt, so vertraut vorkam, doch im nächsten Moment zerplatzte diese Illusion. Ich lag mit dem Gesicht nach unten in dem Grab. Plötzlich wurde ich mit einem Bajonett gestochen. Aus den Augenwinkeln heraus sah ich den japanischen Offizier. Er sagte, die Patronen des Erschiessungskommandos seien besonders präpariert worden. «Wir haben Experimente durchgeführt und sie schon an mehr als zweihundert Gefangenen ausprobiert», sagte er. Sie hätten einen Teil der Treibladung und auch die Bleikugeln entfernt und durch etwas anderes ersetzt, um mich nur zu verwunden, aber nicht zu töten – sie wollten noch immer die Informationen.

«Und die werden wir bekommen», sagte der Offizier. «Wir werden uns weitere Methoden ausdenken, um dich zum Reden zu bringen, und je länger du Widerstand leistest, desto mehr Qualen wirst du erleiden.»

Mein Leben war wirklich ein sehr hartes Leben gewesen, geprägt von einer rigorosen Ausbildung und einer strikten Selbstdisziplin. Nur dank dieser besonderen Ausbildung, die mir im Lamakloster zuteilgeworden war, war es mir überhaupt möglich gewesen, durchzuhalten und nicht den Verstand zu verlieren. Es ist höchst fraglich, ob jemand ohne diese Ausbildung in der Lage gewesen wäre, all das zu überleben.

Die schlimmen Verletzungen, die ich bei der «Erschießung» erlitten hatte, führten zu einer beidseitigen Lungenentzündung. Eine Zeit lang war ich schwer krank und schwebte zwischen Leben und Tod. Man verweigerte mir jegliche medizinische Hilfe und Erleichterung. Ich lag auf dem kalten Betonboden meiner Zelle, ohne Decke oder irgendetwas über mir, zitterte, warf mich hin und her und hoffte zu sterben.

Langsam erholte ich mich ein ganz klein wenig davon. Schon seit einiger Zeit nahm ich das Dröhnen von Flugzeugmotoren wahr. Es schienen unbekannte Motoren zu sein, nicht japanische, deren Geräusche ich so gut kannte. Was geschah da draußen, fragte ich mich. Das Gefängnis lag in einem Dorf, mehrere Kilometer von Hiroshima entfernt. Ich nahm an, dass die siegreichen Japaner, die an allen Fronten Erfolge feierten, mit einem erbeuteten Flugzeug zurückgekehrt wären.

Eines Tages, als ich immer noch sehr krank war, vernahm ich wieder ein Geräusch eines Flugzeugmotors. Plötzlich war eine dumpfe, gewaltige Explosion zu hören, und die Erde erzitterte und bebte. Ein Niederschlag von Staub regnete vom Himmel herab, der schal und modrig roch. Die Luft schien elektrisch geladen zu sein, und für einen Augenblick schien die Zeit stillzustehen. Dann brach Panik aus: Die Wachen rannten schreiend umher und flehten ihren Kaiser an, sie vor wer weiß was zu beschützen. Es war der 6. August 1945, der Tag, an dem in Hiroschima die Atombombe abgeworfen wurde.

Eine Zeit lang lag ich da und überlegte, was ich tun sollte. Dann wurde mir klar, dass die Japaner viel zu beschäftigt waren, um sich um mich zu kümmern. Also stand ich schwankend auf und versuchte, die Zellentür zu öffnen – sie war unverschlossen. Ich war so schwer krank, dass man eine Flucht für unmöglich hielt. Außerdem hielten sich normalerweise Wachen in der Nähe auf, doch diese waren allesamt verschwunden. Überall herrschte Panik. Die Japaner glaubten, ihr Sonnengott habe sie verlassen. Sie wuselten wie aufgeschreckte Ameisen, panisch und ziellos umher. Ihre Gewehre, Teile ihrer Uniformen, Lebensmittel und anderes hatten sie einfach stehen und liegen gelassen. Aus der Richtung der Luftschutzräume hörte ich verwirrte Rufe und Schreie, während sie alle verzweifelt versuchten, in die Schutzräume zu gelangen.

Ich war schwach, fast zu schwach, um mich auf den Beinen zu halten. Als ich mich bückte, um eine japanische Uniformjacke und eine Mütze aufzuheben, erfasste mich ein Schwindelgefühl, und ich wäre beinahe vornübergefallen. Ich ließ mich auf Hände und Knie nieder, quälte mich in die Jacke und setzte die Mütze auf. In der Nähe entdeckte ich ein Paar schwere Sandalen, die ich mir, barfuß wie ich war, ebenfalls anzog. Langsam schlich ich mich nach draußen und kroch hinter die Büsche. Mit großen Schmerzen schleppte ich mich weiter. Immer wieder hörte ich dumpfe Explosionen, während die Flugabwehrkanonen unablässig feuerten. Der Himmel war rot und von schwarzen und gelben Rauchschwaden überzogen. Es schien, als würde die Welt um mich herum zusammenbrechen. In diesem Moment fragte ich mich, warum ich überhaupt so verzweifelt zu entkommen versuchte, wenn doch das offensichtliche Ende gekommen war.

Die ganze Nacht hindurch setzte ich meinen langsamen, qualvollen Weg zur Küste fort, die nur wenige Kilometer vom Gefängnis entfernt war – das wusste ich genau. Ich war schwer krank, mein Atem rasselte in meiner Kehle, und mein Körper zitterte und bebte unaufhörlich. Die Flucht forderte die letzten Reserven meiner Selbstkontrolle, um mich weiter voranzukämpfen.

Schließlich erreichte ich in den frühen Morgenstunden die Küste, eine kleine Bucht. Halb tot vor Müdigkeit und Erschöpfung spähte ich vorsichtig durch die Büsche und entdeckte ein kleines Fischerboot, das an seiner Vertäuung dümpelte. Es war verlassen, offenbar war der Besitzer in Panik ins Landesinnere geflohen. Verstohlen machte ich mich auf den Weg hinunter zum Boot. Unter großen Schmerzen schaffte ich es, mich aufzurichten und über das Seitendeck zu spähen. Das Boot war leer. Es gelang mir, einen Fuß auf das Seil zu stellen, mit dem das Boot vertäut war. Mit unbeschreiblichen Mühen hebelte ich mich hinauf. Dann verließen mich meine Kräfte und ich fiel kopfüber ins Boot, dessen Boden mit Schlagwasser bedeckt war. Darin trieben ein paar verdorbene Fischstücke herum, die offensichtlich als Köder aufgehoben worden waren. Ich brauchte sehr lange, bis ich genügend Kraft zurückgewonnen hatte, damit ich mit dem Messer, das ich gefunden hatte, das Anlegeseil durchschneiden konnte. Erschöpft sackte ich erneut auf den Boden, als die Ebbe das Schiff aus der schmalen Bucht hinaustrieb. Ich kroch zum Heck und kauerte mich völlig erschöpft nieder. Stunden später gelang es mir, das zerfledderte Segel zu setzen, als der Wind günstig stand. Doch die Anstrengung war zu viel für mich, und ich sank zu Boden und fiel in Ohnmacht.

Hinter mir, auf dem japanischen Festland, war die Entscheidung gefallen. Der Atombombenabwurf hatte den Kampfeswillen der Japaner gebrochen. Der Krieg war vorbei – und ich wusste es nicht einmal. Der Krieg war auch für mich zu Ende, oder zumindest dachte ich das, denn hier trieb ich im Japanischen Meer, ohne Nahrung außer den verfaulten Fischstücken auf dem Boden des Bootes und ohne Wasser. Ich stand im Boot und umklammerte den Mast, um mich abzustützen. Meine Arme umschlangen ihn, und ich drückte mein Kinn dagegen, um mich irgendwie aufrecht zu halten. Als ich meinen Kopf zum Heck drehte, sah ich die japanische Küste langsam in der Ferne verschwinden, eingehüllt in einen schwachen Nebel. Ich richtete den Blick zum Bug. Dort war nur Leere.

Ich dachte an alles, was ich durchgemacht hatte. Ich dachte an die Prophezeiung. Wie aus weiter Ferne schien ich die Stimme meines Mentors, des Lama Mingyar Dondup, zu hören: «Du hast es gut gemeistert, Lobsang, sehr gut, mein Lieber. Verzage nicht, denn dies ist nicht das Ende.»

Über dem Bug erhellte für einen kurzen Moment ein Sonnenstrahl den Tag. Der Wind frischte auf. Vor dem Boot war ein angenehmes Zischen der kleinen Bugwellen zu vernehmen. Und ich? Wohin steuerte ich? Alles, was ich wusste, war, dass ich vorläufig frei war – frei von Folter, Gefangenschaft und der lebenden Hölle des Lagerlebens. Vielleicht erlöste mich sogar der Tod. Doch nein, obwohl ich mich nach der Erlösung und dem Frieden des

Todes sehnte, der mich von meinem Leiden befreien würde, wusste ich, dass ich noch nicht sterben würde. Mein vorherbestimmtes Schicksal war es, eines Tages im Land der Rothäute, in Amerika, zu sterben. Und hier trieb ich nun allein und hungernd in einem offenen Boot auf dem Japanischen Meer. Wellen von Schmerzen durchzogen meinen Körper, als würde ich abermals gefoltert. Mein Atem rasselte in meiner Kehle, und alles begann vor meinen Augen zu verschwimmen. In meiner Erschöpfung fragte ich mich, ob die Japaner vielleicht gerade in diesem Augenblick meine Flucht entdeckt hatten und ein Schnellboot hinter mir herschickten. Dieser Gedanke war zu viel für mich. Der Mast entglitt meinen Händen, und ich sackte zusammen. Ich rutschte am Mast hinunter, kippte zur Seite und wurde wieder von der Dunkelheit des Vergessens umfangen. Das Boot segelte weiter ins Unbekannte hinaus.

Die Erzählung von Lobsang Rampa wird fortgesetzt in: *Die Rampa Story.*

Index